当代江南小说论

The Study on Contemporary Jiangnan Novels

韩松刚 著

中国社会科学出版社

图书在版编目(CIP)数据

当代江南小说论/韩松刚著.—北京：中国社会科学出版社，2021.2
ISBN 978-7-5203-7957-1

Ⅰ.①当… Ⅱ.①韩… Ⅲ.①小说研究 Ⅳ.①I054

中国版本图书馆 CIP 数据核字(2021)第 033879 号

出 版 人	赵剑英
策划编辑	王丽媛
责任编辑	郝玉明
责任校对	刘 洋
责任印制	王 超

出　　版	中国社会科学出版社
社　　址	北京鼓楼西大街甲 158 号
邮　　编	100720
网　　址	http://www.csspw.cn
发 行 部	010-84083685
门 市 部	010-84029450
经　　销	新华书店及其他书店
印　　刷	北京君升印刷有限公司
装　　订	廊坊市广阳区广增装订厂
版　　次	2021 年 2 月第 1 版
印　　次	2021 年 2 月第 1 次印刷
开　　本	710×1000 1/16
印　　张	18.75
字　　数	336 千字
定　　价	99.00 元

凡购买中国社会科学出版社图书，如有质量问题请与本社营销中心联系调换
电话：010-84083683
版权所有　侵权必究

国家社科基金后期资助项目
出 版 说 明

后期资助项目是国家社科基金设立的一类重要项目，旨在鼓励广大社科研究者潜心治学，支持基础研究多出优秀成果。它是经过严格评审，从接近完成的科研成果中遴选立项的。为扩大后期资助项目的影响，更好地推动学术发展，促进成果转化，全国哲学社会科学工作办公室按照"统一设计、统一标识、统一版式、形成系列"的总体要求，组织出版国家社科基金后期资助项目成果。

全国哲学社会科学工作办公室

小说：如何是江南？（代序）

吴　俊

若干年前，受到不明缘由的触动，我萌生了离开家乡——假如上海是我的家乡的话——去别处生活的念头。此念一生，即如毒蛇般纠缠了好几年，毕竟，离开父母之家远行是一个困难的决定。而且，两个孩子尚年幼，都还没上小学。但终于还是执念得逞了。我到了南京。本来的首选目标倒是北京。

住得久了，一晃也已经超过了十二年，就渐渐体会到南京是个有点奇怪的城市。我说南京是个"奇怪"的"城市"，而没说历史名城或现代都市，是有我的个人道理和生活体会的。

一　南京何以非江南？

南京地处中国南北中段，又在长江下游南岸，地理位置决定了它是江南。我原来也以为南京是江南。也许和北方相比，南京确实算是江南。我以前说南京兼具了南北两种气候特点和生活文化风情，但后来我的生活体会越来越强烈地使我觉悟到南京实在就是江北，更像是江北一些。最明显的就是南京话，或者说南京方言，一般所谓的本地土话。我应该是听不懂南京话的，刚到南京生活的那几年，我出门和一般南京人对话，大多数根本就听不懂。但住久了，慢慢也就习惯了南京的江北话。当然，我之所以会习惯南京话，一个大原因是上海有着大量的江北人，散布在市民社会基层。上海的弄堂里时不时会有高亢而熟悉的江北口音冒出来。有此生活经验，我对南京的江北话还是很有点亲切感的。特别是我并不认为自己有地域或文化的歧视。比如，生为上海世居之家，到了我孩子这辈上海话已经在家里消失了。女儿回家竟然偶尔露出了她南京本地同学的口音。这使我的妻子大为惶恐。好像听出了伦敦东区的英语。真是呵呵了啊。总之，我到了南京才明白，南京话原来就是江北话啊。我的意思是说，南京话和吴方言好像没有血缘关系，至多是久远的远房亲戚；南京话应该和江北话是直系。南京是如此江北，而非江南。很长一段时间，南京使我恍惚。我不得不漂浮在南京的表面。这是一个使人对于何谓江南和江南文化产生直觉误会、造成巨大感性落差的城市。但更广义地说，南京是一个至今还流行着本地方言的城市。在文化大格局中，这显示了生态的多样性和多元性，同时也透出了它自身的某种狭隘性和滞后性。这使我联想上海的情形。大概十几二十年前，上海话还是上海人的骄傲。当我说普通话时，上海的朋友有时会说，"你上海人开什么国语"？后来从南京返沪，也不说上海话，朋友又说，你到南京去了，连上海话都不会说啦？更有甚者，以前上海人视外地人一概为乡下人，不管哪里都是乡下，有的还极尽贬词蔑称，呼之为乡下瘪三，乡下赤佬之类。对首善之区来人也不买账，只是加上地名叫作北京来的乡下人。上海之令人生厌往往就在这种生活文化层面上的莫名其妙。地域观念的偏狭最明显地就表现在方言的使用方式上。我发现也只是从近年来，上海话才终于不在上海很流行了。以至于上海的小学有尝试要开设教授上海话的课程了。南京的学校应该没有教授南京话的必要吧。

还有一个是饮食口味。民以食为天，食（食物、口味）决定了一个地方的生活风尚特性。南京的食物口味明显偏重，在江南地区算是偏咸偏辣偏冲的口味。我至今还是想不明白，为何江北的扬州饮食口味比较清淡，江南的南京却是如此味重。其辣当然远不如川、湘、鄂、贵、赣，但也是几乎所有菜品中的基本口味，称得上是一种万能配角，俗称的辣子总是跑龙套般地出现在所有可能的食物中。连炒青菜、炒白菜里都要放上几瓣尖椒——常、锡、苏、沪的辣椒多是徒有辣名而完全不辣的灯笼椒，还有股清甜的口感回味。南京之喜辣似乎是怀着一种有意点缀的风尚惯性。这种会被川湘嘲笑的"伪辣"，却是江南之辣的王牌和头牌。南京人食之甚喜。殊不知一有辣味之烈，则其他的江南清爽鲜香之味就全都被压抑或驱赶了。而且，辣味也常掩盖了食材的不新鲜品质，进到口里立感扫兴上当的时候真是很多。所以我一般尽量不吃有辛辣配料的食品，非恐辣，恐其多不保鲜也。有一次我还专门向南京大学的食堂提建议：能否不要每个菜里都放辣椒？尤其是公共餐厅，兼顾到各地人群的口味不同，应该限制大料猛味的无差别使用。比如上海就该限制红烧重油重甜的传统习惯——在我看来也是烹调陋习。抱歉。

辣或咸总还能忍受到一定的程度，但有一样却是实在不堪憋屈——南京人里不管男女老少，很多都喜欢或不忌讳吃蒜。哇，大蒜一吃满屋空气也足以使人窒息。有时会场里你会闻到袅袅而顽强的蒜味，可见领导和群众都好这一口。坐出租车要被一车的蒜味熏倒更是家常便饭。疫情期间的口罩当然也是挡不住蒜味的。其实大蒜是个好东西，有益健康，但是一般社交和人际礼仪上，公然"蒜"计到了别人总是一种失礼或不敬。毕竟文化文明的一些约定俗成还是社会生活中应该讲究一点的。可是我在南京常陷入敬蒜而不能远之的尴尬。有时忍不住会以询问的语气说，您是不是吃过大蒜了？也许在极端程度上，我可以蒜味来区分出南京人和江南其他城市的人。南京人真是有胆识，百吃不忌。尤其是，南京是个不忌蒜而且非常喜蒜的城市。一路蒜气在南京，这令人有点欢欣鼓舞了。乖乖隆地咚！哪里是江南，很像是北方的口味气息了。蒜香在北方，不管是城里还是农村，都很流行，不意外。但如果我说公然喜吃大蒜放气的城市就不会是一个现代文明的城市，你恐怕立即就会严词批判我的这种偏颇和极端。好在我并没有也不敢这么说。南京人爽快直白，这是我喜欢甚至不能不表示由衷敬重的性格。大白萝卜腌着同样好吃美味——也少不了蒜。我在南京生活了十几年，入乡随俗，终于放肆到也时不时耐不住吃几颗糖醋蒜头。很过瘾。那天我不见人就是了。只有一样东西我是无论如何也不愿意尝试食用的，那就是南京名物"活珠子"。用鸡蛋孵化小鸡而成的胚胎，小鸡已经成形，却被南京人世代食作大补之物。真有点是可忍孰不可忍了。

地方特性在地方戏曲上表现得最夸张。这里，夸张既是一种事实相比较上的程度，也是一种审美形式上的艺术修辞技巧，属于美感的一种倾向性表现特征形式。南京特色的地方戏曲，以流行最久且广、也是艺术水平最高、足以和其他地区戏曲一争高低的剧种而论，显然就是淮剧。我小时候在上海的收音机里常听到的淮剧名角就是筱文艳，据说她是堪称大师级别的戏曲名家了。淮剧不限于南京，但我只在南京的生活中听到过实况演出的淮剧。淮剧唱腔爽脆而高亢，宽广而有力，像极了胸腔共鸣的大脚主妇。甜酥软糯的沪剧简直就是个小家碧玉，听着捂心腰痛。可惜现在几乎都已经沦落而没人包养了。淮剧的粗放型美学恐怕不是江南的风格，但淮剧的一度大行其道却有着明显直接的上海因素。历史上，淮剧是在上海中兴而流行起来的。据说淮剧起源于苏北的淮安、盐城和扬州一带，安徽部分地区也有渊源和流行。迄今淮剧历史应该超过了两百年。进入21世纪后，沪苏申报的淮剧正式列入国家级非物质文化遗产名录。从我记事的时候看，淮剧在上海已经经历过较为长期的发展，繁荣鼎盛时期的势力影响很大，虽然上海人总带着些许歧视的含义称之为"江北戏"。上海成立国家体制的淮剧团还要早于江苏南京。如今唯一的国家级淮剧团也就是上海淮剧团。其余地方小剧团都在江苏。20

世纪初,淮剧前身已经进入了上海地区;民国期间有所发展;1953年正式定名为淮剧。一般看,共和国最初的十七年,上海的淮剧引领了包括江苏在内的淮剧发展。可以说淮剧的历史渊源和社会基础在江苏,淮剧的发展前沿和艺术领袖,特别是政治关注却聚焦在上海。这是一种有点奇葩的现象:一个苏北剧种居然是在江南和上海成名壮大而流行一时。这或许是江南特别是上海文化的包容,同时政治上明显应该是政府政策保护和资源激励的结果。但我也以为改革开放后,在文化市场的主流环境中,这一剧种的审美风格、特别是其欣赏人口的社会基础,毕竟不在上海,脱离了生存和可持续发展的主要条件及资源投入,除了被"遗产保护"外,淮剧恐怕是没啥出路和生路的了。我说了这一大堆文字,要点就想说明从地方戏曲艺术上可以判断,南京文化更近于江北,而非江南。排除了政治的权力之手,文化性格上的江南和上海对于南京和苏北还是有所排斥的。后者有自身的独创艺术文化,但和江南文化更不要说上海文化的距离仍判然有别,并且在审美趣味上难以两相融汇。浙江越剧在上海的扎根生枝散叶,其审美文化和上海的精神亲缘关系,在此可以作为一种对比和参照来观察。淮剧只能属于江苏、苏北和南京;江苏首府南京的美学极致也就体现在源起苏北的淮剧艺术中。

说到了省会首府城市,南京足以骄傲。自媒体上流传着一种戏谑的说法,安徽首府是南京。南京就是两省省会都市了。这说明了南京乃至江苏(其实主要是苏北)与安徽的紧密关系,也说明了安徽整体存在感的薄弱。更别提合肥在哪里,谁又知道合肥是干什么的呢?安徽和江苏,都是南京的。苏州、无锡大概是上海的吧。我要说的是南京。南京的苏北化、安徽化,怎么还能说是江南呢?只是地理上的广义江南罢了。文化上南京和江南本更就该是两家人。从近代历史看,南京的外省人口以安徽迁移而来的为最多,故而南京还有"徽京"之称。太平天国战事后,"天京"人口骤减,曾国藩和清廷陆续实施了南京人口的填充恢复政策,主要就是提供优惠的移民待遇,也有强制性措施。省内移民主要来自苏北,外省移民还是安徽人口。另外还得注意一个现象,逃难来南京的异地灾民,历来也以苏北和安徽人为最多。于是,不光是人口数量,还有的是人口的综合质量问题,如移民的文化层次、经济水平、劳动能力等,都影响甚至决定了南京的人口素质及其发展。据最近统计,南京人祖籍本地的仅占总人口约10%,省内移民苏北人最多占到40%,外省移民以安徽人最多占到16%,其次是河南人12%、浙江人6%。从历史人口的这种构成特点可以判断,南京的苏北化、安徽化实是由南京人自身的生成结构所决定的。南京和江南在气质性格精神上的貌合神离,也是由南京人的先天因素所决定的。当然,您不必提醒我,这不涉及地域人口的价值判断，而只是一种历史文化的分析视角。粗略地使用一些文献数据，在我是意为说明南京何以有别于江南而近于苏北和安徽。说法不一定很准确，但也是凭有来历的依据，还有我的南京生活体验和经验。

现实的状况是历史仍未根本改变，而是在靠惯性延续。几年前，有同事发表了一个个人观察经验，驾车在高速公路上会发现，南京往安徽方向去的休息站，商店多是苏果超市，而往上海方向则多见沪浙店铺，由此一斑可见江苏界内以南京南北两分的地域倾向关系。足以明白南京之近于苏北安徽，而疏离于沪浙。地处江南的省会城市南京，有着自身的独特性格和情感取向。当然，彼此关系都是双向的。自从我到南京后，迄今未曾听闻还有别的大学老师携家带口离开上海而移民南京生活。南京大学可是比上海大多数高校都要"高"的一所大学。是中国的南京大学，世界知名；而非南京的南京大学。原来南京的部属高校多过上海，后来211、985、华5、C9、双一流之类，样样在列。（插入一句：请恕我不再对这些有关于中国大学等级划分的数字概念做进一步说明了，请查百度会有解答。）上海的同行为啥都表现出一种选择性无视呢？我想他们是不愿也不敢来的吧。复旦的老朋友说，侬到南京去一家门都要做江北人了。他是用沪方言即上海话对我说的，但我传达不出他说这话的神韵。这似乎再次让我明白了自己当初到南京，确实有点儿文学的行为艺术冲动了。冒险，除了爱，只有文学或艺术才能解释这种行为吧。

二　本书作者的文化视野和江南小说研究

这就要说到韩松刚的江南文学、江南小说研究了。其实我前面的所有文字都是被韩松刚的书稿邀请写序而一下子说出来的。有些感受和体验虽然日积月累，但也没有特别想要表达的意愿或机会。这次无意就给了我一个方便。隐隐约约，我预料在这篇文字发表之时，我大概已经离开我的南京生活了。意念一生，事实不远。那就算是向南京做个告别和致敬吧。——我也愿意视南京为我的故乡。

韩松刚是南京大学毕业的文学博士，现在是在省作协工作的干部，也可以说近是我的同事兼领导，虽然前几年我曾受命于黄发有教授挂名指导过韩同学的学位论文。这场缘分首先得感谢黄发有教授和松刚本人的信任。松刚的论文本来就已经写得很精彩，后来陆续获得了南京大学和江苏省的优秀博士论文。毕业后的职业发展也非常顺利，各方面都十分出色。去年根据博论文修订的这部书稿决定正式出版，嘱我写序。我答应后却是拖延了大半年没能动笔。真是抱歉之至。今年春节过了，松刚说出版社流程进行到了必须要我交代序言的事了。终于我才下了决心完成这篇序言。

　　书稿的主题是江南小说研究，松刚和我都在南京生活，南京和江南成为我们共同的实际生活环境和文学想象对象。这时，我忽然觉得对于南京和江南都不容易、没把握捉摸和理解了。以前在上海时，我总觉得很多人谈论的上海，和我的经验上海不是一个上海。我对上海的判断是基于也出于长期生活的经验和文化的直觉直感，无须思考。我不会信任一个对上海没有充分感性和历史经验的人所谈论的上海。就像很多研究上海的学者所说的，那只是纸上自以为是的上海。那么现在，我在实际生活的南京面对江南文学的这种想象性存在，从切近的实况感受就会发现，我其实无从谈论真实的江南，因为我所身处的南京已然模糊不清，游离在了江南之外。何况我还是带着上海的经验记忆来做这一番对于南京和江南的想象。所以，我要先期说出我对于一种真实——我的南京的体验和认知。南京已经跃出了我的掌控，江南和上海又如何？我的南京经验说明了江南在我的视野里的莫衷一是。我说南京不是江南，换句话说，江南也足以包容南京。在文学领域，这一切尤其都变得格外的复杂，或者说暧昧。在我还拘泥于真实性问题的无底洞里不能自拔时，松刚做得比我高明，他觉得有信心可以把江南小说这种虚幻缥缈的故事用同样的方式说清楚。他谓之江南小说的文化研究。他做的是学术，而我还被经验和记忆所纠缠羁绊不得自由。

　　本书的文化研究方法大致是首先呈现地理江南和历史文化江南的宏观背景，也就是把江南文化作为宏观路径指向研究对象的方向，在呈现江南文化的当代表征的同时，推出江南小说在其中的结构性和特征性存在。在此松刚表现出了对于大格局的历史面貌的把握和概括能力，而且还能把研究对象标注出能够被识别的文化生态特点。这为论题研究的深入展开奠定了基础。

　　在具体研究上，他是从文学现象（江南小说）的创作主体特征开始考察。江南小说的创作主体即江南作家群的整体性建构。松刚着力彰显的是其中的江南文化特性——地域视野中的文化特性在作家群建构中的精神性价值及作用，且如何深广地影响了当代江南小说的整体性面貌。这必然涉及对江南小说在当代文学史上的作用和地位的考察与评估。换言之，这个论题研究的特色需要落实在从文化大视野回看当代文学思潮和潮流变迁中的江南小说的整体性作用，以此凸显江南小说在中国当代文学中的文学和文化的生态意义和动力价值。这也就是在大局上评估了当代江南小说对于当代中国文学发展的基本贡献。本书大处着眼的研究站位也在此有所体现。

地域视阈的文学研究几乎必然地会将文学表现与地域表征、地理景观等相联系。本书也是就此立足，延伸论述、阐释了江南小说的文学空间美学。作者论证了江南小说在其自身的空间环境和语境里获得了独特的生长。空间美学是倾向于经验性的特定理论研究，其中的审美内涵构成了文化核心，这种审美—文化核心说到底也是人文精神核心。将这种审美—人文核心揭示出来，正是韩松刚江南小说文化研究的要旨。空间美学只是承担了一个具体论域的功能，而在学术逻辑上有其不可或缺的重要性。

从具体审美表现上看，松刚认为江南小说中的诸多个性化特征体现出的是对江南文化、江南文学的性格张扬。这是一种文化、文学和作家创作个性的融汇体现，是一种文学的内在精神旨趣的体现，绝非抽象笼统的蹈空观念想象。小说和其他文学体裁本是想象的精神存在的文字表达方式，在这种想象的精神世界里，个性化的呈现形态却是实实在在的，必须经由文字构成的媒介予以成形。文学的由虚入实、因虚出实、以虚证实，往往就在个性和性格的审美表现方式上——有人称此为文字的炼金术。于是，我们从审美风格上就能体会到松刚指出的，诗性是江南小说的叙述美学追求，且与江南文化生活、日常生活的格调相和谐，也是江南社会潜在的底蕴。诗性的审美与生活的意趣相贯通，江南小说得到了特定社会文化的滋润和支持。松刚的眼光不仅看到了高处——江南文化的审美精神，也连接了地气——江南及其文化的生活实处。

再从语言和文体上着手，松刚说江南小说体现的是江南人间故事的讲述方式。我们一般说语言是文化共同体的认同和交际纽带，在江南小说叙事中则成为一种文学的思维方式。说语言是一种思维方式，要点不仅在于提示文学语言的独特性，更在强调语言表现的其实是文学的内化意识。我们看到的是江南小说的语言表象并体认其语言美感，但深入其肌理才能琢磨透或者说读得懂江南小说的语言内核含义。松刚的看法有着一个重要的关于地域文化问题研究的警示：如果没有语言的认知，包括方言的文化体验和经验，极端地说，文学语言也就消失了；研究者也许是无法进行相关研究的。我以为这个提醒非常重要。纸上的理论还需要实际的文化经验来托底。

至于说江南小说的文体创新突出体现了江南文学在审美形式创新上的自觉，松刚认为这不单是对历史的一种文化承传，更重要的是实践了传统在现代的创造性转换。由此可以非常具体地从自传体小说、诗化—散文体小说、新笔记小说等文体中看到江南小说新文体的创新性表现。我们可以说每个杰出作家、每种地域文化和文学，都会有文体创新的贡献，但松刚讨论的是江南小说在文体创新上的独特性——要义是论证了江南小说（文体）的不可取代性。这既是一种文化视野中的文学研究，也将论题观点带入了文学史视野中。

如松刚在书的最后所说，江南是多元的、丰富的、包容的，这是江南文学富有生命力的源泉。其中包括了"另类"在江南，无限的可能也在江南。共识想象的江南与无边的江南成为江南未来的一种发展张力，也为文学审美提供了文化拓展和精神生长的强大支持。他说的真是非常好。学术性的想象也预示了他对未来江南文学研究的引导方向。这对我的地域文学和文化研究的方法思考深有启发。

三　地域文化内部的歧义、冲突或异质性

我们一般强调和重视所谓的多维度研究。多维度地研究江南或地域文学文化本也是一种应有的学术思考方式。这种学术思考的基本目标和诉求是在呈现、阐释研究对象和论题的丰富性与复杂性，进而在内涵及价值层面提升、扩展具体研究的理论和实践意义，达到价值综合实现的最大化。这也是我们的学术理想功能。

不过，也许我们在此应该特别注意到一个问题，多维度研究呈现出的丰富性和复杂性，未必一定构成和谐共处的统一性。歧义、矛盾、对立的紧张关系，未必都能获得消弭、融合、统一。如果我们最后获得的答案或追求的完美目标，是在呈现一个丰富性和复杂性的和谐统一性结局，很有可能已经削弱、低估甚至取消了原本主张的丰富性和复杂性的重要性。皆大欢喜是大众文化产品通俗剧的套路，未必是世间的真相。真相往往是残酷而不能直视的。视而不见或者掩盖真相，大概率会酿成更加残酷恶性的后果。因此，我倾向于认为，学术研究的技术性目标是在揭示对象关系中的歧义、矛盾、对立的紧张状态，以此证明其中的丰富性和复杂性的含义。但最重要的是，这种紧张关系状态并不可能获得完全理想的消弭、融合，进而达成统一。歧义的交叉纠缠，矛盾的动态移动，对立的冲突相持，往往是丰富性和复杂性的真实体现方式和形态，也是人间世界的真实生态表现。江南、江南小说和江南文学文化，其整体构成的统一性固然成立且重要，与此同时，其构成中的歧义、矛盾、对立因素，更是我们应该关注的对象——它们是活着的、正在和未来演变中的江南整体性中的主要动力装置和机制性系统要素。这也可以说是松刚书稿给我的方法论启示，以及我对包括江南小说研究在内的地域（文化）研究的期待之一。在我个人的实践中，比如，鲁迅身上未能和谐统

——而更多体现为矛盾冲突甚至对立的各种表现，是我最为关注的，同时也是我认为鲁迅伟大为巨人的根本所在。矛盾和对立的冲突中才能更加见出伟人的品质，才能凸显学术研究对于我们的思想和生活的启示性与重要性。当然，这还需要在研究实践中进一步具体实现。

要言之，对江南小说中的差异性、对立性乃至异质性因素的研究，有助于我们对江南文学的整体特殊性的深入认知和把握，江南也就此会在文学、小说上获得文化地域独特性的展现和阐释。这也就是我文章开头要从"南京何以非江南"来谈论江南之南京的一点点用心——不仅在南京内部和南京与江南之间，历史动态中的文化向心和离心作用，总会形成两股抗衡的力量。地域文化的相对成形甚至某种程度上的固化，并不能终结这种抗衡，否则就会是文化趋向的衰微和衰亡了。江南小说的生命和未来，就取决于这内外关系中的种种抗衡变化。

再具体回到江南小说的研究路径上讨论，多维度研究中的比较性方法仍值得借鉴和运用。如一般多见的南北对照、城乡对照、沿海内地对照等，具体到都市文学与乡土文学的对照阐释，由此可供探讨的内涵及其问题呈现，都是一种文化和方法视阈的特定产物，都具有方法论的启发性。这不是二元对立论之讥所能完全否定或否认的。事实上，当我们讨论乡土文学或都市文学时，失去了对于都市或乡土的对照，所谓乡土或都市的文学研究都很难有充分的说服力。我看到的很多乡土研究其实只是一种闭环自证的研究，在方法论上就存在着非学术的先天残疾。而在江南文学、小说研究中，单一或孤立的所谓地域特征，其实无法体现或代表地域特征的真实呈现——其他地域文学并非没有。只有呈现出了特征间的关系、关系中的特征，包括它们何以统一、又何以对立，地域特征才真正成为具备独特内涵和文化资格的区别性特征。在此意义上，江南文学、小说的研究还需要开拓多面向的文化文学"考古"，比较视野和方法也只能建立在这种考古基础之上。这意味着江南小说的内部关系——包括其丰富性、复杂性、统一性等，都建立在它的历史逻辑之中。历史逻辑弥散、辐射在文学的广阔田野中。作为学术研究，我们用分析的方法对其进行纵深和横断的透视，只求最大可能接近于江南实况和江南文化。在极端情况下，也可能地域文化文学的历史存在已经终结，或不可避免地趋于终结了。这也是地域文化研究经常会遇到的状况。别不甘心，也不必意外，连种族都会灭绝。

我以海派文化、海派文学的观察作结吧。也借此说明，江南文学内部显而易见的问题还很多。我的看法最简单的表达是，历史脉络中的海派文化，迄今犹存；海派文学则一直在消亡途中，已接近于无法进行整体性的考察和研究，个案的遗存不能代表其整体性的趋势状态。扼要的理由陈述是，文化的要素构成和体现方式远比文学广泛，一般意义上的文学消失了，只要社会生活及文化人群还存在并活跃着、发展着，地域文化就获得了生命保障，何况其还有着同化异质的作用，除非社会和人口基础被全面、颠覆性地改造了。文学是生活实践、思维、情感尤其是语言的审美体现，如果丧失了语言特征，地域文化意义上的文学特征（海派文学）就会在事实上落空，只能是一般意义上的文学体现。和语言直接相关的莫过于人群人口和戏曲戏剧艺术，上海的人口构成、外来和本土人群构成能够成为支撑海派文学持续发展的资源吗？一般意义上的作家构成能够承担海派文学的复兴责任或可能吗？海派戏曲包括沪剧的生存状态如何？戏剧艺术相对发达，但其中的海派内涵又如何？——在这种观察中，切勿将海派文学、文化与现代文化、都市文化相对等。后者是通约规则和共性，前者才是地域特性和个性。由此，海派文学何在？个案上，王安忆本人就不认自己是海派，金宇澄倒是难逃海派文学传人大家的地位，还有网络新媒体文学种种，举例总是有限，但都显然不能证明海派文学当今的真实生态。不是找不到，找不全，而是几近于没有。上海文学倒是仍然有的，那主要是在行政区划和建制意义上的文学现象，并由此行政地域所涉回溯到历史上去，给人一种历史文化视野上的误会、假象。其实上海这一概念的文化内涵范畴在这过程中已经被抽空或置换了。在我看来，狭义的当代文学进程就是海派文学的衰亡与终结的过程。我觉得在政治、地域特征、都市文学、社会生活、商业和经济、文学形态各方面，对此都可以做到相对充分的论证。但这篇序言已经写得太长，还是就此打住了。

　　谢谢松刚给了我一个可以自由联想、自说自话的机会，而且行文方式不必顾虑一般论文的规矩。但自由必有代价，不自觉开罪于人或轻率立论之类，想必会不少。那有得罪的或不周全，就先请求原谅了。并非有意冒犯妄言，且愿诚心请教承教，以待来日改进改正。

目 录

导 论 …………………………………………………………（1）

第一章 江南及其文化想象 …………………………………（12）
  第一节 关于江南和江南文化 ……………………………（12）
  第二节 承继与变迁——江南文化内涵的当代表征 ……（21）

第二章 江南文化与当代江南小说 …………………………（27）
  第一节 江南文化与江南作家群的建构 …………………（27）
  第二节 彰显与遮蔽：文化影响与小说创作 ……………（32）
  第三节 江南文化视域中的当代江南小说 ………………（40）

第三章 当代小说思潮中的江南小说 ………………………（51）
  第一节 现实主义的"异质" ………………………………（52）
  第二节 先锋小说的古典精神或复古倾向 ………………（58）
  第三节 寻根小说与文化寻根 ……………………………（70）
  第四节 "新"的起源：发生与发声 ………………………（78）

第四章 地理景观的文学再现及意义 ………………………（87）
  第一节 江南作家的自然之爱 ……………………………（88）
  第二节 景观叙事及其象征意义 …………………………（101）
  第三节 江南世界：现实与想象 …………………………（114）

第五章 个性的张扬与自我的确认 …………………………（125）
  第一节 "自由"的重申 ……………………………………（126）
  第二节 江南士风与小说精神 ……………………………（132）
  第三节 "惊异的思想"：言情传统与女性书写 …………（147）

第四节　江南悲歌：苦难与激情的自传……………………（157）

第六章　诗性的体操：一种审美立场………………………（168）
　　第一节　含混的诗意…………………………………………（168）
　　第二节　水乡的诗学…………………………………………（177）
　　第三节　浪漫的诗情…………………………………………（187）

第七章　寻找语言的力量……………………………………（195）
　　第一节　走出黑暗的语言……………………………………（195）
　　第二节　朴素与华丽："确切"的两个面向…………………（204）
　　第三节　语言风格与叙事策略………………………………（212）

第八章　文体自觉与文体形态………………………………（219）
　　第一节　自传体小说：个人经验与主体自觉………………（221）
　　第二节　诗化—散文体小说：抒情传统与小说叙事………（229）
　　第三节　新笔记小说：古典与现代的融合…………………（239）

第九章　共性与差异：江南情结中的多元艺术求索………（250）
　　第一节　"南方精神"：共识的想象…………………………（251）
　　第二节　当代江南小说中的"另类美学"……………………（259）
　　第三节　"无边"的江南：困境、局限及可能………………（265）

结　语…………………………………………………………（275）

参考文献………………………………………………………（277）

导　　论

江南，是丰富而复杂的；江南，是含混而暧昧的。从先秦时期"江南"一词的出现开始，有关江南的描绘和赞美如恒河沙数。江南自然风景的清丽秀美、世间风情的澄和闲美、佳丽才子的缱绻优美……在历代文人的悲患与风流中，构筑了想象中的"江南"之美。

当然，如果理性地来看，现实中的江南不都是美的，一定有着随处可见的平常、平凡、平庸，甚至不堪，然而在文化想象的观照下，江南更多地是以一种诗意、唯美的面貌出现。上述种种，在中国当代小说中有着最为宏大也最为细微的艺术呈现，有着最为残酷也最为温暖的情感表露，亦有着最为直接也最为婉约的个人叙述，并由此产生了诸多风格鲜明的当代江南小说。所谓当代江南小说，笔者认为是指真正体现了江南文化的丰富内涵和美学魅力，深刻表达了江南文化的独特意蕴和深邃意味，并已经成为记录、反映、认识江南世界的符码和样本的一类小说。阅读当代江南小说，就是领略江南文化的传统魅力和当代内涵，就是认识江南文化的精神气质和时代表征。本书即围绕"当代江南小说"，从江南文化与小说思潮、江南作家、地方认同、个性表达、诗性审美、语言风格、文体变革等之间的隐秘关系入手，探讨其在江南文化影响下的形成和发展、意义和局限。

一　研究意义

在中国当代文学发展史上，小说一直是最为重要的体裁。即以本书所主要探讨的当代江南作家来看，汪曾祺、林斤澜、陆文夫、高晓声等老一辈作家自不必说，范小青、毕飞宇、苏童、叶兆言、格非、余华、艾伟、鲁敏、叶弥等人的小说写作，亦是中国当代文学中独树一帜的存在。正是他们的努力和创作，使得当代江南小说成为可能，并形成气候。

当代江南小说作为中国当代小说的重要部分，其形成、发展与时代相关，与这一文学样式自身的新变相关，当然，最重要的，是与江南文化这一源远流长的传统相关。当代江南小说是地域文化熏染和自我变异下的产物，其思想质地、艺术追求、美学趣味都和江南文化的影响息息相关。可以说，江南文化的内涵在当代江南小说中有着最为生动、准确的反映和诠释。当代江南小说，以其面貌一新的文学气质，在多种文学潮流的激荡中独领风骚。不管是在写实主义思潮的翻涌下，还是在现代主义思潮的奔流中，当代江南小说都表现出了其"异质"和"特质"的艺术倾向。当我们谈论先锋小说的形式变革、寻根小说对传统的追问、新写实主义的自然主义品质之时，不能忽视的是现代价值观下古典传统的当代意义，复杂多元文化中精致、平和的诗意氛围，以及隐藏于日常背后个人世界的伤感、浪漫与孤独。

作为一种区域文化，江南文化在其他各种文化的长期浸染和互融中，有着极为复杂和广博的精神内涵。江南，不只是山水风情的吟诵之地，不仅是历代文人的世外桃源，也是有着"断发文身，好勇轻死"的反抗精神的故土家园；江南文化，不只是花间酬唱的风月情愁，不仅是名士大儒隐逸与漫游的高蹈节操，更是有着极强的悲患意识和孤独情怀的诗意想象。江南文化亦柔亦刚，既感性又理性，在传统与现代的融合中，散发出浓烈的古典韵味和诗性色彩。当代江南小说中对于风景、语言、意境的唯美化追求，以及对于伤感情绪、孤独情感、浪漫情调的独特体验，与江南文化中弥漫着的诗性色彩有着极为重要的关联。但这种关联也不是绝对的，尤其是在全球一体化的深度侵袭中，在艺术品机械复制的雷同中，地域色彩的暗淡和传统文化的溃败带来的是小说品质的趋同和单一，是小说诗性锋芒的沦丧和死亡。在这个作家数量越来越多，文学创作越来越繁荣的时代，对于现实的专注和沉迷已经严重限制了想象力的时空边界，那种曾经为了诗意的营造而不惜过度抒情的努力也在这巨大的现实里迷失，"江南文化"的诗意想象和浪漫表现渐渐沦为一种虚妄的信念。

不管是谈江南文化，还是谈当代江南小说，都是地域文学研究的范畴。地域文学的形成，有着天然的地理原因和文化诱因，所谓一方水土养育一方人，一个地方自成一个世界、一个体系，并深刻地影响着作家的审美倾向和艺术风格，这方面的关注和讨论由来已久。如近代中国的刘师培在《南北文学不同论》中对南北方的地域差异所造成的文学风貌的不同给予了详细的阐释，他说："大抵北方之地，土厚水深，民生其间，多尚实际；南方之地，水势浩洋，民生其际，多尚虚无。民崇实际，故所著之文，不外记事、析理二端；民尚虚无，故所作之文，或为言志、抒情之体。"① 另外如法国文学

---

① 刘师培：《南北文学不同论》，载《刘师培学术论著》，浙江人民出版社1998年版，第162页。

批评家斯达尔夫人和丹纳也十分关注这种地域差别对文学的不同影响。斯达尔夫人在《论文学》中指出："存在着两种完全不同的文学,一种来自南方,一种源出北方。"① 丹纳在《艺术哲学》中则强调"气候"对艺术家的重要影响,他说:"有一种'精神的'气候,就是风俗习惯与时代精神,和自然界的气候起着同样的作用。"② 对此,周作人也谈道:"风土与住民有密切的关系,大家都是知道的;所以各国文学各有特色,一国之中也可以因了地域显出一种不同的风格,譬如法国的南方普洛凡斯的文人作品,与北法兰西便有不同。在中国这样广大的国土当然更是如此。"③ 举凡齐鲁文化、吴越文化、巴蜀文化、岭南文化等,都有着各自的思想价值和独特魅力。简单来说,北方偏高昂激越,南方多精致平和,东部偏现代张扬,西部多芜杂新奇。当然,这其中并不全然是对立的,而是相互糅合,各有侧重和突出。

对于地域文学的关注,主要是源于地方的独特性,但另一方面,特别是在当下,还源于传统式微和文化失语背景下的时代焦虑。全球化时代,随着城市化进程的加快以及一体化程度的加剧,地域性的特征已经越发不分明了,有的地方,甚至已经看不到明显的地方性。因此,对于地方性的强调,既是向传统寻求精神的滋养,也是西方思想漫溢下的时代挽歌,是试图在现实和想象中建立一种集体自我意识之上的文学共同体的审美挣扎。地方性依然是存在的,且永不会消失。20世纪90年代,由严家炎主编的"二十世纪中国文学与区域文化丛书"相继出版,彰显了新时期地域文学研究新的思想向度和美学意趣。吴福辉的《都市漩流中的海派小说》、朱晓进的《"山药蛋派"与三晋文化》、费振钟的《江南士风与江苏文学》、李怡的《现代四川文学的巴蜀文化阐释》、逄增玉的《黑土地文化与东北作家群》、彭晓丰和舒建华的《"S会馆"与五四新文学的起源》、魏建和贾振勇的《齐鲁文化与山东新文学》、李继凯的《秦地小说与三秦文化》、刘洪涛的《湖南乡土文学与湘楚文化》和马丽华的《雪域文化与西藏文学》等,都是这一领域的代表性研究成果。另外如樊星的《地域文化与当代文学》一书,也是这一时期研究地域文化与中国当代文学关系的重要著作。

当然,这种着眼于一个地域的文学研究,不管其视野范围有多广,终

---

① [法]斯达尔夫人:《论文学》,徐继曾译,人民文学出版社1986年版,第146页。
② [法]丹纳:《艺术哲学》,傅雷译,安徽文艺出版社1991年版,第79页。
③ 周作人:《地方与文艺》,载《谈龙集》,河北教育出版社2001年版,第10页。

究难免有局限性。正如有研究者所指出的:"有些流派被冠以地方的名称,如京派和海派。虽然有京派,但京派都不是北京人,表现的文化内涵当然也不是北京文化,而是一种中国文化中最为通行的典型的士大夫文化观念;海派也不是上海派,所表现出的文化内涵也不是上海的土著文化,而是一种具有世界性的商业消费文化。东北作家群,好像具有地方性,但其实这种以地域命名的文学社群非常特殊,即它是在东北沦陷的背景之下,对一群流亡关内的东北作家的命名。东北作家有乡土意识,但是却没有地方意识,恰恰是民族国家的整体意识将他们推到了当时的中国文坛的前沿。"① 因此,在研究地域文学时,要极力避免因地方意识的强调而带来的对于文学普遍规律及共同价值的忽视,以防陷入因过于强调区域和地方而失去其论述的逻辑事实的误区。关于当代江南小说的研究也是如此,既要看到地域文化影响下江南小说的示范意义和标本价值,又要在中国当代小说发展史的框架中探讨其独特的文学风格和美学追求。

二 研究现状

从目前的研究资料来看,关于当代江南小说的研究,主要是作家、作品的单独研究以及作家与作家、作品与作品的比较研究。这一研究为数众多,在此不一一列举。在这些研究成果中,有些已经注意到了当代江南小说独特的美学风貌。比如张学昕的《南方想象的诗学——论苏童的当代唯美写作》,全书从小说写作的发生、小说的母题、人物谱系、叙事形态、短篇小说、散文创作、唯美写作等多个角度对苏童的文学创作进行了详细、深入、透彻的辨析和考察,既有对作者创作欲求的深层探寻,又有对江南文化影响的美学判断,既有理论的融入和归纳,又有对文本庖丁解牛般的细读,不失为一部具有学术眼光和浪漫情怀的研究著作。王德威的《南方的堕落与诱惑》一文则深入探讨了苏童小说的地缘景观——南方——所独有的美学意蕴,在作者看来,"南方纤美耗弱却又如此引人入胜,而南方的南方,是欲望的幽谷,是死亡的深渊。在这样的版图上,苏童构架——或虚构——了一种民族志学"②。在南方(江南)这块充满想象的文学版图上,苏童以其卓越的审美经验和历史感悟呈现了"诗意江南"图景背后的腐烂、颓废、孤独、沮丧、失败以及种种传奇与死亡。而在其他对于江南作家如汪曾祺、林斤澜、陆文夫、叶文玲、范小青、毕飞宇、

---

① 方维保:《逻辑荒谬的省籍区域文学史》,《扬子江评论》2014 年第 4 期。
② 王德威:《南方的堕落与诱惑》,《读书》1998 年第 4 期。

格非、余华、叶兆言等的研究中，也都有对当代江南小说独特风格的分析。比如何镇邦的《精心营造小说艺术的"苏州园林"——陆文夫近作漫评》（《当代作家评论》1986年第3期）、杨剑龙的《论汪曾祺小说中的传统文化意识》（《当代作家评论》1989年第2期）、樊星的《"苏味小说"之韵——陆文夫、范小青比较论》（《当代作家评论》1993年第2期）、王德威的《艳歌行——小说"小说"》（《读书》1998年第1期）、吴义勤的《感性的形而上主义者——毕飞宇论》（《当代作家评论》2000年第6期）、洪治纲的《乌托邦的凭吊——论格非的长篇小说〈春尽江南〉》（《南方文坛》2012年第2期）等，都从某一个方面看到了江南文化影响下，这些作家创作上的一些"共性"与"差异"。

其次是对某一文学现象、文学体裁、文学群落或文学思潮的研究。这类研究尽管数量上相对较少，但也产生了一些代表性成果，对于全面、深入地探讨当代江南小说提供了较好的思想和理论基础。其中比较重要的如金永平的《论吴越文化小说》（《浙江社会科学》1991年第5期）、陈晓明的《南方的怀旧情调》（《上海文论》1992年第2期）、木弓的《感伤的秦淮河派小说》（《上海文论》1992年第2期）等，都已敏锐地发现江南文化熏陶下的江南作家的独特艺术风格。费振钟的《江南士风与江苏文学》可以说是较早关注江南作家创作的著作。费著以"江南士风"为切入点，仔细分析了江南文化对江苏现当代作家的深远影响。在他看来，"江南文人文化作为一种精神文化，或者作为一种'雅'文化，其'质点'显然就在于它的'智性'特征。从文化功能性质上看，'智性'确切地表明了江南文人文化在历史长河中作用于'个体传递'过程的思维品性。这一思维品性，反映在传递者——一代代文人身上，可以说是一种本能的智慧，一种悟力，一种神明感"①。作者从江南文化中提炼出"智性"作为其重要特质，并以现当代文学家为例证，深入探讨两者之间的密切联系，这在当时无疑是极富新意的研究思路。《小说评论》2007年第3期发表了汪政、晓华的《多少楼台烟雨中——江苏小说诗性论纲》、张光芒的《文化认同与江苏小说的审美选择》、贺仲明的《传统的出路和去向——对当前江苏小说的思考》和何平的《复调的江苏——当代江苏文学的另一维度》四篇文章，可以看作是当代江南小说研究的新标杆。比如在关于小说诗性的分析中，汪政、晓华即谈到了江南文化的重要影响："在一般人的印象中，江南文化是由许多意象与记忆构成的：它们可以是江南三月，莺飞草长；

---

① 费振钟：《江南士风与江苏文学》，湖南教育出版社1995年版，第33页。

可以是精致的园林，曲径通幽，溪水流觞；可以是烟花扬州，秦淮金陵；可以是'好一朵茉莉花'，或'拔根芦柴花'；也可以是昆曲、苏绣、二泉映月……江苏的记忆也就是江南的文化记忆，精致、唯美、忧伤，虽然灯红酒绿、笙歌处处，但总有一种骨子里的颓废。这是文人的江南。"① 可以说，在江南这块富有诗意的土地上，在文化认同与身份认同的双重印证下，当代江南小说开启了走向感性、孤独、颓废、浪漫的神秘通道。除此之外，吴秀明主编的《江南文化与跨世纪当代文学思潮研究》是一部比较具有代表性的著作。作为"中国传统文化与江南地域文化研究丛书"之一种，此书已经注意到江南文化在当代中国文化格局中的地位，"作为一种区域文化，江南文化既是中国传统文化的重要组成部分，深受儒家传统文化思想的影响；同时又具有自身独特的个性，一种带有南方水文化所特有的柔婉、灵动、开放而又兼具坚忍、硬朗、富有力度的独特气质"②。此书的特点在于通过思潮与事件以及创作与批评的具体事例研究江南文化的影响，其中已经涉及江南文化与先锋文学、寻根文学的内在关联，也谈到了余华、苏童、毕飞宇、艾伟等作家的江南品格，对于本书的研究有着重要的启发。在中国当代文学史上，"探求者"是一个十分重要的事件或者现象，尽管"胎死腹中"，但它对于认识那个时代的政治与文学有着可资借鉴的重要意义。对这一事件的相关研究已经不少，但大多都是围绕事件本身，而从文学创作上对其予以观照的首推黄文倩的《在巨流中摆渡：探求者的文学道路与创作困境》一书。书中虽未直接探讨江南文化对这个群体的影响，但这些内容在一些相关论述中已初露端倪。比如在谈到陆文夫的小说创作时，她分析道："而若从陆文夫在《小巷深处》和《平原的颂歌》的风格，跟新中国当时的几大文艺思潮联系起来谈，可以看出一个细微的差异正在形成——它们也不完全像'双百'前的教条化的'社会主义现实主义'倾向的作品——那样奋进、明朗与乐观的模式，而多少是有点感伤性质的。"③ 这种"伤感"的情绪其实恰恰是江南文化中十分重要的诗性元素，正如有论者指出的"江南美天然地具有伤感的情调"④。而新时期以后，在先锋文学、寻根文学等思潮的产生和发展过程中，江南作家都

---

① 汪政、晓华：《多少楼台烟雨中——江苏小说诗性论纲》，《小说评论》2007年第3期。
② 吴秀明主编：《江南文化与跨世纪当代文学思潮研究》，浙江大学出版社2009年版，第5页。
③ 黄文倩：《在巨流中摆渡："探求者"的文学道路与创作困境》，武汉出版社2011年版，第98页。
④ 陈望衡：《江南文化的审美品格》，《江海学刊》2006年第1期。

是不可或缺的参与者,自然地也都与江南文化有着十分紧密的关联,尤其是在文化传承上,这种关联更为明显。这一现象也为有些研究者所注意,比如对于江南文化与先锋文学的关系,王洪岳指出:"在一种不同于传统和谐或壮美美学的叙述话语和抒情话语中,身处江南的先锋作家仍然不息地探求着。作为新的'探求者',他们承继了半个多世纪前高晓声、陆文夫、叶至诚、方之们的文学理想,不过他们的艺术思维和艺术表达方式已然开阔和自信,也不用再畏首畏尾,裹脚不前。也即是说,以江南文化圈的先锋文学家为代表的当代中国新潮文学,骨子里仍然追求着那种神圣而决绝的启蒙理想,这是一种新时期新世纪的新式'知不可为而为之'的艺术理想。"① 正是这种文化的传承,使得先锋文学在20世纪80年代的文学变革中独立潮头并脱颖而出。

从学位论文的选题看,关于当代江南小说的整体研究暂时还没有,目前的成果大多是围绕某一个思潮或者群体进行阐述。如赵园的《苏州女作家群研究》(武汉大学硕士论文,2005年)、朱莹莹的《暧昧的"寻根"——论江南文化视野中的寻根文学》(浙江大学硕士论文,2007年)、李小杰的《九十年代南京青年作家群论》(复旦大学博士论文,2010年)、高居清的《暴力审美与温情叙事——论江南文化视野下的余华创作》(浙江大学硕士论文,2007年)、戴丹的《江南文化与江苏当代女作家研究》(南京师范大学硕士论文,2014年)、袁陶陶的《南京女作家群落研究(1990年代至今)》(南京大学硕士论文,2014年)等,虽侧重不同,但在相关论述中基本都涉及了当代江南小说的不同面向,对于本书的研究有着重要的启迪。

三 研究思路

本书拟以"当代江南小说"为题,从江南文化与小说写作两个向度出发,探讨与当代江南小说有关的历史、现状和未来,以及它自身所携带的价值和不请自来的问题。

不管是江南,还是江南文化,在中国文学中,都是一种诗意存在,其最典型的特征或者本质即其诗性精神,用目前学界较为认同的说法即是"江南诗性文化"。对此,最早在美学领域提出这一概念的刘士林指出:"一方面是富庶的自然经济条件为满足群体需要提供了极大的便利

---

① 王洪岳:《当代先锋文学中的江南文化因素》,《重庆师范大学学报》(哲学社会科学版)2012年第2期。

条件，另一方面，在江南轴心期觉醒的诗性人文精神又充分满足了个体的心理与情感需要。正是由于这个原因，它积淀于内成为一种高度重视个体审美需要的诗性智慧，发之于外则成为一种不离人间烟火的诗意日常生活方式。如果说物质与精神的平衡发展已属不易，那么江南诗性文化的本质尤在于，即使在主体内部的精神生产中，它也最大限度地实现了实用型的伦理人文机能与非功利的审美人文机能的和谐。"① 可以说，诗性精神是江南文化在历代文人的文学世界中最为明显、最为深层的本质内涵，正是依托于这种审美精神，江南文化才具备了其他文化所不及的美学视域和诗意特征，而由此也形成了当代江南小说独一无二的诗性情怀和抒情气质。

当然，从学理层面来说，对江南的诗性精神应该保持一种更为客观和理性的思考。即便是在"诗意江南"的抒情写意和浪漫想象中，这种诗意有时是积极的，有时则是消极的。它的积极意味着对人生、人性、理想、理念的内在憧憬，它的消极则预示着避世隐逸和对失败的沮丧情感的深痛沉湎。古代如此，当代亦然。诗人于坚说："普通话难以统一的中国南方，是传统中国日常生活的最后的堡垒，但其坚固性也是令人担忧的。因为并没有一种具体化的对传统中国社会加以保护的意识形态，在 1966 年之后，弘扬传统文化常常成为一句空洞的说辞。"② 在现代意识日益凸显的当下，在现代化进程突飞猛进的当代，这种担忧已经变成了现实。江南文化作为一种重要的传统文化，也难以避免被各种文化侵蚀、融合的可能，以及自我沉沦的悲伤命运。甚至于说，今日对于诗意江南的认知，或许不过是为几千年的文化传统所富含的诗性精神而感动、感染罢了。诗意江南，在一个诗性荡然无存的时代，不折不扣地成为当代文化失落中的精神故乡，并承载起当代文人的审美想象和孤独依傍。但诗意无疑是江南文化最基本的特征，因此，对于当代江南小说的阐释离不开对其诗性精神的强调和突出。

但是，对于江南文化内涵的界定，如果仅仅停留在"诗性"两个字上，是远远不够的。诗性依然是一个无比阔大的概念，可以容得下山川湖海。在目前江南文化的研究成果中，关于江南文化的具体内涵尚未定论，因此，本书中对江南文化内涵的认知和确定，以当下学术界的基本认同为准，并在这些共识基础上形成一种基于时代和自我的美学判断和

---

① 刘士林：《江南诗性文化：内涵、方法与话语》，《江海学刊》2006 年第 1 期。
② 于坚：《南方与新世界》，《天涯》1997 年第 2 期。

学理概括。本书着力之所在，一是分析江南文化如何影响、塑造同时也制约了当代江南作家的小说创作，江南文化为当代江南小说提供了怎样的文化价值、美学气质，江南文化究竟如何进入当代江南作家的内心世界、艺术思维中，并转化为一种自觉或不自觉的创作动机与美学追求，这两者之间是否存在天然的转换机制。二是探讨当代江南小说在中国当代文学发展史上的重要价值，它与当代小说思潮的关联，它自身所具备的思想属性、审美气质、文体形态、艺术风格，以及它所面临的时代困境和写作局限，等等。

本书的研究对象是当代江南小说，其创作主体主要是和江南及江南文化有着明显地域关联的作家。这些作家大都生于、长于江南，如陆文夫、李杭育、范小青、毕飞宇、苏童、余华、艾伟等，也有一些作家虽然生于江南，但长时间不在江南居住，不过其小说有着浓郁的江南色彩，如汪曾祺、林斤澜、格非等。这些作家风格有异，但始终在"江南记忆"的符码中纵横驰骋，他们是"江南文化"熏陶下最具审美意义和典型特征的写作代表。这种影响不单单是精神上的，即便是具体到文学创作的技术层面，也有着不可磨灭的痕迹。比如文体、语言、修辞、人物等，都可以看到江南文化疏朗的影子。可以说，不管是形式上的美学修复，还是内容上的诗情融合，当代江南小说的发展与江南文化始终有着紧密联系。与同时期的其他小说相比，它以自我的文化交融和美学变异，完成了小说叙事的时代革新，从而形成了独特的小说体系和审美景观。江南——作为一个地理标志——在当代江南小说的现实世界和浪漫想象中，已经完成了自我的塑形。汪曾祺笔下的高邮、陆文夫笔下的苏州、叶兆言笔下的秦淮、苏童笔下的枫杨树村，等等，都是有着独特的"江南"风貌的小说地标。江南气候影响下的风景叙写与景观叙事，成为当代江南小说坚硬的地理特质和美学品格。而在传统与现代之间徘徊的一代代当代江南作家，以其个性的张扬与自我的确认，为时代和现实立传，为生命和思想招魂。他们高扬着诗性和理想的体操，通过语言的力量和文学的自觉，建构起一个有限却也无边的江南世界。

"共性"是江南文化影响下当代江南小说存在的理由，但"差异"才是当代江南小说生动、迷人的根本。同样是江南文化影响下的江南作家，汪曾祺和林斤澜不同，陆文夫和高晓声不同，余华和苏童不同，叶兆言和毕飞宇不同，麦家和艾伟不同。这种种不同，是最让人欢欣，也最让人着迷的艺术品质。而这其中的奥妙，需要一种感性与理性共存的思辨，需要一种细致与粗糙同在的体验，更需要一种理论与实践互动的阐释，才能体会得明了与深切。在一个处处求大、求同的时代，对于小、异的追认格外让人心悸。在江南文化的浸染中，当代江南小说的细小、细微就附着在当代江南作家毛茸茸的灵感和血脉中。这细小的精魂，是最真切的，也是最动人的，离开了这些细小，任何的宏大都显得宽泛而浮夸。花团锦簇的江南文化下，充盈的是生命紧致的内核。

江南是诗意的，不管是具象的诗意、想象的诗意，还是视觉的诗意、感觉的诗意，它都已经深深地融入了我们的审美期待中。这诗意不仅仅包含着美，也藏匿着丑，不仅仅追求着善，也时时表现着恶。这诗意隐藏在日常的叙写和苦难的忧思中，交织在美丑互生、善恶互融的博弈中，从而以一种坚硬的艺术品质避免自己流于浅薄而廉价的审美快感。在文化互动频仍、作家流动频繁、风格变动频发的当代社会，当代江南作家对于江南文化的想象混杂着一种苦厄的叙述和艰难的抒情。如果说热爱自然、耽于想象是"江南文化"中最为诗性的灵魂，那么崇尚浪漫、享受孤独则是"江南文化"中最为感伤的情绪，而不惧压迫、敢于反抗更是"江南文化"中最不能为人所遮蔽的"革命"精神。正如叶兆言所言："思想的绚丽火花，只有用最坚实的文字固定下来才有意义。我知道对于一个作家来说，除了写，说什么都是废话，嘴上的吹嘘永远都是扯淡。往事不堪回首，我希望自己的写作青春常在，像当年那些活跃在民间的地下诗人一样，我手写我心，我笔写我想，睥睨文坛目空一切，始终站在时代前沿，永远写作在文学圈之外。在史无前例的'文化大革命'中，我们最耳熟能详的一句口号，就是要继续革命。要继续，要不间断地写，要不停地改变，这其实更应该是个永恒的话题。'文化大革命'是标准的挂羊头卖狗肉，它只是很残酷地要了文化的命，并没有什么真正意义的文学革命。文学要革命，文学如果不革命就不能成为文学，真正的好作家永远都应该是革命者。"① 从这个意义出发，作家不能仅仅局限于诗意化的日常和日常的诗意化表现上，沉浸于其对腐烂与堕落的"恶之花"的悲伤陈述中，而是要在"诗意江南"的地理版图上，表达其炽热、浓烈、激情的反抗精神和悲悯情怀。

笔者深知，在这片壮丽的江南大地上，欢乐和愉悦是远离尘嚣的奢侈，反抗的失败情绪和无奈的孤独情感才是一种精神的常态，它流血、流泪，密布着生的传奇和死的气息，它是奢靡的、腐烂的，是颓废的、悲悯的，有着狂躁不安的焦虑，也不乏病态和扭曲的价值失范，但所有的这一

---

① 叶兆言：《革命性的灰烬》，《扬子江评论》2010 年第 4 期。

切赋予了江南格外鲜亮的生动内涵和思想个性。白居易《忆江南》诗云:"江南好,风景旧曾谙。日出江花红胜火,春来江水绿如蓝。能不忆江南?"在流连于江南风景的美好并为之沉醉的同时,也期望着能在关于江南的想象中、关于江南文化的品读中,描绘出当代江南小说那或宏大,或细小,或共生,或不同的文学景观和精神世界。

第一章 江南及其文化想象

江南和江南文化作为一个概念，范围宽广，内涵复杂，加之各外部因素的侵入和融合，使得对它的界定更加困难。但是作为全面探讨当代江南小说的一个重要前提，对于江南及江南文化的澄清和辨析仍有必要。因此，本部分内容主要是对江南和江南文化内涵的历史流变、基本特点和当代表征，在一定范围内进行梳理和确认，从而为后续围绕当代江南小说的思考提供一些文化基础和理论依据。

第一节 关于江南和江南文化

何处是江南？"江南"是一个不断变化、边界模糊的地理概念。关于"江南"的界定，至今未有定论，但作为一个地理名词，大概就是指长江以南。这是自然的"江南"。但较为明确的江南概念应当是从唐代开始的。贞观元年（627），朝廷分天下为十道，其中江南道的范围囊括了长江中下游以南的大部分地区。① 这是政治的"江南"。另外，在此一时期的唐诗中，关于江南的写作已经比比皆是，除了导论中提到的白居易的《忆江南》、杜甫的《江南逢李龟年》、杜牧的《江南春》《寄扬州韩绰判官》，以及韦庄的《菩萨蛮·人人尽说江南好》等，都是关于江南的记忆和描绘。这是文学的"江南"。隋唐时期，江南地区的经济发展迅速，经济重心南移，地位举足轻重。至北宋时，以苏州为中心的太湖地区，已经成为国之命脉和根本，成为全国的经济中心。这是经济的"江南"。

当然，没有定论并不代表无法作一通常的定义。从傅衣凌等学界前辈

---

① 参见刘石吉《明清时代江南市镇研究》（中国社会科学出版社1987年版），洪焕椿、罗仑主编《长江三角洲地区社会经济史研究》（南京大学出版社1989年版）等书中关于"江南"的辨析和讨论。

研究江南伊始，关于江南的讨论就从未中断，其中涉及政治、经济、文化等各个方面。较早对江南的含义提出讨论的是王家范，在他早期关于江南市镇结构及其历史价值的研究中，认为至迟在明代，苏松常、杭嘉湖地区就已是一个有着内在经济联系和共同点的区域整体。官方文书和私人著述中往往也将五府乃至七府并称。因此，最早的江东经济区（严格地说是长江三角洲经济区）事实上已经初步形成，而且这个经济区当时以苏、杭为中心城市（苏州是中心的中心），构成了都会、府县城、乡镇、村市等多级层次的市场网络。① 刘石吉在其《明清时代江南市镇研究》一书中也谈到了江南区属的问题，认为江南地区主要是指太湖流域及沿长江三角洲各地，包括江苏省的江宁、镇江、常州、苏州、松江各府及太仓直隶州，以及浙西的杭州、嘉兴、湖州三府所属各县。洪焕椿、罗仑主编的《长江三角洲地区社会经济史研究》则认为："历史上通称'江南'，主要是指长江三角洲地区，即明清时代的苏、松、常、镇、杭、嘉、湖七个府所属的以太湖流域为中心的三角地带。"② 有争论自然也有定论，作为一个纯粹的地理概念，"江南"的地域分布尽管多有争议，但也有普遍公认的共识性结论。其中，李伯重关于江南地区的"八府一州"说，是最值得重视和关注的。所谓"八府一州"，是指明清时期的苏州、松江、常州、镇江、应天（江宁）、杭州、嘉兴、湖州八府及从苏州府辖区划出来的太仓州。"江南"的地理风貌和文化特征，在这些地区表现得最为显著。

由此可见，对于"江南"的界定有着诸多无法厘清的现实困难和理论困境。张法在《当前江南美学研究的几个问题》一文中，也谈及了这种复杂性和不确定性，他说：

> 第一，江南话语有一个从先秦两汉时期的长江中游的江南到魏晋南北朝的东扩过程。不妨把这一过程表述为：江南概念在不同的时代形成了自己的核心所指，而这一核心所指在演进的过程中是流动的，它最终最典型地凝结在江浙地区。第二，在江南概念这一东扩并形成自己的核心区的过程中，有一个不断"浓缩"的过程。不妨把这一过程表述为，江南概念在扩展、流动、演进中，产生和形成了属于江南美学的审美心态和艺术样态。第三，江南始终是在以中原文化为最高

---

① 参见王家范《明清江南市镇结构及历史价值初探》，《华东师范大学学报》（哲学社会科学版）1984年第1期。
② 洪焕椿、罗仑主编：《长江三角洲地区社会经济史研究》，南京大学出版社1989年版，第286页。

级的中国文化里,由最高级的中原的眼光去看而产生出来的。将之引申到美学,不妨表述为:江南美学作为一种地域美学形态,是在中国文化的整体中呈现出来的,既在于各地域文化多边对照和比较,更在于从整体核心区域对各非核心区域的比较。①

"江南"是一个具有悠久历史的概念,任何时代关于它的界定都难免局限和偏狭。"江南是一个与政治、经济、历史和文化联系紧密的综合性概念,是一个从地形、环境、气候、历史、文化和风俗中提炼出来的形象概念,具有十分丰富的意蕴和内涵,所以既不能从单一学科的角度来界定它,也不能以它的优势区域来取代它的整体,而排除它在政治、经济和文化上相对落后的地区和不太突出的部分"②,这一论断基本公允。比如关于"扬州"的归属问题,向来也有争议。周振鹤先生即认为,明清时期的扬州已不属于"江南"范畴。不仅如此,在他看来,镇江也是江北,因为镇江与扬州同属江淮官话区。③ 当然,这是从地理与语言方面予以考虑,而如果从经济与文化的辐射上来看,扬州无疑是"江南"的一部分。陈望衡即认为:"江南的美学内涵不只由其自然风光所决定,而且也由它的人文意蕴所决定。这种人文意蕴又以南京、扬州、杭州三个城市的文化为代表。"④《中国地域文化通览·江苏卷》中写道:"从历史上看,江南既是一个自然地理区域,也是一个社会政治区域。因此,相对于中国北方地区而泛泛所指,包括扬州等城市在内,虽然地理位置在江北,但经济文化近似江南,也被看做是文化意义上的江南地域组成。"⑤ 因此,本书把汪曾祺、毕飞宇等作家纳入当代江南小说的研究范畴,也是有据可依的。

"江南不但是一个地域概念——这一概念随着人们地理知识的扩大而变易,而且还有经济意义——代表一个先进的经济区,同时又是一个文化概念——透视出一个文化发达取得的范围。"⑥ 由上述论述我们可知,江南至少有三个层面的涵盖,一是自然地理意义上的江南,即长江以南;二是行政和经济区划意义上的江南,其中"八府一州"涵盖了主要地区;三是文化意义上的江南,也即是本书将要论述的江南文化辐射区域。正如有研

---

① 张法:《当前江南美学研究的几个问题》,《中国人民大学学报》2010 年第 6 期。
② 吴海庆:《江南山水与中国审美文化的生成》,中国社会科学出版社 2011 年版,第 5 页。
③ 参见周振鹤《历史学者说:江南是沿革》,《中国国家地理》2007 年第 3 期。
④ 陈望衡:《江南文化的美学品格》,《江海学刊》2006 年第 1 期。
⑤ 周勋初主编:《中国地域文化通览·江苏卷》,中华书局 2013 年版,"绪论"第 3 页。
⑥ 周振鹤:《释江南》,《中华文史论丛》1992 年第 49 辑。

究者所指出的：

> 第一，仅仅有钱、有雄厚的经济基础，即政治家讲的"财赋"，并不是江南独有的特色，在中国，"天府之国"的巴蜀，在富庶上就可以与它一比高下。第二，政治家讲的文人荟萃，也不能算是它的本质特征，这是因为，孕育了儒家哲学的齐鲁地区，在这一方面是更有资格代表中国文化的。……儒家最关心的是人在吃饱喝足以后的教化问题，如所谓的"驱之向善"，而对于生命最终"向何处去"，或者说心灵与精神的自由问题，基本上没有接触到。正是在这里，江南文化才超越了"讽诵之声不绝"的齐鲁文化，把中国文化精神提升到一个新境界。①

与"江南"这一概念在地理意义层面的含混一样，江南文化的形成和发展也有着漫长、复杂的过程。江南文化的最初形态以及精髓是吴越文化，吴越文化是江南地区的主体文化。吴越文化本身就是一种杂交型文化，体现出十分明显的包容性和开放性。作为一种区域文化，江南文化在其发源之初就已极富内涵。虽然也受到儒家传统文化的影响，但江南文化旁逸斜出，并孕育了自己的独特气质——一种刚柔并济的唯美风格。尤其是在经历了"永嘉南渡""安史之乱""靖康之乱"等几次较大的政治变局之后，江南文化又萌发了许多新的精神特质和美学风貌。比如审美气质的丰盈、个体意识的崛起、感伤颓废情绪的蔓延等，都是江南文化内涵的新发展。但江南文化作为一个地域范畴和美学词汇融入日常生活中，应当是在明清时期。这是江南文化的成熟阶段。这一时期，随着江南经济的繁荣和市镇的发展，市民阶层逐渐兴起，并慢慢形成了江南文化文雅、精致、琐碎的主旋律。② 江南市民社会和世间风情催生了前所未有的商业精神和市民意识，也使得江南文化此前就具有的注重个体精神自由的特质，有了更大的推进。③ 与此同时，伴随着经济的繁荣，奢侈风尚逐渐弥漫于江南世界，成为江南文化内涵十分重要的因子。这不仅在明清时期诸多县志、府志中均有记载，而且在《金瓶梅》《红楼梦》等明清小说中亦有着十分详细的描述。

---

① 刘士林：《西洲在何处——江南文化的诗性叙事》，东方出版社2005年版，第209页。
② 参见陈修颖《江南文化：空间分异及区域特征》，中国社会科学出版社2014年版，第79页。
③ 参见凤媛《江南文化与中国现代文学》，文化艺术出版社2008年版，第28页。

文化是一种社会性存在，它是体系，也是过程。江南文化传统的形成经历了几个阶段。从先秦时期，到魏晋南北朝时期，再到隋唐时期，及至宋元、明清，在漫长的历史长河中，江南文化经历着不断的改变和丰盈，也经历着从边缘到中心的更替和转换。因此，江南文化的内涵十分复杂，即便同一区属之间，也存在着世风民俗的差异。但总体来说，江南文化作为一个整体的文化意象，人们对其的认可仍然有一定的普遍性和共识性。具体来讲，我认为有以下几个方面的重要特征。

　　江南文化是一种水文化。江南多水，谈到江南，第一印象便是雨多水润，水是江南文化的灵魂。据不完全统计，水大约占据了江南地区25%的面积。水，几乎无处不在。这一基本特性，首先取决于江南的地缘优势。除了长江这一最大的水源，还有纵横交错的江河湖海，江南处处是水乡。"水"可以作为我们认识与把握"江南"的一把密钥。这一水性特质，在千百年的社会发展中，几乎是根深蒂固地融进了江南文化中。江南烟雨迷蒙、波光潋滟的世界，自然地孕育了江南文化似水的柔情。但如果仅仅以此认为江南文化是一种阴柔的文化，那也有失片面。水亦柔亦刚，同样的，江南文化也是刚柔相济。正如有研究者指出的："中国历史的进程，有一奇妙的现象：看似北方强大、南方柔退，北方总打败南方，然而实则南方更有生命底蕴与活力，最终，近代革命之源头，全在南方。现代动力之契机，亦在南方。江南多水，水是前现代物资与人力流动最为重要的条件，江南社会因流动而聚人气，因流动而活跃趋新，因流动而多元，因流动而自由。水又最为内敛、渟蓄，以静制动。老子所谓柔弱胜刚强，江南社会历劫不毁，后来居上，是之谓乎？"[①] 水的性格是两面的，老子《道德经》写道："天下至柔者莫过于水，而攻坚强者莫之能胜，以其无以易之。"刚柔相济是江南文化的一个重要特点。这一特点下，又形成了几个较为具体的一般特征，比如开放的胸怀、进取的意识、功利的观念、尚文的传统、隐逸的心态，等等。

　　江南文化是一种诗文化。刘士林说："江南文化本质上是一种以'审美—艺术'为精神本质的诗性文化形态。"[②] 的确，对于江南的认识和想象，不管是源于传统文化的熏陶和影响，还是来自个人对于江南世界的体察和感受，其中最重要的莫过于其诗性特质。诗是江南文化的内核，"构

---

① 胡晓明：《"江南"再发现：略论中国历史与文学中的"江南认同"》，《华东师范大学学报》（哲学社会科学版）2011年第2期。

② 刘士林：《江南与江南文化的界定及当代形态》，《江苏社会科学》2009年第5期。

成江南文化的'诗眼'、使之与其他区域文化真正拉开距离的，恰是在它的人文世界中有一种最大限度地超越了文化实用主义的诗性气质与审美风度。也正是在这个诗性与审美的环节上，江南文化才显示出它对儒家人文观念的一种重要超越"①，甚至于可以说"江南文化中的诗性人文，或者说江南诗性文化是中国人文精神的最高代表"②。那么，为什么是江南文化具备这种独一无二的诗性精神，而不是其他，刘士林也结合江南地区的经济状况和文化状况作了分析，他说："如果说物质与精神的平衡发展已属不易，那么江南诗性文化的本质尤在于，即使在主体内部的精神生产中，它也最大限度地实现了实用型的伦理人文机能与非功利的审美人文机能的和谐。这一点既是江南文化得天独厚之所在，也是我们说它在中国区域文化中具有最高文明水平的原因。"③

　　江南文化是一种雅文化。江南文化的发展经历了一个黜武尚文的转变过程。这个转变的发生是在六朝时期。在北方士族的压制下，南方士族最终选择朝隐。在这一心态的影响下，"崇尚武力的价值取向开始为士族所摈弃，止足淡泊的'不竞'之风逐渐滋生蔓延，温文儒雅已成为南士新的价值取向"④。政治是导致这种转变的直接原因。这种影响不仅在六朝，到了明清时期依然存在。尤其是明末时期，江南文人再遭厄运，被禁锢、捕杀的现象十分普遍。为了反抗这一专制暴政，江南文人竭力倡导自由、崇尚个性，从而形成士大夫们对生活趣味化和艺术化的追求，并从中获得一种审美人格。⑤ 明中期以后，江南士大夫开风气之先，开始提倡一种闲适而优雅的生活，并逐渐建立起一套新的生活秩序。他们在衣食住行等方面讲究古典、精致，通过种种生活的情趣来寄托生命，可谓是个人意识的最早觉醒。当然，除却政治原因，经济和社会发展同样重要。可以说，江南士族的尚文竞雅观念的形成，是各个时代新经济形势下的自觉选择。江南文化的雅，有着深厚的日常肌理和传统关照，它深深植根于广阔而琐碎的日常生活，散布于精致而幽深的寻常巷陌、园林亭阁之中，与生活息息相关，与人性紧密相贴。江南士大夫的这种追求，极大地丰富了江南文化的内涵。

---

① 刘士林：《江南诗性文化：内涵、方法与话语》，《江海学刊》2006年第1期。
② 刘士林：《江南诗性文化：内涵、方法与话语》，《江海学刊》2006年第1期。
③ 刘士林：《江南诗性文化：内涵、方法与话语》，《江海学刊》2006年第1期。
④ 徐茂明：《南北士族之争与吴文化的转型》，《苏州大学学报》（哲学社会科学版）1995年第2期。
⑤ 参见徐茂明《互动与转型：江南社会文化史论》，上海人民出版社2012年版，第33页。

江南文化是一种融文化。自古以来，江南文化就不断地吸收、融合其他区域的文化，比如与中原文化、楚文化等多有交融。江南文化的真正转型是在东晋南朝，北方汉族文化南移，江南成为华夏正统所在。新的文化在江南地域融汇，由此形成了新的江南文化。在中国文化传统中，儒家文化一直是主流文化，对中国社会和中国人的影响最为根深蒂固。但事实上，情况远比此复杂，许地山曾说："从我国人日常生活的习惯和宗教的信仰来看，道的成分比儒的多。我们简直可以说支配中国一般人的思想与生活的乃是道家思想；儒不过是占伦理的一小部分而已。"① 梁实秋也曾说："儒家虽说是因了历代帝王的提倡成了中国的正统思想，但是按之实际，比较深入我们民族心理的却是道家的思想。"② 作为非主流文化的道家、佛教文化等的实际影响可能要超出预期。当然，也正是因为这种文化的多元和互融，才使得中国文化的面貌显得更加丰富多彩。"江南文化是一种融儒、道、玄、佛为一体的文化"③，但在其具体形成过程中，因为地理、政治、人文等方面的影响，道、玄、佛等非主流文化在江南文化的构成中占有更突出的地位。特别是其中的道家思想，对江南文化的影响极为深远。众所周知，道家追求人性的解放与自由，对万物的态度是"无所恃"，主张"逍遥游"，强调"人本"思想，凡此种种，促成了江南文化中多种宗教思想的融合。比如浙江籍作家鲁迅即表示深受老庄思想的浸染和影响，"就是思想上，也何尝不中些庄周韩非的毒，时而很随便，时而很峻急"④。他对于魏晋风骨的赞赏，正是江南文化这一特质的显现。

江南文化是一种商文化。江南文化具有鲜明的商业化特点。明中期以后，社会经济的不断发展，催生了商业的兴盛繁荣，商人在社会经济中的作用越来越重要，并进一步推动了江南文化的不断创新和持久生命力。南京城市的繁华就曾得到利玛窦的称赞："在中国人看来，论秀丽和雄伟，这座城市超过世上所有其他的城市；而且在这方面确实或许很少有其他城市可以与它匹敌或胜过它。它真正到处都是殿、庙、塔、桥，欧洲简直没有能超过它们的类似建筑。"⑤ 而明清时期的苏州、杭州，更是江南的大都

---

① 许地山：《道家思想与道教》，《燕京学报》1927年第2期。
② 梁实秋：《梁实秋论文学》，台北时报出版公司1978年版，第19页。
③ 陈望衡：《江南文化的美学品格》，《江海学刊》2006年第1期。
④ 鲁迅：《写在〈坟〉后面》，载《鲁迅全集》第一卷，人民文学出版社2005年版，第301页。
⑤ [意]利玛窦、金尼阁：《利玛窦中国札记》，何高济等译，中华书局1983年版，第286页。

会，财富充盈、富贵繁华，这在当时的文献资料和文学作品中有很多的记载。尤其是明清小说，十分集中地反映了当时新兴的商业伦理和商业文化。与此同时，雄厚的经济实力助长了奢靡的消费偏好，并一定程度上影响了江南社会经济的良性发展。正如有论者指出的："明清江南的高消费仍具有传统的贵族奢侈消费性质，它与宫廷消费相互激荡，形成病态的畸形消费，只能导致商品经济的虚假繁荣，无益于社会经济的健康发展。"① 但这一奢靡之风的兴盛，也无意中成为江南文化发展过程中的一个重要特征。

江南文化是一种情文化。中国是一个诗歌的国度，诗歌这一体裁长期占据着主要的文学地位，而这种"诗骚"传统的一个重要特征即是其抒情性。其中，作为浪漫主义源头的《楚辞》即是吴越文化中最为典型的抒情表现。陈世骧认为《楚辞》代表了抒情的另一个主要方向，是"艺术家以与自我直接关涉的方式显示意向"，"北方的民间文学在《诗经》中留下最为辉煌的篇章之后即陷入枯窘，而长江流域一带的南方地区不仅有密林与嘉卉，也拥有同样丰富而绚烂的民歌、神话与风俗，这一切都在静候执持天赋的诗人前来采撷"。② 而这一抒情传统影响深远，即便"当戏剧和小说的叙事艺术极其缓慢地登场以后，抒情精神依然继续主导、渗透，甚或颠覆它们"③。可以说，寄情山水，在对大自然的切身体验中抒发自己真实的情感，是古代文人十分重要的表达方式。而江南世界优美的自然风光与这种抒情传统有着十分内在的契合，因此，这一浪漫的诗情也成为江南文化的重要审美内涵。这一抒情传统对中国文学现代性的催生也曾起到十分重要的作用，对此，王德威曾分析说：

> 回到鲁迅和王国维有关"诗力"和"意境"的思考，我们即可明白没有中国诗学资源的支撑，不论是词汇的或是观念的，他们与西方浪漫主义以次文艺理论的接触难以成其大。试看鲁迅的文论，从《摩罗诗力说》赞赏屈原"放言无惮，为前人所不敢言"，到《汉文学史纲要》表彰司马相如、司马迁"桀骜不欲迎雄主之意"，再到《魏晋

---

① 王家范：《明清江南消费风气与消费结构描述》，《华东师范大学学报》（哲学社会科学版）1988年第2期。
② ［美］陈世骧：《中国文学的抒情传统：陈世骧古典文学论集》，生活·读书·新知三联书店2015年版，第43页。
③ ［美］陈世骧：《中国文学的抒情传统：陈世骧古典文学论集》，生活·读书·新知三联书店2015年版，第6页。

风度及文章与药及酒之关系》对嵇康、阮籍的推崇，形成一条沉郁恣肆、幽深桀骜的线索。屈原以降，"发愤抒情"的传统显然支配鲁迅的现代意识，是以他的小说集《彷徨》引用《离骚》"路漫漫其修远兮，吾将上下而求索"为题词。而鲁迅承袭乃师章太炎等对汉魏六朝文化的重新发现，更促成了他对中古文人生活、心态史的研究，鲁迅本人感时愤世的块垒，也尽情贯注其中。所谓"托尼学说，魏晋文章"，诚哉斯言。①

但是，这种抒情风格也是一直受到排斥和压抑的，特别是1949年以后的一段时期，随着意识形态的加强，自我的"抒情"一直被视作一种极端的个人主义的情感表现。对于抒情，沈从文有着自己的体会和定义，他说："事实上如把知识分子见于文字，形于语言的一部分表现，当作一种'抒情'看待，问题就简单多了。因为其实本质不过是一种抒情。特别是对生产对斗争知识并不多的知识分子，说什么写什么差不多都像是即景抒情……这种抒情气氛，从生理学或心理学来说，也是一种自我调整，和梦呓差不多少。"②

江南文化是一种美文化。想到江南，第一印象总是江南的诗情画意、江南的优美唯美。陈望衡在关于江南文化审美品格的分析中指出，因了政治、历史、地理环境等诸多原因，江南文化具有享乐、艳情品格，在感时伤怀的情感体验中追求一种唯美主义的极致，但同时它又具有一种悲剧的情调、一种崇高的精神。在他看来，"伤时、艳情、文采、商贸是江南审美内涵中四个最为主要的人文主题。优美的自然风光加上四大人文主题就成为江南这一概念审美的全部"③。可以说，唯美风格是江南文化十分重要的内涵。这种唯美风格，不仅仅表现在自然风光的优美秀丽上，而且在情感体验的细腻委婉、吴侬软语的古典雅致、生命世界的恬然深邃等方面，都有着十分突出的体现。特别是现代以来，随着西方唯美主义思潮的进入和影响，对于唯美风格的追求也成为一时之风气。这其中，周作人起到了关键作用。他对唯美主义情有独钟，不仅翻译了诸多西方唯美主义的代表

---

① 王德威：《"有情"的历史——抒情传统与中国文学现代性》，载陈国球、王德威编《抒情之现代性——"抒情传统"论述与中国文学研究》，生活·读书·新知三联书店2014年版，第777页。
② 沈从文：《抽象的抒情》，载《沈从文别集·抽象的抒情》，中信出版社2017年版，第14页。
③ 陈望衡：《江南文化的美学品格》，《江海学刊》2006年第1期。

作，还翻译了日本唯美主义文学作品。凡此种种，都极大地提升了中国现代文学的美学内涵。作为受着江南文化影响的作家和学者，周作人对于唯美主义的推崇，必然地和他自身文化所携带的美学因子发生了某种奇妙的化学反应，由此才开出了现代文学的"唯美"之花。

以上所列几种内涵，肯定不是江南文化的全部美学特质，但却是其最令人生发无限想象和最令人着迷沉醉的气韵所在。人们对于江南以及江南文化，也必将在那些含混、暧昧却也优雅、伤感的艺术再现与文学书写中得到切身的情感体验和审美享受。最重要的是，通过上述几方面的分析，能够使人大致清晰地对"江南文化"的内涵形成一种初步认识。

第二节　承继与变迁——江南文化内涵的当代表征

在漫长的历史长河中，江南文化已经变成一种根深蒂固的传统，成为一代代文人和世人的精神遗产。是的，江南文化是一种传统。笔者的理解是，传统既是一个虚拟的存在，也是触手可及的变动之物，可能并不存在一个一以贯之的传统。笔者对于江南文化的界定也是如此。江南文化的内涵不是一成不变的，它是流动的、变迁的，它有承继，但也更新，它与当下的文化碰撞、交融，进行新的裂变和更迭，它是一种活文化，是"音调未定的"。

历史学家朱维铮在《音调未定的传统》一书中说："没有一个时代，没有一个民族，不曾感受到传统的力量。"[1] 自"五四"以来，我们对于传统的漠视几乎绵延不断，关于传统与现代的论争也纷争四起。这种对于传统相异、相反的态度，似乎是一个难以解决的问题。笔者也无意去解决这样的难题。但事实证明，在中国文学史上，虽历经多次对于"传统"的抛弃，但传统的影响一直在，且刻骨铭心。

江南文化的承继与变迁，在 20 世纪的中国社会进程中，是极为艰难的。这种艰难在不同的阶段有不同的表现，比如 20 世纪初西方文化的大肆引入，20 世纪前半叶革命文化的汹涌澎湃，20 世纪中后期意识形态的封闭禁锢，20 世纪末期商业文化的全面侵袭等，都使得江南文化的发展陷入困境和断裂。不仅是江南文化，任何一种传统文化，其实都面临着不同时期、不同层面的破坏和搅扰。有的不堪其扰，渐渐破灭、消亡，有的生

---

[1] 朱维铮：《音调未定的传统》（增订本），中信出版集团 2018 年版，第 4 页。

命力强盛，表现出了新的活力和生机。

江南文化，就是在这种艰难之中，继续破茧而出。江南文化有着顽强的生命力。这种生命力体现出的是一种审美意义上的"江南认同"。而这种认同，"不仅包含着地方意识与地方情感，而且表征着某种更大的希望、向往、记忆，甚至隐秘的情绪"，"是由历史与文学共同催生的一种超越了政治承认主义、道德合法性以及经济与宗教崇尚之上的文化心理"，因此，"'江南认同'也是一种文化诗学"。① 代代相传的文学传统中，存在着一系列的关于江南的文化诗学和意象想象，并逐渐生成为一个形象化的精神符号。具体到当代社会，这种江南文化诗学认同主要表现为以下几个方面。

一是风景认同。江南——江，水多温润；南，气候宜人。人们对于江南的想象，就是基于其美不胜收的自然风景和舒适温软的居住环境，园林修竹，小桥流水，一提到江南，一种诗性的审美况味便抑制不住地生发开来。"江南本身是南朝文化的产物，它直接开放出中国文化'草长莺飞'的审美春天，在其精神结构中，充溢的是一种不同于北方政治伦理精神的诗性审美气质，但由于它自身天然独特的物质基础与精神条件，因而才从自身创造出一种完全不同于前者的审美精神觉醒，它不仅奠定了南朝文化的精神根基，同时也奠定了整个江南文化的审美基调。"② 这种风景认同，反映到当代文学创作中，首先是对风景描写的重视，写出了江南世界的自然和人文之美；其次是通过风景描写，营造出一种有别于其他区域文化的诗意氛围；再次是通过景写人，人与景融合，人与景相互映照，构建一种"天人合一"的文学意境和"万有相通"的哲学境界。

二是个性认同。江南文化具有鲜明的开放性、包容性和融合性。青山绿水，茂林修竹，江南美丽的风景，滋养着江南人的灵性和个性。江南，经济发展迅速，文学艺术繁荣，体现了江南人丰沛的创造力和卓越的才华，而这些都离不开对于个性的追求。从历史沿革来看，江南因地理位置边缘，受儒家传统的影响要比中原地区浅，体现到性格特征上，就是更加自由、活跃，富有创新精神和洒脱气质。这种个性，体现在经济上，是对于商业文明的青睐，是一种务实性，显示出江南文化影响下人们思想的开阔性；反映到政治上，是江南士风的转化变异，既有不与世俗同流合污的豪迈奔放，也有敢于奋争的不屈决绝的反抗精神；体现到文学上，则是对

---

① 胡晓明：《江南诗学：中国文化想象之江南篇》，上海书店出版社2017年版，第8页。
② 刘士林：《江南文化的诗性阐释》，上海音乐学院出版社2008年版，第32页。

个人异质的尊重和对自由精神的追求。

三是诗意认同。江南独特的地理特质，深深地滋养着一代代江南文人，同时也深刻地影响着江南文化的气质和风格。而谈到江南文化，印象最深者莫过于它的诗性和诗意。这种诗性的形成，源于很多方面，比如风景之美的诗情画意，崇尚文教的知书达理，烟雨江南的文化想象，等等。尤其在社会生活日趋世俗化和琐碎化的当下社会，对于诗意的追求和诗性的称赏，在人们的精神世界中变得尤为凸显和重要。海德格尔所谓诗意地栖居，就是对于当下社会精神状况和生活状态的一种思想反拨，即是要寻求一种附着于生活之上的盎然趣味和自由灵魂。这种诗意有时候是唯美的，有时候是粗粝的，有时候是阳光的，有时候是阴柔的，有时候是朴素的，有时候是靡烂的，有时候是日常的，有时候是抒情的，姿态万千，摇曳动人。

四是古典认同。古典认同可以看作是源远流长的传统文化的一种现代表征，是对于当下汹涌肆意的现代化运动的一种精神修补。当代社会对于古典的追求，包含着对古典作品、古物古风的模仿和崇尚，包含着对古代思想、古典风格的承继和发扬。古，复古；典，典雅。今天，我们对于江南文化的想象，是在文学审美的有力牵引下，以一种特有的诗意和雅趣，将古典精神融入日常生活和审美对象的构建之中。闲情雅致，成为庸碌的当代人追求精神安慰的理想和渴望，因此，也成为当代江南作家十分着力的艺术经营和思想驱动。青砖黑瓦，亭台楼阁，这是景观层面的古典认同；衣食住行，琴棋书画，这是社会和精神层面的古典认同。正是在这种认同之下，江南文化不断走向精致、典雅，不断生发出熠熠生辉的古典意趣和传统风范。

五是语言认同。文学是语言的艺术。语言认同在文学的文化认同中，有着强有力的艺术表现。说到底，写作能力其实就是运用语言的能力。江南文化在文学上的诗性呈现，归根结底是语言的表现力。江南作家的文学语言，精致、细腻、柔和，有着水的质感，也有着水的力量，体现出一种唯美的美学风貌。当然，具体到每个作家来说，这种美之下，又各有各的特点，比如汪曾祺的语言是一种日常化的诗意表达，陆文夫的语言是一种古典化的现代书写，苏童的语言是一种精致化的浪漫抒情，余华的语言是一种想象式的激情诉说，凡此种种，都给人一种刻骨铭心的诗话之感。这是诗一样的语言，诗一样的情感，诗一样的心灵。

六是唯美认同。对于美的追求，是一切生命的本能和意义。"江南文化在精神生产中，注重以唯美主义审美理想的方式，强化作为主体存在的个体对苦难现实的精神超越。从建构现代性的角度上看，江南文化在一定程度上凸显了中国文化并不突出的个体独立性和超越性精神，特别是它的唯美主义理想，为近现代社会的意义重构，提供了自我情感抒发的价值维度。在近现代的文化转型中，随着中心文化出现整体性的危机而走向边缘，江南文化在意义重建的文化结构当中，同时也成为思想文化启蒙最活跃的文化因子之一，成为培育中华民族个体性精神最重要的文化资源之一。"① 而真、善、美，从来都是文学永恒的主题。不管是在过去，还是在当下，这一理想和追求亘古未变。

以上几种"认同"，是基于一种文化共识下的学理判断，事实上，在"江南"的地域影响和文化辐射下，江南文化可以呈现为一种生活状态：

> 吴人的生活多少总与他处不同，因为江南富庶，古已有名。沿太湖一带，民生的优裕，更居江南之首。从大部分的《吴歌》里看，他们似乎永远是优游暇豫，从容不迫地活着。虽然也劳动，但他们既得天时，又得地利，不需过分地劳动便可饱衣暖食。一般人还很懂得如何消费、享乐，吃得好，穿得美，闲来没事嗑嗑瓜子儿，谈情说爱，消遣消遣，太太平平地很容易就把日子度过了。②

可以表现为一种美学品质：

> 江南文化是一种融儒、道、玄、佛为一体的文化。这种融合中，由于各种因素，特别是自然地理方面的因素、历史人文的因素、政治方面的因素，相比于北方，其道、玄、佛的影响较大，因而从总体倾向来看，是一种阴性的文化、柔性的文化、唯美的文化。正是这种文化决定了江南的审美品格。③

更可以被当作是一种精神力量：

> 从文化与文学的关系上来看，中国新文学唯美主义审美理想的生

---

① 黄健：《江南文化与中国新文学的唯美主义审美理想》，《杭州师范学院学报》（社会科学版）2008年第1期。
② 李素英：《吴歌的特质》，转引自曾大兴《文学地理学研究》，商务印书馆2012年版，第222页。
③ 陈望衡：《江南文化的美学品格》，《江海学刊》2006年第1期。

成，与江南文化有着内在的关联。江南文化那独特的精细坚韧、柔美飘逸，而又带有浪漫、伤感审美气质及其诗性审美意识，触动着现代中国人的精神隐忧，反映出现代中国由文化冲突而引发意义危机的精神境况，抒发了由意义失落而带来的民族苦难情怀。①

这当然是一种简要的学术概括和内涵提炼，它们代表的只是其中最为直观的文化面向。事实上，用几个字来概括一种文化传统的当代精神特征，总是有失偏颇的。其真实的内涵总要丰富而复杂得多，尤其在历史的传承中，这种文化内涵是变动的、流动、跃动的，不能任由摆布，也不能固步自封。但同样不能否认的是，无论这种传统如何交替更迭，始终会有一个坚实的内核或者基础存在。

江南文化的基本内涵和中心观念，在全球化和现代化的中国语境中，如何调整、如何转化、如何变革，实际上也关涉到中国文化建设的相关问题。这些问题在中国文学尤其是当代江南小说写作中，有着关键性的描写和表述。但是文学并不能解决这些问题，文学只是告诉我们这一不可阻挡的时代裂变。而若要把这一经得起时间考验的精神力量——江南文化传统——从衰落之中打捞起来，我们首先要有充分的心理准备和文化自信。这一过程既艰难又渺茫。

文化现象到底是有意识的，还是无意识的，着实难以讲清楚。但毫无疑问的是，"文化关乎主体能动性，但又在一定程度上包含了对客体的接受，这种接受引导着你赋予客体以价值的努力"②。我们需要重构的不是江南文化，而是我们自身。亨廷顿说："文化不是一个自变量。影响文化的因素包括地理位置和气候，政治以及历史的变幻无常等。"③ 因此，气候变暖、政治局势以及技术媒体的发展等，都可能会对江南文化产生影响，并生发出不同的思想效应，但我们真正关心的，是在文化的隐忧中如何塑造自身、修复灵魂。

文化关乎整体，但文化并不是每一个人都能轻易获得的，尤其是在不同的时期，文化自身就有不同的形态。伊格尔顿说："在过去，文化是对乡村日常劳动生活的映射，如今文化意味着人类最精细的精神成果。文化

---

① 黄健：《江南文化与中国新文学的唯美主义审美理想》，《杭州师范学院学报》（社会科学版）2008 年第 1 期。
② ［英］特里·伊格尔顿：《论文化》，张舒语译，中信出版集团 2018 年版，第 28 页。
③ ［美］塞缪尔·亨廷顿、劳伦斯·哈里森主编：《文化的重要作用》，新华出版社 2010 年版，第 37 页。

是一件关于照料与培育的事。"① 江南文化本身也不是一个圆润、和谐的整体，它包含了错综的歧义和复杂的冲突，以及无数的随着时代变化而产生的新意。而投射到文学艺术领域之后，这一文化的表征更加迷离万分。以具体的作家创作来说，丰富的传统之上，是作家变幻莫测的个性，是突如其来的灵感，是允满着内在的矛盾和紧张的驳杂的思想世界。除此之外，文化本身和作家本人，无不受到西方文化的摇撼，尤其是20世纪这一百年，中国传统文化受到了强烈的冲击，语言、思想、制度、文化、观念等，都发生了十分深刻的变革。在这样的环境下，中国文化包括江南文化都处在迅速的转化之中。这种转化既包括了文化对于作家的影响、渗透，也包含了作家本人的思考，即如何在创作中保持本土性、民族性，如何在传统之上重建一种新的文化精神，而这一切都等待着当代江南作家的重要文学实践。

---

① ［英］特里·伊格尔顿：《论文化》，张舒语译，中信出版集团2018年版，第28页。

第二章　江南文化与当代江南小说

谈论文化，有一个重要的方面，那就是文化与人的关系。"文化有它自己的生命，受着它本身的原则以及它自己的法则所支配。几世纪以来，它怀抱每一代刚出生的成员并将他们塑造成人，提供他们信仰、行为模式、情感与态度。"① 文化造就了人，影响着人，在一个特定而稳定的社会环境中，人们的文化行为往往具有相似性，这都是文化的作用。

人是文化的载体，作家是文化的精神符号。每一个作家的身后，必然有其显在和隐性的文化起着大大小小的作用。这种作用有时候是很明显的，比如鲁迅、周作人、茅盾等人的创作，江南文化的痕迹几乎是看得见、摸得着的。这种影响有时候又是决定性的，不管社会如何动荡、人生如何漂泊，并不随着自身的游移和思想的变动而发生彻底的颠覆。比如汪曾祺、林斤澜等人的写作，江南文化的影响几乎是一以贯之的。由此也可见出一种文化影响的根深蒂固。

文化与人之间的关系是互动的，尤其是对于作家来说，这种互动更具主动性和积极性。江南文化与江南作家群的建构、小说创作之间相互影响和制约。探讨江南文化视域中的当代江南小说写作的艺术风貌，以及当代江南小说书写中具象和抽象的江南文化风情，就是试图发现这中间隐秘而潜在的内在勾连，以及由此而构成的当代江南小说的复杂景象。

第一节　江南文化与江南作家群的建构

作家群并不是什么新鲜的称呼或者词汇。比如大家耳熟能详的东北作家群，已是中国现代文学史上最为重要的作家群落。这个在特定时代兴起

---

① ［美］E. 哈奇：《人与文化的理论》，黄应贵、郑美能编译，黑龙江教育出版社 1988 年版，第 133 页。

的作家群,其实受制于政治、时代、地缘等多方面的要素,是一个多位融合的文化产物。但是在任何一个时代,关于作家群落的概括、归纳、命名,都离不开这样的多维度考量。

法国思想家丹纳提出过"种族、环境、时代"三元素说,认为这是影响文学发展的根本。种族是先天的基因,环境是外部的要素,而时代则是重要的思想动能。但是,我们同时也要承认,文学的魅力归根结底还是其独特的个性。即便是在江南文化的辐射和影响之下,当代江南作家的风格也是完全不同的,甚至还有着极大的分化。因此,江南作家群的建构,一方面是基于江南文化这一地域文化的地理学想象基础之上的,另一方面也同样不能规避和忽视这一想象之中的那些异质、多元、复杂的个性存在。

马克思、恩格斯曾经指出:"全部人类历史的第一个前提无疑是有生命的个人的存在。因此,第一个需要确认的事实就是这些个人的肉体组织以及由此产生的个人对其他自然的关系。"① 我们对于江南作家群的认同,首先就源于"江南"这一自然基础。江南的山山水水,江南的一草一木,对应的是江南作家刚柔相济的品性、诗情画意的审美、恬静淡泊的灵魂。这是江南文化的底色,也是江南作家群最为鲜活的本真面目。

除了自然界赋予的外在痕迹,对于江南作家群来说,最为重要的则是丰富而复杂的江南文化的熏染和浸侵。评论家雷达曾指出:"全球化不仅只是经济的全球化,事实上文化的全球化也在不以人们意志为转移的速度进行着。只是由于文化的超稳定性,不像经济那样趋同和激变。由于文化的开放性,文学的主题、题材、价值取向、审美取向,都在发生大规模变迁,地域性个性在淡化、消解,作家的跨地域、跨界,参与国际性活动的概率大大提高,原先的地域性有点被冲得面目全非。"② 江南文化本身也面临着这样的现实困境。但是,作为一种根深蒂固的文化传统,它在任何的时代变迁中都会留下不死的烙印。这一烙印在作家的身上体现得最为深刻和鲜明。这种深刻,隐藏在作品中,这种鲜明,潜伏在情感中,经与时代、个体一次次的碰撞、交流,对传统的江南文化形成新的丰富和发展。江南作家群,就是在这一文化的冲撞和激荡中,渐渐构成一种现代化进程中的诗意文化景观。江南文化,是江南作家群一种共识性的文化记忆,它密布于江南作家的精神潜流之中,并在时代的激流下,焕发着强劲而动人

---

① [德] 马克思、恩格斯:《德意志意识形态》,载《马克思恩格斯选集》第一卷,人民出版社 2012 年版,第 146 页。
② 雷达:《地域作家群研究的当代意义》,《光明日报》2013 年 7 月 23 日第 14 版。

的生命力。

当然，江南文化作为一种区域文化，它的影响是局部的、有限的。但有时因为作家的流动，这种影响也会随之扩大，相反，也可能会减弱甚至消失，这都不能一概而论。关于作家的区域归属问题，有研究者早已作了新的论述，曾大兴即认为：

> 文学家的地理分布，表现为两种状态。一种是"静态分布"，一种是"动态分布"。文学家的本籍（出生成长之地）分布，属于"静态分布"；文学家的迁徙、流动之地的分布，则属于"动态分布"。具有血缘或亲缘关系的文学家聚族而居，形成一个文学家族，他们的本籍（出生成长之地）分布，属于"静态分布"；同声相应、同气相求的文学家由于某种机缘走到一起，形成一个文学流派、一个文学社团，或者一个文学活动中心。他们的成员并非来自同一个家族或者同一个地区，他们的活动地点也不一定局限在某一隅，他们的组织无论是紧密的，还是松散的，最终都是有聚也有散，这种分布属于"动态分布"。①

如果说在迁徙、流动极为不便的古代，静态的分布更为常见、更为普遍，那么到了交通便利、信息畅达的现代社会，作家的地理分布则更多地表现为一种"动态分布"，或者是一种"静态分布"下的"动态分布"。如果具体到一个作家所受到的文化影响和其在小说中对地域色彩的呈现，不难发现，那与生俱来的地方印记是难以擦拭的。对此，曾大兴又分析说：

> 一个文学家迁徙流动到一个新的地方，自然会在一定程度上受到新的地理环境的影响，自然会对新的所见、所闻、所感，作出自己的理解、判断或者反应，并把这一切表现在自己的作品当中。问题是，这种理解、判断、反应和表现，并不是被动的，而是要经过他自己意识中的"先结构"过滤的，因而其理解、判断、反应和表现本身，就带上了"本籍文化"的色彩，也即他生命的原色。从这个意义上讲，出生成长之地对一个文学家的影响，是要大过他的迁徙流动之地的。

---

① 曾大兴：《文学地理学研究》，商务印书馆2012年版，第17—18页。

也就是说，文学家的"静态分布"的意义，是要大过其"动态分布"的。①

这种"静态分布"的影响莫过于作家们对童年的记忆和迷恋，苏联作家 K. 巴乌斯托夫斯基在《金蔷薇》一书中讲道："对生活，对我们周围一切的诗意的理解，是童年时代给我们的最伟大的馈赠。如果一个人在悠长而严肃的岁月中，没失去这个馈赠，那他就是诗人或者作家。"② 作家毕飞宇在谈到自己的写作时也说："我写短篇小说最大的帮手是唐诗。在我的童年时代，我并没有受过特别的教育，但是，由于父母都是小学教师的缘故，我在父亲的手抄本上读了不少唐诗，这个使我终生受益。"③ 因此，对一位作家或者一个作家群体的研究，行政区位固然重要，却完全没有必要纠结于他（或她）到底属于哪个省份，更不能因为其身份的变更和居住地的变迁而对其出生成长的环境漠然视之。既要看到其天生的、天然的文化袭承，又不能对后天的、流动的思想意识无动于衷，而是要辩证地看待这一相互间的影响。由此出发，在江南文化的视野范围内，对于汪曾祺、林斤澜、格非、毕飞宇等地域"身份"模糊的作家的涵盖和研究，也不是凭空而来的臆想。

张学昕曾经在关于苏童小说的论述中，对于江南作家的叙事美学特征进行了三个方面的归纳。这一归纳建立在对江南文化的共识性认识基础上，体现了一定的普遍意义。

> 一是在作品的选材上，喜欢在旧式的生活中发掘、体验、想象，无论是着意于伤感、颓废、消极的生命形态，还是臆想存在的疼痛，都会很强烈地表现出丰厚的沉淀和文化分量。……二是"江南格调"构成了"南方想象"的最基本的底蕴和色调。……三是叙述语言的主体性、抒情性和意象气韵。……这些，不期然地形成了南方作家写作的诗人气质和唯美气韵。④

这三个方面基本涵括了当代江南作家群的主要特质，对于更好地认识和理解当代江南小说有着重要的启示。古典、唯美、精致、诗性等，已然

---

① 曾大兴：《文学地理学研究》，商务印书馆2012年版，第19—20页。
② ［苏］K. 巴乌斯托夫斯基：《金蔷薇》，李时、薛菲译，漓江出版社1997年版，第25页。
③ 毕飞宇、张莉：《牙齿是检验真理的第二标准》，人民文学出版社2015年版，第340页。
④ 张学昕：《南方想象的诗学》，复旦大学出版社2009年版，第7—8页。

成为当代江南作家和江南小说的重要标示。具体来说，不管是现实主义小说，还是先锋小说、寻根小说、新历史小说等，在题材选择、审美倾向、文学形态方面都显示出特有的江南文化格调和审美气息。当然，笔者无意于将这些作家贴上人为的文化标签，也无意于将当代江南小说作为一个特定的流派，而只是通过这些别具风格的小说写作，来发掘当代江南作家群独特的审美风貌，以及他们对于中国当代文学发生、发展和发扬的价值及意义。

共性固然重要，但差异更为迷人。关于作家群的建构，另一个重要的方面，就是共识性创作理想下所创造的差异性的审美风格。这主要是通过他们的创作来体认。这其中既有一脉相承的文学赓续，比如以汪曾祺为滥觞的新时期文学抒情传统，在毕飞宇、叶弥、朱辉等作家笔下的现代性转化，比如陆文夫开创的小巷文学在苏童、范小青等作家笔下的深度开掘；也有对于悠久历史和文化传统的当代书写，比如叶兆言笔下的秦淮风月、南京故事，比如苏童作品中的古典情怀和历史想象；还有传统道德观念的当代精神突变，比如余华小说中的生命追问和人性探究，比如麦家笔下那说不清道不明的思想秘密和黑暗世界。这种种多彩而迷人的创作风格和审美个性，共同构成了江南文化这一传统帷幕下的新时代文学盛景和精神盛宴。

这其中，有"不变"，有守持的精神维度，但更多的是"变"，是变化之下的活力和动力。"我们必须以'变'为核心来考量当今文学的发展，包括作家群现象。在我看来，时间是纵向的空间，地域是横向的空间，两个空间交织为一个动态空间，急剧地变化着，从中文学也显示着它的前进。"① 江南作家群，不是一个古董似的存在，它是一个充满了创作动能和美学张力的群体。在这个群体的面罩之下，是一个个鲜明而独特的个体存在。没有这一个个鲜活的样本，任何的整体都显得毫无生气和意义。"从群体走向个体，从共性转而突显个性，由共性的地域性走向虽带有地域特点，却呈现出鲜明个人化面貌的新格局，也是深层的重大变化，在研究作家群现象时不可不加注意。"② 这样的警示意味深长。

可以说，江南作家群的建构，有行政区属上的严格划分，有自然地域的适度调和，这些是一个作家身份构成的社会和自然基础，但真正形成一个作家辨识度的，当然还是更深层次的文化和文学意义上的审美气质。因

---

① 雷达：《地域作家群研究的当代意义》，《光明日报》2013年7月23日第14版。
② 雷达：《地域作家群研究的当代意义》，《光明日报》2013年7月23日第14版。

此，无论是江苏作家，还是浙江作家，甚或安徽作家，在江南文化的辐射区域内，或多或少，也不可避免地受着这一传统文化的润物细无声的流传和感染，这在后面的分析中都可以看得到。对于一个作家来说，其创作的难度便也在此，那就是如何在这种共识性的文化气质中，创造出属于自己的美学趣味，塑造出与众不同的文学个性。江南文化影响并促成了当代江南作家群，当代江南作家的创造与创新，又丰富并变革了江南文化本身，这是文化与人形成的一种最为亲密、最为温暖的生命纽带。你中有我，我中有你。

第二节 彰显与遮蔽：文化影响与小说创作

文学和文化密不可分，文学是文化的重要构成，甚至于是母体部分。文学是文化的重要标识和显示，也是文化内涵的情感和艺术彰显。文学的发展和演变，一定受着一地文化的影响，并反过来影响着一地的文化。

当然，一个地方的文化对于一个作家的成长的影响有时候是显性的，有时候又是隐蔽的，这种文化的熏陶与作家个性的形成之间如何同频共振、如何产生化学反应，既可能有迹可循，也可能是模棱两可的。但无论如何，一个作家同一个地方的文化总是有一种血脉相连的关系，这种关系是"拖泥带水"的，有时想甩也甩不掉，即便人离开了，但一回头，发现影响依然在。比如汪曾祺、陆文夫的写作，苏童、余华的写作等，都是这种"文化影响"根深蒂固的明证。"一方水土养育一方人"，老话总是说得既简朴又在理。研究作家的个性发展和创作风格，总能在其作品中寻得到"文化影响"的蛛丝马迹，这是一个作家成长的肥沃土壤和精神领地。

一 文化地理与个性塑造

布罗代尔认为，地理环境是最为核心的历史生命，是最深入的历史内核。人与他深处的自然世界是息息相关的。这种相关，有的容易见出，有的比较隐蔽，"文明的性格不可能凭空产生，而有着地缘——自然条件方面的深刻原因，或者说，在极大程度上是为地缘——自然环境所决定的"①。在江南的地理版图上，就存在着这样一些公认的江南自然意象。比如江南可采莲、江南好风景、江南黄叶村等，这些在历代文人诗作文章中

---

① 阮炜：《地缘文明》，上海三联书店2006年版，第77页。

的自然书写,一代代传承下来,成为江南文化的标识性地域符码。

这个自然环境,当然也包含着一个社会的种种物质形态。这些对一个人的性格同样有着重要的影响,但这种影响并不是绝对的因果关系,尤其是具体到每一个独立的个体时,个性的差异就更加明显。对于作家来说,这种差异取决于他对自然世界的自我感知,这种感知的强度、力度和深度,往往决定了一个作家情感的质地。换句话说,作家必须是多情的。没有丰沛的情感和对自然世界十足的洞察,悲喜便很难在作家的笔下见出与常人的什么不同来。

江南气候湿热,梅雨季节烟雾迷蒙;江南园林密布,私人空间极为封闭,这些独特的气象条件和建筑模式,形成了一种十分私密化的个人独处方式。在这种潜在的生活形态的影响下,江南作家极易产生孤独和寂寞的情绪。而这种情绪是一个作家个性最为鲜明的印证。情绪是写作的起搏器。只有情绪,才能让作家与这个世界发生一种神秘的联系,就像只有孤独,才能让写作成为他确认自己存在的重要方式。孤独之上,作家还要敏感。作家就是善于体察周身世界,敏锐捕捉时代风潮的人。作家必须要对这个社会充满了好奇,并通过自己的创造表现自我的生命认知和个性特征。

有了这一个个前提,湘西对于沈从文才有意义,浙江对于鲁迅才会不同,莫言才能在高密这块土地上建构自己的文学世界。不同的地域、不同的文化造就了作家与众不同的文学个性。当然,除了地域的要素,民族文化也是重要因素。陆文夫说:"民族的特色似乎是在模糊了,但它模糊了的仅仅是外在的形式,那内在的民族传统,文化教养和思想方法等等,很难随着外在形式的改变而改变。"① 一个作家的个性的形成,实际上受着多种文化的影响,并不存在一种必然的决定性文化。个性是一种复杂的现象,这种个性的造就和变化,也是一个十分复杂的过程。"艺术家是以自己固有的性格作为底色去接受不同文化的影响,最终形成自己的文化性格。一般说来,不同性格的艺术家选择、吸收和接受不同的文化。同时,同一种文化可以为不同性格的艺术家所接受,同一性格的作家也可以接受不同的文化。"②

人文、自然环境对艺术家在个性塑造上有着不可忽视的重要意义,这

---

① 陆文夫:《文学的民族性》,载《陆文夫文集》第五卷,古吴轩出版社2006年版,第223页。
② 程正民:《俄罗斯作家创作心理研究》,中国社会科学出版社2017年版,第276页。

在古今中外的文学史上处处可见。叶文玲在一次访谈中就谈道："我的故乡依山面海，青山绿水，风景明丽又相当富饶，我从小的视野是一片明丽和娴静的世界，故乡的天地虽然不很大，但由于百姓大众从事农、渔、盐、商、手工业生产，可以说五行八作什么都有，因此，这些行业的'色彩'感又很丰富。小镇又是一个很'完备'的社会，街坊邻居，彼此都很熟悉，交往也很密切，对各自的生活状况也相当了解，种种风土人情，对我的气质形成，自然是很有影响。"① 当然，具体到文化地理的直接影响，这种关系其实是十分复杂的。杏花烟雨江南中的草木葱茏、清奇瑰丽，在当代社会只能成为一种历史化的美学想象。全球化时代，各种价值观和艺术观甚嚣尘上，在作家的身上，可能有儒家文化和道家文化的相融，可能有传统观念和现代意识的冲突，也可能有东方文化和西方文化的对立。这些内在的矛盾是作家性格的一部分，也几乎贯穿于作家一生的创作之中。创作的过程就是矛盾不止的过程，就是个性站立的过程。因此，文化地理对于个性的塑造是存在的，但不是绝对而单一的。

不过，对一个耳濡目染于"地方"的作家来说，他的创作和文学观念中，更容易体现对于地域文化的情感和审美认同。陆文夫就说："到苏州来一看：园林古镇，湖光山色，小桥流水，即使是新区、园区，也是碧波荡漾，林木草地，人与自然和谐统一。苏州号称地上的天堂，却又不是世外的桃源；市场繁荣，生产高速发展，生活却很安宁；传统与现代同在，紧张与闲适并存。相对于浮华与浮躁，吴文化留下的物质遗产，可以陶冶人们的性情，使人们懂得天人合一，懂得适意人生，使得紧张疲惫的人可以心平气和，重振精神。"② 他的确深味文化对于一个地方的重要性，尤其对于一个地方的人们的精神的不可或缺。因此，陆文夫的小说中，随处都可以看到江南文化之下的熏染与影响。《小巷深处》《美食家》等，都是江南文化形态在文学创作中的精神表现和审美书写。

江南文化孕育了江南作家自由不羁的个性特质。对于自由的尊崇，在江南地区有着深厚的精神土壤。王国维、蔡元培、朱自清、梁实秋、钱钟书、费孝通、宗白华等，都是江南乡土世界的一代代优秀知识分子，他们都曾是中国学界和文坛的灵魂人物。他们崇尚自由和个性，并把这种个性融入学术研究和文学创作中。当代江南作家中，汪曾祺、林斤澜、毕飞

---

① 鲁枢元：《创作心理研究》，河南文艺出版社2015年版，第316页。
② 陆文夫：《吴文化与现代化》，载《陆文夫文集》第四卷，古吴轩出版社2006年版，第281页。

宇、苏童、余华等的创作，都能见出对于自由、生命、人性的彰显和追求。这种非功利性的审美愿景，不能不说是受到江南自然风貌的潜移默化和江南文化内涵的深度浸染的诗意结果。

当然，任何一种文化，都不可能是完美的，都难以避免在功利与非功利之间摇摆，更难免体现出一种积极或消极的认识世界、面对生命的人生情状。比如陆文夫在谈到江南文化时也说道："当然，苏州人的个性中也有消极面，过分地追求闲适与宁静，便缺少了开创的胆识与力争的决心，优点和缺点总是相互并存。"① 这样的优缺点，反映到作家个性中，似乎也可以找到蛛丝马迹。当代江南作家看起来似乎更温和、更儒雅、更闲适，但实际上，他们往往内心倔强，情感充沛，思想先锋。

二 文化传统与创作思维

当然，自然地理的影响其实是多方面的，除了影响作家的个性，还可能对其他方面造成内在的深变。比如叶文玲就曾谈到自然地理对于语言的影响，她说："语言很受自然地理的影响。我总觉得江浙的语言，带着山的色、水的音，有一股灵秀之气。在写以故乡为背景的小说时，不但眼前的山水风物清晰如画，故乡父老的音容笑貌，连他们说话的语气腔调，也常常在我的耳际。"②

自然世界之外，是庞大的文化世界。这个世界更为诡秘和复杂。中国是一个无宗教信仰的国度，但却有着根深蒂固的文化传统。其中，儒家文化占统治地位，根深蒂固地影响着一代代中国人，尤其是中国的知识分子。几千年来，儒家文化的影响主导着中国的作家和文学，这种影响具体到创作上，就是思维方式的造就和塑形。

儒家倡导入世哲学和教化观念，因此，中国作家往往有着强烈的责任意识和忧患意识。这种意识几乎灌注于几千年的中国文学创作中。与儒家思想不同，道家思想则崇尚自然哲学和无为观念，道家认为文学应该是道的体现和表达，真正的文学应该是大象无形、大音希声。与儒家的教化观不同，道家思想培育的是一种追求精神自由和审美自由的文学性格。当然，这两种思想也并非完全对立，很多时候，它们相互交融，体现了一种和谐境界。

---

① 陆文夫：《吴文化与现代化》，载《陆文夫文集》第四卷，古吴轩出版社2006年版，第282页。
② 鲁枢元：《创作心理研究》，河南文艺出版社2015年版，第327—328页。

这种人道主义思想，在江南文化中十分突出。笔者在前文中曾指出，江南文化是一种融文化。它在几千年的发展过程中，不仅融合了中原文化，还是儒、释、道三种文化思想的深度交融。佛教和道教的意义在于，它们启示我们要破除与生俱来的各种欲念，消除对这个世界固有的执念，从而实现一种智性的解脱和心灵的自由。而这一切在作家们的文学创作和审美追求中都打上了深深的烙印。当代江南作家中，汪曾祺、林斤澜、叶文玲等老一辈的作家，就十分推崇这种人道精神。《受戒》中对于种种冲突的消融和化解，《矮凳桥风情》系列小说中，融现实生活和民间传说为一体的民俗风情世界，展现的都是"人道主义"的魅力。而《青灯》等小说，更是营造出一种宁静而超拔的道德境界。

　　儒家思想在现代社会的转换反映到文学创作中，即是对"为人生"的艺术的推崇，这在 20 世纪的文学史上有着十分详实的体现。"为人生"的写作是 20 世纪乃至 21 世纪近二十年中国文学创作的主流。不过，恰恰相反的是，江南文化的诗性特征和唯美气质，决定了江南作家在文学创作观念上的"为艺术"的非功利性。这种文学观反对文学为现实生活所限制，反对文学仅仅反映社会问题，反对文学的"实用"目的。"为艺术而艺术"是法国哲学家库辛在 1818 年提出的，后经戈蒂叶、王尔德等人的阐发而颇具影响。创造社在 20 世纪 20 年代将"为艺术"的文学观介绍到了中国。而创造社的主将郁达夫即是江南人。虽然这一观念在中国的文学发展中并未成为主潮，但却产生了十分深远的影响。在这种观念的主导下，新时期中国文学抒情主义的滥觞在此生发，异军突起的先锋小说思潮得以生根发芽，继之而来的寻根文学、新写实等，都体现了"为艺术"的文学创作观的思维向度和创作新变。

　　除却外部影响，这种"为艺术"的创作观，有时是与生俱来的。比如范小青在谈到自己的创作时说："我从小在苏州长大，受苏州文化影响感染很大，从事创作以后，我所描写的对象、创作的文学形象、营造的文化氛围肯定都是苏州化的，这种风格最显著的特征是淡而有味，小中见大，而不仅仅是精致精细，但这种追求可能会带来问题，苏州以外特别是口重的北方读者可能会觉得太淡，淡得无味，会提出疑义。"[①] 因此，这种风格也是难以撼动的。她又说："一个人创作方法一旦形成，要想在短期内作重大的改变也是不可能的。因为创作方法不是一个单纯的技术问题，它和创作思想，和生活经历、追求的目标、文学修养、欣赏的习惯、语言的运

[①] 李雪、范小青：《写作的可能与困惑——范小青访谈录》，《小说评论》2010 年第 5 期。

用都是连在一起的,不是你想变就变,也不是想变就会变得很好的。"①

一个有文学抱负的作家,当然不会满足于既得的文学成就,他会不停地思考、不断地探索,虽然不一定会成功,但这种创新的精神依然值得称赞。"文化可以是有适应性的,但永远也不会在这一点上尽善尽美。"② 作为一位从小身处江南的作家,范小青的创作道路带给我们深刻的启示性。即,一个作家,其创作风格不管如何变化,其精神的内核是不会变的。"原先写的那些东西可能和我的内心某种东西更相通,有比较自然的天性。我是苏州人,从小在这里长大的,受这里的文化熏陶,表现出来的就是苏州文化这种状态。"③ 因此,虽然她竭力摆脱早期苏州小说的审美格局,创作了《女同志》《赤脚医生万泉和》《香火》《我的名字叫王村》《灭籍记》等诸多风格迥异的长篇小说,但那种变化之中的"不变"是盘根错节的,那就是对于文学"为艺术"的价值观的坚守。

江南经济富庶,宜家宜居,但江南也是历来政治斗争和革命战争的交汇之地。哀鸿遍野,民不聊生,这是江南世界的另一个时代面向。诗意与残酷并存,忧患与哀愁同生,这在历代文人的诗词中有着十分生动的表现。这样一种复杂的传统,更容易引起作家们对日常生命的关照,以及对人类命运的深切关怀。江南文化的诗意中,如果没有这样一种对灵魂和未来的思考,那么这种诗意就是浮华而无意义的。江南文化的哀愁中,如果没有这样一种对于人类命运的深切关怀,那么这种哀愁就是自恋而可怜的。因此,"为艺术"的文学观,其最终的精神旨归依然要落实到现实的、活生生的人类世界。

陆文夫说:"传统吴文化的实用性已经被越来越多的人看到了,可看到的却往往是物化了的某个部分;传统吴文化博大精深的内涵,它对当代的影响,对苏州未来的发展将起何种作用等等,更应该引起人们的注意,否则的话,我们对传统吴文化的认识就是肤浅的,就有可能陷入一种目光短浅的实用主义。"④ 实际上,在江南文化的无功利审美之下,暗含的是对于生命、人性、自由的大情怀和大关切。当代江南作家,用诗性的思考和

---

① 陆文夫:《有用与有趣》,载《陆文夫文集》第五卷,古吴轩出版社 2006 年版,第 326 页。
② [美]塞缪尔·亨廷顿、劳伦斯·哈里森主编:《文化的重要作用》,新华出版社 2010 年版,第 186 页。
③ 范小青、于新超、姜帆:《现代传统下的当代作家写作》,《西部·华语文学》2008 年第 2 期。
④ 陆文夫:《吴文化与现代化》,载《陆文夫文集》第四卷,古吴轩出版社 2006 年版,第 280 页。

浪漫的抒情，来捍卫自己的精神家园和艺术领地。

三　文化氛围与审美心理

　　作家审美心理的形成，和作家个性的塑造是一样的，是一个缓慢而持久的过程，这中间要历经熏陶、积累、整合和创新的复杂过程，才能达至臻境。在这个过程中，有的接受是自觉的、自省的、自察的，但很多时候，却是无意识的、不自觉的，是潜移默化、润物细无声的。但是，即便是这种潜在的影响，也不完全是无迹可寻的。

　　作家文学创作或审美心理的最早缘起，往往在童年时期。这在很多作家的回忆录和创作谈中十分常见。这种童年的影响至关重要，甚至于决定了一个作家一生的创作走向。比如范小青在《关于成长和写作》中就谈到了这种影响，她说："前辈作家的影响和自己童年少年生活的影响，都是形成我创作风格的重要原因。地域性的艺术视角也是来源于生活的影响和对生活的感悟，我在苏州写作的最大感受，就是我是一个苏州人，我与苏州是融为一体的。"① 当然，这种童年体验对于作家的影响并不是直接显现出来的，它也有一个变形、重塑、升华的过程。对此，弗洛伊德曾说："在所谓的最早童年记忆中，我们所保留的并不是真正的记忆痕迹而却是后来对它的修改。这种修改后来可能受到了各种心理力量的影响。因此，个人的'童年记忆'一般获得了'掩蔽记忆'的意义，而且童年的这种记忆与一个民族保留它的传记和神话有惊人的相似之处。"② 文化氛围的形成、发展，是一个不断积累、不断丰富的过程，同样的，作家的审美心理的形成与成熟，也不是童年时期就决定了的。事实上，作家审美心理的形成，更大程度上取决于青年时期。如果说童年时期对文化的接受是一种被动和不自觉的无意识状态，那么这个时期对于文化的接受更趋向于理性和思辨。但这种理性，还带着十分强烈的感性色彩，这种思辨还不稳定，带着某种犹疑和不自信。比如余华，在他早期的写作中，并非一下就确立了自己的写作风格，而是在经历了多方面的探索之后，才逐渐找到属于自己的创作方向。

　　陆文夫说："我发现，在我和许多人的身上都有两种心理，一种是习惯性，它和惰性很相近，即习惯于自己所熟悉的东西，碰到自己不熟悉的

---

　　① 范小青：《关于成长和写作》，《美文》（下半月）2007年第10期。
　　② ［奥］弗洛伊德：《日常生活的精神病理学》，载《弗洛伊德主义原著选辑》上卷，辽宁人民出版社1988年版，第105页。

东西总好像有点不舒服似的。另一种是奇异性，这种心理充满了活力，总是想知道、看到、经历过一些自己所不熟悉的东西。习惯使得世界相对地稳定，奇异性会推动世界向前发展。习惯性常常是在自己的生活之中，奇异性经常是在未知的想象里。"[1] 这种习惯性就是文化氛围熏陶下的不自觉的选择，也是一个作家审美心理的底色。比如我们阅读麦家的作品，你依然能够从他风云密布的谍战故事中嗅到江南文化的印迹。不管是《暗算》中对于江南小镇的优雅描绘，还是《解密》中宏阔的江南时代背景，都不难看出江南文化在麦家小说中的游走与挥洒。麦家说，他的创作受到了博尔赫斯和卡夫卡两位作家的重要启发。博尔赫斯改变了麦家，改变了他对文学的认知。如果说博尔赫斯对麦家的改变更多的是在文学观念上，那么卡夫卡的影响，则较多地体现在写作状态和创作个性上。和卡夫卡一样，麦家从小到大，一直处于一种压抑的环境中，对外部世界有一种持续而紧张的戒备。卡夫卡主张回到自己的内心生活，麦家也认为文学和心灵相关，生活的最好方式，就是写作，沉思冥想的内心写作。我们当然不能否认这种影响，但同样不能忽视的是，麦家对于小说迷宫般存在的建构，以及对于人类命运奇幻迷人的展现，可能也根源于江南文化中奇异而神秘的美学要素。

当然，这种文化的影响，终归是潜在的、内在的，它并不凸显在外部世界的芜杂和喧嚣中。同样的，即便是处在同一文化的影响下，由于不同个体的独特性，每个作家的审美心理也是全不相同的。作家汪曾祺从江南文化的诗性和唯美中，提炼出了自己独特的审美情趣和艺术理想，他亲近沈从文、废名等人的无功利的审美传统，从而排斥功利性的审美追求。这种亲近自然而然、水到渠成，从而实现了心灵与写作的同频共振，才会为我们留下了一曲曲动人而美妙的水上乐章。作家苏童则从江南文化的奢靡和堕落中，生成了自己绮丽而阴郁的小说美学，他更倾向于西方浪漫主义和现代主义的颓废诗学，但同样地拒斥一种现实主义的审美需求。在不同的时期，作家因为对于生活的认识的深化和变化，也可能会调整自己的创作方向和审美追求，采用不同的创作手法来抒发内心的情感和对世界的认知，以表现自己崭新的审美理想。比如苏童21世纪以来的小说创作，就更趋向于现实主义的书写，以此来构建自己新的小说王国。

---

[1] 陆文夫：《文学的民族性》，载《陆文夫文集》第五卷，古吴轩出版社2006年版，第220—221页。

江南文化内涵在历史的前进中，丰富着，更新着，它影响着一代代作家，也成为一代代作家自觉、不自觉的美学追求。这种影响其实是多元的，江南诗书传家的文化承续，自我文化知识的研习和积累，诗情画意的文化想象中的耳濡目染，这些都可以看作是外部的渗透和浸染。而从作家个体来说，文化选择的主动性、创新意识的突发、创作个性的张扬等，都是最为内在的创作动机与艺术追求。江南文化影响了江南作家，成就了江南作家，但反过来，同样的，江南作家发扬了江南文化，丰富了江南文化。这种辩证的内在关系是一种客观的存在。这便是文化的意义，也是作家的价值。

第三节　江南文化视域中的当代江南小说

任何一个概念的提出，都要经历一个犹疑、变化和确立的过程。本书对于"当代江南小说"的界定，同样如此，这不是一个严格意义上的名词解释，只是对江南文化辐射下一个创作群体的现象描摹。它是不确定的、模糊的，但正是因为这种含混和暧昧，才有了更大的文学生长空间和学术可能性。

让我们首先回到1949年前后的中国。这个时期，地域文化的影响实际上是很难直接凸显出来的。它只能在局部，在微小的领地，在个体的内心世界中，隐隐地作用着、流动着、存在着。在1949年之后的很长一段时间里，江南文化对于当代江南小说写作的影响是极其微弱的，但却是实实在在存在的。它规约着当代江南小说艺术追求的最小可能性，同时制约着当代江南小说政治属性的最大公约数，它那可怜的美学支撑在政治的汪洋大海中显得极为单薄而渺小。

1949年前后，随着国内政局的变化，许多作家不得不在新的境遇面前做出新的抉择。这中间，虽判断各异，选择有别，但"更多的作家则怀着对新政权不同程度的信任和对新社会的向往，纷纷'北上'，云集已被确认为未来首都的北平"[①]。而由这"北上"所带来的直接后果是，在接下来几十年的中国当代文学发展历程中，北京或者说是北方一直是文学创作的中心。特别是在强调意识形态和政治导向的"十七年"及"文化大革

---

① 董健、丁帆、王彬彬主编：《中国当代文学史新稿》（修订本），人民文学出版社2007年版，第21页。

命"期间，文学创作的艺术风格基本都是政治化的，或者说是"北方化"的。不管是郭沫若、胡风、何其芳、臧克家、艾青、贺敬之等人的诗歌写作，还是刘澍德、康濯、方纪、赵树理、峻青、王愿坚等人的小说创作，都无疑地具有这种强烈的时代特征和政治意味。尤其是"十七年"期间影响巨大的"青山保林，三红一创"等长篇小说，更是典型性十足。在这样的创作氛围中，这些作品不可避免地被打上了鲜明的政治烙印和意识形态色彩，而其艺术性的低下在所难免。

可贵的是，即便是在如此恶劣的创作环境中，仍有不少作家苦苦地守护着文学的底线和尊严。其中，就有一批生于江南或者说受着江南文化深远影响的作家。1951年，文艺界在对影片《武训传》进行批判的同时，还对"资产阶级、小资产阶级创作倾向"① 进行了批判。在当时，萧也牧及其小说《我们夫妇之间》是被批判的主要代表人物和典型作品。1951年6月，陈涌率先发表文章，明确指出萧也牧所创作的某些作品含有小资产阶级的倾向，并批判这种倾向"在创作上的表现是脱离生活，或者依附小资产阶级的观点、趣味来观察生活，表现生活"②。接着，丁玲在写给萧也牧的一封信中，也毫不客气地给予批判，她说："你的作品，已经被一部分人当着旗帜，来拥护一些东西，和反对一些东西了。他们反对什么呢？那就是去年曾经听到一阵子的，说解放区的文艺太枯燥，没有感情，没有趣味，没有技术等的呼声中所反对的那些东西。至于拥护什么呢？那就是属于你的小说中所表现的和还不能完全包括在你的这篇小说之内的，一切属于你的作品的趣味，和更多的原来留在小市民，留在小资产阶级中的一些不好的趣味。这些东西，在前年文代会时曾被坚持毛泽东的工农兵方向的口号压下去了，这两年来，他们正想复活，正在嚷叫，你的作品给了他们以空隙，他们就借你的作品而大发议论，大做文章。因此，这就不能说只是你个人的创作问题，而是使人在文艺界嗅出一种坏味道来，应当看成是一种文艺倾向的问题了。"③ 她还以小说《我们夫妇之间》中的主人公李克为例，坐实了自己的判断："如果解放区的知识分子出身的干部，至今还像李克同志那样有这种趣味和情调，那么就不能说明解放区的政

---

① 参见丁茂远《建国初期文艺运动中的一桩"公案"——"批判资产阶级、小资产阶级创作倾向"的回顾与思考》，《杭州大学学报》（哲学社会科学版）1996年3月第26卷第1期。
② 陈涌：《萧也牧创作的一些倾向》，《人民日报》1951年6月10日。
③ 丁玲：《作为一种倾向来看——给萧也牧同志的一封信》，载洪子诚编《二十世纪中国小说理论资料》第五卷，北京大学出版社1997年版，第57页。

府、共产党、毛主席对他们的苦心教育。"① 且不论作品中到底如何表现了作家的趣味和情调,单从这气势汹汹的批判,即可见当时的政治与文学之间残酷的现实关系。而就以其被批判的"趣味"和"情调"来说,这正是江南文化十分重要的美学内涵,也是江南文人寻求思想和个性解放的精神趋向。《我们夫妇之间》的作者萧也牧,是浙江吴兴人。吴兴为湖州古称,三国置吴兴郡,包括今湖州一带,取"吴国兴盛"之意,是典型的江南地标,因此江南文化对作者的影响和熏染是不可少的。萧也牧于20世纪40年代即开始发表作品,其中《山村纪事》《海河边上》《难忘的岁月》《秋葵》《连绵的秋雨》等作品,虽也难免有政治化的倾向,但其自然顺畅的文笔和感情浓郁的抒情气息,别具江南意味。

这一时期同样受到批判的另一部作品《洼地上的"战役"》则是路翎的代表作。路翎,祖籍安徽无为,生于南京,并长期在南京求学居住,直到1937年冬随家人入川。1942年,路翎创作了中篇小说《饥饿的郭素娥》,从此名声大噪。而长篇小说《财主底儿女们》的问世,成为中国现代文学的巨大收获。小说上半部描写了苏州巨富蒋捷三家族的崩溃,下半部则描写蒋家儿女们在抗战期间聚散无常的生活道路和心灵轨迹。其中不难看出其对江南地域的描绘,以及江南文化对其文学写作的重要影响。1949年之后,路翎创作了《洼地上的"战役"》《初雪》等短篇小说,另外写有一些剧本和散文。他十分擅长表现人物精神世界的丰富和复杂,这在其早期的创作中表现得尤其明显。尽管在后期的写作中,由于受了意识形态的束缚,这种表现已不十分突出,但相较于这一时期的其他创作,这种情感表现依然有着比较明显的流露。以被批判的《洼地上的"战役"》为例,小说采用了近似意识流的表现手法,描绘主要人物的内心世界和精神活动,既忧郁感伤,又温暖感人,将在残酷斗争环境下人物心灵的美好展现得一览无余。作为"胡风反革命集团"的一分子,路翎极富反抗精神和自由意志,而这与同样生于江南的鲁迅的"反抗绝望"的精神哲学有着十分契合的内在联系。正因如此,他的作品才不断地受到攻击和批判。侯金镜即批判道:"在作者的笔下,志愿军战士们的精神生活的境界和他们高贵的品质、高度的阶级觉悟与大无畏的自我牺牲的行为是怎样的不相称。"②

---

① 丁玲:《作为一种倾向来看——给萧也牧同志的一封信》,载洪子诚编《二十世纪中国小说理论资料》第五卷,北京大学出版社1997年版,第60页。
② 侯金镜:《评路翎的三篇小说》,《文艺报》1954年第12期。

《我们夫妇之间》和《洼地上的"战役"》是当代江南小说两个十分重要的文本，有着不同寻常的影响和价值。在那个政治挂帅的年代，这实在是两个稀有的存在。前者是当代中国最早触及城市问题的"另类"小说，后者则是当时革命叙事下较早关注个人生活和个体命运的"奇葩"之作。因此，其被批判和被打击的命运也是自然而然的了。而笔者所关心的是，他们被批判的原因和作品中所表现出来的艺术独特性，是不是和他们两个人所受到的江南文化的影响有着不可分割的关系呢？是的。在文学创作受到极大束缚的恶劣环境下，作家及其作品中所表现出来的对于"趣味""情调""个性"的追求，不正与江南文化中所蕴含的自由意志、浪漫诗情、抒情意蕴等审美特质契合吗？这一时期，高晓声、陆文夫、方之、汪曾祺等一大批生于江南、长于江南或者受着江南文化影响的作家，都表现出了或多或少的"江南"情结，创作了大量的当代江南小说。如高晓声的《解约》《收田财》、陆文夫的《赌鬼》《荣誉》、方之的《兄弟团圆》《在泉边》、汪曾祺的《鸡鸭名家》《戴车匠》等，都是中国当代小说重要的收获。虽然这一时期的作品主题大都围绕农村改革、政治斗争、婚姻风俗等社会问题，但是"无论是对人性层面的彰显、乡土细节的刻画、爱情幽微的滋味、心理挣扎的揣摩等的直觉感性，都或多或少地中和与歧出了'教条化'的'社会主义现实主义'以'党性'优先的书写方式，多样性地蕴藏了他们未来在'探求'上的潜力与被批判时的可诠释性"①。由此不难看出，在当时中国创作一体化的时代潮流中，江南诸多作家的写作都有意或无意地在挣脱既定的意识形态束缚，从而表现出与众不同的情感体验与个性特征。这一切，自然地与江南文化的悠久传统和深远影响有着内在暗合的思想关联。

如果说江南文化与当代小说之间的互动在"十七年"及"文化大革命"期间是一种相对静默的潜流，那么到了新时期以后，江南文化对小说创作的影响有了较为明显的外在表现。这不仅仅表现在江南作家在新时期文学写作中数量上的增加，而且体现在其数十年间一直参与到中国当代文学思潮的萌发和更迭之中。新时期之初，伤痕文学兴起，其重要代表作《伤痕》的作者卢新华，即为江苏如皋人。而这部作品之所以受到如此好评则在于其恢复了对于人性、人情的书写，把对于人的考量放到了文学的核心位置。高晓声作为现实主义重要的代表作家，其代表作《李顺大造

---

① 黄文倩：《在巨流中摆渡："探求者"的文学道路与创作困境》，武汉出版社2011年版，第65页。

屋》《"漏斗户"主》《陈奂生上城》等，成为新时期文学的时代标本。尽管由于"地方风俗画、风景画以及异域情调氛围营造上的欠缺，极大地影响了高晓声乡土小说的艺术价值和本应取得的艺术高度"①，但是其作品略带苏南方言特色，有着十足的江南标识，特别是后期的一些寓言类小说，也都流露了淡淡的江南韵味。其他如方之的《内奸》等，张弦的《记忆》《被爱情遗忘的角落》等，虽没有明显的江南文化印记，但其对人性的赞扬、对自由的渴望，都与江南文化的审美内涵有着丝丝缕缕的关联。另外，陆文夫的《献身》《小贩世家》《围墙》《美食家》，虽然写的都是寻常巷陌中的小人物，但笔触极为清新娟秀、淳朴自然，富有浓郁的苏州地方气息，并且深具时代和历史内涵，成为当代江南小说的典范。而其后继者范小青等人，则以《裤裆巷风流记》《个体部落记事》《采莲浜苦情录》《锦帆桥人家》等诸多作品，继续表现着苏州的世间风情和人物故事，不断丰富着当代江南小说的审美风格和思想内涵。

这一时期江南文化的影响还体现在寻根小说和先锋小说的创作上。寻根小说方面，李杭育的"葛川江"系列，包括《葛川江上人家》《最后一个渔佬儿》《人间一隅》《土地与神》等，描写了吴越人家的日常生活和人生百态；林斤澜的"矮凳桥"系列，以浙江农村为背景，在小说中追忆故乡的民俗风物，一山一水、一草一木都是他描写和叙事的对象；汪曾祺的《受戒》《大淖记事》等，特别善于在日常的生活和人物中发现美好和诗意。先锋小说方面，余华的《十八岁出门远行》《世事如烟》《河边的错误》《古典爱情》《现实一种》等，充满了浓郁的神秘氛围，也有着残暴变态的病态气息；苏童的主要作品《1934年的逃亡》《妻妾成群》《我的帝王生涯》《罂粟之家》《红粉》《米》等，显示出了与余华的暴力血腥的艺术气质完全不同的品质，他完全承接了江南文化中绮丽缱绻、奢靡腐烂的"堕落"气质，在香椿树街和枫杨树村这两个虚拟的江南世界中，将历史与现实、革命与日常、爱恨与悲喜等，展现得璀璨多姿、迷离动人；格非的《迷舟》《褐色鸟群》《青黄》等，虽然有着强烈的形式变革意味，但其作品中所渲染的神秘及朦胧气氛，散发着十分浓郁的江南味道，而其《欲望的旗帜》《敌人》以及"江南三部曲"《人面桃花》《山河入梦》《春尽江南》等，更是以江南世界作为其小说叙事的宏大背景，来展现历史潮流中的个人命运遭际；而叶兆言的《悬挂的绿苹果》《五月的黄昏》《枣树的故事》等早期小说，已经流露出了淡淡的江南意味，尤其是"秦

---

① 丁帆等：《中国乡土小说史》，北京大学出版社2007年版，第250页。

淮夜泊"系列小说《状元境》《十字铺》《追月楼》《半边营》等，更是以民国为时代背景，以秦淮河为地理构架，来凸显那个时代独有的人间风情和精神气质。

及至20世纪90年代，在市场经济及全球一体化的影响下，地域文化的表征逐渐淡化，但这种文化的浸染和传承仍在，江南文化还在发挥着潜移默化的作用。其中，通过毕飞宇的《哺乳期的女人》《是谁在深夜说话》《地球上的王家庄》《青衣》《玉米》《平原》等，韩东的诸多长篇小说，以及叶弥的《美哉少年》、朱文颖的《莉莉姨妈的细小南方》等小说，都能看到这种影响的存在。即便是到了21世纪以后，在范小青、苏童、叶兆言、余华、艾伟、鲁敏等江南作家的当代江南小说写作中，依然能看到江南文化那四处弥漫的影子在文本上呼吸的痕迹。

前面简单梳理了江南文化影响下当代江南小说的写作发展过程，可以看作是一部缩略版的"当代江南小说史"。可以说，正是受了江南文化的哺育，当代江南小说才呈现出了自己独特的地域风情和艺术风格。那么江南文化对于小说创作的影响在小说中又有着怎样的表现呢，或者说当代江南小说中的江南世界是怎样得以描绘的呢，这是接下来要探讨的另一个问题。因为正是这种小说中的文化再表现，丰富并拓展了江南文化，而这也体现出江南文化与当代江南小说之间互动、互渗的双重意义。

其实，小说写作中对于江南世界以及江南文化的表现早在20世纪初中国白话小说的兴起中就已经有所体现。鲁迅的许多小说在这方面都有所书写，比如《社戏》中，一幅美丽恬然的江南水乡世界经过作者不动声色的描绘，悄然地展现在读者的阅读世界里。比如《故乡》中，江南文化内涵中颓唐思维和感伤情绪的蔓延，几乎是顺流而下的。作为中国现代白话小说的代表，鲁迅把传统文化与西方现代思想的融合做到了极致。在他的小说中，既可以读到其艺术表现的先锋和现代，也能感受到无处不在的传统文化——尤其是江南文化——影响的流露和表达。不只鲁迅，茅盾也十分关注江南市镇的民俗风情，这在他的诸多长篇小说的写作中多有流露，尤其是在其散文如《香市》《桑树》等中，江南文化中的民俗风情更是被描写得趣味十足。对于江南水乡世界的描绘和江南民俗风情的关注，是江南小说中经常出现的文化要素，当然这并不是全部。如果说关于江南小说的整体描述只是一种宏观上的探讨，那么对于江南小说的分析则要建立在具体的文本之上。只有通过具体的文本细读，才能从微观的视角来透视江南文化在小说世界中细枝末节的表现和隐而不露的内在抵牾。

书写江南，意味着作家认识江南的审美自觉，意味着江南这方世界的一草一木在作家的情感和精神时空中有着摇曳的风姿。这种书写首先是对江南自然风景的依赖和青睐。自然环境中,气候的影响是最为明显也最为有力的。除此之外,便是在这种气候影响下一系列的自然景观,比如水土、植被等,也是体现地域文学色彩的重要外在风貌。在谈到气候不同所产生的地域差异时,有研究者即认为:"在地理坏境的诸多要素对文学所构成的诸多影响当中,气候的影响是最基本的,也是最强有力的影响。气候对文学的影响有两种形式,一种是直接影响到文学,一种是通过人文气候影响到文学。气候的最大特点之一,在于它的差异性。气候的差异不仅影响到文学家的地理分布格局及其变迁,影响到文学家气质的养成与作品风格的形成,还影响到文学家的审美感受与生命意识的触发,并最终影响到文学地理景观的差异。"① 法国18世纪启蒙思想家孟德斯鸠也十分强调气候的影响,他说:"气候的影响是一切影响中最强有力的影响。"② 生于斯长于斯的江南作家们,总是流露出对江南自然地理风貌的钟情。例如在苏童的笔下,这一自然景观的普遍呈现是纵横交错的"河流",地道的江南水乡,在他的描述中始终氤氲着挥之不去的柔情诗意。而在毕飞宇的笔下,这一自然景观则换作了绵绵不断的"雨水",不管是春雨、梅雨、秋雨、冬雨,在江南这方天地里,总是弥漫着令人无法忘怀的诗情画意。可以说,是江南独特的地理环境孕育了江南作家与众不同的文学修养,从而影响了他们的审美取向和价值选择,甚至决定了他们的文学趣味和表达方式。在这充满诗意的地理空间里,作家们无法忽略自然环境所带来的情感体验和审美感受,更无法把这方天地里的各色人物与他们所生死与共的世界置之不顾,他们以自己的天然灵感和艺术天分努力创造着作为理想生活的世界,一个诗意化的现实与想象并存的世界。

受着这种天然的唯美气候的影响,江南作家的创作自然也表现出了自己的特色。"长江流域的人民,因为生活比较富裕,日子过得比较从容,所以他们弄起艺术来,便很有些'为艺术而艺术'的味道,而讲求文采,讲求精细,讲求柔美,讲求那种空灵而含蓄的韵致,便是情理之中的事了。"③ 比如陆文夫的名篇《美食家》中的这段描写,即体现了这样一种自然环境下的日常生活状态:

---

① 曾大兴:《文学地理学研究》,商务印书馆2012年版,第116—117页。
② [法]孟德斯鸠:《论法的精神》上,张雁深译,商务印书馆1963年版,第372页。
③ 曾大兴:《文学地理学研究》,商务印书馆2012年版,第223页。

> 秋天对每个城市来说，都是金色的。苏州也不例外，天高气爽，不冷不热，庭院中不时地送出桂花的香气。小巷子的上空难得有这么湛蓝，难得有白云成堆。星期天来往的人也不多，绝大部分的人都在忙家务，家务之中吃为先，临巷的窗子里冒出水蒸气，还听到菜下油锅时滋啦一声炸溜。①

当然，这样的气候影响，并不决然会对一个作家的审美气质形成命定的桎梏。相反的，有时候可能会出现截然不同的美学趣味。同样的是受着江南文化的熏染，余华小说中对于气候的呈现，就灰暗颓唐得多，《在细雨中呼喊》的暗夜自不必说，《活着》《兄弟》等，则为我们呈现了一个与诗意几乎毫无关联的江南。这种矛盾的差异性启示我们，自然气候和文化传统的影响，在具体到甚至作用于作家个体时，不仅会造成趋同的趣味，也会有内在的变异，从而延伸出许多异质的元素。这体现了文化的统一性和多样性。

这种多样还表现在书写对象选择的差异性上。这就涉及我们要谈到的关于文学景观的叙事表达。如果说自然环境对作家的影响，带有许多自发的地理特征，那么文学景观对于作家的影响，则是其本身所承载的文化内涵所投射出来的历史魅力。比如建筑，一说"胡同""四合院"就会联系到北京，从而想到京派文化；一说"小巷""园林"就会联想到江南，从而勾起对于江南文化的想象；一说"弄堂""亭子间"，则会想到上海的寻常巷陌，激发起对于海派文化的猜想。可以说，建筑等实体景观，既是一个地方独特的自然景观的反映，也代表着它所独有的文化特质。

在我最为直观的记忆中，六朝古都南京的历史古迹，苏州的小巷、园林等，都是作家笔下经常涉及的文学景观。然而，其实并不仅限于此，总体来看，江南建筑可以用四处神韵来归纳。一是"水、桥、房"的空间格局。水、桥、房融合成独特的空间，且变化多样，亲切宜人，"小桥流水人家"的空间特征展示的是江南水乡人间天堂般的生活情景。二是"黑、白、灰"的民居色彩。它勾勒的是一幅清淡的中国山水画，把水乡特色渲染到了极致，这也是它最负盛名和最具特色的所在。三是"轻、秀、雅"的建筑风格。这体现在对建筑的整体把握上，从人性方面来说也吻合了江南人的一些特点。四是"情、趣、神"的园林意境。江南园林自成一系，小巧灵活，精彩绝伦，在环境的构造上为人们提供了一个思考的意境和精

---

① 陆文夫：《美食家》，载《陆文夫文集》第二卷，古吴轩出版社2006年版，第92—93页。

神家园。① 比如在陆文夫较早的小说《小巷深处》中，作者开篇即写道："苏州，这个古老的城市，现在是睡熟了。她安静地躺在运河的怀抱里，像银色河床中的一朵睡莲。那不太明亮的街灯照着秋风中的白杨，把婆婆的树影投射在石子马路上，使得街道也洒上了朦胧的睡意。"② 这可算是中国当代文学中较早表现江南文化景观的例了。其后，范小青等人笔下的苏州小巷及园林，苏童、叶兆言等人笔下的南京及小桥，都表现了文学景观在当代的一种传承。尽管它们也在遭受破坏，也在慢慢地消失，但是这些文学景观所承载的文化传统和历史积淀，必将在文学作品中留下为人所感叹的、零碎的"面目全非"。另外，对民俗风情的描绘，也是小说中十分常见的文化要素，汪曾祺、林斤澜等人的小说甚至于就是一幅幅生动的文化风俗画。对此，汪曾祺说："写一点风俗画，对增加作品的生活气息、乡土气息，是有帮助的。风俗画和乡土文学有着血缘关系，虽然二者不是一回事。很难设想一部富于民族色彩的作品而一点不涉及风俗。"③

但是，作家在文化风情的艺术表达上，也是各不相同的。汪曾祺迷恋于水乡风情的描绘，陆文夫执着于小巷园林的构建，叶兆言痴情于民国元素的开掘，这种种趣味的不同，取决于作家个体审美的差异，也体现了文学创作多元的精神空间和美学路径。

当然，所有外部因素的影响，都要化作一股思想的潜流，深入到作家的灵魂之中。这种影响日积月累，便会形成一种"伟大的传统"，从而产生更加磅礴的生命力。在江南的文化传统中，除了前面提到文学景观本身所积淀的历史基因，作为江南文化的更为直接的传承者——文人士大夫——所负载的精神价值有着最为深刻的表现力和影响力。费振钟说："江南的学术风气和文学艺术风气，之所以盛传不衰，实际上是文化家族的精神基因在发挥积极作用。而源于这样的文化家族的内在'教导'，传统的江南文人都自觉地具备了一种'文人本位'的价值观念，他们往往依靠它来确定个人在现实世界中的位置，确定自己的生存理想选择。"④ 而具体到当代的江南作家，汪曾祺、林斤澜、陆文夫、高晓声、方之、叶兆言、苏童等，都可以看作是这一理想选择的承担者和表现者。在江南文化的浸润中，他们虽然各具独特的艺术表现和思想表达方式，但毫无疑问

---

① 陈抒：《江南传统建筑特色与文化审美》，《江南论坛》2008 年第 12 期。
② 陆文夫：《小巷深处》，载《陆文夫文集》第三卷，古吴轩出版社 2006 年版，第 1 页。
③ 汪曾祺：《谈谈风俗画》，载《汪曾祺全集》第三卷，北京师范大学出版社 1998 年版，第 352 页。
④ 费振钟：《江南士风与江苏文学》，湖南教育出版社 1995 年版，第 31 页。

的，都是士大夫精神在当代的一种内在传承。如果说对于士大夫精神的追求是一种"男性"气概的表现，体现了江南文化中"刚性"的一面，那么对于女性形象的钟情则表现了其"柔性"的一面。陈望衡在《江南文化的美学品格》一文中认为："江南概念主要是审美的。江南文化从主调来看，是一种审美文化。"① 这种审美的趋向具体到女性形象的塑造，则也具备了江南文化独特的趣味和风貌。

在中国当代文学史上，江南作家中的女性作家可能不是最多的，但江南作家在女性形象塑造和女性心理刻画方面却是最多且最成功的。陆文夫《小巷深处》里的徐文霞、《井》中的徐丽莎，汪曾祺《寂寞与温暖》《受戒》《大淖记事》中的女性形象等，都给人留下了极为深刻的印象。而其后的苏童、叶兆言和毕飞宇等，更是成为中国小说家中塑造女性形象之翘楚。苏童的《妻妾成群》里的女性，是历史和时代阉割下的病态呈现；毕飞宇《玉米》系列里的女性，交织着时代、政治和人性的复杂与扭曲；而在叶兆言的笔下，则是现实和理想碰撞之下的女性的失魂落魄，以及无奈、妥协甚至绝望。费振钟在谈及陆文夫与汪曾祺对女性形象的塑造时，曾分析道："汪曾祺对'女性'的'佳期如梦'的企求及其情感创造，虽然在写作中表现为个人始终不息的生命渴求，但他的心灵与情感所必然经历的历史过程，同时也清楚地告诉我们，他显然是按照江南文人的理想方式，向着生命存在的终极方向归投。就在这样的归程中，个人的一切意愿和努力，都化为一个温宛明丽的女性的神话。"② 汪曾祺如此，陆文夫亦如此，而其后的苏童、叶兆言、毕飞宇等人又何尝不是如此？

这种种对于女性形象的凸显和塑造，从另一个方面反证了江南文化阴柔、唯美的特质。女性，给人的天然印象，即是水一样的存在，美一样的化身。当代江南作家对于女性的青睐，除去写作选择和审美追求方面的考量，不能不说是因为江南文化唯美气质的有效浸染。不过，客观来说，任何一种文化对于写作的影响，都不可能是单一的，也并不存在一种绝对性。江南文化本身就是一种融合的文化，它内涵复杂，其中既有主流的精神美学，也有异质的思想特性，这都是不能忽视的。我们对于江南和江南文化的认识、认同同样如此。"一般来说，如果说中原认同的内涵多半是孔孟之道、儒家思想，那么江南认同则是学问世界、诗意与美学，是生活与习俗、文化的个性与多样性、文明的创意，但是更深层次的江南认同也

---

① 陈望衡：《江南文化的美学品格》，《江海学刊》2006年第1期。
② 费振钟：《江南士风与江苏文学》，湖南教育出版社1995年版，第250页。

是儒家的,并不与北方文化对立,比如支撑明遗民坚守气节的就是传承悠久的儒家忠君思想,所以说江南认同也是美学创造与思想骨力的结合。江南认同一方面是一个不断离心的过程,表现为地域文化特色,另一方面又是一个不断向心的过程,因其本质积聚了北方中原文化要素,积聚了衣冠士人与礼乐文明,因而具有天然的向心力。"① 在这种天然的向心力中,江南文化与江南作家,互相影响、互相成就,才有了今天当代江南小说孤绝而绚丽的杰出诗篇。

正是通过小说这一在中国当代最富影响力的艺术体裁,江南文化的内涵得到了十分有效也极为明显的文学表现。同时,在当代江南小说富有成就的时代写作中,江南文化的肌理和内涵有了进一步的丰富和提升,让人们看到了在这个文化失落时代对江南诗意的信念和追求,哪怕仅仅是剩余的想象,哪怕只是孤独的情绪。

---

① 胡晓明:《江南诗学——中国文化意象之江南篇》,上海书店出版社2017年版,第64—65页。

第三章　当代小说思潮中的江南小说

1949年7月2日至19日，中华全国文学艺术工作者代表大会（简称"第一次文代会"）在北平召开。这次会议奠定了1949年之后的文学体制，也确定了毛泽东《在延安文艺工作座谈会上的讲话》作为今后全国文艺的工作方向。会上，郭沫若作了题为《为建设新中国的人民文艺而奋斗》的总报告，其中即强调作家对于"现实"的认识和重视，他说：

> 为了能够更好地反映人民的斗争和创造，满足人民的要求，我们文学艺术工作者就必须深入现实，加强学习。……深入现实是一切创作家首先应该努力的。其次，接触现实还并不就等于完全认识现实。今天的中国社会正处于伟大的剧烈的变化之中，我们所面对的现实比过去的文学艺术工作者所面对的现实要复杂得多……因此，学习革命的理论和政策，学习进步的文艺理论，对于我们就十分必要了。只有通过这种学习，我们才能正确地深刻地认识现实，我们才能提高我们的文学艺术作品的思想性。[①]

1953年9月23日至10月6日，第二次文代会召开，对于"现实"的重视得到了实质性的推进，这次会议不仅对1949年以来所取得的文艺成就进行了总结，而且最终确立社会主义现实主义为未来中国文艺创作和文艺批评的最高准则。从此，"现实主义"不管是作为一种文艺政策，还是一种创作方法，甚至一种思想潮流，一直位居中国文学创作的核心地带。尽管其间，围绕"现实主义"的争论此起彼伏，但从未撼动其"垄断"地位。

新时期以后，虽然"现实主义"依然占据着十分重要的地位，但随

---

① 郭沫若：《为建设新中国的人民文艺而奋斗 在中华全国文学艺术工作者代表大会上的总报告》，载王运熙主编《中国文论选·现代卷》下，江苏文艺出版社1996年版，第664页。

着意识形态的解冻和各种思想潮流的涌入，各类文学思潮纷至沓来，丰富并推动着中国当代文学的发展。各种先锋的、现代的思想潮流催生了诸如先锋文学、寻根文学等的兴起，即便是围绕"现实主义"，也出现了诸如魔幻现实主义、新写实主义等具有新的时代特征的文学思潮。凡此种种，共同构成了20世纪八九十年代文学的丰富与复杂、暧昧与混乱。

笔者关注的是，当代小说思潮中的江南小说写作，到底呈现出怎样的时代特征和美学意趣，并在多大程度上参与并丰富着当代小说思潮的发生与发展；不管是在现实主义一枝独秀的"十七年"时期，还是20世纪八九十年各种小说思潮勃兴之际，当代江南小说如何深度地开拓着中国当代小说的艺术视野，并建构起中国当代小说全新的精神世界；同时，江南文化在具体的文学实践中有着怎样的表现，以及由此又带来怎样的思考和启示。

第一节　现实主义的"异质"

在"辉煌"的20世纪中国文学中，由"现实主义"所激发和产生的作品，一定远远超出了其他任何一种文学潮流。但现实主义并不是一个土生土长的概念，而是清末民初在翻译的过程中从日本传来的舶来品。1902年，梁启超发表《论小说与群治之关系》一文，"写实"（与"现实"同义）一词首次进入中国文学的视野。在他看来，"欲新一国之民，不可不先新一国之小说。……何以故？小说有不可思议之力支配人道故"，他还将小说分为理想派和写实派，"小说种目虽多，未有能出此两派范围外者也"。[①] 1917年，陈独秀发表《文学革命论》，明确提出"三大主义"作为新文学的革命目标，其中之一即为"写实文学"："曰推倒雕琢的阿谀的贵族文学，建设平易的抒情的国民文学。曰推倒陈腐的铺张的古典文学，建设新鲜的立诚的写实文学。曰推倒迂晦的艰涩的山林文学，建设明了的通俗的社会文学。"[②] 由此，"写实"渐为文学创作者所关注。

[①] 饮冰：《论小说与群治之关系》，载陈平原、夏晓虹编《二十世纪中国小说理论资料》第一卷，北京大学出版社1997年版，第50—53页。

[②] 陈独秀：《文学革命论》，载严家炎编《二十世纪中国小说理论资料》第二卷，北京大学出版社1997年版，第20页。

一 现实主义的限制

在《现实主义的限制——革命时代的中国小说》一书中，作者安敏成说："在中国，对于那些现实主义的最先倡导者来说，现实主义一词是与西方观念态度的整体，尤其是文化活力及其精神独立性联系在一起的。"① 比如文学研究会的重要发起人郑振铎在《新文学观的建设》一文中，即表示："文学是人生的自然的呼声。人类情绪的流泄于文字中的，不是以传道为目的，更不是以娱乐为目的。而是以真挚的情感来引起读者的同情的。"② 但从后来的文学发展情况看，事实正好相反。1930 年，"左联"成立。在成立大会上，鲁迅先生作了题为《对于左翼作家联盟的意见》的讲话，第一次提出了文艺要为"工农大众"服务的方向，并且指出左翼文艺家一定要和实际的社会斗争接触。虽然与此同时，围绕现实主义的争论早已展开，但是现实主义作为中国现代文学潮流中最为重要的创作方法已经无可争议。而周扬于 1933 年从苏联引进的"社会主义的现实主义"的概念，也开始悄然流行。1936 年春，"左联"解散，新的抗日文艺组织——中国文艺家协会成立了，目标更为明确地提出要以挽救民族危亡为重任进行文艺创作。然而，大多数作家，"尤其是那些在五四运动大潮中成长起来的作家（其中包括许多 30 年代初期的崭露头角的作家），发现自己正处于令人困扰的两难之中。一方面，他们真诚地期望通过创作具有政治功效的文学以表示自己的爱国热情；另一方面，他们的文学灵感又与文化领袖所规划的作品图式相抵触"③。现实主义与文学创作所期待的自由的、虚构的、审美的艺术诉求第一次遭遇"信任"危机，而这种危机到 1949 年之后表现得更为明显。

1942 年 5 月，毛泽东在延安文艺工作座谈会上发表讲话，标志着新文学与工农兵群众相结合的开始，也标志着中国的"现实主义"创作进入了新的时期。这一时期，许多作家在毛泽东文艺思想的指引下，在塑造工农兵形象和反映伟大的革命斗争方面取得了不小的成就，如赵树理的《小二黑结婚》《李有才板话》、丁玲的《太阳照在桑干河上》、周立波的《暴风

---

① ［美］安敏成：《现实主义的限制——革命时代的中国小说》，姜涛译，江苏人民出版社 2011 年版，第 31 页。
② 西谛：《新文学观的建设》，载《文学运动史料选》第一册，上海教育出版社 1979 年版，第 185 页。
③ ［美］安敏成：《现实主义的限制——革命时代的中国小说》，姜涛译，江苏人民出版社 2011 年版，第 55—56 页。

骤雨》，等等。然而，这样的"现实主义"引起了巨大的质疑和争议，"作为一种变革工具而被引入中国的批判现实主义，恰恰因为没能使变革向集体性的要求发展，而成为了怀疑的对象"①。对于"现实主义"概念的过度窄化和偏狭理解，严重制约了中国当代小说的现实主义写作。曾经激情澎湃、风格多样的文学创作，在政治风暴的绞杀中，在"社会主义现实主义"的政策框定下，渐渐陷入了主题单一、题材狭窄、人物公式化的泥淖。

"文化大革命"之后，随着意识形态的松动，文艺开始渐渐挣脱"社会主义现实主义"的束缚，向着多方面延伸和发展。"社会主义文学的现实主义精神，应是文学的社会性、真实性和向上性的有机统一"。② 其中，对高大全人物的疏离和对普通人物的关注是最为重要的变化。曾经被完全抛弃的现实主义批判功能，也慢慢得到正视和认可。与此同时，虽然现实主义依然是文学创作的主潮，但是由于受着多种文学思潮的影响，此时的现实主义的内涵正在变得丰富与混杂。在这样的背景下，当代江南小说在现实主义的潮流中，又表现出了怎样与众不同的"特质"呢？

二 现实之外：虚构与诗意

如果仅仅从外部宏观的视角来看，"十七年"期间萧也牧和路翎等被批判的人的首当其冲，和"文化大革命"之后"伤痕文学"中卢新华等人的率先崛起，以及其后的高晓声、方之、张弦等人的被关注和受推崇，仅仅表明了他们作为江南作家的"局外人"身份；那么从内部微观的角度来看，陆文夫、林斤澜、汪曾祺三位江南作家的现实主义小说写作，才真正具有从江南文化的角度来考察其与现实主义之间微妙关系的价值。而这种价值主要体现在小说中对于个性与自由、抒情与写意的重视和突出。在他们的小说实践中，"五四"现实主义者所希望的"能在小说中引入与传统的表现性诗艺相关的因素"③ 的艺术设想，正一一得以实现。

陆文夫，江苏泰兴人。1956 年，因发表短篇小说《小巷深处》而一举成名。这篇小说写的是一个"旧社会"的妓女在新中国成立之后的蜕变。小说通过对主人公徐文霞日常生活和情感生活的描写，表现了她的现

---

① ［美］安敏成：《现实主义的限制——革命时代的中国小说》，姜涛译，江苏人民出版社 2011 年版，第 66 页。
② 邹平：《现实主义精神和多样的创作方法》，《文学评论》1982 年第 5 期。
③ ［美］安敏成：《现实主义的限制——革命时代的中国小说》，姜涛译，江苏人民出版社 2011 年版，第 35 页。

实处境和命运遭际。严格来说，作者通过"旧人物"来表现新生活，歌颂新时代的创作思路依然受到了"现实主义"的极大限制，但可贵的是，作者正试图在意识形态的弥漫中开拓出一片新领域。正如有研究所指出的："这些描写爱情生活的作品在当时的政治文化语境中所以有价值，不仅是因为表现了人情美和人性美，更是因为爱情、个人内心情感生活已然是这一历史时期知识分子保持独立意志的最后的浪漫领地。"① 而对于这种种"美"，陆文夫将其归因于他所生活的苏州。他在《〈小巷深处〉的回忆》一文中说："如果真是比现在写得美的话，那也不能归功于我，得归功于苏州。苏州的姑娘长得美，园林美，小巷也有一种深邃而宁静的美。'小楼一夜听春雨，深巷明朝卖杏花'。苏州的小巷里确实有过卖白兰花，那叫卖的声音也十分优美。老实说，此篇小说的环境描写是帮了大忙的。"② 事实也的确如此，小说一开头即描写了苏州小巷的深邃、宁静，呈现出一片美好的诗意。而在另一篇文章《姑苏之恋》中陆文夫再次强调了"苏州"的重要性："有人说我在《小巷深处》里把苏州写得很美，使人通过这篇小说爱上了苏州；又说'小巷深处'这四个字也很美，现在已经成了常用词了。其实，这些也不能完全归功于我，如果忽略了人间各种痛苦的话，苏州确实很美。"③ 这段意味深长的话，一方面是对苏州的赞美，但另一方面也包含了对那个时代写作的某种抱憾，他自己就曾经反思《小巷深处》有"失真"之弊。"现实主义"所要求的政治正确与真实生活的抵触在陆文夫的创作世界中同样是不能避免的思想之痛。

新时期之后，陆文夫又相继发表了《献身》《小贩世家》《围墙》《美食家》等诸多有着重要影响的小说。作品中依然有前期对于苏州地域色彩描写的延续，"苏州小巷"在他的笔下展现出了更加丰富驳杂的面貌。除却各种美，种种痛苦也通过作者细腻的笔触娓娓道来。相较于《小巷深处》的单调之美，这一期对小巷的描写更加真实，更加富有人间气息和人情味。比如《美食家》中：

> 我提着竹篮穿街走巷，苏州的夜景在我的面前交替明灭。这一边

---

① 董健、丁帆、王彬彬主编：《中国当代文学史新稿》（修订本），人民文学出版社2007年版，第21页。
② 陆文夫：《〈小巷深处〉的回忆》，载《陆文夫文集》第五卷，古吴轩出版社2006年版，第134页。
③ 陆文夫：《姑苏之恋》，载《陆文夫文集》第四卷，古吴轩出版社2006年版，第266—267页。

是高楼美酒,二簧西皮,那霓虹灯把铺路的石子照得五彩斑斓,那一边是街灯昏暗,巷子里像死一般的沉寂,老妇人在垃圾箱旁边捡菜皮。这里是杯盘交错,名茶陆陈,猜拳行令,那里却有许多人像影子似的排在米店门口,背上用粉笔编着号码,在等待明天早晨供应配给米。这里不知是哪个大宅门的高官喜事,包下了整个的松鹤楼,马车、三轮车、黄包车在观前街上排了一长溜,新娘子轻纱披肩,长裙曳地,出入者西装革履,珠光宝气;可那玄妙观的廊沿下却有一大堆人蜷缩在麻袋片里,内中有的人也许就看不到明天……①

从这段描写中可读出一位优秀作家的大悲悯。霓虹灯闪、珠光宝气和死一般的沉寂都未能抵消陆文夫小说本身所具有的美,相反,那种凄凉之感犹如月光下的一丝冰凉从心尖滑过,似乎一切都在不经意间抵达情感的顶端。在这些散发着历史况味和古朴情怀的小巷中,仿佛听到了时间的回荡,也好似感觉到了那历尽沧桑之后的淡淡凄凉,历史和现实的混杂,想象和失望的交融,使得这小巷不再具有单一的朴素意味,而生发出不易察觉的忧伤气息。陆文夫说:"我熟悉小巷深处的各种人物,也知道这些人在解放前后的变迁。我认识现今成了女工的妓女,也记得她们在解放前站在昏暗路灯下的情景。我住过耦园,也知道苏州的各个园林,那留园的假山、西园的茶社,这一切都会自然而然地进入到我的小说中来。我不能把我要写的人物放到大海之滨,因为我不知道大海的涛声在深夜里是低诉还是轰鸣,可我知道那卖馄饨的梆子在深夜的空巷中会发出回声。当我在艺术的幻想中拼命地搜索我的人物的踪影时,那客观的存在就会把我的各种想象吸附过去,让天马行空的艺术想象找到一处歇脚的地方。"②

"幻想","天马行空的艺术想象",终于在新时期的现实主义潮流中找到了表达空间。对陆文夫来说,这想象依赖的是苏州这片天地,是江南文化熏染中的情感释放。他在《吴文化与现代化》一文中写道:"所谓苏州的特色与个性,可分为两个部分,一是精神的,一是物质的。物质的一眼可见:园林、古宅、小桥流水、波光塔影;精神的若隐若现,那是苏州人的价值取向、文化修养、待人接物的方式、对待生活的态度等等。"③ 陆文夫的小说很好地体现了苏州的个性,精神的与物质的文化特质在其"虚

---

① 陆文夫:《美食家》,载《陆文夫文集》第二卷,古吴轩出版社2006年版,第10页。
② 陆文夫:《姑苏之恋》,载《陆文夫文集》第四卷,古吴轩出版社2006年版,第267页。
③ 陆文夫:《吴文化与现代化》,载《陆文夫文集》第四卷,古吴轩出版社2006年版,第281页。

构""诗意"的表达中淋漓尽致地表现了出来，并形成了明显区别于同代现实主义作家的"异质"。

从《小巷深处》开始，陆文夫一直致力于对真实生活的描写和对所处时代的"干预"。从妓女徐文霞，到美食家朱自治，再到小贩朱源达，虽身份各异，但其遭遇的时代困境是一样的。作家试图在现实主义的努力中开掘出浪漫的人性之花。而这种浪漫的、诗性的精神，不正与江南文化的审美气质相一致吗？正是因为对于苏州的立体描写和呈现，苏州在中国当代文学中才具有了不同凡响的意义。正是借助于苏州所承载的江南文化的浸染，"陆文夫在描绘历史的或现实的社会环境时，找到了一种适合于吴越文化的美学发现的方法，从而通过古城——特别是通过一条条悠长而曲折的小巷——的外在风貌和形态，创造了一种富有文化意识而又充满江南水城情调的艺术氛围。他所塑造的各个历史时期的人物，大多生活在小巷中，他既能睿智地洞察到积淀在一代又一代小巷人物的心灵深处的传统的文化意识，又能幽视其在历史的发展进程中，为社会力量所扬弃和为时代精神所升华的部分，这就使他的作品既带有文化古城的美学情致，又透现出生机勃勃的新时代的灵气"①。

再回到关于"现实主义"的话题上来。陆文夫可以说是个彻底的现实主义者，不管是从他的创作实践来看，还是从他对现实主义的认识上，都可见一斑。他说："现实主义好比绘画中的素描，是基本功，有许多印象派的画家，早期都作过严格的现实主义的训练。我觉得，文学上的非现实主义都是现实主义的升华和蜕变，是很难掌握的，没有点基本功写出来硬是缺少那么点味儿，连说都说不清楚。"② 在他看来，"真正的现实主义是不会消失、不会衰退的，因为他有一个坚实的基础：每个人都生活在现实里"③。但同时，陆文夫也是现实主义创作中的"异质"分子，他对现实主义的追求和认可，并不意味着对其他文学创作手法和思潮的否认，陆文夫对此有着清醒的认识，他讲道："由于现代科学的发展，生活的节奏在逐步地加快，由于交通和通讯手段、新闻媒介的发展，人的生存空间扩大，距离相应缩短等等，这些都不可能不反映到形式结构、语言、体裁上来。小说中情节的跳动，过场的省略，思维活动的增加等等，看起来都是不可避免的，有些边缘文学的特长和特点，也会逐步地渗透到现实主义

---

① 陆嘉明：《陆文夫笔下的苏州小巷》，《苏州教育学院学刊》1986年第3期。
② 陆文夫：《突破》，载《陆文夫文集》第五卷，古吴轩出版社2006年版，第62页。
③ 陆文夫：《突破》，载《陆文夫文集》第五卷，古吴轩出版社2006年版，第63页。

里面。"①

这种对于"现实主义"的渗透,到了另一位江南作家汪曾祺那里,得到了更好的体现和发挥。这位受着中西方文学交错浸染的作家,每每在其小说中旁逸斜出,直抵"现实主义"之外的"虚构"与"诗意"。而在苏童、格非、叶兆言等人的小说中,这种"虚构"和"诗意"也比比皆是。对于"虚构",先锋作家苏童说:"虚构不仅是幻想,更重要的是一种把握,一种超越理念束缚的把握……虚构不仅是一种写作技巧,它更多的是一种热情,这种热情导致你对于世界和人群产生无限的欲望。按自己的方式记录这个世界这些人群,从而使你的文字有别于历史学家记载的历史,有别于报纸上的社会新闻或小道消息,也有别于与你同时代的作家和作品。"② 而秉持着不同理念的先锋作家们,终于在20世纪80年代纷乱的思想纷争中隆重登场了。

第二节 先锋小说的古典精神或复古倾向

20世纪80年代,先锋小说以其另类、怪异以及颇具颠覆性的写作手法在文坛引起了一阵轩然大波,以至于时至今日仍然是评论家津津乐道的话题。以今天的文学视野来看,先锋小说自有其时代的局限性和艺术手法上的种种缺憾,但在当时可谓是一场声势浩大的文学变革,引领一时之潮流。

"先锋"是法语中一个有着悠久历史的词汇,它最早是作为一个战争术语被使用,直到文艺复兴时期才发展出一种比喻意义。然而"先锋这个隐喻——表示政治、文学艺术、宗教等方面一种自觉的进步立场——在十九世纪之前并未得到始终一贯的运用。这也从一个方面揭示了'先锋派'的称号为什么有着难以消除的现代面目"③。而关于先锋派,在西方的语境中也有着较大的争议,"由于先锋派这个词频频被用于激进主义的政治语言,当它被用于文学或艺术时,它往往会指向一种忠诚,人们可以从一位视政党宣传为自己主要职责的艺术家身上发现这种精神。也许主要就是出

---

① 陆文夫:《突破》,载《陆文夫文集》第五卷,古吴轩出版社2006年版,第64页。
② 苏童:《虚构的热情》,载汪政、何平编《苏童研究资料》,天津人民出版社2007年版,第45页。
③ [美]马泰·卡林内斯库:《现代性的五副面孔》,顾爱彬、李瑞华译,译林出版社2015年版,第104页。

于这个原因,在十九世纪六十年代初波德莱尔不喜欢也不赞成先锋派这个词和先锋派这个概念"①,他甚至相当明确地表达了对它的极度蔑视。

当然,在20世纪80年代的中国,"先锋"一词所代表的思想特征显然不具有波德莱尔所讨厌的政治意味,而波德莱尔所强调的那种不可化解的矛盾,"即存在于先锋派堪称英勇的不遵从主义和它对于盲目、不宽容的纪律的最终服从之间的矛盾"②也是不存在的。相反,中国的先锋派,最早是以反叛者的姿态出现的,甚至一度成为"文学为政治服务"的终结者。尽管它也最终难免沦为一种新的权威的可悲命运,但其所表现出来的"对人类生存的本源性与终极性的质疑;对历史缺失的特殊解释;存在或'不在'的形而上思考;超距的叙述导致对自我的怀疑;对暴力、逃亡等极端主题的表现"③等,使得先锋派在20世纪80年代的文学潮流中如一道闪电,照亮了灰暗的文坛和阴翳的人心。先锋小说的出现,使得以"现实主义"为主导的当代文学创作的面貌发生了极大的改变。"先锋作家把西方的现代主义、表现主义、心理主义、未来主义、新小说派、魔幻现实主义、后现代主义等各种各样的文学思潮都统统纳入他们文体实验的视野之内,中国当代文学的面貌由此发生了翻天覆地的变化。"④而与此同时,对"先锋小说"的诟病也随之而来,比如对形式的过分强调、对现实或真实生活的背离、小说内容的晦涩难懂等,都是先锋小说备受指责和批评的艺术缺陷。关于先锋小说的意义、影响、得失等,相关的论述已经汗牛充栋,在此不一一赘述。

在中国,先锋小说最早的源头应该可以追溯到1984年马原《拉萨河的女神》的发表。随后洪峰、残雪等人的小说写作,逐渐使得这一文学潮流为人所关注。但先锋小说真正开始产生影响力,是莫言、余华、苏童、格非、叶兆言、孙甘露等作家的出现及其作品的逐渐流行,而其中影响力持续时间较长并引起更多关注的是余华、苏童、格非、叶兆言等一批出生于江南地区的先锋作家。当然,先锋作家群在江南的崛起不是一种有意为之的文学安排,也不是一种冥冥之中的偶然与巧合,而是根深蒂固的文化

---

① [美]马泰·卡林内斯库:《现代性的五副面孔》,顾爱彬、李瑞华译,译林出版社2015年版,第119页。
② [美]马泰·卡林内斯库:《现代性的五副面孔》,顾爱彬、李瑞华译,译林出版社2015年版,第120页。
③ 陈晓明:《表意的焦虑》,中央编译出版社2003年版,第122—125页。
④ 吴义勤:《秩序的"他者"——再谈"先锋小说"的发生学意义》,《南方文坛》2005年第6期。

传统和人文地理所孕育的一场文学风暴。对此，有研究者分析说：

> 当然，如果硬要找出一个说法，或许就要归因于南方的人文历史和地理。南方那些水雾弥漫的雨季，为神秘的玄想创造了一种氛围，而从先锋小说作品中，我们似乎还能感受到南方雨季的潮湿和暧昧，那些神秘出入的人物和不可思议的故事。而在南方残存的那些传说和旧时代的遗迹，那些笼罩在迷雾中的老宅，都催生出南方才子们古怪的激情，烟雨茫茫的山水和霉烂、阴冷、玄奥、艳丽的生活都成了他们想象的资源。他们像是巫师、相士、道人，用不可思议的语言言说着不可思议的故事，并用神秘和玄奥刺激着我们的神经。他们像那些长久地生活在南方的智者与大师，如福克纳、马尔克斯、博尔赫斯等等，把充满才情的玄想带入我们生活着的这个世俗化的时代。阅读这些南方小说就像一次充满幻觉的远游，让我们一次次堕入非真实的魅力中。当这些南方才子们在一夜之间涌上文坛的时候，我们似乎再一次领略了南方的神秘、古老和怪异。它对热热闹闹的80年代是一种偏离和疏远，而这种偏离和疏远本身又证明着80年代的复杂和矛盾。只是这些复杂和矛盾常常被遮蔽了、忽略了，因而先锋小说的"偏离"和"疏远"，一开始就沉入一种寂寞的境地。①

先锋作家不是西方文学思潮"中国化"的怪物，而是扎根于中国本土文化深处，借着现代性而盛开的一朵奇葩。这在上述江南作家的先锋小说中表现得最为明显。在江南文化的影响下，先锋作家在其叛逆、反抗以及另类的"西方化"的艺术品质中，流露出了或清淡或浓郁的"中国式"古典精神或复古倾向。具体来说，主要表现在以下几个方面：一是意象架构，二是叙事风格，三是语言表达。

一 灵动意象与古典意趣

意象是中国古典美学范畴中一个十分重要的概念。自古至今，相关探讨不胜枚举。比如刘勰在《文心雕龙·神思》中指出："然后使玄解之宰，寻声律而定墨；独照之匠，窥意象而运斤：此盖驭文之首术，谋篇之大端。"② 可以说较早从美学角度认识到意象在创作中的重要性。《二十四诗

---

① 尹昌龙：《1985：延伸与转折》，山东教育出版社1998年版，第163—164页。
② （南朝梁）刘勰：《文心雕龙》，范文澜注，人民文学出版社1958年版，第493页。

品》中也提到"意象":"是有真迹,如不可知。意象欲出,造化已奇。"①著名美学家叶朗先生甚至不无偏激地强调说:"使古今中外的所有艺术具有同一性的,能彼此认同的,就是意象。"② 就执着于形式革命的先锋作家来说,他们对于叙事手法的痴迷似乎是压倒其他一切表现手段的,但在具体的写作过程中,关于意象的构架必不可少。不管是小说的命名,还是小说人物的塑造、故事氛围的营造,甚至于情节的推动,都能看到意象的身影。早期如马原的《拉萨河的女神》,格非的《青黄》《褐色鸟群》,叶兆言的《枣树的故事》等诸多先锋小说,都能看到意象在小说叙事与美学表现上的深刻印记。而到了先锋作家后期转型之后的写作中,这种意象的构架更为明显和突出。尤其是在苏童的小说写作中,与江南文化相匹配的意象有着更为写意的敷设,"不仅使他的小说获取了更大的表现的自由与空间,使叙述向诗性转化,而且使'抒情风格'向更为深邃的表意层次迈进、延伸,尤其是在表现南方生活的作品中,意象与南方的自然、生态、人的存在方式、存在体验之间构成了各种神秘的文化联系,甚至可以说,南方就是一个庞大的文化象征或隐喻,就是一个无限丰富的意象"③。只有透过这些极具特色的江南意象,才能真的体会到江南文化影响下先锋作家的古典精神或复古倾向。

苏童曾在《少年血·自序》中写道:"一条狭窄的南方老街,一群处于青春发育期的南方少年,不安定的情感因素,突然降临于黑暗街头的血腥气味,一些在潮湿的空气中发芽溃烂的年轻生命,一些徘徊在青石板路上的扭曲的灵魂。从《桑园留念》开始,我记录了他们的故事以及他们摇晃不定的生存状态。"④ 这一自序基本道尽了贯穿苏童小说写作的全部意象,南方老街、青石板路、潮湿的空气、溃烂的生命、扭曲的灵魂,无不透露出江南世界的自然风貌、文化景观和精神面向。即便是在其早期颇具代表性的先锋小说《罂粟之家》《1934年的逃亡》《飞越我的枫杨树故乡》中,意象的选择也已表现出耐人寻味的诗意氛围。比如在小说《飞越我的枫杨树故乡》中,作者写道:"多少次我在梦中飞越遥远的枫杨树故乡。我看见自己每天在逼近一条横贯东西的浊黄色的河流。我涉过河流到左岸

---

① (唐)司空图:《诗品·缜密》,载郭绍虞主编《中国历代文论选》,上海古籍出版社1979年版,第205页。
② 叶朗主编:《现代美学体系》,北京大学出版社1999年版,第14页。
③ 张学昕:《南方想象的诗学——论苏童的当代唯美写作》,复旦大学出版社2009年版,第115页。
④ 苏童:《少年血·自序》,江苏文艺出版社1995年版,第2页。

去。左岸红波浩荡的罂粟花地卷起龙首大风，挟起我闯入模糊的枫杨树故乡。"①苏童对于意象的迷恋，当然不是单纯的叙述需要和激情表达，也并非刻意地以符号化的姿态实现一种哲学化的思想呈现，而是打开了另外一个视角，来表现人与自然世界、现实世界的血肉关联，并通过想象的力量和诗情的释放，来表坝一种叙事的美感。

江南，烟雨迷蒙，河流纵横。这一独特的水乡世界使得"河流"意象如影随形地出现在江南作家笔下。不同的是，河流意象所呈现的内容是有差别的：在汪曾祺的笔下，河流意象所蕴含的是小桥流水人家似的诗意图景；在陆文夫的笔下，河流意象所孕育的是寻常巷陌的人间烟火；在格非的笔下，河流意象所承担的是叙事的推进和氛围的营造；而到了苏童笔下，河流意象所承载的是暴力、血腥、残忍一并交杂的南方的腐烂与堕落。比如格非在小说《褐色鸟群》一开始即写道："眼下，季节这条大船似乎已经搁浅了。黎明和日暮仍像祖父的步履一样更替。我蛰居在一个被人称作'水边'的地域，写一部类似'圣约翰预言'的书。"②"深黛色的河流在孤零零的木桥下冥寂地流淌。我竭力在桥上寻找她的影子。"③

与"河流"意象相伴生的，是对于雨（尤其是梅雨）的钟情。阴雨连绵所带来的潮湿之气和霉变之味，成为江南世界独有的象征和标志。苏童在《妻妾成群》中这样写道："秋天里有很多这样的时候，窗外天色阴晦，细雨绵延不绝地落在花园里，从紫荆、石榴树的枝叶上溅起碎玉般的声音。这样的时候颂莲枯坐窗边，睬视外面晾衣绳上一块被雨淋湿的丝绢，她的心绪烦躁复杂，有的念头甚至是秘不可示的。""陈佐千快快地和颂莲一起看着窗外的雨景，这样的时候整个世界都潮湿难耐起来，花园里空无一人，树叶绿得透出凉意。远远地那边的紫藤架被风掠过，摇晃有如人形。颂莲想起那口井，关于井的一些传闻。"④ 小说中几乎没有任何温暖的诗意色彩，而是充满了一种异样的、令人厌倦的生活气息。这种气息同江南的自然气候密切相关，而这也奠定了当代江南小说独特的叙事基调。格非的《褐色鸟群》同样四处弥漫着雨的气息：

> 一天深夜，歌谣湖一带突然下起了瓢泼大雨，雨下到第二天早晨还没有停。我拥着薄薄的棉被坐在床上吸烟。现在梅雨季节来临了。

---

① 苏童：《飞越我的枫杨树故乡》，载《世界两侧》，江苏文艺出版社1993年版，第157页。
② 格非：《褐色鸟群》，载《褐色鸟群》，上海文艺出版社2014年版，第48页。
③ 格非：《褐色鸟群》，载《褐色鸟群》，上海文艺出版社2014年版，第56页。
④ 苏童：《妻妾成群》，载《婚姻即景》，江苏文艺出版社1993年版，第121页。

我看是绿色的田野上空，雨幕像密密的珠帘一样悬挂着。大风将白楼的木栅栏院门刮得砰砰直响。我谛听着大雨中的各种声响，又渐渐入眠了。到了晌午的时候，我恍惚听到楼下有人在砸门。我想那大概是白楼花园里的园丁。可是下着这么大的雨，园丁来干吗？砸门声越来越响。我懒洋洋地披上衣服下楼开门。我轻轻地拨开门闩，大风扑面直灌进屋来。我一连打了好几个冷战。

那个女人站在雨中。①

这个站立在"雨"中的女人，虽然在格非的小说中籍籍无名，但因了这软糯潮湿的气氛，却让人不自觉地联想到苏童小说《妻妾成群》中的梅珊、颂莲。这些披着古典的传统外衣的女子，在苏童历史化的叙事口吻和神秘化的抒情风格中，无不流露出典雅、精致却也哀伤、忧郁的感人气质。江南潮湿低沉的空气里，泥土腐烂的气息以及女性凄清幽怨的感怀相互混杂，共同营造出了苏童小说颓废、低婉的美学情调和神秘、病态的叙述氛围。张清华在《天堂的哀歌——苏童论》中指出，苏童的小说"具备了他特有的既古典浪漫，又高贵感伤的气质"，"它的叙事中氤氲着一个古老的文化模型，一种久远又熟悉的色调，一种种族历史所特有的情境和氛围"，"它们在神韵上同南朝作家以及江南文人常有的纤巧、精致、抒情和华美气质有着一脉相承的关系，宛如杜牧的诗、李煜的词，充满着哀歌一样的感人魅力"。在他看来，《妻妾成群》"是苏童的挽歌和哀歌中一个格外鲜亮凄美的旋律，它是古代、江南、天堂和地狱的结合体，一件精致的危如累卵的古物瓷器"。②

正是通过这一系列的江南意象，苏童建立起了属于自己的审美风格。葛红兵说："苏童无意于展现时代，也无意于刻画人物，他试图揭示的其实只是某种心态、意绪与幻觉，在这个意义上，女性主人公的命运与观念实际上都是虚拟的、象征化的。而实实在在地被苏童看重的则是她们的生存感受、她们的虚荣、她们的欲望、她们的恐惧、她们的空虚，这些通过井、萧、阳痿、醉酒等一系列意象弥漫开来。"③ 苏童很好地将历史、文化、故事、人物、氛围糅合到"枫杨树乡"这片江南土地上，创造出了令人惊叹、惊奇的古典意味十足的"先锋"小说，也使得他的小说体现出了

---

① 格非：《褐色鸟群》，载《褐色鸟群》，上海文艺出版社2014年版，第69—70页。
② 张清华：《天堂的哀歌——苏童论》，《钟山》2001年第1期。
③ 葛红兵：《苏童的意象主义写作》，载孔范今、施战军主编《苏童研究资料》，山东文艺出版社2006年版，第376页。

与其他同时代先锋作家与众不同的审美品质。

二　古典手法与风格确立

一门叙事艺术仅有意象的架构是远远不够的。尤其是对于注重技巧、注重情节、注重故事的小说写作来说，意象只能称之为整个故事布局中的一个个点。把这些点串连起来形成更为完整的叙事结构，需要独特的叙述手法和表现手段。苏童在访谈中不止一次谈到他对于写作手法的追求："在80年代，意象的大量使用是我写作的一个习惯，也许来自于诗歌。在写作中，塑造人物形象也好，推进情节也好，都注重渲染意象的效果。……但是后来，我渐渐抛弃这样的一种写作方法。尤其从《妻妾成群》开始，我开始使用传统白描手法，意象在我的小说中存在是越来越弱。以前的小说看不出是什么画，现在的小说看得出是国画，而且是白描的、勾线的，不是水墨的。"①《妻妾成群》一开头写道：

> 四太太颂莲被抬进陈家花园时候是十九岁，她是傍晚时分由四个乡下轿夫抬进花园西侧后门的，仆人们正在井边洗旧毛线，看见那顶轿子悄悄地从月亮门里挤进来，下来一个白衣黑裙的女学生。仆人们以为是在北平读书的大小姐回家了，迎上去一看不是，是一个满脸尘土疲惫不堪的女学生。那一年颂莲留着齐耳的短发，用一条天蓝色的缎带箍住，她的脸是圆圆的，不施脂粉，但显得有点苍白。颂莲钻出轿子，站在草地上茫然环顾，黑裙下面横着一只藤条箱子。在秋日的阳光下颂莲的身影单薄纤细，散发出纸人一样呆板的气息。她抬起胳膊擦着脸上的汗，仆人们注意到她擦汗不是用手帕而是用衣袖，这一点给他们留下了深刻的印象。②

毫无夸张的叙事表现，也没有浓墨重彩的渲染，不过寥寥数笔，却把颂莲整个人物形象的个性及其可预见的悲惨命运不动声色地揭露了出来。白描是中国画技法名，指单用墨色线条勾描形象而不施色彩的画法；白描也是文学表现手法之一，是指用朴素简练的文字描摹形象，不重辞藻修饰与渲染烘托，描绘出鲜明生动的形象。中国古典小说《水浒传》《三国演义》等多用白描的手法。苏童的《红粉》写在劳动营里改造的小萼收到秋

---

① 周新民、苏童：《打开人性的皱折——苏童访谈录》，《小说评论》2004年第2期。
② 苏童：《妻妾成群》，载《婚姻即景》，江苏文艺出版社1993年版，第107页。

仪捎来的包裹时,也运用了这一手法:"小萼剥了一颗太妃夹心糖含在嘴里,这块糖在某种程度上恢复了小萼对生活的信心。后来小萼嚼着糖走过营房时自然又扭起了腰肢,小萼是个细高挑的女孩,她的腰肢像柳枝一样细柔无力,在麻袋工场的门口,小萼又剥了一块糖,她看见一个士兵站在桃树下站岗,小萼对他妩媚地笑了笑,说,长官你吃糖吗?"① 再平实不过的语言,再朴素不过的叙述,读来却总觉得意蕴深厚、味道十足,一个艳丽的风情女子在此时此刻显得如此的机灵、动人,惹人怜爱。苏童认为:"小说应该具备某种境界,或者是朴素空灵,或者是诡谲深奥,或者是人性意义上的,或者是哲学意义上的,它们无所谓高低,它们都支撑小说的灵魂。"② 的确,苏童小说的最大魅力即在于,不管是朴素的白描,还是华丽的抒情,不管是浅白的勾勒,还是深度的刻画,不管是男性形象的重塑,还是女性形象的再造,都给人一种灵魂跳动的鲜活之感。悲惨的故事在他的笔下总能拧出几点透亮的水滴来,暗淡的现实在他的描写中也总是能让人感受到一种窒息的美感纷至沓来。那味道是古典的,是传统的,是中国的。

　　苏童在谈到《妻妾成群》时说:"当初写《妻妾成群》的原始动机是为了寻找变化,写一个古典的纯粹的中国味道小说,以此考验一下自己的创作能量和能力……这个故事的成功也许得益于从《红楼梦》《金瓶梅》至《家》《春》《秋》的文学营养。"③ 是的,苏童的创作谈和他本人给人带来的感觉一样,严谨、沉稳,像一个老成持重的邻家大男孩。当谈及和古典文学乃至现代文学的联系时,他用了"也许",我们应该明白的。文学创作本身定然存在着文化之间相互的吸附和传承,苏童对于女性形象的钟情和对于古典意味的追求,与他过往的阅读经验和文学品位并不构成一种必然的因果关系,但"也许"是存在着一种关系吧。因为单从《妻妾成群》的题目来看,是不是有着当代版的《红楼梦》之感?不同的是,那个末世大观园的女性群像,换作了另一个时代江南院落里的女性图谱,然而其精彩程度却也毫不逊色。尤其是对于生于苏州、长期生活于南京的苏童来说,江南文化的传承和古典文学的熏陶,使他的小说写作在先锋的气质之中,总是混杂着同期的先锋作家所不具备的思想深刻和文化深度。评论家陈晓明把这种对于文化深度的开掘概括为"复古的共同记忆",他说:

---

① 苏童:《红粉》,载《婚姻即景》,江苏文艺出版社1993年版,第71页。
② 苏童:《苏童创作自述》,载汪政、何平编《苏童研究资料》,天津人民出版社2007年版,第17页。
③ 苏童:《婚姻即景·自序》,江苏文艺出版社1993年版,第1页。

"'复古的共同记忆'更重要的在于叙事风格所表达的文化深度,例如,《妻妾成群》的那种典雅精致、沉静疏淡的风格,那种'哀而不伤,怨而不怒'的态度,沟通了古典主义文化的传统记忆——由审美态度无意识触及的文化记忆。尽管先锋小说的叙述人经常用现代的叙事话语讲述那些古旧的故事,然而,古典性的故事要素与文化代码完全吞没消解了话语的现代性特征,话语讲述的年代透视出纯净的古典时代的风格,而讲述人的精神气质和美学趣味则重现了古代士大夫文人的文化风范。"①

王德威评价苏童说他是最会讲故事的人。的确,在笔者的阅读经验里,苏童的小说最能给人带来欲说还休的历史感、穿越时空的传奇感,和于无声处起惊雷的震撼感。读苏童的小说,可以是十分放松、享受的,也可以是十分紧张、难过的,他让你永远有一种欲罢不能的好奇感,同时又有一种回味无穷的孤独感。哪怕妻妾成群,也不能阻止内心的凄凉迎面而来,哪怕遍地开满了罂粟之花,你也永远都是在渴望之中度过备受煎熬的痛苦。这是苏童与其他先锋小说家如马原、孙甘露等人的极大不同,但是与同时代的江南作家叶兆言、格非、余华等人比起来,他们的叙事存在着许多共通的地方。因此,阅读这些江南的先锋文学作品要比其他先锋作家相对容易一些。当然,笔者只是说容易,他们的先锋精神一点儿也不因此而逊色。

余华说:"我在中国生活了近四十年,我的祖辈们长眠于此,这才是左右我写作的根本力量。可以这么说,中国的传统给了我生命和成长,而西方文学教会了我工作的方法。"② 另一位先锋小说家格非也十分注重对传统资源的借鉴,他在谈到小说的叙事时说:"一个是叙事形式方面它更加内在,这确实也是我自己的一个想法,第二,我觉得就是开始去注意吸收传统这样一个资源,是向内的,而不是向外拓展。中国文化本来就有'向内超越'的传统。"③ 而这种向内转的直接表现,就是"江南三部曲"的创作,尤其是《人面桃花》,不管是意象的选取,还是叙事的展开,都体现了作者取之传统、内化为美的积极努力。格非自己曾反省说:"我以前不大喜欢中国传统小说,但经过多年来的思考和阅读。坦率地说,我的观点有了很大变化,我觉得中国有些传统小说实在太了不起了。它跟西方文学完全不同,它早已经突破了西方文学的很多界限……我觉得我们可以重新

---

① 陈晓明:《无边的挑战——中国先锋文学的后现代性》,中国人民大学出版社2015年版,第270页。
② 余华:《我能否相信自己》,人民日报出版社1998年版,第227—228页。
③ 格非、张学昕:《文学叙事是对生命和存在的超越》,《当代作家评论》2009年第5期。

认识中国传统文学的价值,在其中寻找写作的资源。"① 在谈到《人面桃花》的具体写作时他又讲道:"开始我想采用一个繁复精美的结构,简单来说,我想挪用地方志的叙事形式,写一部小说。但我的内心对现代主义产生了很大怀疑,我觉得随着社会的不断变化,读者的耐心在丧失,这么写小说像是在打一场不是对手的战争。重读《金瓶梅》使我最终决定另起炉灶。它的简单、有力使我极度震惊,即使在今天,我也会认为它是世界上曾经出现过的最好的小说之一。我觉得完全可以通过简单来写复杂,通过清晰描述混乱,通过写实达到寓言的高度。"②《人面桃花》被认为"既有鲜明的现代精神,又承接着古典小说传统中的灿烂和斑斓"③。这应该是先锋的现代精神和传统的古典趣味融合下的美丽"宁馨儿"吧。

三 语言功效与叙事魅力

不管是意象,还是叙事,要讲好故事,不能不依赖于语言。让自己的语言更有韵味,更加古典,是作家们一种自觉或不自觉的艺术追求。王一川在评价苏童的创作时所指出:"尽管苏童深受拉美魔幻现实主义影响,并有意或无意中注意摹仿,但当他用中国语言来写作的时候,这种语言本身所'蕴涵'或'携带'的中国传统就被释放了出来,使读者可以感受到中国古典式情景交融,虚实相生或人物交感等意味,甚至也不难发现宋词式婉约、感伤等特色。也许可以这样比较:贾平凹的隐喻形象使中国传统处在明言层次,而西方影响被置于隐言层次;而苏童这里恰好倒过来了,西方影响在明言层次,而中国传统在隐言层次。"④ 这其实说的还是一个内在、一个外在的问题。即苏童的小说不管是形式上、叙事上都带有鲜明的西方现代小说印记,但他所讲的故事、叙事的口吻、语言的基调都是传统的,更确切地来说,是江南的,古典的,唯美的,孤独的,感伤的。这种"隐言层次"对这些长期浸润于江南文化的小说家来说,是深入骨髓的,而不管人到了哪里,不管其创作手法如何变化,不管是现实的、现代的,不管是浪漫的、魔幻的,其底色和基调依然是传统的。

---

① 格非:《带着先锋走进传统》,http://ent.sina.com.cn/2004-08-06/0954465739.htm,2019 年 11 月。
② 格非:《带着先锋走进传统》,http://ent.sina.com.cn/2004-08-06/0954465739.htm,2019 年 11 月。
③ 《华语文学传媒大奖·2004 年度杰出成就奖:格非授奖词》,《新京报》2005 年 4 月 11 日。
④ 王一川:《中国形象诗学》,上海三联书店 1998 年版,第 144 页。

苏童笔下的女性形象众多,但个个写得精彩,个个让人印象深刻,原因何在?我想其中一个十分重要的原因即是他赋予了每个人物独特的语言风格。还是以《妻妾成群》为例,小说中颂莲、梅珊等人物之间有着许多精彩的对话:

  颂莲瞟了雁儿一眼,她说,"你傻笑什么,还不去把水泼掉?"雁儿仍然笑着,"你是谁呀,这么厉害?"颂莲揉了雁儿一把,拎起藤条箱子离开井边,走了几步她回过头,说,"我是谁?你们迟早要知道的。"①

  陈佐千在颂莲屋里咳嗽起来,颂莲有些尴尬地看看梅珊。梅珊说,你不去伺候他穿衣服?颂莲摇摇头说他自己穿,他又不是小孩子。梅珊便有点悻悻的,她笑了笑说他怎么要我给他穿衣穿鞋,看来人是有贵贱之分,这时候陈佐千又在屋里喊起来,梅珊,进屋来给我唱一段!梅珊的细柳眉立刻挑起来,她冷笑一声,跑到窗前冲里面说,老娘不愿意!②

其实,相对于白描手法的信手拈来、不露痕迹,对话并不是苏童的长项。但即便是在相较而言少而又少的精彩对话中,也能看到苏童对于小说语言掌控的精到和准确,以及由此而带来的小说语言的韵味所在。在这两段对话中,颂莲的阴鸷在她踏入陈家大门时就已经是注定的了。雁儿的机灵可爱,及见风使舵的小心机也活灵活现地表现了出来。而梅珊,这个最具江南气息的美丽女子的暴戾、反叛及其悲惨命运,已经在短短的"老娘不愿意!"五个字中体现得淋漓尽致。这是叙事的魅力,更是语言的神奇功效。苏童说:"这方面给我启发很大的是我国古典小说《红楼梦》'三言二拍',它们虽然有些模式化,但人物描写上那种语言的简洁细致,当你把它拿过来做一些转换的时候,你会体会到一种乐趣,你知道了如何用最少最简洁的语言挑出人物性格中深藏的东西。"③的确,苏童小说中的这些女性形象,让人不由自主地会联想到《红楼梦》里那些个性鲜明、活灵活现的妙女子,也不能不感叹这些女性形象

---

① 苏童:《妻妾成群》,载《婚姻即景》,江苏文艺出版社1993年版,第108页。
② 苏童:《妻妾成群》,载《婚姻即景》,江苏文艺出版社1993年版,第119页。
③ 林舟、苏童:《永远的寻找——苏童访谈录》,《花城》1996年第1期。

的悲惨命运和不幸结局。

但我们不得不承认,虽然这些人物的个性那么分明,但整体上的古典感和唯美感是同一的,特别是对话之外对这些女性形象的精彩描写,读来真的是让人拍案叫绝。阅读苏童的很多小说,你会不自觉地被其带入那种有意或无意渲染的唯美、哀伤意境中,有时欲罢不能,有时喜不自禁,有时悲痛欲绝,有时沉湎怀想,这在很大程度上要归功于小说语言的魅力。"苏童的叙述语言不仅极大地扩展了短篇小说表达的话语和意识边界,而且并没有使感觉和情感迷失在叙述过程中,他是运用那种能够捕捉感觉本身的语言进行叙述。也就是说,苏童的文学感觉、想象中的故事,凝聚着情感的真实内核,由叙述人用最切近生活的语言细腻、逼真地描述而产生一种魔力。"①

这种语言的魅力,不是先锋小说最出色的表现,但不可否认的是,因为有了语言这身华丽的外衣,先锋小说在某些方面才超越了形式的禁锢,而具备了许多令人惊叹的艺术美感。今天,当再度回首 20 世纪 80 年代兴起的先锋小说思潮时,洪峰、马原等人在形式上的开拓、在叙事上的创造虽然史无前例、意义非凡,但从阅读的趣味来说,苏童、叶兆言、余华等人的写作更加具有吸引力,也更能激起人们对小说的期待和对人生的深刻认识。在现实主义思潮汹涌并占据主潮的当下,先锋小说的溃败已经是不可争论的事实,但是先锋精神对于小说创作来说永远都是不过时的。正如李洁非所说:"对于先锋小说,既不必把它夸大成一种方向,也不必渲染它如何具有毁灭性;先锋这个字眼本身说明了一切,它只能作为一种探索存在,就整体而论,小说迟早还是要回到普通读者中来,而先锋只能作为一个短暂的阶段存在;这种阶段的意义在于,尝试某些牺牲旧小说特性的实验,从而给下阶段的具有广泛阅读价值的小说输送新的养料,注入新的艺术因素。"② 因此,褪去了先锋小说的外衣之后,以江南文化传统为底色的江南先锋作家能否大有可为,也是当代文学所关注的问题之一。胡河清在论及格非、苏童、余华等人的创作时即指出:"他们日后若要求更远大的发展,则必须兼取北学之长,多读书而穷其枝叶。否则一俟先天之气用尽,学无隔宿之储,纵是蛇精、灵龟、神猴化身,也难保不坠入凡尘、沦为俗物!况术数学千年妖阵,非一日之功可告破;如无深入道山、研习科

---

① 张学昕:《南方想象的诗学——论苏童的当代唯美写作》,复旦大学出版社 2009 年版,第 138 页。
② 李洁非:《实验和先锋小说(1985—1988)》,《当代作家评论》1996 年第 5 期。

学、融汇中西、学究天人之志,是断不能够臻于九九大成之数的。"① 此论可能不过是一时之断言,然而巧合的是,数年之后,格非、余华、苏童等人便相继"北上",不知道这是一种个人积极的人生诉求,还是一次无可奈何的文学选择呢?这其中的隐秘,想必只有作家自己知道了。

第三节　寻根小说与文化寻根

20世纪80年代初,文坛兴起了一股文化热潮。这股热潮大致可以1985年为界划分为前后两个时期,前期是酝酿,后期则是蓬勃发展之高潮。在这股文化热潮的影响下,风俗小说也逐渐为人所瞩目,尤其是汪曾祺的《受戒》《大淖记事》,以及陆文夫的《美食家》等着力于对中国传统文化和地域文化的挖掘,在当时的文坛格外被称道。可以说,这些风俗小说的创作从一定程度上成为后来寻根小说写作的滥觞。当然,寻根小说的兴起,其更为深层的原因仍然是80年代语境下的思想诉求和文化激活,如若不然,寻根小说也不会于不期然中成为当代文学一个绕不过去的重要存在。

一　寻根的缘起

在文学会议多如牛毛的当代文坛,会议对于文学的影响其实越来越微弱了。曾经一呼百应的文学盛景,或许只能从历史的回响中再现、回忆了。在这历史的河流中,就有这么一次会议被永远地载入了文学史。1984年12月底,在杭州这个天堂般的历史地标上,在西湖这块微波浩渺的绝色湖畔边,一次并不起眼的会议在悄无声息地召开着。这次会议的主题是"新时期文学:回顾与预测",参加会议的大都是一些年轻的作家和评论家,如李陀、郑万隆、阿城、李杭育、韩少功、黄子平、陈思和、吴亮、南帆等人,其中大部分人来自北京、上海和一些南方城市,因此这次会议又被称作"南北对话"。在其时,这是一次再普通不过的会议,与1949年后声势壮大的文代会、作代会相比,只能算是作家隔靴搔痒般的自我游戏。当然,这次会上大家还是不约而同地谈到了文化问题,谈到了审美问题,而正是这些在当时并不惹人注目的话题,汇集成了会议之后一波接一

---

① 胡河清:《论格非、苏童、余华与术数文化》,载《胡河清文集》上卷,安徽教育出版社2014年版,第133页。

波的文学宏论,并最终成就了"寻根文学"的声名鹊起。李庆西曾经回忆起这段经历说:"在一部分青年评论家的记忆中,1984年12月的杭州联欢会,至今历历在目。这番情形就像一个半大孩子还陶醉在昨日的游戏之中。也许对他们来说,像直接参与一场小说革命的机会难得再能碰上了。"[①] 事实上,如果不是后来成为一场影响深远的文学运动,这次会议根本不会被人记起,它可能真的就如一场联欢会一样,谈笑过后一切烟消云散,或者也如人生中一次偶然的萍水相逢,点头过后即是擦肩而过的相互淡忘。实际的情形也印证了这一猜想,关于这次会议,既没有任何的相关报道,也没有一丁点的会议记录,可见其随意和无意。然而,历史的吊诡之处便在于此。

1985年第4期《作家》杂志上,韩少功的《文学的"根"》率先亮相,这篇后来被称作"寻根派宣言"的文章,三十多年来一直为作家和评论家津津乐道。随即一批旗帜性的理论文章汹涌而出:李杭育的《理一理我们的"根"》、郑万隆的《我的根》、阿城的《文化制约着人类》等,都是这一波潮流中产生重要影响的文章。至此,也生发出与本书有关的问题:为什么这场声势浩大的文学运动会在隶属江南之地的杭州召开,它与江南文化之间是否有着某种微妙的关联?它是否真的只是一次无意的安排,而并非像笔者所设想的那样,是历史使命与文化信念在江南这块人杰地灵之地上的一次灵魂复苏?而推翻笔者的怀疑的必要步骤则是对于寻根文学的文化依托与审美诉求的追根溯源。

到2015年为止,所谓的寻根文学已经过去了三十年,这三十年中国文学发生了很大的改变,然而,当今天再次审视这段历史时或许才更加客观、更加理性,当时的亲历者陈思和回忆这次会议时说道:

> 那个会议,后来回忆的人多了,就变得很有名,似乎"寻根文学"从那个会算起是顺理成章的。不过仔细想想,好像也有问题。因为这样牵攀起来,寻根文学就成了一种人为倡导、发起的文学思潮。文学史上这样的流派、创作现象有很多,然而寻根文学却不是的。寻根文学没有像通常文学流派的形成那样,有一群人结社团立宗派开大会发宣言,然后再有创作,而恰恰相反,最初的寻根文学作品,是一批知青作家并不自觉的独立创作,当然也没有自觉的文学主张,倒是有一批敏感的文学编辑、作家和批评家意识到这些作品内涵的新意,

---

[①] 李庆西:《寻根:回到事物本身》,《文学评论》1988年第4期。

要加以理论的概括和提升，才有了"寻根"一说。杭州会议自然在其中起了重要的作用，但是平心想来，在那个会上，似乎也没有为寻根命名，或者提出类似宣言的倡议。①

事实上，关于这次会议已经提及太多，这个屡被提及的会议到底重不重要实在无须令大家烦恼，相反，关注的目光应该投注到那些需要关注的作品本身。

关于寻根文学作家的划分问题，在文学史的写作中并不统一，但其中有些作家基本上是毫无争议的：汪曾祺、贾平凹、张承志、郑义、阿城、韩少功、郑万隆、王安忆、李杭育、林斤澜、叶文玲。在这些人中，每个人都有自己依托或者寻求的文化之根，韩少功之于楚文化，贾平凹之于秦汉文化、张承志之于草原文化等，而汪曾祺、王安忆、李杭育、林斤澜、叶文玲这些来自于江南地区的作家，则是在江南文化的浸染中寻找着灵魂之光。因此，笔者第一步的推断已基本成立，至少从文化身份上来说，这些作家无一例外地都是沐浴着江南的阳光和雨水成长起来的。那么，江南文化到底在这批寻根作家身上有着怎么样的体现呢？这即要进入下面的讨论。

二 寻根小说的诗性

前文的论述中曾提到过，江南文化的诸多特性中比较突出的，一是道家、佛教文化的异质因子，一是江南文化的诗性特质。而江南"寻根"小说在这两方面的表现最为突出。其中，林斤澜、叶文玲都对老庄及道佛等非主流的民间文化有着独特的迷恋，林斤澜的"矮凳桥风情"系列小说、叶文玲的"长塘镇风情"系列小说虽都不直接涉及宗教的描写，但其中所流露出来的神秘气息，不能不说与江南文化有着重要的联系。

汪曾祺和林斤澜都是中国短篇小说圣手，被称为"文坛双璧"。这两人，一个生于江苏高邮，一个祖籍浙江温州，骨子里和血脉中都流淌着江南文人和江南文化的因子，因此，两个人的创作便有许多相同处，比如他们都很关注平凡人物，都很注重民俗风情，都很讲究趣味和美感，但两人的创作又有很大的差别。从文学的承继来说，汪曾祺可能更多地有着周作人的文路，而林斤澜则从鲁迅那里得了不少文学真谛。从小说呈现的精神内核来说，汪曾祺像是一位风度翩翩的儒者，有着士大夫的思想情怀，而

---

① 陈思和：《杭州会议和寻根文学》，《文艺争鸣》2014年第11期。

林斤澜则更多了些道家意味，给人更多奇崛、诡异之特殊感受。两人一柔一刚，相得益彰。而对于两人之间的比较，也其来有自，比如李庆西即说道："林斤澜跟汪曾祺算是老哥们了（按北京小哥们的话说，够得一个'磁'字了），但他俩写小说路子最不一样。汪曾祺写故人往事，态度平易冲淡，对旧事物的叙说中有古典的境界，更不乏指向未来的现代意识，而林斤澜则取材眼前的潮流，风格有点云谲波诡，写新生活却给人一种历史的纵深感、沧桑感。如果作一个粗率的概括，一者是从过去看今天，一者是从今天看过去。倘若将他俩作一番比较研究，一定很有意思。在他们目光相遇的地方，想必是人生最能彻悟之处。涅槃妙心，同归一撰。"①孙郁在谈到林斤澜的小说时，也情不自禁地和汪曾祺的小说进行了比较，他说："汪曾祺在传统的笔记小说道上走，回归到了古雅的园地里；林斤澜则返入心灵的迷宫，在笔记体、诗体的杂糅间，创造了一个绚丽的时空。汪曾祺在无章法中显出章法，林斤澜则在有章法中打乱章法，气韵不同，境界不同，但二者均解放了短篇小说的文体，将新、奇、特引入作品中，这对那时的文学界，是不小的冲击。"②

关于汪曾祺小说的写作，后面还会谈到，暂且不表。且来看看林斤澜小说中的江南文化因子。林斤澜的《矮凳桥风情》系列小说，以故乡温州的人和事为题材，融现实生活和民间传说为一体，描绘了一幅幅梦幻般的温州风俗画面：矮凳桥全国纽扣集散市场、镇上弥漫着世俗风情的街道、又绿又蓝非绿非蓝的如幔之溪、鱼圆店女店主溪鳗与传说中的美丽水妖互相游移的传说，林斤澜用一个个短小的故事展现着这个大千世界的人生百态，并表现出了独特的江南秀色。比如写到河水：

  这时正是暮春三月，溪水饱满坦荡，好像敞怀喂奶、奶水流淌的小母亲。水边滩上的石头，已经晒足了阳光，开始往外放热了；石头缝里的青草，绿得乌油油，箭一般射出来了；黄的紫的粉的花朵，已经把花瓣甩给流水，该结籽结果的要灌浆做果了；就是说，夏天扑到春天身上了。③

比如写到矮凳桥：

---

① 李庆西：《说〈矮凳桥风情〉》，《当代作家评论》1987年第6期。
② 孙郁：《林斤澜片议》，《当代作家评论》1998年第5期。
③ 林斤澜：《溪鳗》，载《林斤澜小说选》，人民文学出版社2009年版，第2页。

> 桥墩和桥面的石条缝里，长了绿荫荫的苔藓。溪水到了桥下边，也变了颜色，又像是绿，又像是蓝。本地人看来，闪闪着鬼气。本地有不少传说，把这条不起眼的桥，蒙上了神秘的烟雾。不过，现在，广阔的溪滩，坦荡的溪水，正像壮健的夏天和温柔的春天刚刚拥抱，又马上要分离的时候，无处不蒸发着体温。像雾不是雾，像烟云，像光影，又都不是，只是一片朦胧。……①

比如写到季节：

> 大地茫茫。江南的春天，不下雨也下毛毛；毛毛下不起来，也做成雾——本地土话叫做幔。大地爱把生物幔着发情发育，等到肯叫人看得清楚的时候，已经是丰满成熟的夏天了。若（矮凳桥的一条溪，笔者注）在矮凳桥的溪滩上，还好在幔里看见四面包围着的锯齿山。②

与汪曾祺一样，林斤澜的小说描写了很多江南的风景和世俗人情，但二者又有较大的不同。林斤澜笔下的江南也是美的，但并不宁静，而是带着躁动之感；他眼中的风景也有清新的色泽，但绝不是纯净的毫无瑕疵，而是带着一种粗粝的质感，是一种混沌之美，一种残缺之美；他所塑造的人物也不像汪曾祺那样具有绘画般的灵动之感，而是有一种质朴的却也浪荡的风尘之感。而这也的确是承继了鲁迅小说的精神气质和艺术风格，更是其后继者余华等人的小说中所着力拓展并进一步丰富的。

到了林斤澜的浙江老乡叶文玲那里，则又换了别一样的江南天地和世风人情。叶文玲在文坛的名气不如林斤澜，但她的小说中，那种江南的气息却更加浓郁，有着一种女性特有的柔美和感性，这的确和她的故乡——楚门——浙东的一个海角小镇有关。这个风景秀丽的江南小镇，虽有着数不尽的劳作和艰辛，却也足够令人怀念和向往。正是在地域和文化的熏染之下，叶文玲以其独特的抒情笔调，写出了一组以长塘镇为背景的文化风俗小说，从而也加入到了"寻根小说"的潮流之中。

从1979年发表《夕照金洋河》开始，叶文玲着力描绘了一幅长塘镇的魅力风情画。在这片幽暗的土地上，和这幅生动的画卷里，她表现的都是普通人的命运起伏。但与汪曾祺、林斤澜等人笔下的人物又有着很大的

---

① 林斤澜：《溪鳗》，载《林斤澜小说选》，人民文学出版社2009年版，第5页。
② 林斤澜：《小贩们》，载《林斤澜小说选》，人民文学出版社2009年版，第21页。

不同，她笔下的人物既没有汪曾祺笔下人物超凡脱俗的气质，也没有林斤澜笔下人物内心波澜震荡的深刻，而是以积极乐观的精神状态投入到生活之中，其中也有挫折，也有不幸，也有痛苦，但更多的是那一抹对生命和生活充满希望的理想亮色。比如《心香》明明讲述的是一个爱情悲剧，如果换作林斤澜一定会把这种悲剧的命运转化为思想深处那种毁灭的痛楚，然而到了叶文玲的笔下，却获得了精神的提升，从而激发了人生的信念。《青灯》讲述的也是一个苦难深重的人生故事。"青灯"本身即代表着一种孤寂、清苦的生活，然而它同时又和佛教有关，过去在寺庙里，灯罩是用布做的，因颜色呈青色，所以叫"青灯"。因此，"青灯"这个意象又暗示着脱离尘俗，皈依佛门。当然，在小说中，作者并没有遁入佛门的意图，而是借由这一意象引领人走出黑暗，寻找希望和美好。可以说，在叶文玲的小说里，问题尖锐却总能以和谐化解，痛苦频仍却总能以快乐掩埋，失望不断却总能以希望重生。因此，阅读她的小说总感觉清净明朗，带着淡淡的忧伤情调，带着对苦难的慰藉和对生活的不尽热情。吴义勤在对其小说《无梦谷》的评论中即写道："在亵渎神灵、亵渎语言的口号甚嚣尘上，在艰硬晦涩、词不达意甚至泼妇骂街式的文字成为文学时尚的当代文坛，《无梦谷》清新、优美、纯净、典雅的语言无疑向我们展示了一个美文的'绿洲'。读《无梦谷》我们总会获得不尽的审美愉悦和阅读快感，无论是对西湖风景的描绘，还是对香樟坞风光的叙说，其散文诗般的优美意境无不令我们心驰神往。"① 而这种风景画般的描写，在其"寻根小说"代表作中更是表现得淋漓尽致。例如《青灯》中对长塘镇的描写，就十分突出地表现了作者所渲染的优美意境：

> 和所有的水乡小镇一样，长塘镇除了那条绕镇而流的小河外，还有许多小港河汊。
>
> 镇北边，那银练似的小河分出两股曲曲弯弯的河汊，切割出一片孤岛似的土地，那片地百亩方圆，不种稻，不种麦，盖了一座砖墙瓦舍的高庭大院，那房舍虽不是雕栋画梁，却也是重檐飞甍，构筑地颇为讲究；黑漆大门上嵌着狮头铜环，门楣上方的水磨石板，镌刻着三个隶书大字：清水庵。
>
> 比起镇南小青山山腰的那座文昌庙，清水庵显然堂皇多了，围

---

① 吴义勤：《"在你的世界里，只有灵魂存在"——评叶文玲的长篇小说〈无梦谷〉》，《小说评论》1995年第1期。

"岛"而栽的几十棵一抱粗的柏树,虬根盘节,苍枝葱郁,一圈儿地遮盖了庵堂,颇有古木参天隔绝云山的气势;庵院内,一片茂茂密密的箭竹,绿盖如伞,笼烟拖雾,使庵堂更多了一种幽深神秘的氛围。

因为庵堂建筑在这样一个四面临水的"岛"上,小镇人凡要到庵里烧香叩头做佛事,必须摇了小船或撑着木排才能摆渡过来,这过河涉水的一摆一渡,使虔诚的善男信女们未曾进庵,就有一种洗心濯面似的感觉,于是,小小的清水庵俨然成了小镇人心目中超凡脱俗的圣地。①

这段美丽的文字,绝不比汪曾祺、林斤澜的风俗画逊色多少,甚至因为其独有的女性的细腻、细致、细微,而生出了绵绵不尽的幽深和神秘。这在汪曾祺、林斤澜的小说中并不多见。那种画面感、空间感,实在是在中国当代小说写作中为数太少的精彩所在,那种错落有致、节奏韵致,在经过了河汊的洗涤之后,格外地透出令人心醉的美来。更令人称奇的是,在作者毫无说教的叙事口吻下,那种曼妙的宗教气息竟也十分自然地弥漫开来,渗透进了人们日常生活的呼吸所及处。这一点,笔者在其他作家包括江南作家的写作中也未曾读到过。叶文玲把江南文化的诗性、自由以及淡淡的宗教气息,十分巧妙地融合到了长塘镇的事和人中,以此抵抗心灵的磨难、抵挡物质的来袭、抵制人性的沉沦。这不正是当代江南小说的独特魅力吗?

三 寻根:意义与反思

事实上,如果把寻根的范畴进一步扩大,那么诸如陆文夫、冯骥才、苏童等人的创作甚至都可以纳入寻根文学的范围之内来考察。陆文夫的小巷系列小说、冯骥才的民间文化小说、苏童的枫杨树系列小说,都是文化躁动之下的一次次文学勃兴。对于"枫杨树"系列小说的写作,苏童曾直言不讳地说:"我写这个其实是'寻根'文学思潮比较热闹的时期,'寻根'文学思潮推动了我对自己的精神之根的探索。因此,'枫杨树'的写作其实是关于自己的'根'的一次次的探究,这探究不需要答案,因此散漫无序,正好适合小说来完成。通过虚构可以完成好多实地考察完成不了的任务。"② 实际上,寻根文学最终的"根"在哪里,种种小说实践并未

---

① 叶文玲:《青灯》,载《长塘镇风情》,浙江人民出版社1983年版,第5—6页。
② 周新民、苏童:《打开人性的皱折——苏童访谈录》,《小说评论》2004年第2期。

给出答案,也不可能给出答案。或许正如苏童所说,根本就不需要答案,"不论作家是否已经找到真正的'根',不论作家是否准确描写了传统文化;对于文学来说,一种新的想象力已经被'寻根'的口号激励起来了——这不是足够了吗"①?

三十年后再次审视这段历史,很多当时的参与者仍然表达了自己那份激动和喜不自胜,比如季红真即自信地谈道:"寻根文学的主要美学贡献,是把中国文学从对欧美文学的模仿与复制中解放了出来,克服了民族的自卑感,使文学回归于民族生存的历史土壤,接上了地气。尽管每个人的意向各有差异,但是都是以民族生存为本位,形成审美表现的基本视角。而对狭小窒息的当代文化的失望与批判,对民族精神再造的努力,则是一样的。"②"寻根既是对民族精神之根的寻找,也是对文学之根的寻找,不仅是对文化精神的认同,也是对艺术形式的继承。经典的寻根作家在寻找寄托自己心灵世界相对应的外部世界的同时,也在寻找适应自己的叙事表达方式,而且试图和文学传统重新建立独特的联系。"③ 是的,我们看到了寻根文学在"寻找"方面的努力。作为20世纪80年代一次重要的文化事件和文学实践,寻根文学已经用实际的创作成绩做出了贡献。但这种贡献的价值和作用到底有多大,我想也是仁者见仁智者见智。比如有学者就对寻根文学的重要贡献有所质疑:"我的一个基本结论就是,在批评的意义上看,正因为'寻根文学'(包括'文化热')是在既定的政治框架中(或至少没有突破既定的政治框架的自觉)进行的,它对中国当代文学的革命性价值和深刻性意义都只能是非常有限的。大而言之,这个判断也适用于我对辛亥革命和'五四'新文化(运动)的评价,后者的历史价值也许远逊于前者。"④ 在作者看来,寻根文学在创作与理论上存在着严重的断裂和自相矛盾,而这种悖论现象,在相当程度上是源于寻根文学在理论上的不彻底性,即它在文化价值立场上表现出的犹疑和暧昧。这种暧昧的态度,在江南文化身上有着最为直接的体现,特别是反映到具体的创作过程中,"在对待文化之'根'的立场和态度上,江南'寻根'作品的确呈现出了和其他地域'寻根'作品不同的地方,不是极力地弘扬,也不是一味地批判,而是在一个进退两难的境地上坚守着

---

① 南帆:《冲突的文学》,江苏大学出版社2010年版,第109页。
② 季红真:《寻根文学的历史语境、文化背景与多重意义——三十年历程的回望与随想》,《文艺争鸣》2014年第11期。
③ 季红真:《寻根文学的历史语境、文化背景与多重意义——三十年历程的回望与随想》,《文艺争鸣》2014年第11期。
④ 吴俊:《关于"寻根文学"的再思考》,《文艺研究》2005年第6期。

江南文化的精髓，无奈、委婉地抵抗现代文明的侵袭"①。因此，"'寻根文学'的当代意义和价值，主要并不在其为我们的文学开拓了什么独特的新资源，而在其再次重现了'困境'的严峻性"②。

对于"寻根文学"的重温和反思，让笔者想到了福柯在最后十年转向古代的努力，他持着自己所建构的谱系学逆流而上，一直追溯到了希腊和希伯来文化这两大源头。"寻根文学"的情形与此如出一辙，过去是现在的源头，"寻根文学"的追根溯源不也是对过去的一种苦苦思索吗？在文化资源十分丰富的当下社会，对于古代传统思想文化的重新梳理远远没有结束，丰饶多姿的传统思想文化并未在百花齐放的文学创作中开出最绚烂的花朵。对于传统文化价值的立场也应该从犹疑和暧昧趋向肯定和明朗，如果仅仅沉浸于西方文化理论现代性的魔力之中，那么中国文化的神秘、神奇的魅力必然将在漠视之中给予文学毫不留情的报复。

第四节 "新"的起源：发生与发声

如果说"寻根文学"的兴起、命名和成为一股文学潮流肇始于一次并不起眼的文学会议，那么新写实、新状态、新历史等一系列新时期文学现象或群体的命名和兴起，则不能不提及《钟山》这本刊物。虽然笔者未曾对作为杂志的《钟山》的命名予以深究和考察，但即从这一名字本身和它所蕴含的历史意味、文化意蕴和思想意趣来说，《钟山》可算作江南文化中阳刚精神当之无愧的代表。"纯正、大气、厚重，沉雄"，"兼容并蓄，风格多样"，"不趋时，不媚俗"等不同时期所秉持的办刊精神，体现的是《钟山》在参与新时期文学进程中所彰显的独特风格。而这些精神气质与江南文化的诸多内涵有着不同程度的思想暗合和内在关联。

文学贵在创新。但文学之新离不开旧，对于旧的吸收同样是文学创新的重要内容。在新时期各种新思潮的引领下，对于新的崇拜是史无前例的，只有新才能惹人注目，只有新才能迎头赶上，只有新才能一鸣惊人。因此，《钟山》杂志的各种创新举动实在也是应时代潮流的必要之举。然

---

① 吴秀明主编：《江南文化与跨世纪当代文学思潮研究》，浙江大学出版社2009年版，第105页。

② 吴俊：《关于"寻根文学"的再思考》，《文艺研究》2005年第6期。

而，文学毕竟不同于其他事物，不论如何更新，有些本质的存在总是一以贯之的，比如思想、审美等，都有其内在的价值判断和美学依据。从这个意义上说，新之外必然还有许多旧的存在，江南文化的传统因子始终若隐若现，并时而熠熠生辉。唯其如此，文学思潮的面貌才显得更加真实、生动起来。

一　发生："新"的主张

《钟山》的为人所关注，可能更多地源于20世纪80年代末期的"新写实"思潮。这个被诸多文学史记载的重要事件，其缘起也不过是一次不期然的文学策划甚或一次无意之中的编辑会议。"新写实"的主要推手、当时的编辑王干2001年在回顾这次文学思潮时说："'新写实'的出现，是文学期刊介入当代文学的一次成功的范例。'新写实'小说思潮的涌起，用今天的话说是'炒作'，本身带有商业性行为，而《钟山》在推出'新写实小说大联展'时并没有考虑到商业性因素，只是在南京办刊物缺少'天时地利'的外在环境，想通过一些行为来引起文坛的关注，来吸引作家的好作品。"[①] 新写实小说这个词的正式亮相是在1989年，在同年第3期《钟山》的卷首语中有这样一段描绘："所谓新写实小说，简单地说，就是不同于历史上已有的现实主义，也不同于现代主义'先锋派'文学，而是近几年小说创作低谷中出现的一种新的文学倾向。这些新写实小说的创作方法仍是以写实为主要特征，但特别重视现实生活原生形态的还原，真诚直面现实、直面人生。虽然从总体的文学精神来看，新写实小说仍可划归为现实主义的大范畴，但无疑具有了一种新的开放性和包容性，善于吸收、借鉴现代主义各种流派在艺术上的长处。新写实小说在观察生活把握世界的另一个特点就是不仅具有鲜明的当代意识，还分明渗透着强烈的历史意识和哲学意识。但它减褪了过去伪现实主义那种直露、急功近利的政治性色彩，而追求一种更为丰厚更为博大的文学境界。"[②] 也就是从这一期开始，《钟山》正式推出了"新写实小说大联展"。从1989年第3期开始到1991年第3期，"联展"活动历时两年多，一共举办了7期，共推出23位作家的26篇小说作品。在这股文学潮流中，除了日后耳熟能详的刘恒、刘震云之外，还有王朔、梁晓声、吕新，以及高晓声、范小青、苏童、叶兆言、朱苏进

---

① 王干：《边缘与暧昧》，云南人民出版社2001年版，第17页。
② 《卷首语》，《钟山》1989年第3期。

等一大批江南作家。

其实，早在"新写实"之前，先锋小说与寻根小说两股文学潮流也与《钟山》有着不可小觑的关系。我在前面的论述中讲过，先锋小说的主力之中江南作家占据了十分重要的地位，苏童、叶兆言、格非、余华等，都是创作实力强劲的青年作家。但奇怪的是，这批先锋作家早期的小说都没有刊发在《钟山》上，而是发表在《人民文学》《收获》《作家》等杂志上。不过，到了1988年，这种情势发生了变化。这一年，《钟山》陆陆续续发表了一批先锋小说家的作品，如余华的《河边的错误》、莫言的《玫瑰玫瑰香气扑鼻》发表于1988年第1期，马原的《旧死》、格非的《褐色鸟群》发表于1988年第2期，余华的《此文献给少女杨柳》发表于1989年第4期，等等，都表明了《钟山》不甘于为他人作嫁衣裳的办刊追求，这些作品都是先锋小说中极具分量和代表的。而寻根小说正式命名之前，当时比较引人瞩目的贾平凹的《商州初录》就刊登于《钟山》1983年第5期，虽然《钟山》与这一潮流擦肩而过，但事实上也已经参与其中。其中寻根小说的一些代表性作家汪曾祺、林斤澜、阿城、贾平凹、韩少功、莫言、张承志等，包括对于"寻根小说"起过重要理论推动作用的李杭育、李庆西等，也都在《钟山》上有重要作品发表。

"新写实"之后，《钟山》有一段时间的沉静期，就像一次火山爆发后的间歇，看似平静的表面之下已是暗潮涌动，新的风暴正在酝酿。20世纪90年代中期，一波新的潮流再次汹涌而起，"新生代小说"应运而生。这股90年代中后期最主要的文学潮流，其策源地其实也是《钟山》。而说到这股潮流，就不能不提及两个重要的文学策划活动：一是"新状态文学专辑"；一是"联网四重奏"。这两次策划活动为"新生代"的登场做了充分的铺垫和猛烈的助推。身居江南之地的《钟山》杂志，时时有敢为天下先的勇气和魄力。在"新写实"之后，《钟山》杂志和《文艺争鸣》杂志又推出了"新状态文学小辑"，并共同发表了《文学：迎接"新状态"——新状态文学缘起》，文章说："一种新的文学走向日渐显露出来，这是90年代中国文化和中国文坛'新状态'所导致的新的文学现象。当我们读到王蒙的《恋爱的季节》、刘心武的《四牌楼》、王安忆的《纪实与虚构》、朱苏进的《接近于无限透明》等新发表的作品，当我们敏感地注意到一些更年轻的作家如陈染、韩东、何顿、鲁羊、张旻等正以其新锐的触角切入当下文坛，当我们目睹着近年来一大批新老作家掀起的散文新潮正与80年代独领风骚的小说潮平分秋色时，我们便不能不感到当代文学已发生着的重大转折,新的文学状态正形成。我们将这种新走向的文学称之为'新状态文学'。"① 那么,什么样的文学才是新状态文学呢?这份宣言里也做了具体的阐释:

> 新状态是走出80年代的文学。但那是一场"无处告别"的告别,它并不曾将80年代文学宣布为"旧"而标榜自己的"新",它是80年代文化嬗变和文学焦虑归于平缓后的自然流淌,是对80年代文学告别之后的延续。它经过80年代末90年代初的"新写实小说"和"实验文学"的过渡,完成了对80年代文学的某种超越。
>
> 新状态文学是"写状态"的文学。但它所呈现的写作状态不单是"新写实"的那种"零度情感"式的纯客观的生存本真状态的呈现,而将融入作家对自我生存体验和状态的描述,因为90年代的作家已不再是那种全知全能的叙述者了,他们自己的精神体验和生存状态已和普通公民的生活状态融成一片,他们或许只能通过自我体验的过程来呈现和叩问现实的生存状态。
>
> 新状态文学是90年代的文学。它书写90年代中国社会经济和文化变迁所导致的人的生存和情感的当下状态,无论是"与往事干杯"还是渴望未来,都是通过呈现当下状态来体现的。它表现为一种自然流动的状态,仿佛拙于设计和结构,突破了主题表现的寓言模式,它还具有一种无视创新的创新意向,超越"实验文学"的探索神话,走出形式模仿的困境,融合作家对新现实状态的感悟,开拓出新的可能性。
>
> 新状态文学是回到文学自身的文学。80年代的文学有"赶潮"的倾向,十年间把西方从浪漫主义到现实主义、现代主义的所有思潮都"赶"了一遍。而新状态文学是非"赶潮"的,在一个开放的、多极化的信息世界里,它已无"潮"可赶,它只能在历史传统、外来文化和现实生存的全方位开放的状态下,努力去挖掘和发挥母语的文学表现力,以汉语及汉语文学走向辉煌为最大心愿。②

从1994年第4期至1995年第5期,《钟山》杂志共推出了八期特辑,发表了韩东、鲁羊、朱文、陈染、张旻、何顿、述平、戈麦、马建、海

---

① 《文学:迎接"新状态"——新状态文学缘起》,《文艺争鸣》1994年第3期。
② 《文学:迎接"新状态"——新状态文学缘起》,《文艺争鸣》1994年第3期。

男、邱华栋、刁斗、北村、萨娜、王小妮、夏商、墨白、刘剑波等32位作家的41部作品,其中好多人成了后来新生代的代表性作家。可惜的是,与新写实的强烈反响和备受关注不同,"新状态文学"并未得到文学界和学术界的认可,而新状态文学的命名也被新生代所掩盖而一直隐匿在人们的视野和记忆之外。

"新状态文学"的包装和推销并不奏效,但这丝毫没有影响《钟山》编辑们的文学热情。1995年,《钟山》与《大家》《作家》《山花》(后来山东的《作家报》加入)合作,共同举办"联网四重奏"活动——四家刊物同期刊登同一作者的不同作品一篇,同时《作家报》配发针对该作者创作的评论文章或附作者的创作谈——并于第3期推出了斯妤和述平两位作家。从1995年到2001年,"联网四重奏"活动推出的作家有:朱文、徐坤、刁斗、东西、邱华栋、鲁羊、李冯、丁天、夏商、陈家桥、李再、吴晨骏、李大卫、刘庆、王海玲、卫慧、金仁顺、叶弥、邢育森等,其中的大部分人正是后来所谓的"新生代"作家。对于这次策划活动,发起人之一王干后来撰文回忆说:"'联网四重奏'不是什么权威的独一无二的文学鉴定,它只是多元文学价值观中的一元,它只是几家文学期刊发表作品的一种方式,它可能发很好的作品,也可能发很一般的作品,它可能推出优秀的作家,也可能推而不出。在90年代诸多神话破灭的年代里,它当然不能成为新的神话。"[①] 于是,在由《钟山》主办的"联网四重奏"第五届年会上,"联网四重奏"小说的推出被终止了,至此,一次文学策划活动画上了休止符,但一个新的群体——新生代——以闪亮的姿态在当代文坛崛起。

《钟山》与当代文学思潮的关系始终未曾中断。也就是在这一时期,"新历史小说"已悄然兴起。关于新历史小说,陈思和说:"新历史小说由新写实小说派生而来,不过是涉猎的领域不同,新写实题材限于现实时空,而新历史,则将时空推移到历史领域,但它们在创作方法上有相似之处。'新历史'又不同于一般意义上的历史,它限定的范围是清末民初到40年代末,通常被称作'民国时期',但它又有别于表现这一历史时期中重大革命事件的题材。因此界定当代新历史小说的概念,大致是包括了民国时期的非党史题材。"[②] 这一论述大致准确,但并不尽然。其一,所谓新历史小说是由新写实派生而来,这应该是陈先生的一己之推断,其中并无

[①] 王干:《联网四重奏》,《青年文学》2001年第7期。
[②] 陈思和:《鸡鸣风雨》,学林出版社1994年版,第80页。

前后相袭的因果关系；其二，在创作方法上，二者其实存在着天壤之别，新写实叙事上的零度状态与新历史小说中的情感介入，是有着很大的差别的；其三，在表现内容上，也并不存在一个推移的过程，而完全是两个不同的空间，一个是现实，一个是历史，尤其是新历史小说十分注重对民间历史、文化的再现，"它以有着现实的丰富性的'文化图景'取代了正统历史小说的'社会政治图景'，从而表现出对世俗、民间、宗法、习俗等的旨趣。随着对政治本位历史图景的超越，新历史小说突破旧有的政治目的论价值观，在个体生命、民间生活、传统文化等方面表现出了多元的价值关怀"①。当然，两者之间也有着相似之处，比如反英雄、反典型是新写实小说和新历史小说都十分看重的重要表现。事实上，从新历史小说的实际创作来看，它更多的是先锋小说的后继转换。当时的一批先锋小说作家如苏童、叶兆言、余华等，都纷纷转向了新历史小说的写作，并取得了十分出色的成绩。如苏童的"枫杨树村"系列（《罂粟之家》《1934年的逃亡》《妻妾成群》）、叶兆言的《枣树的故事》《追月楼》《状元镜》《半边营》、余华的《活着》等，都是其中的代表作。其他如陈忠实的《白鹿原》、莫言的《红高粱》、刘震云的《温故一九四二》《故乡天下黄花》、方方的《祖父在父亲心中》、周梅森的《国殇》等，也是新历史小说的重要代表作。而其中的好多作品都在发表在《钟山》上，其中的好多作家也都在《钟山》上发表作品。这不能不说是《钟山》参与中国当代文学的重要表现。

从以上的简单梳理中可以清楚地看到，中国新时期文学的重要文学思潮都有着《钟山》的参与。这参与有时是自觉的，有时是不自觉的，但毫无疑问地都为中国文学的发展贡献了不可或缺的文学力量。这也应该是《钟山》始终位居中国文学前沿，不能为文学界和学术界所忽视的重要原因吧。

二 发声：文本的见证

20世纪50年代胎死腹中的"探求者"，可以说是新时期江苏文学复兴的源头。其中主要的代表人物都在《钟山》发表过重要作品。比如高晓声的代表作《"漏斗户"主》就发表在1979年第2期。1980年第3期又发表了高晓声短篇小说《定风珠》。而1980年第1期、第2期则发表了陆文夫的长中篇小说《有人敲门》。其他如叶至诚等人也陆续有小说、散文作

---

① 舒也：《新历史小说：从突围到迷遁》，《文艺研究》1997年第6期。

品在《钟山》发表。这批作家的创作在新时期文学的影响尽人皆知,不待多言。

在"寻根小说"方面,除了前面提到的刊登于《钟山》1983 年第 5 期的贾平凹《商州初录》,还有在此之前发表的李杭育、李庆西的中篇小说《白栎树沙沙响》(1980 年第 4 期)、汪曾祺的短篇新作《小说三篇》(1983 年第 4 期)和创作谈《小说技巧常谈》,林斤澜的短篇小说《紫藤小院》(1983 年第 3 期)和创作谈《谈魅力》,以及在此之后发表的叶文玲的短篇小说《上天堂》(1984 年第 1 期)、李杭育的中篇小说《船长》(1984 年第 3 期)等,都是这一小说思潮兴起时的代表作品。

关于先锋小说方面的创作,之前已经做了梳理,在此不再赘述,到了新写实小说推出之时,江南作家更是占据了十分重要的地位。朱苏进的成名作中篇小说《绝望中诞生》(1989 年第 3 期)、姜滇的中篇小说《造屋运动及其他》(1989 年第 3 期)、高晓声的短篇小说《触雷》(1989 年第 3 期)、范小青的中篇小说代表作《顾氏传人》(1989 年第 4 期)、唐炳良的短篇小说《渐入胜境》(1990 年第 3 期)、叶兆言的中篇小说《采红菱》(1991 年第 1 期)、高晓声的短篇小说《陈奂生战术》(1991 年第 1 期)、苏童的短篇小说《狂奔》(1991 年第 1 期)、长篇小说《米》(1991 年第 3 期)、高晓声的短篇小说《种田大户》(1991 年第 3 期),等等,都是新写实旗帜下的代表。但这些作品风格迥异,有的甚至已经远远跨过了现实,而逃逸到了历史的巨大场域中,比如苏童的《米》,比如叶兆言的一些民国题材小说,和"新写实"的内涵已经相去甚远,而和方方的《风景》、刘恒的《伏羲伏羲》、池莉的《烦恼人生》《不谈爱情》、刘震云的《塔铺》《一地鸡毛》等典型的新写实小说作品相比,更是基本不搭界。这其实正是文学的魅力所在,任何一个作家甚至一部作品都不可能是一个流派所能概括和归纳的,可以说苏童是先锋的,也可以说他是新历史的,可以说范小青是新写实的,也可以说她是寻根的,可以说叶兆言是先锋的,也可以说他是新写实的。作家的创作本就是多元化的、多样性,有时为了理解的方便把其纳入某一个流派来观察本无可厚非,但如果以此来给某个作家定位或定型,那就大错特错了。

从 1978 年创刊至今,《钟山》杂志涌现出了一大批优秀的中国作家和江南作家:赵本夫、范小青、黄蓓佳、周梅森、朱苏进、苏童、储福金、姜滇、叶兆言、韩东、罗望子、鲁羊、祁智、荆歌、毕飞宇、叶弥、车前子、鲁敏、朱文颖、朱辉、戴来……他们的许多成名作、代表作都是在《钟山》上发表的,如叶兆言的中篇小说《追月楼》《状元镜》、长篇小说

《花煞》《别人的爱情》，朱苏进的长篇小说《醉太平》、长篇散文《面对无限寂静》《最优美的最危险》，黄蓓佳的中篇小说《玫瑰的房间》、长篇小说《所有的》，苏童的长篇小说《米》《城北地带》等。而其他如范小青、储福金、姜滇以及更年轻的毕飞宇、鲁敏、朱文颖等，更是始终与《钟山》保持着紧密的联系，其中的不少人更是成为后来新生代小说家的代表。如果说"新"是一种文化活力的最好体现，那么"旧"则是一种文化底蕴的最大魅力。因此，新与旧绝对不是表面看上去的对立和格格不入，而是一种相互依托、相得益彰的融合和臻入化境。江南文化既是一种充满活力的文化，也是一种底蕴深厚的文化。正是因为活力它才得以不断更新，不断丰富，从而持续发挥着光和热，正因为底蕴深厚，它才有革新的底气和经得起"折腾"的资本，从而生发出了更多的可能性和闪光点。只有从这样的角度来看待、阐释江南文化，才能避免无由的偏见和固执的敌意。

因此，在关于当代江南小说的论述中谈《钟山》，谈与《钟山》相关的中国当代小说，都不是孤立的、割裂的，而是从整个江南文化的框架内对其进行一种全方位的思想考察和美学定位。在上述的一大批作家中，有些作家与江南文化可以说关系不大，甚至是毫无联系的。但有些作家则一定是脱不了干系的，比如范小青、叶兆言、储福金、韩东、毕飞宇、叶弥、鲁敏、朱文颖等，都有着十分明显的江南文化印记。你总能在阅读这些作家的小说时感受到一种江南的气息扑面而来，这种气息有时候是柔软的，有着江南女性水一般的温存，有时候是刚性的，有着江南女子温柔之下的反抗和暴烈，有时候是自由的，有着江南文化中独特的个性气质，有时候是压抑的，有着江南文化中无处不在的家族阴魂，有时候是古典的，有着古朴小镇的独特风情，有时候是浪漫的，有着世俗生活的宁静之美，有时候是孤独的，有着江南绵绵细雨中的潮湿之气，有时候是悲哀的，有着四处弥漫着的死亡结局和凄惨命运，有时候是幽暗的，有着年代久远的腐朽和破败之象，有时候是神秘的，有着挥之不去的宗教般的宿命感。

最后，暂时抛开《钟山》，回到江南文化的话题上来。事实上，在全球化时代的当今中国，对于江南文化包括其他地域文化的特别关注一直处于一种尴尬而艰难的境地，这种尴尬有时代的原因，也有人为的因素。但笔者从不怀疑一种地方文化的世界性魅力，这种坚信其实已经为无数的文学经典所证实，哪怕只是地方的一个微不足道的精神因子，它激起的不仅仅是这个地方的文化复苏、人性修复，甚至于可以召唤一个民族、一个时代落魄灵魂的归来。当代江南小说从另一个维度与江南文化形成了反作用力，他们或抵抗，或丰富，或异化着江南文化甚至于中国传统文化在当代的精神内涵和艺术质地。这也是我们在阅读文学作品时不能忽视、也不能不思考的重要问题。

第四章 地理景观的文学再现及意义

美国小说作家赫姆林·加兰在其理论著作《破碎的偶像》中十分强调"地方色彩"的重要性。他说:"显然,艺术的地方色彩是文学的生命力的源泉,是文学一向独具的特点。地方色彩可以比作是一个人无穷地、不断地涌现出来的魅力。我们首先对差别发生兴趣;雷同从来不能吸引我们,不能像差别那样有刺激性,那样令人鼓舞。如果文学只是或主要是雷同,文学就要毁灭了。"① 在他看来,为了"地方色彩",怎么做都不为过,甚至于"应当为地方色彩而地方色彩,地方色彩一定要出现在作品中,而且必然出现,因为作家通常是不自觉地把它捎带出来的;他只知道一点:这种色彩对他是非常重要的和有趣的"②。对于"地方色彩"的凸显,历来为作家所重视。以鲁迅为例,在研究者看来,"鲁迅在描写背景的手法上,最成功的是地方色彩。在他《呐喊》《彷徨》两个集子中的短篇小说,多半是把自己的故乡——鲁镇来作故事的驻足场合,所以在这些小说中运用的背景,便充满了乡村的色素"③。

当然,地域性作为一种个性的存在,具体到每个作家来说,也并不都表现出全然一样的气质来,由于受着其他因素的影响,又自有其不同寻常之处。文化、文学与地理之间存在着一种天然的血脉联系,强大的地理基因加之坚固的文化内核,共同塑造出一种独特的文学品质,同时,文学又影响、丰富、提升着地理空间和文化传统所孕育的美学意境。陆文夫说:"文学是写人,是写人生活于其中的自然。所以写人的文学就无法离开其民族性与地方性的特点。如果离开了的话,就会变得不真实,不可信。文

---

① [美]赫姆林·加兰:《破碎的偶像》,载《美国作家论文学》,刘保端等译,北京三联书店1984年版,第84—85页。
② [美]赫姆林·加兰:《破碎的偶像》,载《美国作家论文学》,刘保端等译,北京三联书店1984年版,第84页。
③ 毛腾:《小说背景概论》,载吴福辉编《二十世纪中国小说理论资料》第三卷,北京大学出版社1997年版,第178页。

学描写的结果可以显示出一个幻想的世界,但它描写的本身必须是真实的、具体的,因而就不可避免地要带有本民族的特点。一个作家要使他的作品具有普遍的世界性,就不能不使他的作品更具有鲜明的民族性和地方性。"①

第一节　江南作家的自然之爱

气候对于文学的影响,可分为直接和间接两种,直接的影响即自然气候对于作家审美感受的影响,间接的影响则表现为人文气候对于作家的文化熏陶。这两种表现在古代即已为人所关注,比如刘勰《文心雕龙·物色》讲道:"春秋代序,阴阳惨舒,物色之动,心亦摇焉。盖阳气萌而玄驹步,阴律凝而丹鸟羞,微虫犹或入感,四时之动物深矣。"② 以上说的即是自然气候的直接影响。而班固《汉书·地理志》讲道:"故秦地于《禹贡》时跨雍、梁二州,《诗·风》兼秦、豳两国。……其民有先王遗风,好稼穑,务本业,故《豳诗》言农桑衣食之本甚备。"③ 这强调的则是人文气候对于文学的间接影响。

从气候学的角度讲,气候是指地球上某一地区多年时段大气的一般状态,是该时段各种天气过程的综合表现。江南属于亚热带季风性湿润气候,温暖湿润,雨热同期。从文化的角度看,人文气候是指一个地方在长期的文化积淀中所形成的具有代表性的精神气质和审美属性。在本书中这一人文气候即江南文化。但是具体到小说创作来说,自然气候与人文气候是相互融合的,自然气候的文学表现往往渗透着人文气候的精神表达,人文气候的思想表现也往往通过自然气候予以精妙的再现。

中国人对自然之美的赞赏,起源于南朝,南朝时期是一个歌唱自然的时代。而南朝时期,正是江南文化重要的形成期。这一蕴藏在江南文脉中的自然之爱,在一代代文人墨客的吟咏中流传下来。人们欣赏自然、寄情山水,在自然的世界中流连忘返。

---

① 陆文夫:《文学的民族性》,载《陆文夫文集》第五卷,古吴轩出版社 2006 年版,第 220 页。
② (南朝梁)刘勰:《物色》,载范文澜《文心雕龙注》,人民文学出版社 1958 年版,第 693 页。
③ (东汉)班固:《汉书·地理志》,中华书局 1962 年版,第 1640 页。

一 江南气候与自然意象

人生与自然是紧密相连的。尤其是在农耕文明时代，这种关联极为紧密，并对整个人类命运产生了重要影响。在工业文明时代，自然世界被大量破坏，对于自然的热爱成了人类的生活理想。等到了全球化时代，自然更加变得与众不同，也更为重要。可能没有哪一个时代，比这个时代的人更渴望回到自然。"所谓人类回到自然的自然，是指具体的、有机的、美化的、神圣的外界而言，这个意义的自然，可以发人兴会、欣人耳目、启人心智、慰人灵魂，是与人类精神相通的。这是有生命有灵魂的自然。人生需要自然来作育。人生需要自然供给力量。自然是人生的'净化教育'。自然是人生力量的源泉。"①

作家冰心说："文学家要生在气候适宜，山川秀美，或是雄壮的地方。文学家的作品，和他生长的地方，有密切的关系。——如同小说家的小说，诗家的诗，戏剧家的戏剧，都浓厚的含着本地风光——他文学的特质，有时可以完全由地理造成。这样，文学家要是生在适宜的地方，受了无形中的陶冶熔铸，可以使他的出品，特别的温柔敦厚，或是豪壮悱恻。与他的人格，和艺术的价值，是很有关系的。"② 江南秀美多姿的地理风貌和物候气象，在当代江南小说中有着鲜明的印记和直接的反映。江南多雨，江南小说与雨有着一种天然的紧密联系。这种联系是多方面的，也是多层次的。格非《雨季的感觉》、毕飞宇《雨天的棉花糖》、余华《在细雨中呼喊》等这些与雨有关的小说命名，可以看作是一种最为直观的表现。具体到小说写作中，关于雨的描写更是如影随形一般，毫不夸张地说，当代江南小说几乎就是在雨水的瓢泼和漫溢之中生长起来的。

"雨"作为写作过程中的一个具体意象，和作家的情绪、小说的意境是分不开的。尤其是在一些作家的身上，这种表现十分明显。比如在谈到《玉米》的创作缘起时，毕飞宇回忆说：

> 一个有风有雨的下午，我一个人枯坐在客厅里的沙发上，百般无聊中，我打开了电视，臧天朔正在电视机里唱歌。他唱道：如果你想身体好，就要多吃老玉米。奇迹就在臧天朔的歌声中发生了，我苦苦

---

① 贺麟：《文化与人生》，商务印书馆2015年版，第124页。
② 谢婉莹：《文学家的造就》，《燕大季刊》1920年12月第1卷第4期。

等待的那个人突然出现了,她是一个年轻的女子,她的名字叫玉米。①

是"一个有风有雨的下午",而绝不是艳阳高照的某个时间,这里面大概存在着某种历史的机缘。她的出现或许仅仅是一时的情绪波动,但早已在内心深处埋藏了好久,等待"一个有风有雨的下午"突然而至。换言之,从"玉米"这个名字的出现开始,她(或者说《玉米》)就已经具有了一种在风雨中飘摇的诗意情调,尽管这种诗意是残忍的,是寒冷的。而关于气候对于人的影响,孟德斯鸠曾在《论法的精神》一书里作了论述,他说:"人在寒冷的气候下精力比较充沛。心脏的搏动和纤维末端的反应较强,体液比较均衡,血液更有力地回流心脏。心脏力量的增强必然产生许多效果,例如,自信心增强,亦即勇气更大,对自己的优越性有更多的认识;又如,复仇欲望减低,安全感增大,亦即直率增多,疑虑、谋划和狡诈减少。"② 如果说,身处江南的毕飞宇,对于湿热的感受是一种日常的、自然而然的现象,那么他对于寒冷的体会则正如他自己所说是"写作带来的后遗症"。而在毕飞宇看来,这"冷"于他有点因祸得福的意思。具体到《玉米》的写作中,这种"冷"正是通过"雨"得以抒发的:

只要有了春霜,最多三天,必然会有一场春雨。所以老人们说,"春霜不隔三朝雨"。虽说春雨贵如油,那是说庄稼,人可是要遭罪。雨一下就是几天,还不好好下,雾那样,没有瓢泼的劲头,细细密密地缠着你,躲都躲不掉。天上地下都湿漉漉的,连枕头上都带着一股水气,把你的日子弄得又脏又寒。③

毕飞宇生于江南,长于水乡,这使得他的性格里充满了诸多的南方气质。这种气质反映到作品里,便体现出敏感细腻、阴柔绮丽的诗性特征。对于"雨"这一意向的经营,于作者而言,有着因地理环境所带来的自然选择的一面,雨是能够给作家带来最直观情感刺激和体验的自然意象,是能够激发作家的创作欲望和审美想象的起点。"雨"的意象在毕飞宇的小说中,几乎是随处可见的,甚至是有些泛滥了。比如在早期的中篇小说《明天遥遥无期》中,对于"雨"的描写就十分突出和明显:

---

① 毕飞宇:《玉米·后记一》,载《毕飞宇文集·玉米》,人民文学出版社2015年版,第243页。
② [法]孟德斯鸠:《论法的精神》,许明龙译,商务印书馆2014年版,第274页。
③ 毕飞宇:《玉米》,载《毕飞宇文集·玉米》,人民文学出版社2015年版,第51页。

> 一场大雨伴随闪电与雷鸣呈网状使陆家大院呈升腾态势。雨网仿佛由于打捞陆地的失败而恼羞成怒。闪电把天空抽成破碎的镜面,叠射出无限幽怪古奥的占卦形象。……
>
> 久旱的土地被雨水冲散出一种不祥的气味,在知了的噤闭里狐狸尾巴一样穿梭出没。屋檐下的雨帘密密匝匝,使八仙桌上白蜡烛的微光显得孤楚无助。……①

很明显,作者对于"雨"的渲染和描述在不同的时段呈现出不同的节奏感,有时候是进行时的紧锣密鼓,有时候则表现出大雨过后的静谧如初,但毫无例外都体现出作者对于这一意象的重视和痴迷,仿佛只有通过这千变万化的雨,才能把他的万斛激情宣泄出来,从而达到一种诗意的存在。整部小说,几乎就是在雨中完成了它叙事的使命。

在毕飞宇涉及"雨"的大部分小说里,对于这一意象的浓墨重彩,主要是营造一种让读者犹如身临其境的气氛。而这种氛围往往如雨一般,是带着忧伤、含着忧郁的,例如在小说《充满瓷器的时代》中:

> 这个午后的雨把巷子全下空了。整个T形拐角布满雨的声音。每一家店铺的滴漏上都拉着密匝匝的雨帘。空间积满了茫然与空濛。瓷器在午后的雨中恪守安宁,同时散发出了一种稳固的忧郁,与它们作为碗的身份不相符合。然而,作为谈话时的背景,尤其是女人向女人叙述历史时的场景部分,瓷器以及它们的忧郁恰如其分。②

这些日常的生活场景,在"雨"的渲染之下,已经弥漫上了挥之不去的江南意味。这些雨也凶猛,也磅礴,但却又"茫然与空濛",充满了"厌倦和无聊"。而这意味深沉的忧郁、感伤,正是作者试图借助"雨"的意象来实现的美学效果,"诗意"在不知不觉中已经漫上了心头。

当然,即便是同一个意象,也可以通过完全不同的两种表达方式达到大相径庭的诗意效果。同样是雨,在这一部小说中,可能是为了追求一种忧伤的诗意,到了另一篇小说中,则完全是为了实现一种精神的愉悦,但

---

① 毕飞宇:《明天遥遥无期》,载《毕飞宇文集·明天遥遥无期》,人民文学出版社2015年版,第91页。
② 毕飞宇:《充满瓷器的时代》,载《毕飞宇文集·哺乳期的女人》,人民文学出版社2015年版,第59页。

也是美的。比如在小说《雨天的棉花糖》中,"雨"的意象增添了小说的感伤气氛和残酷诗意:

> 夜里下起了小雨。夏夜的小雨有一种与生俱来的感伤调子,像短暂的偷情,来也匆匆去也匆匆。①

> 红豆的父亲在一个午后说:"他的胆已经吓破了。他是起不来了。他的胆肯定是破了。"后来下起了雨,雨猛得生烟,雨脚如猫的爪子一样四处蹦跳。那些雨把整个红豆家的老式瓦房弄得一个劲地青灰。红豆身上那些类似铁钉和棺材的气味就是在雨住之后和泥土的气味一同弥散出来的。许多多余的皮在红豆的骨头上打滚。②

"夏雨"与"偷情",这些另类却极富想象力的修辞艺术,在其跳跃的思想中,生发出了令人寒冷的诗意,你明明读的是一本虚构的小说,明明听的是别人的故事,却仿佛真的感觉到许多多余的皮在自己的骨头上打滚。在毕飞宇的笔下,对于"雨"的描述,有时候已经远远超出了氛围的营造,而有了思想与灵魂博弈的意味。

当然,除了雨这一代表性的意象,能够反映江南气候的标识还有很多,比如鱼、米等。江南乃鱼米之乡,鱼、米乃江南民众生之必需,而具体到小说写作中,这些意象往往具有深层的文化之象。苏童的小说《米》,便直接以米命名,以此凸显意味深长的思想内蕴。当然,作为南方之子,苏童的写作更是与雨、与水密切相关的。五龙的出现是在雨后,五龙的逃亡是在洪水之中,即便是做梦,也是和水紧密相连。而在生命的最后,"水"和"米"成为五龙的归宿。

> 五龙没有听见金牙离开他身体的声音,五龙最后听见的是车轮滚过铁轨的哐当哐当的响声。他知道自己又躺在火车上了。他知道自己仍然沿着铁路跋涉在逃亡途中。原野上的雨声已经消失,也许是阳光阻隔了这第一场秋雨。五龙在辽阔而静谧的心境中想象他出世时的情景,可惜什么也没有想出来。他只记得他从小就是孤儿。他只记得他

---

① 毕飞宇:《雨天的棉花糖》,载《毕飞宇文集·明天遥遥无期》,人民文学出版社2015年版,第267页。
② 毕飞宇:《雨天的棉花糖》,载《毕飞宇文集·明天遥遥无期》,人民文学出版社2015年版,第307页。

是在一场洪水中逃离枫杨树家乡的。五龙最后看见了那片浩瀚的苍茫大水，他看见他漂浮在水波之上，渐渐远去，就像一株稻穗，或者就像一朵棉花。①

苏童的这段描写，几乎完美地呈现了当代江南小说中自然气候的地理特质，并将个人复杂的生命记忆和生存焦虑，融合到这些独特的意象中，继而通过想象和虚构娓娓道出。"这里的'水'与'米'已不是瞬间的视觉印象和内心感觉，这个并置的意象映现出的不仅是一个生命充满恐惧、哀伤的虚幻感觉，而且使整部小说都笼罩着那种哀婉、沉重的氤氲之气，时有时无、时隐时现，似意似境，构成俗世的粗陋与优美、潮闷与宽大强烈对比的画幅：人与自然、俗世的悖谬与荒诞、内心的动荡不安、心灵风暴与生命的无常，意象的直接呈现传达出作家可能在刹那间感悟的生命的全部内涵，意象如语言，打通了感觉与世界的对应，使作品灌注着生命与死亡的气息。"②

二 江南气候与风景之美

作为一个有着悠久的农业文明的国度，中国的文学作品中从来不乏美丽的"自然风景"，从最早的《诗经》开始，到汉代乐府，到唐诗宋词，到明清小说，到中国现代小说，风景如画从来都是一种日常的审美需求。然而，"随着中国社会的急剧转型，工业化和后工业化的程度越来越高，农业文明形态下的风景逐渐远离现代人的视野，越来越成为一种渐行渐远的历史记忆"③。风景的流逝，导致的是文学审美元素的消失、作家艺术灵感的沦丧，以及人类自然情感的麻木和迟钝。

江南独特的气候，必然影响到物候，影响到人们的生活环境、生活习俗。江南优美的自然山水风貌，孕育了江南作家对于日常风景的审美情操。他们尊重自然、欣赏自然、理解自然，并在小说中源源不断、不厌其烦地呈现自然、利用自然、修正自然，从而实现风景与叙事的完美融合。江南作家往往具有一种浪漫的精神气质，这种气质与江南文化的自由精神、诗性特质、抒情传统等有着很大的关联，尤其是江南天然的气候条件，使得"风景"描写成为他们十分依赖的写作手法，而依托于这种描

---

① 苏童：《米》，上海文艺出版社2005年版，第228页。
② 张学昕：《南方想象的诗学》，复旦大学出版社2009年版，第115页。
③ 丁帆：《新世纪中国文学应该如何表现"风景"》，《徐州师范大学学报》（哲学社会科学版）2012年第3期。

写,"一种浪漫的情感得以产生:提倡自然、反对工业,提倡诗歌、反对贸易;人类与共同体隔绝进入文化理念之中,反对时代现实的压力"①。当代江南小说中对于自然风景的迷恋,既体现了江南作家精致的生活情趣,也表现了江南民众优雅的生命品质,而通过这些风景,也间接地表露了对于理想生活和高雅艺术的诉求。尤其对于小说创作来说,这种充满诗意的自然空间充分激发了作家的"创造性直觉":"伟大的小说家就是诗人。他们寥寥无几。要使一部小说富有诗意,需要有一种特别强有力的创造性直觉,它能够引导其直觉之流进入活现在作品中的他人本身的内在隐幽处。存在这种可能性,仅仅由于伟大小说家的创造性直觉包容着——始肇于他意识到自我的某种原始感情——出入于他自身其他主观性的诗性认识和因感情同一性产生的认识。"②

在江南的自然时空下,植物、季节是最为直观的自然风景呈现,也是与人关系最为密切的存在,并经常被冠以丰富的人文精神而表现出来。在黄蓓佳的小说中,这一传统的美学表现方式几乎随处可见,作者对于自然风景的迷恋和表达,大大地丰富了小说的美学内涵和诗性特征。比如对于季节的描写:

> 艾家酱园的大院在这个春天变得很热闹。
> 枇杷树长出一簇簇嫩白的新叶,远看像婴儿蜷起的拳头。墙角的迎春花黄灿灿晃人眼睛。几株山茶花刚刚落下一地的红,杜鹃就把装扮院子的活儿接过去,一茬催着一茬红火热烈。玉兰树对季节的反应稍稍迟钝一点,花苞冒出来没几天,形状如同毛笔,但是个头特别大,估计开出来的花朵不会小。一个冬天里我都在用鱼肚肠和淘米水滋补它,想来它也该好好地领我这份情。③

在这段叙述中,作者并没有直接就描写艾家酱园的热闹,而是通过一系列植物的次第花开,把这种热闹气氛间接地渲染开来。这些植物在作家的描述中,显然已经超越了其自然的本性,从不同的层面、不同的意象上提升了自我的审美属性。而在不同的情境下、不同的叙事空间中,春天的

---

① [美]温迪·J.达比:《风景与认同——英国民族与阶级地理》,张箭飞、赵红英译,译林出版社 2011 年版,第 87 页。
② [法]雅克·马利坦:《艺术与诗中的创造性直觉》,刘有元等译,生活·读书·新知三联书店 1991 年版,第 296 页。
③ 黄蓓佳:《所有的》,《钟山》2007 年第 5 期、第 6 期。

面貌也是不一样的:

> 已经许久没有下雨了,公路在初春灰色的苍穹下显得肮脏和颓败,有几分破落的味道,又有一种无可奈何的挣扎。劣质柏油只薄薄地铺了路中间的部分,两边的路肩很明显地裸露着灰土和砂石,被干燥的小风贴着地面卷起一个又一个小小的漩涡,追着车轮奋力往前。那些有幸被柏油遮盖的路面,因为载重卡车和农用机械的一次次碾压,也已经龟裂、凹陷,或者不规则地鼓凸,为继续来往的车辆制造出无数麻烦。①

黄蓓佳是一个写季节的高手。她凭借着自我敏锐的艺术感觉,嗅到了植物在不同季节散发出来的独特气味和芬芳。她有一双慧眼,能看到植物世界中的热闹和喧嚣,能窥到植物生长过程中隐秘而生动的轨迹。她以自然植物最本真的形、色、味来呈现最为朴素的"风景之美"。黄蓓佳似乎总是能够在自然植物与日常世界之间建构起一种美好而奇妙的联系,从而启发人们对这个世界产生更为深刻的理性和审美认知。她把自我的思想力量寓于这些自然植物身上,并融入其所构建的自然世界之中,进而实现自然精神与艺术诉求的完美融合。因此,在黄蓓佳对于"自然风景"的青睐中,唯美的、细腻的自然书写仅仅是其表面的一种叙事手法,更多时候则带有一种情感的寄托和精神的表达。当然,风景的描写总会和个人的思想、情感相联系,不同的情境表现出来的情感也是千差万别的。因此,有时候仅仅是自然而然的风景描绘,但更多时候则附加着文化和思想的内涵。它并不是风景的直接再现,而是情绪在宣泄和表达的过程中借由风景书写打开的绝密通道。

在黄蓓佳的小说中,"自然风景"所表现出来的美学内涵是多种多样的,既有纯粹的对于季节的美好感知和怀想,又有复杂情感所夹杂的对于时代的感悟和思考;既有美好的愉悦所带来的审美享受,也有痛彻的体验所裹挟的痛苦的忧伤。但所有的这些"自然风景"描写,都是作家诗性情怀直接或间接的流露。它不仅仅丰富了小说的叙事,丰满了人物形象,而且激发了小说的美学思想和诗性迸发。唐纳德·霍洛克在分析《官场现形记》时指出:"叙事作品(或其他艺术作品)中的'自然'总是人类眼中的自然,因而必然隐含一种人类哲学观。自然所具有的意识形态意义在一

---

① 黄蓓佳:《家人们》,《长篇小说选刊》2012年第2期。

部叙事作品中虽然并非始终重要,但却从未缺少,有时它显示为象征。叙述者的文本中对自然的描写是叙述者的观点的组成部分;在人物的文本中,它则可以作为塑造人物的手段。"① 这真是精妙地道出了叙事者与自然风景的关联,以及它背后所隐藏的叙述伦理和美学意图。

黄蓓佳的风景叙写源于对大自然的热爱,她对于各种植物、各个季节的细腻而温情的描绘,有着浓郁的诗意色彩和温暖情怀。这可以说是当代江南小说风景叙写的一种基本模式。但是,其中也有很多不同。勃兰兑斯在分析夏多布里安与卢梭在写景方面的不同时曾指出:"夏多布里安写景时对那女主人公情绪的考虑要多得多。在内心感情的波涛汹涌时,外界也有猛烈的风暴;人物和自然环境浑为一体,人物的感情和情绪渗透到景物中去。"② 如果说黄蓓佳、叶兆言等人的风景描写承袭的是类似于卢梭描写自然风景的传统,那么苏童、余华等人的写景则更多地表现出夏多布里安式的倾向。比如余华《在细雨中呼喊》的一段描写:

> 时隔多年以后,我依然保存着这本作业簿,可陈旧的作业簿所散发出来的霉味,让我难以清晰地去感受当初立誓偿还的心情,取而代之的是微微的惊讶。这惊讶的出现,使我回想起了南门的柳树。我记得在一个初春的早晨,我惊讶地发现枯干的树枝上布满了嫩绿的新芽。这无疑是属于美好的情景,多年后在记忆里重现时,竟然和暗示昔日屈辱的语文作业簿紧密相连。也许是记忆吧,记忆超越了尘世的恩怨之后,独自来到了。③

这并不是一段纯然的风景描写,但却很好地体现了余华处理风景的高妙手法。他的情感的表现很强烈地压倒了对于风景的描述,但这情感又并不完全脱离作者的控制,而是借着这一"美好的情景"实现了情感的疏离和皈依。与余华相比,苏童的风景叙写更加圆融和完美,他展现的密度更大,意境更开阔,但也更晦暗。比如在《米》中有一段关于雪巧的人物描写:"她听见窗外又响起了淅沥的雨声,又下雨了。在潮湿的空气里雪巧突然闻到了一种久违的植物气味,那是腐烂的白兰花所散发的酸型花香。

---

① [捷克]唐纳德·霍洛克:《环境小说:〈官场现形记〉》,载米列娜编《从传统到现代——世纪转折时期的中国小说》,伍晓明译,北京大学出版社1991年版,第83页。
② [丹]勃兰兑斯:《十九世纪文学主流·流亡文学》第一分册,张道真译,人民文学出版社1988年版,第20页。
③ 余华:《在细雨中呼喊》,作家出版社2012年版,第9页。

雪巧从前沿街叫卖白兰花，卖剩下的就摊放在窗台上，她记得在一夜细雨过后，那些洁白芬芳的花朵往往会散发这种腐烂的花香。"① 这便是苏童，再美好、再明亮的事物，他都能够通过简单的风景渲染，营造出一种复杂而颓靡的灰暗氛围。这种气氛在《罂粟之家》等小说中，也有着极为鲜明的表现。他就像勃兰兑斯论述中的浪漫主义者一样，"当自然对人们有用的时候，他们并不认为它美；他们发现自然在蛮荒状态中，或者当它在他们身上引起模糊的恐怖感的时候，才是最美的"②。那些令人毛骨悚然的黑暗存在，那些令人惊慌失措的孤寂之感，正是苏童、余华这些当代江南小说家的兴致所在。

三 江南气候与哲学意识

江南作家对于自然的热爱，是自然的，也是社会的，更是人生的。"人生之外有自然，人生之内也有自然。人生之外的自然，就是具体美化的大自然。人生之内的自然，就粗浅方面说，就是指人类的情感、欲望、本能等等。就根本意义来说，就是指人类的本性或本质。"③

气候具有季节性，这种季节性的变换，十分容易唤起作家的内心情绪和生命意识。中国文学中的伤春和悲秋，就是因了这种特定的气候所引起的情感体验。而不管是伤春、悲秋，还是其他气候所引发的时令启示，最终还是要落脚到对于人类命运的思考和生命意识的探寻上，这才是文学的根本意义所在。"中国的江南是富庶的鱼米之乡，在满足人的物质生活需要方面具有无与伦比的优势，因此，很多文人在江南生活一段时间之后便会表现出对普遍价值、生命意义的强烈关注。进一步说，江南山水提供了一种闲适的外在环境，这种环境必然影响到人的精神和心理，从而使人的心也闲适起来，而闲适的心最为广大、浩渺，能以强烈的主体意识去追究宇宙的本质及人类的命运这样艰深的问题……"④ "然而，对宇宙的本质及人类命运这类问题的思考与追问经常带有以管窥天，以蠡测海的色彩，因此它注定是一种没有结果的凄凉而痛苦的精神之旅。"⑤

在经历了20世纪80年代的先锋思潮之后，先锋作家纷纷转向，重新

---

① 苏童：《米》，上海文艺出版社2005年版，第162页。
② ［丹］勃兰兑斯：《十九世纪文学主流·德国的浪漫派》第二分册，刘半九译，人民文学出版社1981年版，第139页。
③ 贺麟：《文化与人生》，商务印书馆2015年版，第129页。
④ 吴海庆：《江南山水与中国审美文化的生成》，中国社会科学出版社2011年版，第49页。
⑤ 吴海庆：《江南山水与中国审美文化的生成》，中国社会科学出版社2011年版，第50页。

开始关注历史、书写现实。苏童、叶兆言、马原、吕新、格非等一大批作家都创作出了许多有影响的现实主义作品。但是,对于很多作家来说,地域的变迁并不完全能够从其作品中呈现出来,比如余华,他小说中的叙述场景和现实世界,几乎都是他生活了三十年的江南。那些只能在记忆中一次次复沽和呈现的江南小镇,是海盐,也不是海盐。余华在谈到《兄弟》的写作时,即说:"至于'刘镇',毫无疑问是一个江南小镇,可是已经不是我的故乡了,我家乡的小镇已经面目全非,过去的房屋都没有了,过去熟悉的脸也都老了,或者消失了。尽管如此,只要我写作,我还是自然地回到江南的小镇上,只是没有具体的地理了,是精神意义上的江南小镇,或者说是很多江南小镇的若隐若现。"①

余华的小说虽然没有具体位置的精确呈现,但从频繁出现的河流、小桥以及各种各样的风俗描绘中,依然能寻到故乡海盐的蛛丝马迹。这是余华对海盐的一次次依托于记忆的不准确但着实可靠的真情再现。余华自己就说:"虽然我人离开了海盐,但我的写作不会离开那里。我在海盐生活了差不多有三十年,我熟悉那里的一切,在我成长的时候,我也看到了街道的成长,河流的成长。那里的每个角落我都能在脑子里找到,那里的方言在我自言自语时会脱口而出。我过去的灵感都来自于那里,今后的灵感也会从那里产生。"② 此言不虚。在余华的小说写作中,与他成长相关的所有经历,几乎都化作了小说中十分重要的文学经验,比如对医院生活的熟识是不是和他对于死亡的青睐有关呢?比如牙医的经历是不是和他创作中冷静残酷的书写有关呢?比如"文化大革命"中的所见所闻是不是和他对暴力的迷恋有关呢?这些都值得细细思量。可以说,正是在这些复杂、动荡的现实中,余华对于现实、生命的体悟才获得了异于他人的独特气质。哈罗德·布鲁姆说:"文学的伟大在于让一种新的焦虑得到显现。"③ 余华的写作,尤其是其中后期对于"现实"世界的疼痛书写,的确激活了人们压抑已久的内心苦闷,从而产生了与之前时代完全不同的思想体验和精神焦虑,一种更深层次的生命意味和哲学意识。这是余华小说的最大意义。

余华从来不是一个形式意义上的先锋作家,他的"先锋"内在于小说结构中,是深入骨髓中的胆识和魄力,也因此,余华小说中处处流露出的

---

① 洪治纲、余华:《回到现实,回到存在——关于长篇小说〈兄弟〉的对话》,《南方文坛》2006年第3期。
② 余华:《余华作品集》第三卷,中国社会科学出版社1995年版,第836页。
③ [美]哈罗德·布鲁姆:《影响的剖析:文学作为生活方式》,金雯译,译林出版社2016年版,第8页。

荒诞、虚无是以另一种形式达至更大的真实，抵达更深的现实。"《在细雨中呼喊》在表现弃绝的同时，也表达了回到真实生活中去的愿望，因为被弃绝，而更加强烈地渴望被接纳，渴望家的温暖和集体的慰藉……在'弃绝'中经历内心生活，去体验友爱与幸福，那些微不足道的事实都成为一种至福的依据。"① 在具体的小说叙事中，这些体验往往与江南的气候有着密不可分的关联，并被赋予十分浓重的文化意蕴和哲学意味。"再也没有比孤独的无依无靠的呼喊声更让人战栗了，在雨中空旷的黑夜里。"② "在生命的末日里，孙有元用残缺不全的神智思考着自己为何一直没死。即将收割的稻子在阳光里摇晃时，吹来的东南风里飘拂着植物的气息。我不知道祖父是否闻到了，但我祖父古怪的思想断定了自己迟迟未死和那些沉重的稻穗有关。"③ 余华是敏锐的，对江南天然气候的敏感和对生命脆弱的体察，让他在大自然这个广袤的原野中发现了能动的诗意和沉重的深刻。他在对这些气候和景物的体察和融合中，把人性的状况和生存境遇紧密结合起来，在对生命意识和隐秘人性的开掘中，获得了一种审美想象和悲悯情怀。《活着》同样如此，它讲述了一个简单的故事，却以较小的体量写出了一种史诗般的气质，故事虽然发生在江南的一个普通小镇，但二十世纪中国的全貌几乎得到了完整呈现。"活着"，这个简单词汇所蕴含的无穷智慧和巨大力量，也使得这部小说天然地具备了一种哲学品质，透露出一种不期然的悲剧性和虚无性。但余华从来都不是一个煽情的浪漫主义者，他的小说最终要回到现实，回到结实的江南大地上，回到结实大地上的芸芸众生。正如《活着》的结尾："我知道黄昏正在转瞬即逝，黑夜从天而降了。我看到广阔的土地袒露着结实的胸膛，那是召唤的姿态，就像女人召唤着她们的儿女，土地召唤着黑夜的来临。"④ 在余华的笔下，个体的生命意识和朴素的自然景象交织着混杂在一起，所有的自然描述都和生命历程紧密相连，他就是要将这些脆弱的生命置于这样一片自然的风景之中，任他们生，任他们死。

在《活着·中文版自序》中，余华曾经谈到了自己与现实的紧张关系，并用一种同情的目光看待世界，于是，"正是在这样的心态下，我听到一首美国民歌《老黑奴》，歌中那位老黑奴经历了一生的苦难，家人都

---

① 陈晓明：《众妙之门——重建文本细读的批评方法》，北京大学出版社2015年版，第75页。
② 余华：《在细雨中呼喊》，作家出版社2012年版，第3页。
③ 余华：《在细雨中呼喊》，作家出版社2012年版，第179页。
④ 余华：《活着》，作家出版社2012年版，第184页。

先他而去,而他依然友好地对待这个世界,没有一句抱怨的话。这首歌深深地打动了我,我决定写下一篇这样的小说,就是这篇《活着》,写人对苦难的承受能力,对世界的乐观态度。写作过程让我明白,人是为活着本身而活着,而不是为了活着之外的任何事物所活着。我感到自己写下了高尚的作品"[1]。这是关于写作《活着》的初衷和自说自话,但其中所描述的和现实关系的紧张无疑也流露出了他对于江南世界的另类渴望。余华对江南的现实有着天然的敏感,"在那个月光挥舞的夜晚,他的脚步声在一条名叫河水的街道上回荡了很久,那时候有一支夜晚的长箫正在吹奏,伤心之声四处流浪"[2]。诸如此类的描述还有很多,《在细雨中呼喊》中那空旷而寂寞的雨夜,《活着》中那开篇便断断续续的小雨,不都是江南独有的天然物候吗?当然,这些细小的外部并不是余华写作的重点所在,但它们却客观地深化了小说的现实意义和哲学意识。

透过江南气候的风雨漫漶和自然风景,江南文化的内在诗情隐秘而深刻地影响着当代江南作家和当代江南小说。钱理群曾谈到过浙江文化对鲁迅的影响:"豁达与坚毅的结合,更准确地说,以坚毅为内核的豁达,正是无常式的诙谐的性格本质,这也是由吴越文化培育出来的鲁迅家乡地方性格的核心,这种地方性格在鲁迅个性上打下了深深的烙印,至少说,构成了他个性的一个重要侧面。"[3] 这种"地方性格"于余华来说,更加坚定了其回到现实、探求命运的决心。他就是要在和现实的对立、冲突中,建构起属于他自己的小说美学。

回到江南,这仅仅是余华小说写作初衷的表象,实际上,他更大的思想野心和精神建构是要回到现实掩盖下那个更深层次的存在本身。因为现实是混乱而芜杂的,是荒诞而虚无的,所以或许只有存在本身才是有意义的。从《十八岁出门远行》开始,或者说从余华最开始的创作开始,对于存在的追寻一直是他的终极目的。回到江南,其实也就是投入黑暗的深渊。《兄弟》的写作可以视作是投向深渊的实验,只可惜这是一次并不成功的尝试。在小说中,余华之前所积累起来的小说美学有着走向崩塌的危险,这一点,在《第七天》的写作中体现得更为突出。《兄弟》是一种全新的风格,但也让熟悉的余华变得陌生,这是作家的幸还是不幸呢?

余华是一位清醒的说梦者,他当然知道痴人说梦的潜在危险。但也因

---

[1] 余华:《活着》,作家出版社2012年版,第3—4页。
[2] 余华:《夏季台风》,载《我胆小如鼠》,作家出版社2012年版,第34—35页。
[3] 钱理群:《心灵的探寻》,北京大学出版社1999年版,第253页。

为清醒，损害了他小说的智性和魔力，那种深谙现实力量的理性严重损伤了小说原本活力十足的肌理，而不得不多了一种暗含着恐惧和戏谑的癔症成分。笔者还是喜欢那个在江南的想象中踟蹰的余华，沉闷、忧郁、孤独、沮丧，这一切文学最美的特质他都有，即便是在微笑中也透着忧伤，即便是在平静中也能读出恐惧，即便是在安宁中也能看到不安，那一切流动的思想，都在江南的夜空下闪闪发光。

第二节　景观叙事及其象征意义

叙事主要是一门时间艺术，但大部分叙事往往离不开空间的依托，一次完整的叙事通常是在这两个维度上达成了共识，"叙事融合了两个维度：一个是事件的时间顺序，另一个是把叙事编成空间模式的非年代序列。故事可以把事件编成线索，创立等级层次，衔接首尾，以形成循环或者制造连结和设计迷宫。同样，通过景观，叙事的时间维度就可见了，并且'空间得以充实，对时间、情节和历史活动作出反应'。景观叙事协调了这种时空体验的交会"①。那么，何谓景观叙事呢？简单来说，景观叙事是指"产生于景观和叙事间的相互作用和彼此关系"②。这种相互性表现为，一方面，"场所构成叙事的框架，景观不但确定或用作故事的背景，而且本身也是一种多变而重要的形象和产生故事的过程"，另一方面，"每种叙事，即使是最抽象、讽喻或个性的叙事，在形成场地方面都起着极其重要的作用。正是通过叙事，我们诠释过程和事件，我们逐渐熟悉一个地方乃是因为我们熟悉了它的故事"③。景观和叙事之间不是对立和割裂的状态，而是一种艺术的交融和思想的强化。

江南独特的景观是经济、文化与地理环境交互作用下的产物。小桥流水、亭台楼阁、小巷庙宇等建筑形态，与江南湿润的气候、丰裕的经济、繁荣的文化有着密切的关系。江南的自然山水从纯粹的形式转化为这些审美文化样式，体现的是精神的渴求和艺术的诉求。江南景观，是当代江南

---

① ［美］马修·波泰格、杰米·普灵顿：《景观叙事——讲故事的设计实践》，张楠等译，中国建筑工业出版社2015年版，第7页。
② ［美］马修·波泰格、杰米·普灵顿：《景观叙事——讲故事的设计实践》，张楠等译，中国建筑工业出版社2015年版，第6页。
③ ［美］马修·波泰格、杰米·普灵顿：《景观叙事——讲故事的设计实践》，张楠等译，中国建筑工业出版社2015年版，第6页。

小说中极为突出的表现对象,它既客观地反映了江南的风土人情和现实风貌,也主观地寄寓了作家的精神旨归和审美意趣,它既是外在的文化形态,也是内在的人性景象。具体到小说创作来说,这种景观叙事的表现主要体现为:一是叙事建筑的客观呈现与美学诉求,二是对景观的主体体验与相应的叙事表达,三是景观叙事过程中的意境营造。

一 叙事建筑与美学诉求

小巷和园林在江南的文化景观中占据着十分重要的地位,这在当代江南小说中也有着十分突出的表现。陆文夫曾不止一次地表达过对于苏州小巷的欢喜和难忘,"我也曾到过许多地方,可那梦中的天地却往往是苏州的小巷,我在这些小巷中走过千百遍,度过了漫长的时光;青春似乎是从这些小巷中流走的,它在脑子里冲刷出一条深深的沟,留下了极其难忘的印象"[1]。从陆文夫的小说创作来看,"小巷"真可谓如影随形。比如《美食家》:"我提着竹篮穿街走巷,苏州的夜景在我的面前交替明灭。"[2] 比如《毕业了》:"小巷里又出来了一位人物,一位黄黄胖胖,腰背微驼,眼皮松弛,头发花白,衣着背时的不太老的老太婆。这样的老太婆巷子里很多,随便找找就可以找到十几个。她们有的在家抱孙孙,有的替人家当保姆,有的什么也不干,却也忙得不亦乐乎。"[3] 比如《故事法》:"我们这条半瓣巷是条水巷,一面临河,家家的门前有块空地,有一架石码头深插到河底。"[4] 除此之外,关于小巷的描写还有很多,但最有名的当是《小巷深处》中那段凉静风恬的唯美描写:

> 苏州,这个古老的城市,现在是睡熟了。她安静地躺在运河的怀抱里,像银色河床中的一朵睡莲。那不太明亮的街灯照着秋风中的白杨,把婆娑的树影投射在石子马路上,使得街道也洒上了朦胧的睡意。
> 在城市的东北角,在深邃而铺着石板的小巷里,有一个窗子里亮着灯,灯光下,有一个姑娘坐在书桌旁,双手托着下巴,在凝思,在

---

[1] 陆文夫:《梦中的天地》,载《陆文夫文集》第四卷,古吴轩出版社2006年版,第163页。
[2] 陆文夫:《美食家》,载《陆文夫文集》第二卷,古吴轩出版社2006年版,第10页。
[3] 陆文夫:《毕业了》,载《陆文夫文集》第二卷,古吴轩出版社2006年版,第164页。
[4] 陆文夫:《故事法》,载《陆文夫文集》第二卷,古吴轩出版社2006年版,第279页。

默想。①

在陆文夫之前，没有哪一位作家把苏州小巷的这种沉静之美表现得如此细腻动人，在其后，也没有哪一位作家能够在这美之上再添加任何动人的色彩，记忆仿佛就定格在了那幽深而静谧的小巷深处。作为江南地理的重要景观，小巷承载着十分深厚的文化内涵和十分突出的美学情怀。但是，人间的痛苦是忽略不了的，更是不可能视而不见的，尤其是对陆文夫这样的作家来说，对于美的渴望当然是创作的审美需求，但他们同样不会自傲到以为美可以替代一切。因此，他也关注人间疾苦，也描写社会冷暖，也抒发悲痛之情。在《小贩世家》中，作者就聚焦于底层人物的普通生活和命运：

> 我推开临街的长窗往下看，见巷子的尽头有一团亮光，光晕映在两壁的白粉墙上，嗖嗖地向前，好像夜神在巡游。渐渐地清楚了，原来是一副油漆亮堂的馄饨担子，担子上冒着水汽，红泥锅腔里燃烧着柴火。那挑担子的便是朱源达，当年十七八岁，高而精瘦。担子的旁边走着一个头发斑白，步履蹒跚的老头，那是朱源达的父亲。他再也挑不动了，正在把担子向儿子交付，敲着竹梆子走在前面，向儿子指明他一生所走过的、能够卖掉馄饨而又坎坷不平的小路。②

陆文夫小说的可贵之处也正在此。他发现美，挖掘美，却不耽于美，他看到了丑陋，感到了不安，却又不会沉溺于悲伤，他总是会在这两种错位情感的杂糅中去挑战读者的智慧和审美。

"江南园林甲天下，苏州园林甲江南。"与苏州小巷的平淡烟火气相比，苏州园林更具古典的贵族气。如果说，苏州的小巷承担的是寻常巷陌里平凡人家的百态人生，那么苏州园林更多的则是代表着江南文人的审美气质。"江南园林艺术是江南文人艺术文化的一个组成部分，它直接承袭了江南文人耽于自然山水之美的精神风范，它在空间意识和意境构造方面通过特殊的物质表现形式，与山水诗、山水画相融合，而固体化地反映了江南文人的审美品格和艺术精神。"③陆文夫十分懂得这一园林艺术的个中

---

① 陆文夫：《小巷深处》，载《陆文夫文集》第三卷，古吴轩出版社2006年版，第1页
② 陆文夫：《小贩世家》，载《陆文夫文集》第三卷，古吴轩出版社2006年版，第397页。
③ 费振钟：《江南士风与江苏文学》，湖南教育出版社1995年版，第329页。

趣味,"我觉得创作的总体应该像建造苏州园林,今天挖一个池塘,明天造一座颇具规模的厅堂,后天造点儿小桥、小亭,再后天垒起一座假山,中有奇峰突起……若干年后形成了一座园林,亭台楼阁,花木竹石,小桥流水,丰富多彩而又统一,把一个无限的大千世界,纳入一个有限的园林里,这就是我们常说的,一个人的作品,应当是他那个时代的缩影"①。因此,读陆文夫的小说,很少会看到那种宏大的叙事场景,他即便是写宏大内容,也往往从最小处、最细微处入手,《小巷深处》如此,《美食家》《围墙》等也如此,正应了园林艺术中以小见大的表现手法。施叔青就说,"网师园的淡雅清峻,像极了陆文夫小说的气质,他笔下作品的情节设计,的确是渗透了苏州园林艺术的精巧"②。不独情节设计,就其对园林本身的描写来说,也处处流露出布局的精致和含蓄之美。比如小说《介绍》:

  苏州有个沧浪亭,地方很是古朴,也十分安静;碧水绕着花园,绿阴掩映石门。临水处有一条弯弯曲曲的游廊,游廊的一边是白粉墙,墙上安了许多漏窗,可以窥视园中的林木竹石,台阁楼榭;游廊的另一边是粼粼的池水,隔河的岸边种着垂柳与桃树。眼下正是杨柳飞絮,桃树落花的季节,站在游廊上望望,真叫人心情宽畅,耳目明亮。③

黑格尔说:"艺术的最重要的一方面从来就是寻找引人入胜的情境,就是寻找可以显现心灵方面的深刻而重要的旨趣和真正意蕴的那种情境。"④对于陆文夫来说,苏州园林很好地实现了这一美学诉求。它不仅代表着独特而优雅的审美情趣,更实现了小说叙事中所追求的含蓄蕴藉。"含蓄是园林最令人着迷的原因,富有象征意味的装修和布置造成了含蓄。"⑤依托于园林自身的美学意旨,陆文夫很好地实现了自我思想趣味的表达,并臻至一种完美的小说叙事境界。当然,陆文夫也是警醒的。对于苏州园林的缺憾,他也有自己的见解,他说:"苏州园林作为一种文化现象来看,是

---

① 陆文夫:《造园林与造高楼——谈作品质量的提高》,载《陆文夫文集》第五卷,古吴轩出版社2006年版,第186页。
② 施叔青:《陆文夫的心中园林》,《人民文学》1988年第5期。
③ 陆文夫:《介绍》,载《陆文夫文集》第三卷,古吴轩出版社2006年版,第314页。
④ [德]黑格尔:《美学》第一卷,朱光潜译,商务印书馆1981年版,第254页。
⑤ 居阅时:《庭院深处:苏州园林的文化涵义》,生活·读书·新知三联书店2006年版,第3页。

一种'退隐文化'的体现……那'退隐文化'便主导着当时的文化潮流，影响着人们的价值的取向，代代相传，使得苏州人在文化心态上具有一定的封闭性，容易满足于已有的一方天地，缺少一种开拓与冒险的精神。"①从这个层面上说，这也是陆文夫小说创作的局限，进而影响了陆文夫小说精神世界的拓展和加深。

除了小巷、园林，寺庙、道观等宗教建筑也是江南地理空间下的独特标识。"南朝四百八十寺，多少楼台烟雨中。"这些伫立于江南山水中的建筑，既是一种客观的存在，也是一种象征性的精神表现，它是日常的，也是神圣的，它是世俗的，也是高贵的。黑格尔说："建筑为神的完满实现铺平道路，在这种差事中它在客观自然上辛苦加工，使客观自然摆脱有限性的纠缠和偶然机会的歪曲。"②在江南，这些宗教建筑往往具有思想引领的价值，它们和江南山水的完美结合实现了人们对于日常生活的超越性向往和精神性寄托。叶文玲的小说《青灯》即表现了这一理想境界。《青灯》讲述的是一个苦难折磨下的人生故事，主人公墨莲沉痛而孤独的生命体验，借着宗教般的憧憬而获得了一种精神上的重生。在叶文玲的笔下，"一河河的流水，都是受苦人的眼泪；一盏盏的青灯，映照着他们多灾多难的岁月。"③然而，不管生活多么艰难，多么坎坷，人终究要活下去，有希望地活下去，"青灯"就像是一种信念和指引，让苦难者得以希望，得以明亮。但叶文玲笔下的江南呈现要远比希望的表达更为复杂，她的小说中既有小桥流水人家的细细温情和超然宁静："小河，流水弯弯的小河，是水乡孩子的摇篮，也是穷家姑娘的梳妆台"；"绕着清水庵的小河，不也是这样的吗？它的波流，是缓平如镜的；它的清光，是明澈似银的"④；也有着现实的残酷与历史的颓唐："长条石上，躺着闭了眼的血淋淋的顺宽——她的丈夫豆腐佬顺宽，而当时，如果没有韦公公和几个船老大用小船把顺宽和另外四个同样遭遇的人的遗体载了回来，她就是连这样的顺宽也不得再见——这五个稀里糊涂地奔出去为'主沉浮'卖命的战斗者，将会把一腔热血连同他们的遗体都无声无息地沉没在滚滚的大海中……"⑤那政治斗争中人性的溃败与惨痛，在破败的庙宇中，已经得不

---

① 陆文夫：《被女性化的苏州人》，载《陆文夫文集》第四卷，古吴轩出版社2006年版，第135—136页。
② ［德］黑格尔：《美学》第一卷，朱光潜译，商务印书馆1982年版，第106页。
③ 叶文玲：《青灯》，载《长塘镇风情》，浙江人民出版社1983年版，第26页。
④ 叶文玲：《青灯》，载《长塘镇风情》，浙江人民出版社1983年版，第26页。
⑤ 叶文玲：《青灯》，载《长塘镇风情》，浙江人民出版社1983年版，第68页。

到理想的观照,而只能于痛苦的思索中寻求片刻的欣慰。这些令人敬仰的精神天空,正在现实的喧嚣中慢慢倾倒、坍塌,人类的思想世界正在趋于混乱、无序,人与神的对立状态在当代江南世界中愈发突出。

谈到庙宇,自然要谈论汪曾祺,尤其是他的小说《受戒》。汪曾祺在小说中所表现出来的"倾庙之恋",实在与其他小说有着大相径庭的美学意趣。毕飞宇说,"把宗教生活还原给了'日常'与'生计',这是汪先生对中国文学的一个贡献"①。在汪曾祺的笔下,宗教生活褪去了神圣的外衣,而散发出世俗的烟火气。这些寺庙里的和尚,除了外表异于常人,其他似乎没什么不同,甚至于比其他人还要过得风流潇洒。"他们经常打牌。这是个打牌的好地方。把大殿上吃饭的方桌往门口一搭,斜放着,就是牌桌。桌子一放好,仁山就从他的方丈里把筹码拿出来,哗啦一声倒在桌上。斗纸牌的时候多,搓麻将的时候少。牌客除了师兄弟三人,常来的是一个收鸭毛的,一个打兔子兼偷鸡的,都是正经人。"②"都是正经人",有心的读者读到这句话想必会禁不住笑出声来,汪曾祺真是一个戏谑而幽默的高手。明明是肮脏不堪的生活,明明是不正经的做派,却通过"正经人"三个字消解了这种不良的审美感受。因此,在小说中,这种世俗的生活经过汪曾祺的点染,不经意间就具备了十分迷人的仙气。那些人性的冲突和龌龊的生活,在汪曾祺朴素语言的带动下,往往戴上了一个波光潋滟的诗意光环。人们直到最后才发现,江南山水托起的宗教审美文化,并没有在世俗世界中失去它的意义和价值,他们对于宗教精神的顿悟早已融入对现实生活的热忱之中。作者以人道主义的名义表明了自己的小说立场,对彼岸精神之光的寻找通过对现实人生的本真认识和感悟最终得以实现。

二 主体体验下的人性景观

有研究者指出:"文化区域、文化景观等,都不是单纯客观的,它总是和人,一个人,一个群体,一个社会有关联。"③ 因此,阅读小说其实就是阅读景观,这个景观里包含了自然、社会和人性。"小说里的景观是小说主人公内心状态的延伸和组成部分。我们会意识到,通过一种无缝的过渡,我们已经与这些主人公融为一体。阅读小说意味着,在把整个情境纳入记忆之时,我们亦步亦趋地跟随着主人公的思想和行动,并在总体景观

---

① 毕飞宇:《倾"庙"之恋——读汪曾祺的〈受戒〉》,载《小说课》,人民文学出版社2017年版,第160—161页。
② 汪曾祺:《受戒》,载《汪曾祺小说全编》中,人民文学出版社2016年版,第416页。
③ 唐晓峰:《文化地理学释义》,学苑出版社2012年版,第191页。

中给这些思想和行动赋予意义。"① 江南文化重个人体验和抒情传统，受此影响，当代江南小说中对于主体体验的表现显得尤为突出，而这一体验又往往与对人性的认知紧密相连，并最终回归于现实。比如叶兆言的小说大多是现实主义的，这现实有的是浪漫的，有的是历史的，有的是想象的，但都稳稳地着陆于现实人生、现实世界。而其"夜泊秦淮"系列以及稍后的民国历史题材写作，则更多地体现出了景观叙事与主体体验的融合。虽然叶兆言的小说大多借助想象与虚构来呈现现实世界，如《别人的爱情》《没有玻璃的花房》等，依托记忆与虚构来表现自我认知，但与前辈作家的现实主义风格不同，叶兆言的小说表现出古典的仿古风格和怀旧的浪漫气息。写的明明是现实，但读来毕竟是虚构，那一种自然流露出来的美感挥之不去。可以说，叶兆言的现实题材小说，大大地克服了传统的现实主义写作的限制，通过文化景观下的人性景象的生动再现，从而具备了形神兼备、气韵悠长的审美品格。

叶兆言小说的魅力在于书写了驳杂的人性景观，这一点有鲁迅遗风。之所以说叶兆言的小说写作有对鲁迅传统的承继，并非无稽之谈，而其主要表现是对于人性的深度探求。对于国民性，鲁迅就曾质疑过它的难以改变，而从近一百年的历史来看，这一古已有之的人类痼疾，似乎更像是"哀其不幸怒其不争"的失落和感叹，伴随了多少代人的几度春秋。在叶兆言的小说《我们的心多么顽固》中，"顽固"——这个不知道是褒是贬的词语，的确捕捉到了人性的某种隐秘。它可以解释为一种执着和认真，但同时也可以诠释为一种固执和不可理喻，一正一反，情境或许相同，意味却相去甚远。顽固的心，正成为当下时代人类性格的顽疾。叶兆言说，《我们的心多么顽固》"这部小说让郁闷已久的兄长情结得到了充分宣泄。小时候受别人欺负，我一直幻想自己有个英勇无比的兄长。童年的玩伴大都有哥哥姐姐，因为这一点，听别人说起，我难免心存嫉妒，暗自神伤。这是一个解不开的死结，是心头的隐痛，从小，我就羡慕那些岁数比我大的青年一代，看他们五湖四海串联，看他们上山下乡，看他们恋爱结婚，他们永远是我心目中见多识广的青春偶像，我喜欢他们的故事，我愿意沉浸在他们的故事中"②。以此观之，主人公"老四"是其个人情感在小说中的投射，然而，一部小说的意义，除了承载个人的诸多情结和情感之

---

① [土]奥尔罕·帕慕克：《天真的和感伤的小说家》，彭发胜译，上海人民出版社2012年版，第11页。
② 叶兆言：《我们的心多么顽固·后记》，上海文艺出版社2010年版，第324—325页。

外，定然有着超出这个范围的更深刻的价值和更深远的意义。老四的一生可谓跌宕起伏，有过一见钟情的爱情遭际，有过寻花问柳的放纵和浪荡，有过飞黄腾达的潇洒，亦有过牢狱之灾的落魄和爱情破灭的痛苦彷徨。在小说中，顽固的心一方面体现在对爱情、生活的执着和坚定，另一方面也表现在对自己固有人性的爱怜和孤芳自赏。

鲁迅曾在杂文《导师》中说道："我们都不大有记性。这也无怪，人生苦痛的事太多了，尤其是在中国。记性好的，大概都被厚重的苦痛压死了；只有记性坏的，适者生存，还能欣然活着。但我们究竟还有一点记忆，回想起来，怎样的'今是昨非'呵，怎样的'口是心非'呵，怎样的'今日之我与昨日之我战'呵。"① 对于一向充满乐观的中国人来说，历史的创伤和个人的伤痛都极易在时间的长河中慢慢化为乌有，尤其是在这样一个歌舞升平的时代，极易满足的快感和随意便可获取的快乐让苦痛的记忆很难有生存的空间。然而，对于有担当、有危机感的作家来说，人生的苦痛是扎根在作家记忆深处的，他们总要为其找到逆流而上的路径，把这悲惨的境地揭示给世人看。而叶兆言就有着对苦痛书写的坚定和执着，并怀着这种理由和心态展开历史想象和人生叙事，他似乎要在历史和现实之间架构起一条有迹可循的内在通道，通过历史观察现实，亦通过现实来反观历史。而在这历史与现实的虚虚实实之间，历史的真实性、现实的偶然性、小说的虚构性都成为可资探求的艺术境地。

南京，这座历尽繁华、饱经风霜的六朝古都，除却战争的洗礼，还接受过"文化大革命"的清洗。这也成为叶兆言后期小说创作重要的题材。但与苏童的《河岸》、格非的"江南三部曲"之《山河入梦》所表现出来的宏大历史叙事不同，叶兆言在这历史的关键时刻，依然着眼于平凡人物的命运起伏，当然也有例外，但最终的落脚点还是人物自身。因此，在这些弥漫着革命激情的小说中，你依然可以读到叶兆言那自信从容的淡然、沉静。他的确如一名江南之士，自有一种天然的风骨在，自有一种去雕饰的真实感。表现在小说中，便是在天翻地覆的斗争中寻找自我，在尔虞我诈的世界里寻找真挚。纵观叶兆言的这些小说，时时都能从这些寻常却也传奇、枯燥却也生动的故事里，看得见南京的历史印记，搜罗到些微民国的味道，感受到江南文人的那点旧习气。但叶兆言，这位身上依然散发着旧文人气息的当代作家，的确已经在新世纪的时代中，找到了更多属于自我体悟的写作内容和表达方式。当然，"城市不单是一个拥有街道、建筑

---

① 鲁迅：《导师》，载《鲁迅全集》第三卷，人民文学出版社2005年版，第58—59页。

等物理意义的空间和社会性呈现,也是一种文学或文化上的结构体。它存在于文本本身的创作、阅读过程与解析之中"①。在他的敏锐触觉和独特理解中,迷人的爱情是别人的(《别人的爱情》),充满美好的花房是没有玻璃的(《没有玻璃的花房》),脆弱的情感一戳即破,但心却是如此的顽固(《我们的心多么顽固》),而那让人都已经厌倦了的神话故事,却也有了新的阐释(《后羿》),甚至连那最令人心醉的微笑,都裹上了疼痛的铠甲(《苏珊的微笑》)。如此种种,不得不叹服作者创作力的旺盛和对艺术执着的"认真"劲儿。叶兆言的小说,一度借着先锋的华丽外衣而为人称道,但它们从不华丽,而是透着耐人寻味的朴实和沉静,也从不固步自封,而是永远保持着革命性的探求精神。《马文的战争》《不坏那么多,只坏一点点》《李诗诗爱陈醉》《余步伟遇到马兰》《陈小民的目光》《我们去找一盏灯》《玫瑰的岁月》《写字桌的1971年》《美女指南》《紫霞湖》等中短篇,都是他在小说领域有益尝试的结果。在这些作品中,既有对历史的追问、对人生的喟叹、对成长的感触、对时尚的捕捉、对情感的触动,亦有穿梭其中的痛苦、挣扎、躁动和宣泄。笔者认为,在写作过程中,叶兆言作为一个孤独的人的内心疼痛定是得到了一定程度的缓解,然而绝不是遗忘,因为在这个极易忘却什么的时代,和苦痛的抗争才刚刚开始。

叶兆言的小说虽然讲的是爱情故事,但并不限于言情的范畴,就像他的革命题材小说一样,革命性并不彻底。他的小说时刻走在超越传统的道路上,却也无时无刻不在确立一种新的传统。叶兆言说:"传统这个东西是非常世故的。先锋向传统挑战,传统以失败的方式获得了胜利。一个先锋作家一旦成名就不是先锋了。先锋一旦成为一种事实,一旦成为大众都喜欢的某种话题,它就已经失去先锋的意义。一个作家,他应该很清醒地知道一点,那就是当你是一个先锋但还没有成功的时候,大家都排斥你,成功了,你被大家接受了,你的末日也就差不多了。传统在不断地招安中发展壮大,艺术史上的很多现代派的东西一开始都是以背叛传统的方式出现的,但是最后都难免被招安,成为传统的一部分。"② 在笔者的阅读感受里,叶兆言的小说叙事始终含有一种"温水煮青蛙"的慢吞吞的危机感,在他自然流畅甚至有些快意恩仇的文字里,日常化的生活有着火辣辣的灼热感,但亦隐藏着一把雪山上的锋利冰刀,时刻给这温热以刺痛的警醒。

---

① 张鸿声:《"文学中的城市"与"城市想象"研究》,《文学评论》2007年第1期。
② 叶兆言、姜广平:《"传统其实是不可战胜的"》,《西湖》2012年第3期。

卡尔维诺说:"有时候我觉得是一场瘟疫袭击了人类,使人类丧失了人类最大的特点——使用语言的能力,或者说一场语言瘟疫袭击了人类,使其讲些意义平淡、没有棱角的话语。这些平庸的话与新情况发生撞击时,绝不会产生任何火花。"① 在叶兆言的小说里,你定会感觉到他那诸多疼痛碰撞之后所带来的阅读的美妙,有些酣畅淋漓,亦有一点"大快朵颐"之后的回味无穷。

三 景观叙事与意境营造

不管是自然景观、人文景观还是人性景观,说到底,它最终要通过意境的营造来实现艺术的表现和思想的表达。尤其是在江南山水的浸润下,这种意境的渲染往往还带有一点神秘的宗教气息。江南山水的清幽、宁静、空灵,有着"禅"的意味和心境,这对于当代江南小说的写作也有着一定程度的影响。当然,意境的具体表现形式多种多样,下面仅以格非的"神秘"来探讨景观叙事与意境营造之间的相互作用。

格非是讲故事的高手。这种高明在其早期的先锋小说中已经露出端倪,比如《褐色鸟群》中的种种悬疑,《青黄》中对于充满魅惑的传说的好奇,《傻瓜的诗篇》中的精神失常,都使得格非的小说披上了一张"隐瞒真相"的外衣,陈晓明将此看作他小说艺术上的最大特点。如果换一种说法,所谓隐瞒真相其实很多时候是对真相的未知,也即真相本身就是一个神秘的存在。神秘,笔者愿意用这个词来替代"隐瞒真相",因为这个词本身所蕴含的思想力量和审美魅力要丰富得多,复杂得多,由神秘所引发的对世界的探知、对人性的解锁、对命运的思考,具备了一种超越理性色彩的感性预知和淹没世俗喧嚣的宗教气氛。法国作家夏多布里昂曾经指出:"除了神秘的事物之外,再没有什么美丽、动人、伟大的东西了。"② 格非的小说,不独早期神秘如此,后来的长篇写作也是为一种神秘、幽邃的氛围所笼罩,不管是关于历史的、还是关于战争的、抑或是关于现实的,冥冥之中难以摆脱的力量始终存在着,无形中给格非的小说增添了一种审美的魅力。

"神秘"一词是解读格非小说的一把独门秘钥。笔者之所以这么说,并非空穴来风,而是证据确凿。仅小说《边缘》一书中,"神秘"一词就

---

① [意] 卡尔维诺:《美国讲稿》,萧天佑译,译林出版社 2012 年版,第 57—58 页。
② 伍蠡甫:《欧洲文论简史》,人民文学出版社 1985 年版,第 237 页。

出现了不下二十次之多,"这个神秘的夜晚是我童年记忆中的一个部分"①。"这件事多少带有一点神秘性,因为我们在奉命赶到祁山脚下的亮马河集结的同时,还被命令带上军鼓。"② "夕阳的余晖正从村里的断墙边退走,而远处金黄色的田野上空,月亮已经升了起来,神秘而沉静的夜色慢慢聚拢过来,逐渐吞噬了一切。"③ ……对于这本只有区区十几万字的长篇小说来说,"神秘"一词的比重明显是超乎寻常了。不仅如此,在格非其他的长篇小说《敌人》《欲望的旗帜》、"江南三部曲"以及《望春风》中,"神秘"一词出现频率也极高。"她并不知道她的热情和主动是何时丧失的,她被一种神秘的力量驱赶着,鞭打着,从一处到另一处,从一天走向另一天。"④ "这些天,他显得极为神秘,似乎要在这次学术会议上搞点名堂,这段时间整天找人商量他的计划。"⑤ "花家舍虽有几分云遮雾罩般的神秘,可在谭功达看来,这里的一切都是好的。"⑥

那么,格非为什么对"神秘"如此情有独钟呢?这或许是源于文化的深远影响——也即江南文化对于格非那种浸入骨髓的熏陶,正如童年在格非小说中的不可磨灭的印记一样。格非小说的神秘感与江南文化中道、玄、佛的思想是相契合的,那种不可期的宿命感、不可求的虚无感、不可遇的顿悟感,都不脱文化的因子内含其中。尤其是格非小说中所表现出来的对于"术数文化"(算命、卜卦等)的迷恋,使其始终笼罩于一种宿命般的神秘气氛之中。对此,胡河清曾撰文做过论述,他说:"他的诡秘具有一种文化的神韵。而且还是一种相当深远的文化。"⑦ 如果笔者的理解不错,这种相当深远的文化就是江南文化。

正是因为这种"神秘",格非的小说《敌人》才被称作是当代中国第一部真正的神秘小说。虽然这部小说不是出现"神秘"一词最多的,但却是格非小说中最具神秘感和恐惧感的一部。小说开始于一场神秘的大火,叙事也一直围绕着这场神秘的大火展开,一直到最后,赵伯衡一家人相继死去,却依然没有揭开事实的"真相",因为没人知道这个"真相","如果不是上天有意要灭掉这一族,一定是有人故意放火"。这是小说全部的

---

① 格非:《边缘》,上海文艺出版社2013年版,第21页。
② 格非:《边缘》,上海文艺出版社2013年版,第85页。
③ 格非:《边缘》,上海文艺出版社2013年版,第88页。
④ 格非:《欲望的旗帜》,上海文艺出版社2013年版,第59页。
⑤ 格非:《欲望的旗帜》,上海文艺出版社2013年版,第43页。
⑥ 格非:《山河入梦》,上海文艺出版社2013年版,第327页。
⑦ 胡河清:《论格非、苏童、余华与术数文化》,载《胡河清文集》上卷,安徽教育出版社2014年版,第122页。

起源所在，但真相却不知在何处。"敌人"终究没有出现，人却一个个离开了世间，这个世界的隐秘在格非的小说里表现得淋漓尽致。神秘、迷惑、空白、虚无，这些都是我们解读格非小说绕不开的一些关键词。在经历了早期先锋小说的实验之后，格非也在其后的长篇写作中尝试着更多的突破。"格非的小说后来在设置'空缺'这一点上，有意地谋杀了小说叙事的真相，也因此把小说叙事引向一个疑难重重的领域。在那里，小说变成了对真相也是对历史的谋杀，因而也终结了小说在历史主义这个维度上的延续性。小说揭示的不再是历史的真相，而是破碎的生活史本身，一堆不堪记忆的乱麻——再也无法给出准确的意义或真理。"① 这一解释在《边缘》《欲望的旗帜》这两部小说中得到了很好的印证，而直到"江南三部曲"和《望春风》之后，格非在关于小说叙事和对历史真相的探求方面才开始掉转笔头，寻求一种"守旧"的回归。

格非小说的神秘感，主要表现在三个方面：一是意象的选择；二是结构的谋篇；三是氛围的营造。胡河清曾形象地称格非为"蛇精"，格非小说的神秘感很多时候即和这个意象有着十分紧密的关联。在格非的小说中，关于蛇的描写有很多，比如《边缘》："随着太阳渐渐偏西，那种蛇信子般的滋滋声又一次在我们的头顶上响了起来。"② 比如《山河入梦》："这个佩佩，到了晚上，完全就变了一个人。她就像传说中的两条青白巨蟒，到了中秋之夜，喝了雄黄酒，立即就现了原形，幻化出两条肥胖的蛇来。"③ 甚至连小说的主人公谭功达的生肖都是蛇，这应该不仅是巧合。蛇作为一种意象，其实在中西方文化中一直存在。它所代表的含义也是十分广泛的，有贬有褒，难有断论。它既是一种先祖图腾，也是王权护神，既代表着智慧，也象征着情欲诱惑，既有生殖崇拜，也有生死蛊惑。而正是这种含义的混杂，使得格非小说中"蛇"的意象具有了更多的可能性和更大的阐释空间。

格非小说的神秘，还体现在其构思上，其早期的先锋小说自不必说，大多精心于结构的营造，制造重重迷宫，诱使读者在迷雾之中踽踽独行，艰难地穿越累累迷障。在其后的长篇小说中，这种手法依然明显。《敌人》的开篇即是从一场不期然的大火写起，从而把这种神秘感和探求真相却终无所得的宿命感贯穿了全篇；《边缘》则以一个老者临死之前的

---

① 陈晓明：《众妙之门——重建文本细读的批评方法》，北京大学出版社2015年版，第65页。
② 格非：《边缘》，上海文艺出版社2013年版，第57页。
③ 格非：《山河入梦》，上海文艺出版社2013年版，第20页。

灵魂表露为线索，叙述了与"我"有关的众人的人生故事，然而却也终究难逃忧伤的宿命感和神秘的宗教感，"我躺在床上，遥望着窗外璀璨而神秘的星斗想入非非。我不知道疾速流淌的时间最终将把我带到一个什么地方"①；《欲望的旗帜》虽然是一篇关于社会现实的小说，但其谋篇布局却类似于一篇侦探小说，贾兰坡教授的突然坠楼死亡、赞助商的突然被捕，都使得这部小说充满了一种令人迫不及待追求事实真相的渴望，直至最后陷入命运的茫然之中；《人面桃花》开篇即写道："父亲从楼上下来了。"②这个简洁又内敛的开头，让整部小说随即笼罩在一种神秘的气氛之中，其后父亲的离家出走、革命党人张季元的寄居家中、花家舍的种种变故，都使得陆秀米所面对的世界充满了神秘气息。尤其是整个故事所表现出来的传奇色彩，更使得这种神秘气息摇曳生姿、动人心魂。

这种神秘感最为直观的表现是在小说幽秘意境的营造上。意境营造在格非早期的小说中也十分常见，对此，格非在《青黄》的创作谈中曾说道："有一年，我整整一个夏天都被记忆中的两组画面所缠绕：一支漂泊在河道中的妓女船队……我和祖父去离开村庄很远的一个地方看望一个隐居的老人。我在写作《青黄》的时候，并不知道这两组画面存在着怎样的联系，或者说，我不知道自己为何要去描述它们。后来，我曾经这样设想：这两组画面至少在一点上有着相似的性质，那就是一种慵懒的寂寞。"③ 这种寂寞情绪和孤独意趣经由江南景观的神秘通道，深刻地影响了格非的小说品质和艺术特色。比如《敌人》中每次要发生死亡事件时，总伴生着一种不可捉摸的心灵感应和宿命气氛。"夏季闷热潮湿的空气不时勾起他对那些重重叠叠的往事的回忆，他的心头不止一次掠过这样的感觉：眼前破败的街面，那些低矮的店铺在夕阳中的阴影以及飘拂的门帘中挑出的酒幌总是和过去牵扯在一起，他仿佛感到自己的一举一动都是在重复一个遥远的模糊不清的日子，他在每天清晨坐在后院的那块护栏石上守候天明时，也会有这种类似于梦中的感觉。"④ 意境的营造是江南文化中十分突出的特点，尤其是加之各种孤独情绪，更使得这种神秘气氛多了浓郁的诗性、人性内涵。

格非小说的神秘感贯穿其整个创作历程，此言并非空谈，而是有事实为证。在其新长篇《望春风》中，对于神秘的痴迷一如既往：

---

① 格非：《边缘》，上海文艺出版社2013年版，第200—201页。
② 格非：《人面桃花》，上海文艺出版社2012年版，第1页。
③ 格非：《塞壬的歌声》，上海文艺出版社2001版，第13页。
④ 格非：《敌人》，上海文艺出版社2013年版，第95页。

其实,在我和春琴的童年时代,我们过的就是这样的日子。我们的人生在绕了一个大弯之后,在快要走到它尽头的时候,终于回到了最初的出发之地。或者说,纷乱的时间开始了不可思议的回拨,我得以重返时间黑暗的心脏。不论是我,还是春琴,我们很快就发现,原先急速飞逝的时间,突然放慢了它的脚步。每一天都变得像一整年那么漫长。就像置身于台风的风眼之中,周遭喧嚣的世界仿佛与我们全然无关,一种绵长而迟滞的寂静,日复一日地把我们淹没。在春琴"骨头都长出苔藓"的抱怨声中,我则暗自庆幸——便通庵,或许真的是我那料事如神的父亲留给我的神秘礼物。①

德国哲学家维特根斯坦也早就指出:"确实有一些东西是不能用言语表达的。它们使自身显示出来。它们是神秘的东西。……哲学家既站在无法表达的东西的边缘从而保持沉默,事情本可以到此为止,无奈在神秘的领域之内存在着若干对人在世界上的状况有直接关系的迫切问题,而这些问题的解决又完全超越于世界之外。"②格非小说的神秘感在与时间汇流之后,具备了一种十分混杂的传统意味和现代深度,也使得读者对于格非小说的历史纵深和人性探求有了更高的期待。格非所孜孜以求的,正是执着于"神秘"渲染的潜在意识所产生的更为深远的思想力量和美学魅力。

第三节 江南世界:现实与想象

从文学层面看,江南世界的风景呈现至少有两个维度:一个是现实的,一个是想象的(即虚构的)。现实的世界是日常的、平凡的,透着浓浓的烟火气,汪曾祺、林斤澜、陆文夫、高晓声等的创作,就是扎根于这种世俗的喧闹中,取一瓢安静于大千世界。而苏童、余华、格非、叶兆言等的创作,显然是另一个路数,他们于日常世界的喧嚣中向过往烟云处回眸,寻找历史的魅影,并通过想象加工制造新的时代命题。简单来说,一个趋向现实,一个趋近现代;一个回归日常,一个走向历史。他们是当代

---

① 格非:《望春风》,译林出版社2016年版,第366—367页。
② 江西省文联文艺理论研究室编:《外国现代文艺批评方法论》,江西人民出版社1985年版,第401页。

江南小说的两翼，以现实与想象共同呈现烟雨迷蒙、诗情飘逸的江南世界。

陆文夫说："你要去和别人的灵魂碰撞，首先要看准别人的灵魂在什么地方，灵魂不在天国，也不在内心，是隐藏在现实的世界里。是的，人人都有个内心世界，这内心世界恰恰是世界在他内心的反映。"① 因此，他十分关注现实世界中各式各样的人物，于小巷深处，于园林内外，探索思想的奥妙，寻找人性的光辉，"因此我总觉得负有一点什么历史的责任，有义务写出各种人生的道路和社会的变迁，把自己的心血和曾经流过的眼泪注入油盏内，燃烧、再燃烧，发出一点微弱的光辉，让那些走向幸福的人们在夜行中远远地看到一点光时，感到一点安慰：快了，前面又到了宿营地"②。文学要表现现实，但文学最迷人之处不是现实，而是现实之上的想象。江南、江南世界、江南文化之所以引起人们的遐想和期待，根源于文学世界中诗意的想象。嘈嘈杂杂的现实在经历了想象的磨砺之后，变得平静而深邃、纯粹而深刻，这是江南世界赋予作家的一种天然艺术品质。

> 难捱的阴雨日子对阳光的渴望变成对阴雨的敌视，这确实是酝酿各种阴谋诡计的好时光，更何况透过那个窥视窗户，外面的世界在霏霏细雨中变得如此不真实，以至于想象力在越过难捱的界线迅速变态，它可能进入神奇的隐秘之处，可能陷入暴力的欲望满足之间。南方人的那种精明算计已经和"南蛮子"的原始冲动奇妙地混合在一起，它除了使想象变得疯狂和奇异之外，还能有什么其他作为呢？异想天开进入那个虚构的世界，无止境地怀疑"现在"的真实，去辨析事物性状改变的任何差异，在无望的梅雨季节里开始重温末世学的原理，怀旧、损毁历史或者掠夺"现在"。"梅雨季节"如果没有充分培养这种诡秘的心理，至少也磨砺了这种奇怪的感觉力和想象力。③

尤其是在苏童、格非、余华等人的身上，这种诡谲之气几乎伴随始终。苏童的《罂粟之家》、格非的《欲望的旗帜》、余华的《在细雨中呼喊》等，淋漓尽致地展现了江南小说在现实与想象中自由穿越的叙述能

---

① 陆文夫：《过去、现在和未来》，载《陆文夫文集》第五卷，古吴轩出版社2006年版，第44页。
② 陆文夫：《微弱的光》，载《陆文夫文集》第四卷，古吴轩出版社2006年版，第8页。
③ 陈晓明：《诡秘的南方》，载《移动的边界——多元文化与欲望表达》，湖北教育出版社2000年版，第143—144页。

力。但任何想象都不是凭空的,它必然有一定的现实作为依托和基础,苏童就曾说道:

> 五六十年代出生的人身上有种自然的"街头气",不管你的性格是怎么样的,是温和的还是刚烈的,但确实是在街头长大的。所谓"街头"是指从小就跟人打交道。当然有可能是孩子跟孩子,孩子跟大人,所以他的心灵深处是开放的,那时代的孩子,比如对美感的培养,对事物价值的判断的培养是没有教科书的,教科书就是别人。暴力的孩子拿另一个暴力的孩子做自己的课本。一个有小流氓基因的孩子,他的经典则是大流氓。这样的学习过程给那时的青少年留下了更多的故事。现在的孩子没有多少来自街头的故事,为什么呢?因为他们本身不在街头生活了。①

这无疑道出了一种写作的困境,也同时预示了自我创作的难题。当作家在穷尽了自我的现实和经验之后,想象力又从何而来呢?下面主要以苏童的创作为例来看小说叙述过程中现实与想象间的博弈和互动。

一 江南世界的未尽之美

苏童是当代著名小说家,他的小说有着极其耐人寻味的"江南"色彩。尽管这位出生于苏州并长期居住于南京的作家最早是以先锋小说主将的身份为人所称道,但其小说中所弥漫的忧伤的孤独情绪和唯美的江南意蕴每每令人折服。张学昕说:"苏童最具个性的文学魅力在于他的写作和文本中呈现出的南方气质、'南方想象'形态以及与之相映的美学风范。这种气质和风范,也成为贯注苏童写作始终的内在底色和基调,形成别具风貌的文学叙事。"② 那么,这种文学叙事的依据是什么呢?在张学昕看来,一是想象,一是江南文化。想象带来的天马行空般的思维方式和"海阔凭鱼跃,天高任鸟飞"的浪漫情怀,与江南文化所独有的自然、飘逸、宁静、暧昧的气质和神韵的融合,形成了决然不同于北方的艺术风格。因此这两者也自然成为江南文化中最富诗意的美学因子。对此,张学昕进一步分析说:"苏童自觉或不自觉地将他所体验、感悟到的南方生活,凭借他意识到的异己的诗意或文学性,进行着有意味的表达。这既是获得一种

---

① 苏童、张学昕:《回忆·想象·叙述·写作的发生》,《当代作家评论》2005 年第 6 期。
② 张学昕:《南方想象的诗学》,复旦大学出版社 2009 年版,第 5 页。

创造力,一种把握世界的方式,也是去发现时间之流中地域南方和人文南方的文化,及其生活、生命活动形式的无限可能性。这无疑是一种诗意的传达,一种江南的神韵,一种对生命和存在的浸润。"① 其实,不独苏童如此,其他如陆文夫、叶兆言、格非、范小青等人,也正是在"江南文化"的文学想象中构建自己的艺术世界。

但是,这个世界也是变化的、流动的,作家在创作中要经历各种外部图景和内部精神的挑战,苏童于 21 世纪初创作的《蛇为什么会飞》即是应对这一挑战的开始。2002 年第 4 期《北方论丛》最早刊发了一篇关于苏童《蛇为什么会飞》的评论,作者在文中分析道:"选择现实题材的写作,这对于习惯了写历史、习惯了将思绪沉浸在历史时空中进行想象性创作的苏童无疑是一次巨大的挑战。"② 的确,在苏童给新世纪交的第一篇"作业"里,已经表现出了他寻求变化的努力——对当下现实的关注和表现。而这一转变,在其他的评论家那里也得到了印证,2004 年第 3 期《小说评论》发表的李遇春《病态社会的病相报告——评苏童的长篇小说〈蛇为什么会飞〉》一文,可以看作是另一篇较早且较少对这部小说做出详实评论的文章。文章在开头即说道:

> 《蛇》是苏童创作的第一部正视现实、直面人生的长篇小说。它预示着苏童开始从长期困扰着他的叙事樊笼里正式走了出来。也许苏童以后再也不会重返他一度魂牵梦绕的"枫杨树乡村"了,他的胸中再也不会涌动着"描绘旧时代的古怪的激情"了,还有那曾经流淌着他的"少年血"的"香椿树街"在他的笔下再也不会像以往那样频频现形了。这让昔日喜爱苏童小说的读者不能不顿然生出深深的怅惘。因为如果没有了苏童式的原乡情结、历史想象和早年记忆,他们真的不知道苏童那迷恋逃亡、躁动不安的灵魂将浪迹于何方。③

对于这一评论,要辩证地来看,一方面,作者同样看到了《蛇为什么会飞》中所体现的苏童创作的新的变化,即开始"正视现实、直面人生",然而另一方面,作者也"错误"地判断了苏童新世纪之后创作的美学倾

---

① 张学昕:《南方想象的诗学》,复旦大学出版社 2009 年版,第 15 页。
② 张学昕:《在现实的空间寻求精神的灵动——读苏童长篇小说〈蛇为什么会飞〉》,《北方论丛》2002 年第 4 期。
③ 李遇春:《病态社会的病相报告——评苏童的长篇小说〈蛇为什么会飞〉》,《小说评论》2004 年第 3 期。

向。从之后的作品《碧奴》《河岸》《黄雀记》等来看,苏童的创作始终表现出了对当下现实的回避,不仅如此,且调转船头,逆流而上,继续投身于过往的历史和他已然挥之不去的早年记忆。不知道这是新世纪创作碰壁之后的一系列转向呢?还是作者创造力的衰退抑或现实表现力弱化的间接呈现呢?抑或是作者苦苦探求而不得之后的再度回归呢?这一连串的疑问,亟须在阅读的过程中去甄别、去探求、去思考。

其实,在《蛇为什么会飞》中,依然可以看到苏童早年创作中的影子,那股潮湿的江南之气在小说一开头便弥漫开来:

> 下午三点零五分,一切都还正常。
>
> 太阳朗朗地照在火车站上空,雨骤然停下,憋了一口气,然后更大的雨点便瓢泼而下了。广场上有人举着花花绿绿的雨伞狂奔着,远远望着是那些雨伞在疯狂地奔跑。
>
> 一切都还正常,雨虽然下得不近情理,可是你要知道这是六月,长江中下游地区普遍进入了梅雨季节,大家都逢雨季,你这里凭什么就是晴天呢?
>
> 一切都还正常,只有车站广场上新落成的世纪钟表现仍然反常,几天来世纪钟总是很性急地在两点五十分提前行动。吒。吒。吒。敲三下,钟声热情而奔放,可惜敲早了一些。①

然而,伴随着这潮湿之气而来的,是浓浓的现实意味。那狂奔着的花花绿绿的雨伞,实在是人生状态的一次绝佳的抽象描绘。而那反常的世纪钟,则更是时间这个概念在现实空间里一次任性的冲决。火车站,在这个人群极为集中的地带,注定有许多复杂、纠缠、混乱的现实故事每日都在上演,而苏童很敏锐地抓住了这个极易为人所忽视的"小世界"。这个世界在广袤的地理版图中,小到近乎一个表演的舞台,所有的人物也不过是这舞台上的一个个让人观看、逗人发笑的可怜角色。苏童在这个小世界里试图表露他的大悲悯,尽管极为微弱,但依然可以被敏锐地捕捉到。

作为小说家,以其敏锐的嗅觉发现这个时代的现实并不困难,然而如何表现现实、如何讲出真相却成为作家不得不深思熟虑的问题。苏珊·桑塔格说:"作家的首要职责不是发表意见,而是讲出真相……以及拒绝成为谎言和假话的同谋。文学是一座细微差别和相反意见的屋子,而不是简

---

① 苏童:《蛇为什么会飞》,上海文艺出版社2012年版,第1页。

化的声音的屋子。作家的职责是使人们不轻易听信于精神抢掠者。作家的职责是让我们看到世界本来的样子，充满各种不同的要求、部分和经验。""作家的职责是描绘各种现实：各种恶臭的现实、各种狂喜的现实。文学提供的智慧之本质（文学成就之多元性）乃是帮助我们明白无论发生什么事情，都永远有一些别的事情在继续着。"① 讲出真相、描绘现实作为作家的职责之一，在苏童21世纪的第一部长篇小说里得到了实践与兑现。那嘈杂的火车站、那欲望焚烧的人群、那甚嚣尘上的浮华，都是对20世纪末及21世纪初的社会、人生的真实表现，其中有切身的体验，有冷眼的旁观，有窒息的沉思，也有绝望的逃离。同时，这个表现的过程又是极其艺术化的，"世纪钟""蛇""逃"等诸多意象无一不是作者潜心锻造的象征性砝码。而在这些象征性的隐喻背后，笔者同样读出了作者思想表达过程中或有意为之、或自然流露的"黑色幽默"。可惜的是，在《蛇为什么会飞》中，象征艺术、先锋精神的间或呈现，已经很难为这部现实主义的作品带来震撼心灵的力量。在欲望横飞的现实世界里，琐碎、嘈杂、喧嚣的社会景象已经掩盖了苏童试图在小说中追求的美学境界。

二 想象的衰退与重建

2006年，苏童交出了他新世纪长篇写作的第二篇"作业"——《碧奴》。这一次他写的是"命题作文"，是中国参与"重述神话"全球出版项目的作品之一。对于《碧奴》的创作，苏童是努力的，也是自信的，他说："人的生理有本能冲动，写作也一样，写什么多半是源于敏感和冲动，怎么写却是有潜意识的，我的潜意识其实就是绕过别人，最好还要能绕过自己。我确实很努力，这是我惟一可以表扬自己的地方。《碧奴》的写作就是这样。所以，我坚信，这是我迄今为止最好的长篇小说。"② 以这种标准来定位的"最好的长篇小说"，肯定是值得商榷的，它的艺术优劣最终还要由读者和评论家来予以评断。丁帆认为，"就创新而言，我以为想象和浪漫是支撑《碧奴》走向'重述神话'高端的两个重要元素"。③ 的确，在苏童的重述中，那原本凄惨的历史现实，在经历了想象性的虚构和浪漫化的新编之后，才真正具备了一定的思想内蕴和诗学意味。

在《碧奴》这部小说中，苏童带我们回到了那遥远的古代，以其丰富

---

① ［美］苏珊·桑塔格：《同时》，黄灿然译，上海译文出版社2009年版，第155页。
② 苏童、张学昕：《〈碧奴〉：控制和解放的平衡》，《文艺报》2006年10月14日。
③ 丁帆：《〈碧奴〉：一次瑰丽闪光的叙述转换》，《文艺争鸣》2007年第4期。

的想象力为我们重现了一幕幕令人目眩神迷而又惊心动魄的精彩场景,展现了"碧奴"——这个在权势压迫下的底层女子,以自己的淳朴、善良、忠贞在沧桑乱世中创造的神话般的传奇。与《蛇为什么会飞》发表后的凄清冷静境遇相比,评论界对《碧奴》的关注要热烈得多,而关于这部作品的争议亦一直存在。赞扬之声有之,比如有评论者称赞道:"苏童的《碧奴》,为当代小说提供了许多新的元素,迥异于日常语言的叙述话语、结构的形式感和叙事的音乐性、语境的传奇与魔幻、修辞造境的奇诡、百味杂陈的人间万象,这些,都使文学对人的生命、自由、命运的表达扩展了更大的话语空间和边界。"① 但与称赞相比,批评的声音亦不绝如缕。其中,有评论者就批评道:"《孟姜女》作为中国四大民间传说故事之一,之所以感动多少代人而流传下来,必然有符合人民大众的审美情趣为基础,不管任何人重述这个故事,只能使故事的内涵和艺术性都得到加强而不是萎缩。可是,苏童对人物重塑的结果令人失望,他写作的出发点和终结点都未能升华,他认为,孟姜女寻夫故事给人最大的触动是其中流露出温暖的感觉,他不会改变那些温暖的因素,不会采用解构的方式去改变人们对孟姜女这个美丽传说的印象,只是丰满它的细节。"② 另有评论者认为《碧奴》的写作是一次"伪民间的重写",如果"把《碧奴》放到20世纪以来的故事新编体小说书写中,我们并没有发现它从鲁迅的富有活力的创造中找到精神资源。鲁迅的《故事新编》争议不断,但其中却蕴藏着狂欢的文体创造以及意义追寻。相较而言,《碧奴》更多是现实世界的模拟,表面上看,他似乎遵循了旧文本的基本架构,实际上,在'哭'核心的新编中,它却是缺乏灵魂的,缺乏在细腻浪漫编织细部基础上建构出令人信服的宏观架构与本真。为此,苏童在细节上的精心雕镂、对超现实主义的肆意挥洒反倒更彰显出其主体介入中意义营造的虚弱与叙事逻辑搭配的失当"。③ 从发表处女作《第八个铜像》为文坛所关注和青睐以来,苏童在其创作生涯中遭遇到了前所未有的质疑和批评。而也是从《碧奴》开始,苏童接下来的长篇小说《河岸》《黄雀记》等,都遭到了褒贬不一、毁誉参半的评价。

在诸种观点的碰撞之中,或以吴义勤的观点更为客观。他一方面肯定

---

① 张学昕:《自由地抒写人类的精神童话——读苏童的长篇小说〈碧奴〉》,《当代作家评论》2007年第1期。
② 冯玉雷:《重述的误区——苏童〈碧奴〉批判》,《中国比较文学》2007年第2期。
③ 朱崇科、李淑云:《失败的"故事新编"——评苏童的〈碧奴〉》,《文艺争鸣》2011年第4期。

了《碧奴》在写作方面体现出来的价值:"对于《碧奴》来说,诗性饱满而充满想象力的语言,富有视觉冲击力的描写,灵异而怪诞的感觉也是小说反抗单调与枯燥叙事的有效手段。"① 另一方面,也对《碧奴》创作中的局限提出了委婉的批评,他说:

>《碧奴》似乎仍有遗憾:既然小说叙事的难度在于克服叙事的单调,那么对于万岂梁这条线索的悬置就很可惜。碧奴"千里送寒衣"是为了爱情,读者想知道万岂梁是如何对待这段爱情的,他是否配得上这段感天动地的爱情。在这个问题上,《碧奴》显然没给出答案。小说关于爱情的描写过于少,几乎没有,有也是碧奴单方面的,没有来自对方的呼应,这既削弱了爱情的温度、感染力与神话色彩,又多少减少了碧奴形象的逻辑力量。我以为,小说也许实写一条万岂梁在长城受难及思念碧奴的副线或者幻写一条两人在梦中,在幻觉中彼此召唤、爱恋的副线,似乎更能让这个故事丰满起来,现在的写法虽然有其优势,但似乎还是太写实了。而过于写实,某种意义上又不能不是对于神话性的反动。这是苏童的矛盾之处。②

事实上,苏童在《碧奴》中一直试图借助叙事的力量让想象力继续飞翔,并释放出更加迷人的诗意和情思。然而,在"重述神话"的再创造中,苏童似乎就输在了叙述上,想象力的飞扬和浪漫的情怀已经掩盖不了叙事的苍白和局限,而不管是从小说的内在张力,还是人物形象塑造方面来讲,《碧奴》都是有着缺憾的。

在评论家的眼中,想象力似乎成了《碧奴》之所以还能产生魅力的最后的金字招牌。这对于苏童来说,定然是有些残忍和难以接受的。当然,是不是也可以乐观地想,苏童毕竟还有着丰富的想象力,他依然值得期待。因为,即便是想象力也是有根源的,它不是凭空而来的,而是有一定的依托和生存空间。对于苏童来说,民间便是其赖以生长的土壤之一。"民间从来都隐藏着最丰富的文学想象力,瑰丽的东西在民间一闪而过,因为从民间到民间,没有人有闲工夫去发扬光大那种瑰丽的闪光,我做的事情就是捉住那瑰丽的东西,打破砂锅问到底。我对一个女子用眼泪哭倒

---

① 吴义勤:《"戴着镣铐跳舞"——评苏童的长篇新作〈碧奴〉》,《南方文坛》2007 年第 3 期。
② 吴义勤:《"戴着镣铐跳舞"——评苏童的长篇新作〈碧奴〉》,《南方文坛》2007 年第 3 期。

长城的传说感兴趣,是对一种对比感兴趣,对一种奇特的思维感兴趣。更主要是对一种现实感兴趣,人们大多对孟姜女的故事很熟悉,熟悉了也就无心琢磨,无心回味,这传说是越琢磨越有味道的。人人都能理解这传说的起因,也都知道这传说的结局,但是这其中潜藏的民间哲学,是需要用热情慢慢梳理的,它对生与死,对社会和个人,都有奇特而热烈的表达方式。我无心通过小说去验证这个传说的深刻性,中国的神话传说和西方的一样,神话传说里的世界是简化的,其实神话里到处都是现实世界,只是记录者容易感情冲动,幻想着用'传说'解决问题,情感往往被用来覆盖这个世界复杂的脉络和纹理。我所要做的,就是冷静下来,踩在传说的肩膀上,把神话后面隐藏的一个'艰难时世',更耐心地挖掘一次。"① 可以说,苏童在对话之中所表露出来的艺术探求精神,要远远高于《碧奴》本身所带给我们的美学思考,或许也可以说,《碧奴》的写作诉求与苏童的内心叙述之间始终未能得到圆满的契合。与《蛇为什么会飞》相比,《碧奴》的创作同样是对苏童的一次极大的挑战,好似在疾行的河道上来了个一百八十度大转弯,刺激,兴奋,亦极有风险。而在急转的波涛里,在水汽散发的朦胧雾气之中,那个浑身散发着诗意的苏童又回来了,但拨开历史漫漶的烟雾,才恍然发觉,那其实已经不是大家熟悉的苏童。

三 重回现实,顺流或者逆流

时隔多年,苏童的新长篇《河岸》面世,这部夹杂着荒诞故事、残酷青春与灰色记忆的小说,再次为苏童赢得了声誉,评论界的褒扬之声亦呈压倒性趋势。王德威即评价说:"《河岸》的出现因此代表苏童创作的一个重要的转折点——这部长篇小说应该是他近年最好的作品。"② 吴义勤认为:"《河岸》的突破性在于,它是苏童第一部真正'直面历史'本身的力作,是一部不再简单地把'历史'虚拟化、审美化,而是直接进入'历史'自身,并用强烈的人性启蒙叙事去挖掘'历史'的疼痛、伤感、疯狂与荒诞的小说,是一部能够呈现'历史之重'的小说。"③ 而王干则把《河岸》称作是"最后的先锋文学"④。

然而,权且放下这些美好的赞扬,暂时回到小说本身。在这部新的长

---

① 苏童、张学昕:《〈碧奴〉:控制和解放的平衡》,《文艺报》2006年10月14日。
② 王德威:《河与岸——苏童的〈河岸〉》,《当代作家评论》2010年第1期。
③ 吴义勤:《罪与罚——评苏童的长篇新作〈河岸〉》,《扬子江评论》2009年第3期。
④ 王干:《最后的先锋文学——评苏童的长篇小说〈河岸〉》,《扬子江评论》2009年第3期。

篇小说中，作者到底想要讲述一个什么样的故事呢？首先听听苏童自己的想法，他说："我不愿意奢谈主题，但我愿意让这小说的主题具有开放性，即便与此相关的所有关键词都在相互寻找，河与岸，记忆与遗忘，光荣与羞耻，罪恶与救赎，遗弃与接纳，父与子，爱与恨，它们都在相互寻找，所以，最终这也许还是一个关于寻找的故事。"① 的确如此，小说从一开始便让父亲消失了。小说的最后，还在寻找父亲。

> 河底也是一片茫茫世界，乱石在思念河上游遥远的山坡，破碗残瓷在思念旧主人的厨房，废铜烂铁在思念旧时的农具和机器，断橹和绳缆在思念河面上的船只，一条发呆的鱼在思念另一条游走的鱼，一片发暗的水域在思念另一片阳光灿烂的水面。只有我在河底来来往往，我在思念父亲，我在寻找我的父亲。②

然而事实好像并不如作者所期待的那样，在这部充斥着青春、政治、欲望、身体、革命、性、爱情、口号、标语等一系列符号的小说里，青春成长的烦恼似乎有着老生常谈的腔调，人性的变异也仿佛没有想象中那么令人印象深刻。可以说，从《蛇为什么会飞》，到《碧奴》，再到《河岸》，从直面现实，到重述神话，再到直面历史，苏童在长篇小说的叙事上总是显得有些不适，他始终没有建立属于他自己的美学风格，也没有在中短篇写作的盛誉之中取得长篇写作的新突破，从而一次次陷入宏大叙事的泥淖之中。在 21 世纪的四部长篇小说中，苏童都习惯用"小标题"来串联自己的"大叙事"，仿佛不如此不足以构建起自己庞大的小说宫殿。这是不是作者叙事不自信的一种外在表现呢？可以说，单从叙事技巧来讲，《河岸》较之前的长篇小说并没有新的突破，在一系列象征手法的隐藏下，只是现实、神话被置换成了历史的面目。面对那苦楚的历史，苏童试图顺着记忆的"河流"来一次回溯和审视，然而，这种努力是有限的，站在"岸边"的苏童依旧难以摆脱时代精神所带给他（包括其他作家）的精神困囿和创作困境。

但苏童的小说注定与河流有着摆脱不掉的血缘关联。《河岸》如此，《黄雀记》亦然。在苏童的小说版图上，河流纵横，湿气氤氲。小说一开始写到祖父的寻死，其中的一个选择便是跳河。河流成为苏童小说写作的

---

① 苏童：《关于〈河岸〉的写作》，《当代作家评论》2010 年第 1 期。
② 苏童：《河岸》，人民文学出版社 2010 年版，第 291 页。

具有符号意义的特殊意象，关乎艺术，更关涉生死。

> 河水有点脏，水面上漂浮着一层工业油污，它们在阳光下画出一圈圈色彩斑斓的花纹。水上没有路，她先向河中央慢慢地试探，走几步，水已经没到她的胸前，她放弃了横渡河面去荷花开的路线，退回来，贴着河边的石埠和房基走。凉鞋不知什么时候脱落了，河底的淤泥和垃圾咬着她的脚，有点黏，有点凉，更多的是疼痛。她怀疑自己在做噩梦，拧一下胳膊，疼，很疼，这不是噩梦，是真的，这是她人生中真实的一天，她必须从河水里寻找最后的一条路。①

《黄雀记》也是一个寻找的故事，寻找青春，寻找人性，寻找灵魂，寻找出路。他把一个时代的困惑、惊恐和脆弱，通过一种独特的少年笔法，在香椿树街这个具有独特江南地理意味的空间范围内，将人类的生老病死和罪恶渊薮淋漓尽致地演绎了出来。他似乎正在脱去想象的外衣，赤身裸体地投身江南大地，在悲伤逆流成河的现实世界中，呈现一个喧哗而骚动的复杂时代。

笔者的这些分析和判断于作者来说是有些苛刻了，但这源于笔者对苏童小说的喜欢和深爱。在笔者的阅读记忆里，苏童的小说是任性的，他从不拘泥于现实的桎梏；苏童的小说是优雅的，他以江南为底本，用想象之笔表达了现实和历史之外的古典意味；苏童的小说是滑稽的，以极尽嘲讽之功效幽默地描绘了这个矛盾而病态的社会；苏童的小说是忧伤的，弥漫着青春的苦涩，布满了隐隐的悲痛。他在历史的烟云和现实的泥淖中，艰难跋涉，踽踽独行，负载着精神的重量和灵魂的力量。

---

① 苏童：《黄雀记》，作家出版社2013年版，第298页。

第五章　个性的张扬与自我的确认

个性是作家自我确认的一种方式。这个性当然是文学上的、美学上的，而不是生活中的。作家的个性，除却天生的要素，是和他生活的世界紧密相连的。作家和文学一样，总是深深地扎根于传统文化的肥沃土壤中。严家炎在《二十世纪中国文学与区域文化丛书》总序中说："对于20世纪中国文学来说，区域文化产生了有时隐蔽、有时显著而总体上却非常深刻的影响，不仅影响了作家的性格气质、审美情趣、艺术思维方式和作品的人生内容、艺术风格、表现手法，而且还孕育出了一些特定的文学流派和作家群体。"[①] 江南作家群的形成，就源于江南和江南文化的辐射、影响，并在长期的浸淫和熏染中，形成了一种独特的个性气质。作家的个性，是这一文化的精神表征，同时，这一个性又丰富和拓展着这一文化的抽象内容和精神风貌。这种独特的个性，在江南的自然世界中生机勃勃，在江南的民俗民风中积淀沉潜，在江南的日常生活中静默流淌，并根深蒂固地涌动在一代代江南文人的血脉和性格中。

江南文化是一种具有极强兼容性的文化，江南文化包容、开放的特征，最大程度地释放了江南作家的文学自觉和艺术个性。诚然，新时期以来，江南文化经历了前所未有的冲击，已经发生了十分深刻而复杂的变化，但是它的底蕴和活力仍在，并映照到不同时期的小说创作中。这是一个现代、多元、个性的时代。这样的时代与江南文化纷繁的表现形式产生了许许多多的共鸣，因此，我们仍然可以在它强大的基因里，读到那超越于世俗世界的个性力量，看到那蓬勃愈发的生命活力。这种个性里，既有对自由的渴求和重申，有对江南士风的回望与承继，也有对惊异的思想、不安的生命的书写与追问，更有对多样的江南世界的精神阐释与灵魂拷问。

[①] 严家炎：《"山药蛋派"与三晋文化》，湖南教育出版社1995年版，第3页。

第一节 "自由"的重申

20世纪50年代,对于大多数的普通中国人来说,依旧沉浸于胜利的喜悦和希望的憧憬之中。饱受战火洗礼、贫困折磨的肉体和灵魂早已在艰苦创业的疲乏中,肌肉鼓胀,精神抖擞起来,似乎"共产主义"的理想不过是指日可待的囊中之物。然而,与这种积极、盲目的"乐观"相比,知识分子的苦闷却越来越成为一种沉重的现实。特别是随着思想改造和批判运动的渐趋激烈,知识界陷入万马齐喑的沉闷局面,知识分子意志消沉,甚至连工作和生活的热情都没有了。

这种现象在文艺界尤其突出。曾经激情澎湃、风格多样的文学创作,在政治风暴的绞杀之中,渐渐进入了主题单一、题材狭窄、人物公式化的泥淖。如此,许多作家只能保持"沉默",例如,曾写就《边城》《长河》等名篇的沈从文便躲进了历史博物馆做起了登记、保管文物的工作。即便是风光无限、腰板挺直的解放区作家,也只能"撷取生活中的一些片段现象,敷衍成一篇小说"①,草草应付了事。

问题的严重性已迫使中共中央不得不认真地面对这一状况。1956年1月14日至20日,中共中央在北京召开关于知识分子问题的会议,开始着手知识分子政策的调整。这次会议的召开部分解决了知识分子所面对的许多实际困难,但对于其思想和精神诉求却依然没有提出具体的措施,以至于"没有触及知识分子所苦闷、所焦虑、所痛心、所希望解决的迫切问题"②,失望的情绪依然在蔓延。4月下旬,毛泽东在中央政治局扩大会议上,作了《论十大关系》的报告。在进行讨论时,陆定一发言,提出对于学术性质、艺术性质、技术性质的问题要让它自由。陈伯达在28日的发言中也提到说,在文化科学问题上,要提出两个口号去贯彻,就是"百花齐放","百家争鸣",一个在艺术上,一个在科学上。同一天,毛泽东作总结发言,采纳了这种意见。5月2日,毛泽东在最高国务会议上,正式地对外宣布了这一"双百方针"。5月26日,中共中央宣传部部长陆定一代表中共中央向知识界作了题为《百花齐放,百家争鸣》的报告,他首先说明了为什么提出双百方针:"我们要富强,除了必须巩固人民的政权,

---

① 林默涵:《两年来的短篇小说》,《文艺报》1956年第4号。
② 于风政:《改造:1949—1957年的知识分子》,河南人民出版社2001年版,第434页。

必须发展经济，发展教育事业，加强国防以外，还必须使文学艺术和科学工作得到繁荣和发展，缺少这一条是不行的。""要使文学艺术和科学工作得到繁荣和发展，必须采取'百花齐放，百家争鸣'的政策"，"既是为了调动一切积极因素，所以又是一个加强团结的政策。"他提出："我们所主张的'百花齐放，百家争鸣'，是提倡在文学艺术工作和科学工作中有独立思考的自由，有辩论的自由，有创作和批评的自由，有发表自己的意见，坚持自己的意见和保留自己的意见的自由。"①

"双百"方针实施之后，文艺界开始出现了一些新的气象。第一次全国戏曲曲目工作会议的召开、《人民日报》的改版、《文汇报》的复刊、"干预生活"文艺思潮的兴起等，都透露出了由此所带来的知识分子们兴奋而热烈的情绪。而此时，在稍远的六朝古都、民国旧都南京，一群有志于文学追求的青年学人也正缓缓地走向历史的舞台。

1956年11月，中宣部组织召开第一届全国文学期刊编辑工作会议。在这次会议上，中国作协党组书记邵荃麟等积极主张文学期刊应当多样化，不赞成全都是清一色机关刊物的倾向。中宣部副部长周扬在作会议总结时，明确提出可以创办同人刊物，称这是为了有利于提倡不同风格、不同流派的自由竞争。周扬的这次讲话，重新燃起了一些编辑、作家等创办同人刊物的希望。② 这次会议期间，江苏人民出版社编辑组组长陈椿年正在北京参加中国作协第4期文学讲习班，他和全体学员也列席了这次会议。陈椿年后来回忆说，"周扬的总结报告肯定将作为文件传达下去，但我却按捺不住喜悦之情，立即写信把这一喜讯告诉了在南京的朋友高晓声和叶至诚。当时并没有想到，更没有提出'咱们也来办它一个'，我只是以为今后的创作环境必将更加宽松自由了，为此感到由衷的兴奋，忍不住想和朋友们分享……"③ 如果说，外部环境的宽松仅仅是一种自由的信号和鼓舞，那么作家自身创作上的苦恼则直接促成了创刊同人刊物的想法。叶至诚也在"文化大革命"后回忆"探求者"④ 事件时说道："从我们的创作实践中，深深为文艺作品（包括我们自己的作品在内）普遍存在的公式化、概念化所苦恼，急切希望从题材、立意以及表现方法上找到一条摆脱公式、概念的出路。""就这样，遇到一个偶然的机缘，我们这些人聚在

---

① 参考萧冬连等《求索中国——"文革"前十年史》上，中共党史出版社2011年版，第41—43页。
② 参见于继增《同人刊物〈探求者〉沉浮记》，《百年潮》2008年第9期。
③ 陈椿年：《关于"探求者"、林希翱及其他》，《书屋》2002年第11期。
④ 包括艾煊、梅汝恺、陆文夫、高晓声、叶至诚、方之、曾华、陈椿年八人。

了一起,讨论了一天,打算办一个'同人刊物'来实现我们的希望。"①

1957年,方之、叶至诚、高晓声和陈椿年四人联名在第6期的《雨花》杂志上发表了《意见和希望》一文,表达了创办同人刊物的愿望。《意见和希望》发表之后,他们又公推陆文夫、高晓声分别起草了《"探求者"文学月刊社章程》和《"探求者"文学月刊社启事》(后来作为批判材料刊登于《雨花》1957年第10期)。对此,陆文夫后来回忆说:

> 我和方之、叶至诚、高晓声聚到了一起,四个人一见如故,坐下来便纵论文艺界的天下大事,觉得当时的文艺刊物都是千人一面,发表的作品也都是大同小异,要改变此种状况,吾等义不容辞,决定创办同人刊物《探求者》,要在中国文坛上创造一个流派。经过一番热烈的讨论之后,便由高晓声起草了一个"启事",阐明《探求者》的政治见解和艺术主张;由我起草了组织"章程",并四处发展同人,拖人落水。我见到高晓声的那一天就是发起《探求者》的那一天,那是1957年6月6日,地点是在叶至诚的家里。②

《章程》明确提出:"本月刊系同人合办之刊物,用以宣扬我们的政治见解与艺术主张。"刊物定为"探求者",永不更名。"刊物不发表空洞的理论文章,不发表粉饰现实的作品。大胆干预生活,对当前的文艺现状发表自己的见解。不崇拜权威,也不故意反对权威,不赶浪头,不作漫骂式批评,从封面到编排应有自己独特的风格。""本刊系一花独放、一家独鸣之刊物,不合本刊宗旨之作品概不发表。"

高晓声起草的《启事》同时也表示:"我们是一群年轻的文艺工作者。我们的政治、艺术观点都是一致的。现在,我们结集起来,企求在统一的目标下,在文学战线发挥更大的力量。""对于目前有一些文艺杂志的办法,我们很不满意;认为他们不能够很好地发挥文学的战斗作用。……编辑部缺乏独立的见解,显示不出探讨人生的精神;特别在艺术问题上,没有明确的目标,看不出他们的艺术倾向。这种拼盘杂凑的杂志内容虽然美其名曰'百花齐放、百家争鸣',却反映了编辑部战斗力量的薄弱,以及艺术思想的混乱。这是用行政方式办杂志的必然结果。""我们将勉力运用

---

① 叶至诚:《"探求者"的话》,《雨花》1979年第5期。
② 陆文夫:《又送高晓声》,载《陆文夫文集》第四卷,古吴轩出版社2006年版,第104页。

文学这一战斗武器，打破教条束缚，大胆干预生活，严肃探讨人生，促进社会主义。""我们不承认社会主义现实主义是最好的创作方法，更不承认这是唯一的方法。"这些看似合理的文艺主张在当时的政治环境下，无异于一声霹雳，但热情高涨的"探求者"们却被一时的政治风向所误导，终酿成了无法挽回的苦果。

　　政治的残酷性在于其莫测的无常，而知识分子在政治面前所体现出来的"幼稚"和"可爱"更让人惨不忍睹。刚刚萌发的知识分子的"早春天气"，不久便在"春寒料峭"的无情中化为乌有。1957年6月8日《人民日报》发表著名社论《这是为什么？》，全国"反右"拉开帷幕。在这种政治氛围中，"探求者"的命运可想而知。从"探求者"发起到被怀疑、被批判、被下令调查，仅仅一个多月的时间，真是生也匆匆，死亦匆匆。而"探求者"不管是作为一本"刊物"还是一个"组织"，既没有出版，也没有举办任何活动，真真是"胎死腹中"。

　　历史就是这样残酷而无情，辗转又反复。1978年5月11日，《光明日报》发表评论员文章《实践是检验真理的唯一标准》，随即引起了思想文化领域的一场大辩论。12月18日至22日，中共十一届三中全会召开，思想解放路线开始确立。就在1978年全国首届优秀短篇小说评奖大会上，复出的周扬会见了陆文夫和其他一些获奖作家。周扬在授奖大会上发表讲话，特意肯定了陆文夫他们当年的"探求"。①

　　又过了一年，也就是1979年，由陈辽执笔，以"本刊编辑部"名义在第4期《雨花》发表了社论《"探求"无罪 有错必纠》，率先给"探求者"平反。这一举动在全国文艺界产生了很大反响，为其后文学界"右派"的平反工作开了先河。紧接着《"探求"无罪 有错必纠》之后的，是以"本刊评论员"名义发表的题为《打开被堵塞的道路》一文。此文与前文不同之处，在于前文是从政策、理论的宏观角度，对"探求者"的政治见解和艺术主张进行了重新肯定，并给予平反；而后者则是从微观角度切入，以文本细读的方法，对"探求者"于1957年发表在《雨花》上的被定为"反党反社会主义"毒草的作品——陆文夫的《平原的颂歌》、曾华的《七朵红花》、高晓声的《不幸》、方之的《杨妇道》和梅汝恺的《夜诊》——进行了阐释，试图对其做出实事求是的评价。这两篇文章的发表，是在当时的政治气候并未完全解冻的情况下，因此依然有着极大的政治风险。然而，主编、编辑和作者的勇气及眼光，使得这一举动终究为人

---

① 涂光群：《五十年文坛亲历记》上，辽宁教育出版社2005年版，第261页。

所记取、所尊敬。正如有评论家所说的，"文学期刊常常通过自己的行为——无论是刊发作品还是组织活动——扮演了急先锋的角色"①。而这种富有自由精神和反抗气质的思想，不能说和作家所受到的文化影响毫无关联吧？

1979年3月26日至4月6日，作协江苏分会召开了有116人参加的文学创作会议。这是协会自1960年正式成立以来召开的第一次大型创作会议。在这次会议上，作协江苏分会主席李进宣读了省委宣传部同意省文联《关于〈探求者〉问题的复查结论》的批复。复查结论中说："《探求者》文学月刊社，当时是在贯彻党的'二百'方针的情况下公开酝酿筹组的。该社草拟的'章程'和'启事'的内容，没有右派言论，不存在反党反社会主义问题。因此，定《探求者》为反党小集团、右派小集团，是属于错案，应予纠正。"李进还宣读了省委宣传部、省文联党组为"探求者"成员以及原《雨花》主编施子阳错划为右派所做的改正结论；错误地定为毒草、作过批判的作品，也宣布予以纠正。② 会上，叶至诚代表探求者们作了题为《"探求者"的话》的发言，他说："我们这些人用了二十二年的时间来偿还这一笔沉重的债务。就像莫泊桑的短篇小说《项链》中的女主人公那样，由于一个偶然的过失，经受了长期的痛苦；等到明白这些痛苦其实是无须经受的，额头上已经留下了深深的皱纹，头发也已经花白了。"③ 这篇发言后来发表在他们曾经的阵地《雨花》（1979年第5期）上。接着，省文联党组决定，除艾煊、叶至诚原已调回省文联工作外，又把"探求者"成员梅汝恺、高晓声、陈椿年调回省文联；建议南京市将方之调回南京市文联；建议苏州市将陆文夫调回苏州市文联；已在"文化大革命"时去世的曾华，则在原单位平反昭雪。至此，"探求者"一一得到彻底平反。

1979年，叶至诚于第7期《雨花》上发表署名"李洁"的文章《假如我是一个作家》，公开昌明自己的创作主张。作为"探求者"的一员，叶至诚可以说是道出了他们的心声和追求。文章说："假如我是一个作家，我要努力于做一件在今天并不容易做到的事。那就是：在作品里要有我自己。""我将信奉这样一条原则：即使是真理，即使是人民的呼声，如果还没有在我的感情上找到触发点，还没有化为我的血肉，我的灵魂，我就不

---

① 潘凯雄：《从"岁月流金"到"洗尽铅华"——对新时期以来文学期刊发展与嬗变的观察与思考》，《扬子江评论》2014年第3期。
② 《春风又绿江南岸——江苏省文学创作会议纪实》，《雨花》1979年第5期。
③ 叶至诚：《"探求者"的话》，《雨花》1979年第5期。

写，因为我还没有资格写。要是鹦鹉学舌地去写，那不是我。我决非拒绝真理，拒绝人民的呼声，我应当在真理和人民的哺育之下，日渐成为一个充实而又博大的我。"① 从这一时期开始，"探求者"真正开始了艺术上的"探求"，这不仅表现在创作方面，而且体现在对于文学创作、艺术手法等等的"讨论"上。叶至诚的《"探求者"的话》（《雨花》1979年第5期）、《喜读〈李顺大造屋〉》（《雨花》1979年第7期），方之关于《内奸》的创作谈《"高抬贵手"及其它》（《雨花》1979年第11期），高晓声的《〈李顺大造屋〉始末》（《雨花》1980年第7期）等，都是这方面的努力和追求。可以说，随着新时期的到来，"探求者"的精神也在渐次觉醒，不仅在自己身上，也影响着后来人。

其实，"自由结合组织文学社团"一直是中国新文学的传统，尤其是1949年之前，这本是极为普遍的正常现象。其中，大多都是同人性质，其目的、思想、艺术追求等也不相同，比如由周作人起草的《文学研究会宣言》声称：我们发起这个会，有三种意思，一是联络感情；二是增进知识；三是建立著作工会的基础。在他们看来，"将文艺当作高兴时的游戏或失意时的消遣的时候，现在已经过去了"②。"我们更希望国内从事文艺的同志，都能向上努力，不可因细故而互相倾轧。我们固不希望大家都走上一条路，但至少总愿意在各路上同向文艺的园林走去的人，不要中途打起架来，为亲者所痛而为仇者所快。"③ 而创造社的发起人之一郭沫若则宣称："我们是最厌恶团体之组织的：因为一个团体便是一种暴力，依恃人多势众可以无怪不作。"④ "我们的主义，我们的思想，并不相同，也并不必强求相同。我们所同的，只是本着我们内心的要求，从事于文艺的活动罢了。"⑤ 甚至于对很多知识分子来说，本无所谓目的，无所谓追求。《语丝》发刊词就指出："我们几个人发起这个周刊，并没有什么野心和奢望。我们只觉得现在中国的生活太枯燥，思想界太沉闷，感到一种不愉快，想说几句话，所以创刊这张小报，作自由发表的地方。我们并不期望这于中国的生活或思想上会有什么影响，不过姑且发表自己所要说的话，聊以消遣罢了。"⑥

不论目的与追求如何不同，其对于中国新文学的发展和繁荣是极为重

---

① 李洁：《假如我是一位作家》，《雨花》1979年第7期。
② 《文学运动史料选》第一册，上海教育出版社1979年版，第175页。
③ 《文学运动史料选》第一册，上海教育出版社1979年版，第192页。
④ 《文学运动史料选》第一册，上海教育出版社1979年版，第209页。
⑤ 《文学运动史料选》第一册，上海教育出版社1979年版，第209页。
⑥ 《文学运动史料选》第一册，上海教育出版社1979年版，第234页。

要的。对此,贾植芳先生在《中国现代文学社团流派》一书的《序》中说道:

> "五四"新文学运动这种在组织上的多元化性质,正标志着我国新文学运动在艺术风格上的多样性和丰富性,正标志着我们新文学运动的另一个历史特点。从1917年到1949年的三十多年之间,我们现在称之为现代文学的历史时期,其所以能在我国文学史上开辟出一个历史新纪元,取得自己的历史性成就和影响,应该说是与三十多年来文学社团和文学流派的不断兴起、演化和发展有着直接关联和影响的。①

然而,1957年,此时的中国虽然"处在十字路口的选择"上,但是"自由"并不完全是一个安全的词语。即使是在"百花齐放,百家争鸣"时期,当时的大部分人还是抱有顾虑并保持警惕的。"他们还在猜测,这是真放还是假放,如果是真放,放多少,放了以后还收不收,放是手段还是目的,是为了繁荣文化艺术还是为挖思想、整人,以及哪些问题能争鸣,哪些问题不能争鸣等等"。② 而这些顾虑随着整风运动的开展,也真的成了历史的事实。但当时并未为所有人重视。

可以说,从准备登台到惨淡落幕,"探求者"并未真正实现其理想中的文学诉求。几十年过去了,在中国当代文学的发展历程中,"探求者"似乎被忽略了,各类文学史也很少提及,不知道这是因为我们对于现实的冷漠,还是出于政治的顾虑?但是不能否认,"探求者"作为江南作家群的一个重要代表,是一份历史和文学的存在,作为一个事件,它是我们反思那一时期政治、文学与人性的历史"标本",作为一个群体,它奠定了新时期江南作家在中国当代文学中的地位,并以独特的风格丰富了中国当代文学的精神版图。

第二节 江南士风与小说精神

新时期以来,在西方文化思潮的渗透和影响下,中国当代小说写作发

---

① 贾植芳:《〈中国现代文学社团流派〉序》,《新文学史料》1989年第3期。
② 翦伯赞:《为什么会有"早春"之感?》,《人民日报》1957年4月20日。

生了很多思想上和美学上的变异。当代作家在小说思维和艺术实践上，展现了许多新的表现技巧和新的审美风尚。比如现代意识和主体性的增强、美学趣味和形式实验的多元。但是在这个过程中，由此而产生的美学缺损和心态浮躁，也一定程度上造成了当代小说思维的疲软。"然而，中国传统的文化思维机制有着巨大的惯性力，在小说思维的偏离（或背离）过程中，或显或隐地会出现向传统靠拢或复归的态势。"① 汪曾祺的小说可以说是这一复归的典型代表。他的小说也有着西方小说美学思潮影响的痕迹，其早期的作品尤其如此，但是更多地体现了传统文化精神在当代文学创作中的复活，是中国传统的叙事模式和艺术表现在当代的有效融合和审美转化。

永嘉南渡之后，北方大批士阶层的文人移居南方，在经历了从东晋到南朝几百年的发展之后，江南文化基本"完型"。在这一过程中，儒家思想仍然居于主导地位，但佛教、道家思想的传入，使得中国文人寻到了心灵的归宿和理想的栖居。"心情紧张、精神痛苦、人生的忧烦沉郁，仿佛都可以借着江南的一泓清水、一片清气，得到洗涤、熨帖和抚平"，"江南的自然山水风景，加深了他们对自我生命的自由体验，也加深了对老庄（也包括佛禅）生命哲学的感悟。"② 虽历经隋唐等盛世，但江南文化的再次兴盛还要到明代。明朝是封建统治进一步加强的时代，但江南文化在这时期却得到了空前的丰富。"明季江南文人为了达到个性自由理想，还突出地追踪生活的趣味化和艺术化，并从中获取一种审美人格"③，而这种对个性和个体的张扬，体现了对时代意识形态禁锢的反抗。可以说，江南文人在历代社会的变迁中，逐渐形成了具有忧世之感的思想情怀和富有悲伤之情的艺术理想。他们既可以义无反顾地"入世"，也可以不顾一切地"闲适"。在他们身上，儒、释、道等多种传统思想汇聚，体现出复杂的精神内蕴和美学意涵。具体到当代江南作家来说，他们也在这种传统文化的影响下不断完善和充实着自身的思想格局和自己的小说精神，而与这种精神和审美相适应的，是江南士风熏染下当代江南小说所表现出来的"冲突"之美、"风流"之美、"智性"之美和"古典"之美。

一　"冲突"之美

出生于江苏高邮的汪曾祺和出生于浙江温州的林斤澜，不管是个人气

---

① 吴士余：《中国文化与小说思维》，上海三联书店2000年版，第13页。
② 费振钟：《江南士风与江苏文学》，湖南教育出版社1995年版，第23—24页。
③ 费振钟：《江南士风与江苏文学》，湖南教育出版社1995年版，第28页。

质还是小说创作有着许多的共同点,比如两个人都是以短篇小说名世,都善写小人物,都喜欢平实、简洁的对话;但也有许多不同的地方,比如汪曾祺更喜欢追求和谐,林斤澜更愿意表现冲突,比如二人都是现实主义作家,汪曾祺喜欢在现实生活中编织梦境,林斤澜却是以梦境解构现实,汪曾祺喜欢做一些美好的梦,林斤澜的梦却往往是噩梦,是深渊。以此来看,汪曾祺的小说虽不如林斤澜的小说深刻,而林斤澜的小说却又不如汪曾祺的小说来得美好,孰高孰低,难以定论,但看个人的审美偏好了。

不管是美梦还是噩梦,与现实的生活相比,都是冲突的。汪曾祺说:"我追求的不是深刻,而是和谐。"① 这句话经常被后人引用,以此来印证汪曾祺小说追求万物、人性融洽的和谐之美。尤其是放到江南文化的审美视阈中,这种调和作用更为人所看重,"'中和'精神作为江南文人生存选择最有效的依赖,不但长期支持着他们的立身行事,微妙地维系着他们心理上的平衡度和分寸感,而且更主要地使他们在克服历史的紧张对抗的过程中接近自我生命时,能够合理地把握和运用自己的理性和意志"②。但如果仅从单纯的语义上来理解这句话,就容易陷入认识上的误区,在为人和为文两个方面混作一谈。汪曾祺的所谓对于和谐的追求是自我的一种人生认知,但在具体的小说写作过程中,作者无时无刻不在追求对冲突的表现和深刻的开掘。汪曾祺小说是以和谐之美给我们设置了一个审美的圈套,从而带领我们去认识"中和"精神背后的种种"冲突"之美。

这种冲突的表现在小说中也是十分多样的,比如在小说《钓》中,是"钓鱼去吧,别在寂寞里凝成了化石",与"本不是为着鱼而来的,何必关心'浮子'的深浅"之间的心理冲突;在《待车》中,是"雨落着,但江南正有极好的春天"的自然地理表现的审美错位;在《结婚》中,是"觉得现在随便把她放在什么地方都行,一切都已准备妥当了,只等待那个日子到来",与"然而现在却明明结了婚,当着许多人。她不相信"之间的思想斗争;在《鸡鸭名家》中,是"打气炉子呼呼地响。这个机械文明在这个小院落里也发出一种古代的声音,仿佛是《天工开物》甚至《考工记》上的玩意儿"所表现出的传统工业与现代文明的抵牾;在《受戒》中,是受戒与结婚,是钻进江南的芦苇荡共享人性欢愉与世俗人生中的冷眼旁观之间的内在龃龉;在《大淖记事》中,是善与恶,是城区与乡下的冲突,"他们的生活,他们的习俗,他们的是非标准、伦理道德观念和街

---

① 汪曾祺:《汪曾祺作品自选集·自序》,漓江出版社1987年版,第2页。
② 费振钟:《江南士风与江苏文学》,湖南教育出版社1995年版,第212—213页。

里的穿长衣念过'子曰'的人完全不同"。……概括来说，这些冲突是汪曾祺为人与为文之间的冲突，是梦境与现实之间的冲突，是儒家思想与佛道思想之间的冲突，是世俗人生与审美需求之间的冲突。而汪曾祺的过人之处在于，这一切最终都是以美的形式表现出来，并传递给人以美的感觉、美的享受、美的遐想。

胡河清在论述汪曾祺的创作时指出："在汪曾祺的作品中，贯穿着一种根深蒂固的意念，即把历史视为戏剧。"① 戏剧意味着什么？意味着游戏、意味着冲突。关于戏剧，汪曾祺说："中国戏曲，不很重视冲突。"② "这种不假冲突，直接地抒写人物的心理、感情、情绪的构思，是小说的，非戏剧的。"③ 这种观点其实是指作者追求的一种理想状态，《受戒》《大淖记事》等都是这方面的一种努力和体现。但事实却并不完全如此，戏剧本身就是冲突，没有冲突如何能成为戏剧呢？只不过汪曾祺在其小说写作过程中有意地消解这种内在冲突，而营造一种"非意识形态化的唯美主义意境"④。这与江南文化的影响是有关的。"汪曾祺的梦境无非是现代自由意志的生活方式和古典意趣的艺术化氛围的和谐结合，当然，这仅仅是一个中国老艺术家设计的理想国。"⑤ 不管在汪曾祺的小说中，还是在林斤澜等人的小说中，这个理想国也仅仅是理想，而现实往往意味着冲突。这冲突在林斤澜笔下生出了恶与痛，在汪曾祺的笔下生出了善与爱，但他们都关注世俗人生，因为在汪曾祺看来，"俗气也便是人气，人少不了它。没有它，失去人性一半了！你会孤寂古怪像那一半，像个谷"⑥。因此，冲突之下，显露的其实是人性的复杂和多样，是对于这种多样和复杂的人性的悲悯和怜惜。

英国作家 D. H. 劳伦斯反对"把拇指浸到锅里"的作家，在他看来，小说是多重力量的平衡，除去其他因素，自有一个神秘、不受他人控制的生命，作者不该打破这个微妙的平衡，强行实现自己的意图。⑦ 汪曾祺的小说就是一直在维持这种多重力量的微妙平衡，既在儒、道、佛三种思想

---

① 胡河清：《汪曾祺论》，载《胡河清文集》上卷，安徽教育出版社 2014 年版，第 50—51 页。
② 汪曾祺：《人间有戏》，天津人民出版社 2014 年版，第 120 页。
③ 汪曾祺：《人间有戏》，天津人民出版社 2014 年版，第 121 页。
④ 胡河清：《汪曾祺论》，载《胡河清文集》上卷，安徽教育出版社 2014 年版，第 61 页。
⑤ 胡河清：《汪曾祺论》，载《胡河清文集》上卷，安徽教育出版社 2014 年版，第 62 页。
⑥ 汪曾祺：《结婚》，载《汪曾祺小说全编》上，人民文学出版社 2016 年版，第 83 页。
⑦ 参见［英］特里·伊格尔顿《文学阅读指南》，范浩译，河南大学出版社 2015 年版，第 115 页。

的冲突之中寻求一种思想平衡，也在自然风景、世俗风物、人生百态之间寻找一种表现平衡，还在梦境与梦境、梦境与现实、现实与现实之间寻求这一种艺术平衡。但这些平衡的实现都是以表现冲突为前提的，没有冲突也便没有平衡的必要。比如《受戒》中，如果没有受戒与世俗爱恋之间的冲突，那么明海与小英子最后在芦苇荡的鱼水之欢便消失了那种唯美和自由。比如《大淖记事》中，如果没有善与恶的冲突，没有灵与肉的挣扎，那么小说的结尾也不会产生那种冲突之后顿然升华的纯美力量：

   十一子的伤会好么？
   会。
   当然会！①

  汪曾祺巧妙地利用这种虚拟的对话，化解了小说之中一直存在并持续发酵的情感冲突。这是一种十分隐秘的手法，但仔细品味，确是相当高超的。在《钓》中，作者结尾时说："我钓得些甚么？难得回答，然而我的确不是一无所有啊。"② 这种虚拟的对话方式是汪曾祺小说中十分常见的一种结构方式，也起到了很好的效果。比如《复仇》的结尾："不许再往下问了，你看北斗星已经高挂在窗子上了。"③《待车》的结尾："先生，你请坐坐吧。你累了呢。是呀，你忙得很。你一天到晚老是跑来跑去的，真是！椅子是多么好一个主人呀，它多么诚恳，多么殷勤。"④《最响的炮仗》的结尾："你们贵处有没有这样的风俗：不作兴向炮仗店借火抽烟？这是犯忌讳的事。你去借，店里人跟你笑笑，'我们这里没有火。'你奇怪，他手上拿的正是一根水烟媒子。"⑤

  汪曾祺不仅善于利用小说的结构来化解冲突，还善于利用江南的草木虫鱼、人间美味，来转移冲突带来的紧张感和不适感。汪曾祺在《葵·薤》一文中说："古人说诗的作用：可以观，可以群，可以怨，还可以多识于草木虫鱼之名。这最后一点似乎和前面几点不能相提并论，其实这是

---

① 汪曾祺：《大淖记事》，载《汪曾祺小说全编》中，人民文学出版社2016年版，第474页。
② 汪曾祺：《钓》，载《汪曾祺小说全编》上，人民文学出版社2016年版，第5页。
③ 汪曾祺：《复仇》，载《汪曾祺小说全编》上，人民文学出版社2016年版，第32页。
④ 汪曾祺：《待车》，载《汪曾祺小说全编》上，人民文学出版社2016年版，第73页。
⑤ 汪曾祺：《最响的炮仗》，载《汪曾祺小说全编》上，人民文学出版社2016年版，第173页。

很重要的。草木虫鱼，多是与人的生活密切相关，对于草木虫鱼有兴趣，说明对人也有广泛的兴趣。"① 以此来看，汪曾祺对于草木虫鱼等世间万物的偏爱，仍然是对于人类的钟情，因为人不仅仅生活于这俗世的人间烟火中，还与这些同样有着生命和灵魂的万物共同呼吸、一起成长。汪曾祺得小说之真味，于调和之中发现矛盾，于矛盾之下得以调和，此为和谐之核心也。

古人讲，和而不同。这是士人的精神操守，也是艺术的个性追求，由此，汪曾祺为我们展现了一个个站立起来的大写的小人物。好的小说不会排斥现实，但一定要消灭世俗生活中令人厌倦的烟火气；好的小说可以逃离现实，但一定要学会发现世俗生活中的真相和悲哀。汪曾祺的小说很世俗，却一点也不俗气；很现实，却毫无无聊琐碎之皮相；很和谐，却时时表现出冲突之下的人性之美；很古典，却也尽显士之风流本色；很平淡，却于无声处听惊雷；很细微，却也展现出对于大生命、大千世界的悲悯情怀。

二　"风流"之美

谈到"风流"，不能不提北宋词人秦观，这位同样出生于高邮的风流才子一生写就了不少"风流"之作，比如我们耳熟能详的《鹊桥仙·纤云弄巧》。寥寥数语，却把那种共诉相思、柔情似水如梦如幻般地描绘出来，自然流畅而又婉约蕴藉，余味隽永。唯美之境，风流之情，跃然纸上。与秦观的为人、为文相比，汪曾祺为人儒雅，乃一谦谦君子，但其为文则别具个性和风采，特别是小说写作中不时地流露出一种隐而不发的风流之美，这点倒与秦观有相似之处了。

这种风流最简单也最浅显的表现即是对性欲的肯定，且不为传统道德所束缚。汪曾祺的小说中，《受戒》《大淖记事》等是十分让人印象深刻的篇章，不管是明子和小英子的异样爱情，还是十一子和巧云的别样感情，都已经超出了传统道德的范畴，而具有了现代意味的"风流"品格。在人物所处的那个时代里，受了戒的和尚怎么能把持不住欲望，与已经有了人家的英子享受鱼水之欢；失身于人的巧云怎么能安然若素地等待与十一子的结合，而圆满于爱情最后的落脚，这是汪曾祺的大胆，也是其"风流"才气的外露。

其实写和尚的不正经、不严肃在其之前的小说中早已有所表现。如

---

① 汪曾祺：《人间至味》，作家出版社 2016 年版，第 38 页。

《庙与僧》，小说写道："这殿上，在我住在庙里那么些日子之中，只有一次显得极其庄严，他们给一家拜梁王忏的那一次。"① 但即便是这极其珍贵的一次，也是潦潦草草，冷冷清清的，毫无庄重之感。这庙里的和尚不仅整日清闲，而且每每"食色"不能离，吃要荤的，连斗纸牌都有一个特别的称呼，自然又多是"荤的"。不仅如此，汪曾祺还要在小说的结尾处"风流"一把，明明是写的庙与僧，但最后却以"呵，才起水的鱼，多鲜的菱角。……"来收笔，那种意味深长，与题目本身所应具有的严肃、正经形成了一种强烈的反讽，真是任性至极。

　　《受戒》里的和尚也不正经，大师父不叫"方丈"，也不叫"住持"，却叫"当家的"，二师父有老婆，三师父据说也有相好的，而且不止一个。"这个庵里无所谓清规，连这两个字也没人提起。"② 长期生活在这样的环境里，明子的"不正经"自然也是水到渠成。尤其是小说结尾，把这种始终压抑着的"风流"之美通过小英子的率真与明子的柔弱、阳刚相得益彰地表现了出来。

　　　　划了一气，小英子说："你不要当方丈！"
　　　　"好，不当。"
　　　　"你也不要当沙弥尾！"
　　　　"好，不当。"
　　　　又划了一气，看见那一片芦花荡子了。
　　　　小英子忽然把桨放下，走到船尾，趴在明子的耳朵旁边，小声地说：
　　　　"我给你当老婆，你要不要？"
　　　　明子眼睛鼓得大大的。
　　　　"你说话呀！"
　　　　明子说："嗯。"
　　　　"什么叫'嗯'呀！要不要，要不要？"
　　　　明子大声地说："要！"
　　　　"你喊什么！"
　　　　明子小小声说："要——！"
　　　　"快点划！"

---

① 汪曾祺：《庙与僧》，载《汪曾祺小说全编》上，人民文学出版社2016年版，第163页。
② 汪曾祺：《受戒》，载《汪曾祺小说全编》中，人民文学出版社2016年版，第416页。

英子跳到中舱，两只桨飞快地划起来，划进了芦花荡。①

这个每每读来让人回味无穷的结尾，可以说是汪曾祺小说风流之美的极致和完美表现。伊格尔顿说，英国小说腾飞的起点正是日常生活开始变得无限有趣的时候。② 可以说，从汪曾祺的小说开始，作家渐渐掌握了如何从世俗生活中发掘趣味和美妙。"汪曾祺用他的《受戒》，为新时期小说家进行一次小说观念的'受戒'，致使他的众多同道能够对小说的美学禅机，参悟出应有的真实意蕴。"③ "受戒就是领一张和尚的合格文凭呀！"小英子这话多么妙趣横生，又多么具有反讽的巨大意味，令人拍案惊奇。胡河清说："高邮是江南水乡，所以把水的温软多情作为作品的底色，已成为一种文学上的传统。"④ 柔情似水，佳期如梦，这是汪曾祺秉承了秦少游的风流基因，在当代开辟出的小说新风景，几多风流，几多浪漫，几多美好。

是真名士自风流，这种风流更多地表现为一种人格之美，潇洒、自由、坦荡，勇于冲出传统道德的藩篱，敢于冲破世俗伦理的种种束缚。《受戒》里的小英子，天真率性、性格爽朗，即便是毫不避讳地表露自己的爱意，也毫无违和、不堪之感，而多的是对这个女子勇气的赞赏，和对其人格之美的青睐。《大淖记事》里的女子，也是野性十足。"她们在男女关系上是比较随便的。姑娘在家生私孩子；一个媳妇，在丈夫之外，再'靠'一个，并不是稀奇事。这里的女人和男人好，还是恼，只有一个标准：情愿。"⑤ 在小说《寂寞和温暖》中，曾经的武功队长在作者的笔下，却也一脱粗俗之气而多了些文人的风雅。汪曾祺对人物形象的塑造和对人物情感的铺排，采用的是一种十分温和的方式，他笔下的人物绝少拍案而起的情绪爆发，也较少雷霆万钧式的暴戾恣睢，相反，往往是"忍气吞声"的，是含蓄隽永的。如《大淖记事》里被占了便宜的巧云，虽然失了身子，但"她没有淌眼泪，更没有想跳到淖里淹死"，在常人看来，这多么地不可思议呢。但你以为她全然没有羞耻之感吗？好像也不是，她也有

---

① 汪曾祺：《受戒》，载《汪曾祺小说全编》中，人民文学出版社2016年版，第426页。
② 参见［英］特里·伊格尔顿《文学阅读指南》，范浩译，河南大学出版社2015年版，第114页。
③ 马风：《汪曾祺与新时期小说》，《文艺评论》1995年第4期。
④ 胡河清：《汪曾祺论》，载《胡河清文集》上卷，安徽教育出版社2014年版，第56页。
⑤ 汪曾祺：《大淖记事》，载《汪曾祺小说全编》中，人民文学出版社2016年版，第474页。

些愧疚，有些心里乱糟糟的，总觉得自己好像做错了什么事。模棱两可之间，却把那种世俗熏染之下的淳朴风情透过一个小小的人物传达了出来，是美的，是感人的，是新奇无比的。

南宋诗人辛弃疾《永遇乐·京口北固亭怀古》诗云："千古江山，英雄无觅孙仲谋处。舞榭歌台，风流总被雨打风吹去。"实际上，江曾祺小说的风流之美，是新时期小说抒情主义的另外一种表现，也是对于主体性高扬时代的一种精神暗合。这种对于风流之美的挖掘和表现，从另外一个层面说，是对世俗社会中人生禁锢与思想守旧的一种有力反拨。

三 "智性"之美

江南文化是一种诗意的文化、古典的文化，同时也是一种带有反抗因子、带有革命气质的文化。这种复杂的文化内涵既滋养了江南文人逃逸自然、寻求解脱的潇洒，也成就了江南文人慨当以慷、忧思难忘的士气。江南文化既赋予了他们理性而富有担当精神的智性品格，却也无意中塑造着他们对酒当歌、人生几何的癫狂气质。从鲁迅的《狂人日记》开始，在江南之地上便一直涌动着一种"癫狂"的思想，并由此产生了诸多艺术内涵复杂的"狂人"或"疯子"形象。比如苏童在《妻妾成群》中，塑造了一群"疯子"般的女性群谱。余华在《一九八六年》中，也塑造了一个疯子形象，一个老实本分的中学教师因为"文化大革命"变成了一个精神病患者。

江南小说的神秘、古典是与江南文化密切相关的一种文学呈现，它给读者带来无尽的想象力和绵延的感染力。如果从另一个向度来看，这种神秘、古典同样会滋生一种十分压抑、黑暗的社会形态，并对人性的健康、性格的健全产生一种内在的强压和外在的侵袭，而长期如此，也必然会导致人格的分裂、社会的混乱，反抗也必由此产生，狂人也就横空出世。格非的小说也有不少"疯子"形象或者有疯子气质的"狂人"形象。如《傻瓜的诗篇》中的莉莉、杜预，《敌人》中的赵少忠，《欲望的旗帜》中的宋子衿和曾山的女儿珊珊，《人面桃花》中的陆秀米、张季元，《山河入梦》中的谭功达，《春尽江南》中的谭端午、庞家玉、王元庆，都程度不一地具有这种癫狂气质。可以说，通过这些狂人形象，格非呈现了一个十分动乱的社会历史形态，这个世界既不是桃花源般的乌托邦，也不是春尽江南的衰败乡土，而是由一群精神病人组成的喧嚣监狱，是由一群狂人所搭建的毒靡花园。格非曾去精神病院探望过一位诗人朋友，他后来回忆说："可我还是忘不了在精神病院的见闻，那个由疯子所组成的世界。它既是一座监狱，又是一处洁净而呆滞的城市花园。"①《傻瓜的诗篇》中的杜预时常在梦境、现实与回忆之中穿越，这位出身于精神病专业的精神病医生却因为自身的精神状况而不得不接受精神病医院的精神治疗，这是多么强烈的反讽。格非的小说中经常出现诗人这一形象，这个被世人称作有着精神病倾向的职业，一方面加剧了人物的精神分裂状态，一方面却也不得不借助诗歌的伟大力量来舒缓人类的精神困境。所以，格非才会在小说中发问：

> 人类的精神究竟在什么地方出现了问题？杜预时常这样问自己。他通过大量的阅读和研究得知，在不很遥远的过去，人类精神上的疾病通常是歇斯底里症。福楼拜笔下的包法利夫人为这类病症提供了一个极好的范例。对于这类病人，只要通过短期的疗养即可康复（福楼拜所开的药方是：给病人放点血），它是由于某种悲剧性的事件而引起的。而在二十世纪，人类的精神病更多的是精神分裂，他显然是源于无法说明而又排解不开的焦虑。②

更加具有讽刺意味的是，被诱奸的精神病人莉莉却突然间毫无征兆地恢复了正常，与此同时，杜预却在一系列的精神幻想和病态呓语中走入了人性的迷障。这种难解的精神焦虑，在小说《欲望的旗帜》中表现得愈加明显。小说开篇即以一个未知的来电开始，主人公曾山的敏感、焦虑扑面而来，小说短短几页中，连续用了"在这个时候，谁还会打电话来呢？""那么，电话究竟是谁打来的呢？""那么，电话究竟是谁打来的呢？"这使得曾山陷入了一种极其无聊的自我折磨之中。而那本始终贯穿全篇的小说《卢布林的魔术师》，更是从一定程度上隐喻了小说中所表达的对于"欲望"的贪念，终究会使人生陷入种种善恶、情感与理智的不尽纠结和斗争之中。格非在小说中写道："贾兰坡和师兄子衿，分别代表着死亡与疯狂的两极，就像弗兰兹·卡夫卡笔下的猫和捕鼠器。"③贾兰坡的无故死亡、宋子衿的突然变疯，都预示了这个时代人类精神的急剧分裂，这是一种世纪末的焦虑，更是人类面对时代巨变的心灵创伤。

格非对这类"狂人"形象的选择，一方面源于江南文化中另类的反抗

---

① 格非：《塞壬的歌声》，上海文艺出版社2001年版，第221页。
② 格非：《傻瓜的诗篇》，载《褐色鸟群》，上海文艺出版社2013年版，第288页。
③ 格非：《欲望的旗帜》，上海文艺出版社2013年版，第263页。

气质,另一方面也与作者的审美趣味息息相关。与对于古典小说的钟情一样,格非同样偏爱西方现代说,比如格非十分喜爱陀思妥耶夫斯基,而《卡拉马佐夫兄弟》《罪与罚》《群魔》等小说,都塑造了让人十分难忘的"疯子"形象。格非十分喜爱卡夫卡、罗伯-格里耶等作家,而这些作家笔下的许多人物也无不处在精神质般的人格分裂状态。这些都深刻地影响了格非小说中的人物气质和精神状态。张清华认为,格非小说中最主要的人物几乎都有一个"哈姆莱特式的性格":"这些人物不论男女,无不有一种骨子里的犹豫和忧郁,一种深渊和自毁的性格倾向,有'局外人'或'走错了房间'式的错位感,有一种'狂人'或'幻想症式'的精神气质。总之,都有一种类似哈姆莱特式的诗意而分裂、智慧又错乱的'悲剧性格'。"①

这种精神焦虑和失控,一直是格非小说走不出的困境,或者也可以说是格非小说创作试图突围的迷障。以格非最为突出的"江南三部曲"为例,这三部小说分别表现了不同时代、不同空间下的人类精神状态,而且始终无法摆脱"癫狂"的影子。《人面桃花》是一群疯子寻梦的故事。陆侃、陆秀米、张季元,哪一个不是"狂人",死死痴迷于那个桃花源般的乌托邦梦境。《山河入梦》是一个疯子寻梦的故事。渴望建功立业的谭功达,苦苦追求的"梅城规划草图",到头来也是一个美丽的幻影。《春尽江南》中对于内心净土的追寻,也终究难逃失败的命运。谭端午在传统中寻求精神突围的努力,庞家玉渴望去西藏寻求精神寄托的梦想,也都是徒劳的梦一场。由此,人生的意义也渐渐陷入一种虚无之中,正如格非在《人面桃花》中所写:

> 不管是张季元、小驴子、花家舍的马弁,还是那些聚集在横滨的精力旺盛的革命党人,所有这些人的面孔都变得虚幻起来。他们像烟一样,远远的,淡淡的,风一吹,就全都散了。她重新回过头来审视过去的岁月,她觉得自己就如一片落入江中的树叶,还没来得及发出任何声音,就被激流裹挟而去,说不上自愿,说不上强迫;说不上憎恶,也没有任何慰藉。②

---

① 张清华:《春梦,革命,以及永恒的失败与虚无——从精神分析的方向论格非》,《当代作家评论》2012 年第 2 期。
② 格非:《人面桃花》,上海文艺出版社 2012 年版,第 273 页。

与苏童、余华对"死亡"的迷恋不同,格非并不痴迷于这个结果一样的存在,而更注重人物精神状态的嬗变,因为格非小说的另一个主题即是疯癫。而由死亡主题转向疯癫主题,意味着一种精神状态的内在变化。福柯在《疯癫与文明》一书中写道:"疯癫主题取代死亡主题并不标志着一种断裂,而是标志着忧虑的内在转向。受到质疑的依然是生存的虚无,但是这种虚无不再被认为是一种外在的终点……而是从内心体验到的持续不变的永恒的生存方式。"① 那么,如何摆脱虚无?格非一直试图在寻找一种反抗绝望的力量来抵挡由此带来的沉沦和堕落,也渴望寻求一种永恒的存在来抑制那源源不断生长的蛮荒之力。在小说《人面桃花》中,作者试图用音乐来拯救灵魂。在《春尽江南》中,作者一方面想通过西方古典音乐的力量来寻求精神的解脱,比如谭端午试图用音乐来治疗庞家玉的抑郁状态,另一方面则奢望通过书籍来获得灵魂的纾解,《新五代史》《诗经》《红楼梦》《庄子》《堂吉诃德》《史蒂文斯诗集》《尚书》《资本论》《左传》等众多的书籍充斥在小说之中,不免给人闲杂错乱之感,但却也一定程度上说明了人类精神"荒原"的困厄之态,而这种寻求能否最终实现作者所期待的精神复归则又是另外的问题了。

与大部分中国当代小说中的狂人形象不同的是,他们几乎毫无例外地具有一种"智性"特征。不管是革命者的热血痴狂,还是艺术家的放荡不羁,不管是遭遇思想困境的精神病医生,还是陷入人生风波的学术达人,他们几乎都有一种举世皆浊我独清的高尚姿态,有一种俯身世俗却不甘于平庸的感伤情怀。他们不是传统的文人士大夫,却自有一种性格和风骨,他们颓废堕落,却也难以摆脱那旷世的忧伤。

四 "古典"之美

古典趣味是江南诗性文化的一个重要表征,这一趣味在当代江南小说中即体现为古典美的呈现。从汪曾祺、林斤澜、陆文夫、叶文玲等老辈作家,再到80年代后崛起的范小青、苏童、叶兆言、余华等人,都是这种古典美的典范。当然,又各有各的美,比如汪曾祺是一种淡雅的古典之美,叶文玲是一种空灵的古典之美,苏童是一种奢靡的古典之美,叶兆言是一种艳丽的古典之美,而格非呢,则是一种忧伤的古典之美。

这种忧伤与江南文化中蕴含的孤独感密切相连,也与江南文化的诗性

---

① [法]福柯:《疯癫与文明》,刘北成、杨远婴译,生活·读书·新知三联书店1999年版,第13页。

特征相匹配，是江南文学的风骨精髓。如果说忧伤是一种与生俱来的内在品性，那么具体到小说写作来说，古典崇拜则表现为更加直接的思想体验，比如在《欲望的旗帜》中，格非就有一节关于《红楼梦》的即时性感悟：

> 曹雪芹在写作《红楼梦》的时候，显然是遇到了这样一个难题：面对虚幻而衰败的尘世景观，他的梦因无处寄放而失去了依托。因此，它不得不像布莱克所说的那样，一个人在无路可走的时候，强行征用爱情。
>
> 他从一面铜镜中看到了那些风姿绰约的女人，那些水中的月亮，雾中的花朵。她们影影绰绰，似有若无，就像天堂的帷幕中泄露出来的一线光亮。他像一个炼金术士那样小心翼翼地将她们分离出来，将她们收集、珍藏，以使它不至于为外来的手指所玷污。
>
> 在曹雪芹的全部哲学中，爱情成了他抵抗虚无的最后一块壁垒，它惟恐这个壁垒构筑得不够坚固，惟恐它不堪一击，经受不住绝望的轮番的攻击，他便将宝玉牺牲了——首先是贾宝玉不可思议的女性化，然后是曹雪芹的贾宝玉化，所不同的是，贾宝玉是梦境的一个部分，而曹雪芹却是一个清醒的说梦者。①

笔者之所以不厌其烦地把这几段抄录下来，其实是想说明：没有哪一个更好的部分能够更确切地表明《红楼梦》对格非小说的深刻影响了，以至于作者也不得不充当了小说的外来说教者。其实，这样的大段阐释于小说来说并非必不可少，甚至于从一定程度上无异于画蛇添足，影响了整个小说节奏的顺畅和气息。

当代江南小说中古典趣味的另一个生动表现即是对古典小说的化用，比如格非的小说写作，就经常隐秘地转化古典美学资源。格非在谈到《金瓶梅》这本书的书名的寓意时，十分倾向于张竹坡的看法，认为"金瓶梅"是指"插在金瓶中的梅花"，而这一认同在作者的小说写作中有好几次有意或无意的表现。在《望春风》中，就有一段这样的妙用：

> 打个比方说，当你把一段花枝插于花瓶之中，只要有水，花的生命仍在延续。也就是说，在花枝上含苞欲放的花朵，或许一度更为艳

---

① 格非：《欲望的旗帜》，上海文艺出版社2013年版，第90—91页。

丽。不过，由于被剪断了根茎，无论如何，你不可能说它是活的。但作为正在开放的花朵，它确实一息尚存，确乎未曾死去。

将死未死之间，是一个微不足道的停顿，是一片令人生疑的虚空和岑寂。①

只要细心的读者稍加联想，就不难发现二者之间的关联，那种花枝插于瓶中的画面顿时就会浮现在眼前，而且由此又关联到了生死，升华到了虚空和岑寂的境界，不可谓不妙，不可谓不高。格非将《金瓶梅》的解读上升到了虚无之境，又巧妙地运用到了自己的小说写作中，不仅增添了一种令人感伤的古典之美，而且激起了人们内心更深层次的悲剧之感。

在之前的"江南三部曲"第一部《人面桃花》中，作者其实也有一处妙用，小说写道：

秀米正在把刚刚剪下的腊梅插入瓶中，一股浓香在灰暗的屋里萦绕不去。喜鹊把那个人要她说的话说了一遍。秀米就像没听见似的，依然在插她的梅花。她把掉在桌上的腊梅花苞，一个一个地捡起来，放在一只盛满清水的碗中。喜鹊看着那些花朵像金钟似的漂在水中打转，一时不知如何是好。②

这一次的运用更直接，连花用的都是梅花。当然，"金瓶梅"中的"梅"的意蕴其实是更为丰富的，它可能代指女人，也可能暗指欲望之对象。而"金瓶"则暗喻富贵之家的奢侈与淫靡，以及整个社会环境中的金钱和财富。此处的化用其意不再暗指某种特定的含义，但其所蕴含的独特思想韵味给读者带来了一种古典美的愉悦之感。尤其是当这种古典与女性联系在一起时，这种美就情不自禁地满溢而出了。不管是《红楼梦》还是《金瓶梅》，其给人印象最为深刻之一便是塑造了众多个性鲜明、美貌秀丽的女性角色。与苏童、毕飞宇一样，格非也十分钟爱女性形象，比如《欲望的旗帜》中的张末、《人面桃花》中的陆秀米、《春尽江南》中的绿珠、《望春风》中的王曼卿，都是令人印象深刻的女性。以《望春风》为例，王曼卿并不是这部小说的主要人物，但却是作者十分在意的一个，这个被赵孟舒带回的妓女，在纷乱的岁月里，依然可以在山房里弹琴自遣，而当

---

① 格非：《望春风》，译林出版社2016年版，第331页。
② 格非：《人面桃花》，上海文艺出版社2012年版，第291页。

赵孟舒死后，又弹了一曲《杜鹃血》送行。这种种举动，显示出的是一种浓浓的古典意趣。然而，格非对于这个形象塑造显然要复杂得多。赵孟舒死后，她即嫁给了独臂的外乡人唐文宽，而同时又与多人有着暧昧的性关系。在王曼卿的花园里，生长的不仅仅是蔷薇的迷离、丁香的芬芳、菜花的甘甜、桃李的浓烈，还有漫溢的肉欲、恣肆的情感、颓废的生命、堕落的灵魂。

这种对于古典女性形象的崇尚，一方面是江南文化熏陶下无可厚非的艺术选择，但另一方面也能看出作者对于传统的迷恋。这种传统涉及地理，有关风物，并与文化密切相成。《望春风》对于性的表现，是其主题之一，正如《金瓶梅》的主题之一也是性一样，都是通过性来呈现一个时代的社会样态和精神状况，从而实现对于人性堕落和世间丑态的批判和针砭。但这种批判不是直接表现出来的，而是通过现实的描摹来实现一种自然本真的冷静表达，正如作者对于王曼卿这个形象的塑造一样，同样没有站在道德的立场上做一种价值的评判，这是十分可贵的。以此来看，格非从《金瓶梅》研究中颇习得了些妙处。格非在关于《金瓶梅》的研究中，曾就"南方"这个概念做过阐释，他说：

> 南方，在《金瓶梅》中并不仅仅是一个地理概念，同时也是一个文化概念和时尚符号。潘金莲虽有一句口头禅叫作"南方沈三万，北京枯树湾"，但当时中国的文化、经济和时尚中心，集中在南京、扬州至杭州的长江三角洲地区，也许还可以算上在明代经济地位极为特殊的淮安，以及丝绸业特别发达的湖州。不论是日常用度，还是器物工艺、文化潮流，《金瓶梅》中的南方，总是时尚、奢华与精美的代表。①

格非的小说，除却那些地理空间不明的，大部分背景都是在南方，即江南之地。作为历史悠久、文化深厚的江南之地，一方面有着延续不断的古典血脉，另一方面也有着现代文明侵袭下的种种危机。"如今的江南伪士当道，市侩横行，还谈什么革命理想，批判精神？江南不再是乌托邦，而是'荒原'。"②值得庆幸的是，格非一直在试图校正两者之间的冲突，从而寻求一种思想和美学上的双重平衡。"对格非而言，以小说书写历史

---

① 格非：《雪隐鹭鸶——〈金瓶梅〉的声色与虚无》，译林出版社2014年版，第14页。
② 王德威：《乌托邦里的荒原——格非〈春尽江南〉》，《读书》2013年第7期。

无他，就是呈现时间和叙述的危机，和危机中不请自来的诗意。"① 因此，格非小说所呈现的，一是源源不断的现代危机，一是永不脱轨的传统之轴。

在当代小说越来越远离古典的当下，这是一种多么稀缺的精神资源和可贵的艺术品格。这让笔者想起了卡彭铁尔临终前留下的"回到种子"的神秘遗言，正如格非自己所认识到的，"回到种子，首先意味着创造，只有在不断的创造中，传统的精髓才能够在发展中得以存留，并被重新赋予生命"②。江南士风，它是文人的操守，更是一种文化的思想标识。在这种思想的熏染中，当代江南小说表现出了一种特立独行的美学气质，它深具"冲突"之美、"风流"之美、"智性"之美、"古典"之美，却也无不透露着一种和谐的高蹈、旷世的忧伤、人性的癫狂和现代的堕落，这可能是当代江南小说最为令人期待和着迷的地方。

第三节 "惊异的思想"：言情传统与女性书写

女性是文学写作中至为重要的主题。关于女性书写，当代小说曾经呈现出两种截然不同的景象：一个是"十七年"时期女性的真空化状态，女性书写完全成为一种修辞的表演和叙事的累赘；一个是20世纪90年代女性的肉体化状态，女性书写彻底沦为身体的舞蹈和私欲的宣泄。这两种截然不同的艺术选择体现了不同时代境遇下的精神困惑和伦理困境，也映现了女性书写在当代小说中面向杂乱的思想表达和审美倾向。

尼采在《权力意志》一书中说："要以身体为准绳。……因为身体乃是比陈旧的'灵魂'更令人惊异的思想。"③ 尼采对"身体"的偏爱，当然是有前提的，亦即"死魂灵"已经无法承担起沉重肉身的哲学化。当代小说对于"肉体"的热衷，很多时候，显然不具备这个前提。在男作家笔下，它经常在傲慢与偏见的思想促狭中呈现为一种欲望景观和权力寄寓；在女作家笔下，它往往在沉重与轻浮的人生交错中表现为一种个体创伤和自我放纵。在当代江南小说中，女性书写占据着十分重要的位置，但却表现出了异于同时期女性书写的超然意趣——一种以"情""色"思维为主

---

① 王德威：《乌托邦里的荒原——格非〈春尽江南〉》，《读书》2013年第7期。
② 格非：《博尔赫斯的面孔》，译林出版社2014年版，第157页。
③ ［德］尼采：《权力意志》，张念东、凌素心译，商务印书馆1991年版，第152页。

导、却不失人性体察和审美思量的柔美风格。当然，这种"女性化"的写作倾向古已有之。王瑶在《中古文学史论》中说："在魏晋，其风直至南朝，一个名士是要他长得像个美貌的女子才会被人称赞……病态的女性美是最美的仪容。"① 从南朝的"宫体诗"写作，到明清之际盛行江南的"青楼小说"，及至民国时期的"鸳鸯蝴蝶派"，都能看到这种以"情""色"思维为主导的阴柔、唯美之风。

当代江南小说史上，对于女性的书写从未缺席，比如陆文夫的《小巷深处》、路翎的《洼地上的"战役"》、叶文玲的《青灯》等，都塑造了十分鲜明的女性形象。但是女性角色和女性书写的被突出还是到了新时期之后，在"十七年"和"文化大革命"时期，小说叙事的主要目的是塑造英雄，而英雄通常与男性相关。"由于传统文化规范对男性的要求和塑造与英雄应该表现出来的气质基本吻合，因而革命叙事中的主人公多由男性来承担。女性角色基本上是辅助性的角色，她们的身份通常是英雄/敌人的母亲、妻子和姐妹，她们一般没有独立的性格和感情，言谈举止从属于她们所处的经济地位和她们身边的男人。"② 新时期之后，在关于爱情和家庭的写作中，女性的地位日渐凸显，尤其是当代江南小说在承继了前人女性书写传统的基础上，进一步拓宽了对于女性的命运展现和人性探掘，表现出当代女性独立的社会品格和人性魅力，不仅专情于女性题材的写作，而且成功地塑造了诸多女性形象，并通过这些形象来呈现真切的人性诉求和唯美的艺术追求。

一 言情传统与爱欲书写

在当代江南小说中，关于女性的写作很多，专注于女性的作家也很多，但就以爱情为主题的写作来说，叶兆言是重要的代表。叶兆言的小说不以气势夺人，却有一股激情澎湃的内在洪流，沉潜而宁静，深旷而有力。他的小说不似苏童那般有一种软糯而复杂的腐烂气息，也不似格非那样有一种短兵相接、剑拔弩张的紧张感，而是在不动声色中暗含一种挥之不去的淡淡人情味。这人情味，是世俗的，却也满含生机和活力。不管是先锋、历史，抑或言情、民间，这种富于表现力的人间情味总能让人体会到一种淡妆浓抹总相宜的熟悉和好感。《艳歌》写的是知识分子的爱情故

---

① 王瑶：《中古文学史论》，载《王瑶全集》第一卷，河北教育出版社2000年版，第168页。
② 程文超：《中国当代小说叙事演变史》，中国社会科学出版社2011年版，第111页。

事,却毫不艳丽,不过是凡夫俗子一厢情愿的无奈人生。小说所意欲表现的是世间的人情,彰显的是作者人性的宽容。《花煞》写的是清末民初的人间百态,却毫不浮华,热闹处自有一份内在的沉着和冷静。叶兆言的小说说俗不俗,说雅不雅,有一点雅俗相容的调和之息,就像南京给人的印象,内里即有一种宽容在。"夜泊秦淮"系列大抵如此,有一华丽的外衣,内容却世俗得可爱,让人惊喜;市井故事更不消说,写的都是凡人之事、凡俗之情,但毫无媚俗之感,唯有真实之情、真情之趣。这人情味在叶兆言的小说里,每每有一种优雅的姿态,也往往在结局的想象中带有一股圆融的生命之寄寓。《最后一班难民车》《日本鬼子来了》《夜来香》,真真假假、虚虚实实,哪一篇不是令人动容的性情之作呢?

叶兆言的小说给人印象极深处即是与民国风情、秦淮风月相关的故事渲染。那些追求前朝往事的回溯,那些关于各种历史的想象,仿佛是那磨洗不掉、蹭得到处都是的六朝脂粉。但叶兆言的小说不是帝王将相的历史复活,不是才子佳人的缠绵悱恻,他也写英雄,写的却是穷途末路下的落魄和颓丧,他也写佳人,写的却是爱情幻灭下的悲凉和忧戚,他也写凡夫俗子,写的却是世态炎凉中的险恶和冷暖。他的小说,少有对往事的沉湎,少有对历史的凭吊,他往往只是就事论事,沉迷于故事的编织,平淡、自然,却也深沉、隽永。"夜泊秦淮",题目取自杜牧的《泊秦淮》,但小说所表达的几无诗中所蕴含的忧时伤逝情怀。叶兆言在这个系列小说中所表现的是人生最不美、最凡俗的百态,但却显示出人生最有意义的精神价值。顾随在评价杜牧之诗时说:"小杜诗其好处只是完成,美,得到和谐。无论形式、音节及内在表现皆和谐。此点或妨碍其成为伟大诗人,而不妨害其成为真诗人。"① 此话用来评价叶兆言的小说也恰如其分。他的小说每每都能给我们完成一个好看、好听、好读的故事,也俗也美,也不少冲突,但往往能得到人性之弥补、精神之调和,此又有些汪曾祺小说的味道。而其讲述故事的手法,也不乏先锋之色彩,但从不会让人觉得陌生,而是舒锲有张力的,表现出一种形式上的圆满。有点遗憾的是,这圆满有时却也消损了悲剧的力量,削减了人性的力度,这或许妨害叶兆言成为一位伟大的小说家,但并不妨害其成为一个讲故事的行家里手,一个热衷于叙事、钟情于人性的优秀小说家。

王德威说叶兆言的小说汲取了新中国成立前的言情小说传统,这种传统的源头大致有二:一是张恨水等人领衔的鸳鸯蝴蝶派;一是张爱玲开创

---

① 顾随:《中国古典诗词感发》,北京大学出版社2012年版,第163页。

的海派传奇。叶兆言的"夜泊秦淮"系列受此影响极为明显。《状元境》中,琴师张二胡与司令姨太的啼笑因缘,正是承继了张恨水小说的古典和世情;《追月楼》讲述的是民国遗老的忠义事迹,小说中所描绘的民国世界,充满了伦理意味、文化要素和世人情愫,活脱脱一幅民国南京的风俗画;《半边营》中,一个家族的衰败已经不可避免,小说人物的抑郁苍凉,尤其是华夫人所表现出的阴鸷刻薄,时时萦绕着张爱玲小说人物的阴魂;《十字铺》里爱情男女的种种凄婉哀怨,不乏艳丽之色彩,却有一些乱世佳人的民国风范。这种传统甚至深深影响了叶兆言所谓"新历史小说"的写作,《枣树的故事》《最后一班难民车》《夜来香》《风雨无乡》等,都戴着一顶历史的帽子,写的却是最平凡、最卑微的人群,其可贵之处在于,历史虽不过是一道具、一舞台,作者却能凭此演绎出一系列传奇而迷人的动情故事。《枣树的故事》单从意象来说,很容易让人联想到鲁迅那句著名的"一株是枣树,还有一株也是枣树",叶兆言的小说就像这两句话一样,既充满了挥之不去的悲凉意味,也自有一种节奏感深入其里,铿锵有力。尔汉、岫云、晋芳等各色人物之间的人生纠葛,都以传奇的方式得以表现出来;《风雨无乡》中,年轻人如韵的投身时代,也不过是内心的罗曼蒂克思想在作祟,而无关宏观历史的观照和革命情愫的熏染,一个时代女性被戏弄、被捉弄的无奈感每每跃然纸上,如一叶扁舟飘荡在历史的汪洋中;《最后一班难民车》中,叶兆言既没有历史场面的浓墨重彩,也没有人性的深度挖掘,而于悄无声息中把战争背景下普通人的命运流水账般地记录下来,战争的惨烈在此并未直接呈现,那动荡的虚无感却已四处弥漫。真真有几多感喟,几许兴叹。

秦淮风月、民国轶事,注定了当代江南作家叙写爱情故事的浮想翩然,加之上述言情传统的浸染,爱情写作自然也为作家所青睐。虽然以爱情为主题的文学创作自古有之,但直到"五四"之后,随着西方思潮的不断涌入,爱情——这个极具现代性的创作母题,才开始在中国现当代作家的创作中频频出现,并开出了诸多令人艳羡的绚烂之花。鲁迅的《伤逝》自不必多说,涓生和子君的爱情悲剧有着那个时代多少痛楚的意味,巴金的《家》、张爱玲的《倾城之恋》、张恨水等人的鸳鸯蝴蝶派小说,都是那个时代为之涕泪交流的爱情故事。即便是沈从文的《边城》,那萦绕在心头无法言说的爱情秘密自有几多欢喜几多愁。到了当代,杨沫的《青春之歌》,又成为一代人爱情记忆的标识,那革命与爱情的浪漫主义情怀亦隐藏着不少人生的慷慨和无可奈何。新时期之后,当改革的浪潮再次席卷中国,爱情的书写在经历了伤痕、反思、寻根、先锋、新写实诸种思潮的激荡之后,也终于渐渐回归到了它原本的世界——日常生活。爱情,这个被中国现当代作家书写了近百年并且依旧将继续被书写的主题,在当下的时代中,已经不再受限于制度的桎梏,不再困囿于人性的启蒙,不再执着于革命的浪漫,也不再痴迷于失落的想象,而是仅仅停靠在日常生活的港湾里,随着潮起潮落,漫溢着它自己的独特魅力。

可以说,被捆绑了近一个世纪的"爱情"书写,在新时代的氛围中,渐渐露出了它自身的真面目。尽管这面目没有想象中的美好,但是它依然伴随着人性的反复、社会的冗杂,在琐碎的日常世界里起起伏伏,奋力挣扎。叶兆言便在这日常的生活里,撞见了"爱情"。《一九三七年的爱情》虽然写的是乱世之下的爱情故事,但是即便是在战争中,爱情也是普通人生活的一种必需,用叶兆言自己的话来说,他是写了"一些大时代中伤感的没出息的小故事"[1]。在"一九三七年"的时间节点上,叶兆言为我们开辟了一种找寻爱情的路径。如果说,这样的爱情依然难脱历史的覆盖和遮蔽,那么到了《别人的爱情》《苏珊的微笑》《我们的心多么顽固》中,历史的影子却是越来越模糊了。在这些作品中,爱情的归属都是个人化的、生活化的,有着诸多烟火气,当然也难免世俗的意味,但读来却自有一番动人的情趣和味道。

"别人的爱情",这是叶兆言给这个新的时代做出的一个精确的情感注解。爱情的错综、迷茫、无措,在他的这个词语的暗喻中,都已失却了它的意义。因此,作者会在书中借人物之口感叹:"这次婚礼像一次没头没脑的会议,它只有形式,没有任何内容。各式各样的人被邀请参加,许多人都像过路一样,自始至终,都有一种被蒙在鼓里的感觉。"[2] 爱情,在这个情感疏离的时代里,内容已被抽空,只徒具其表。所以"就像包巧玲在舞台上表演,总是摆脱不了娇小姐的影子一样,在和别人谈起自己的婚姻时,她常常喜欢把自己扮演成拯救者"[3]。至此,甚至连爱情的含义都需要重新界定和阐释,"什么叫爱情?爱情就是爱上了一个你根本不应该爱的人,譬如敫桂英爱上了王魁,譬如我们在生活中爱上了谁谁谁。同时,爱情又是背叛,因为只有背叛,才能体现出爱情的意义"[4]。的确,爱情,在脱离了它浪漫的情调和不可调和的道德缚束之后,终于也"后现代"起来,终于也变得随意和不堪起来,"并不是所有的婚姻都是爱情的结晶,

---

[1] 叶兆言:《一九三七年的爱情》,江苏文艺出版社1997年版,第5页。
[2] 叶兆言:《别人的爱情》,上海文艺出版社2010年版,第33页。
[3] 叶兆言:《别人的爱情》,上海文艺出版社2010年版,第98—99页。
[4] 叶兆言:《别人的爱情》,上海文艺出版社2010年版,第120页。

譬如他（钟夏）和徐芳的婚事，说穿了也就是男大当婚，女大当嫁，大家各自都觉得对方和自己要求差不多，于是就结婚，领过一张证书，在法律的名义下，钻进同一个被窝"①。这是多么痛的领悟，无奈、无助、无望，却又现实得天衣无缝。爱情，这个曾经和"伟大""浪漫"沾亲带故的小舟，终于撞沉在日常生活的礁石上，粉身碎骨了。

同样的爱情故事，在小说《苏珊的微笑》中亦演绎得让人感慨万千。小说通过一次意外，借由一个微笑，启动了整个故事的叙事脉络，把现代人的爱情信念和爱的犹疑及摇摆，表现得尤其到位。在情感萌发和道德底线的簇拥下，现代人的爱情痛苦其实表露了一个时代爱情价值观的变迁。在褪去了道德的羁绊之后，爱情的自由不但没有获得积极的意义，反而带来了人性的颓废和消沉，在这阴霾的思想重压中，对于杨道远来说，"张慰芳永远是一面镜子，在这面镶着金边的镜子里，杨道远所能看见的只是过去，这过去就像一幅幅黑白照片，永远是历史记忆，是贫穷，是屈辱，是巨大的绝望，是与张慰芳的出身所形成的强烈反差"②。在叶兆言的爱情叙事中，革命年代的浪漫主义情怀或许还有残留，对理想主义爱情的想象或许还未曾彻底绝望，但是爱情的意义在新的时代境地中，无可避免地遭到了前所未有的解构和消解。在琐碎的日常生活里，在一地鸡毛的芜杂中，爱情已经变得毫无诗意可言，也毫无庄重可言，或许，我们终有一天还会明白爱情在人生中的价值，"但是这时候才想明白，已经晚了，杨道远感到心口很疼，感到那里一阵剧烈的疼痛"③。

二 女性群像与生存认知

在当代江南小说中，留下了许多令人难忘的女性形象，陆文夫《小巷深处》中的徐文霞、汪曾祺《受戒》中的小英子、叶文玲《青灯》中的墨莲、苏童《妻妾成群》中的颂莲、毕飞宇《青衣》中的筱燕秋、范小青《女同志》中的万丽……实在是数不胜数，可以说，一部当代江南小说史，就是一幅女性群像图谱。这些女性都没有轰轰烈烈的人生故事，她们简单、平凡，是一群实实在在的小人物，但正是从这些平凡的女性人物身上，能够发现最为闪亮的精神光辉、最为动人的思想力量，以及最为隐秘的人性幽暗。同样是写妓女，陆文夫笔下的徐文霞和苏童笔下的小萼是不

---

① 叶兆言：《别人的爱情》，上海文艺出版社2010年版，第244页。
② 叶兆言：《苏珊的微笑》，《小说月报》（原创版）2010年第1期。
③ 叶兆言：《苏珊的微笑》，《小说月报》（原创版）2010年第1期。

一样的;同样是写知识女性,苏童笔下的颂莲和范小青笔下的万丽,命运是截然不同的;同样是写年轻女子,汪曾祺笔下的巧云和毕飞宇笔下的玉米,性格是千差万别的。

作为最善写女性的男作家,苏童在女性写作方面所提供的审美经验的确首屈一指。苏童自己曾说:"我喜欢用女性形象结构小说,比如《妻妾成群》中的颂莲,比如《红粉》中的小萼。也许是因为女性更令人关注,也许我认为在女性身上凝聚着更多的小说因素吧。"① 这种小说因素,在笔者看来,也意味着故事的更多可能性。尤其是通过女性形象,使得这种可能性增添了更多耐人寻味的思想意蕴和深层情感。

苏童的小说从命名开始,就与女性相关处极多,《美人失踪》《什么是爱情》《徽州女人》《妇女生活》《另一种妇女生活》《表姐来到马桥镇》《神女峰》《祖母的季节》《女孩为什么哭泣》《像天使一样美丽》《红粉》《妻妾成群》等。在中国当代作家中,几乎再也找不到一位作家写了这么多与女性有关的小说。女性书写最为直观的表现即对于女性形象的描写和塑造,在《妻妾成群》中,小说一开头即描写了四太太颂莲的出场,短短数语,就把这一形象的个性和命运预设一般地呈现了出来。"那一年颂莲留着齐耳的短发,用一条天蓝色的缎带箍住,她的脸是圆圆的,不施脂粉,但显得有点苍白。颂莲钻出轿子,站在草地上茫然环顾,黑裙下面横着一只藤条箱子。在秋日的阳光下颂莲的身影单薄纤细,散发出纸人一样呆板的气息。"② 齐耳的短发、蓝色的缎带,透露的是一个女学生仍有的青春朝气,不施脂粉的脸,映射的是一个普通女性的淳朴和简单,单薄纤细的身体以及由此发出的呆板气息,无意中和这所大宅院带给人的沉闷、乏味、腐朽之气发生着暗合和交融,为颂莲悲惨的人生作了艺术的铺垫。与颂莲相比,卓云的气质似乎更适应这种时代的氛围,小说中写道:"卓云的容貌有一种温婉的清秀,即使是细微的皱纹和略显松弛的皮肤也遮掩不了,举手投足之间,更有一种大家闺秀的风范。"③ 颂莲似乎和其他三位太太都格格不入,既不讨大太太的欢心,也和卓云势不两立,但却和梅珊有着一丝相通的同情,"她懂得梅珊这种品格的女人,爱起来恨起来都疯狂得可怕。她觉得这事残忍而又可笑,完全不加理智,但奇怪的是,她内心同情的一面是梅珊,而不是无辜的忆容,更不是卓云。她想女人是多么奇

---

① 苏童:《怎么回事》,载《寻找灯绳》,江苏文艺出版社1995年版,第129页。
② 苏童:《妻妾成群》,载《婚姻即景》,江苏文艺出版社1993年版,第107页。
③ 苏童:《妻妾成群》,载《婚姻即景》,江苏文艺出版社1993年版,第110页。

怪啊，女人能把别人琢磨透了，就是琢磨不透她自己"①。

颂莲和梅珊之间的争斗，往往都是平静的，但却在内心掀起了惊涛的波澜，苏童的厉害之处即在于这种于无声处起惊雷的叙述笔法。"两个女人面对面坐着，梅珊和颂莲。梅珊是精心打扮过的，画了眉毛，涂了嫣丽的美人牌口红，件华贵的裘皮大衣搭在膝上，而颂莲是懒懒的刚刚起床的样子，手指上夹着一支烟，虚着眼睛慢慢地吸。奇怪的是两个人都不说话，听墙上的挂钟嘀嗒嘀嗒响，颂莲和梅珊各怀心事，好像两棵树面对面地各怀心事，这在历史上也是常见的。"②苏童精于女性形象之间的比照，似乎只有在这种明争暗斗的内心搏斗中，才能把女性世界的丰富和驳杂淋漓尽致地表现出来。有时候，这种表现是极为简练的，但却蕴含着十分复杂的内心情绪和思想博弈。

> 梅珊从北厢房出来，她穿了件黑貂皮大衣走过雪地，仪态万千容光焕发的美貌，改变了空气的颜色。梅珊走过颂莲的窗前，说，女酒鬼，酒醒了？颂莲说，你出门？这么大的雪。梅珊拍了拍窗子，雪大怕什么？只要能快活，下刀子我也要出门。梅珊扭着腰肢走过去，颂莲不知怎么就朝她喊了一句，你要小心。梅珊回头对颂莲嫣然一笑，颂莲对此印象极深。事实上这也是颂莲最后一次看见梅珊迷人的笑靥。③

苏童通过简短的几句对话，写出了彼此讥笑暗讽的两个女人内心世界的苍茫和阔达，一个在沉沦，一个在觉醒，一个在曲顺，一个在反抗，一个在苟生，一个在赴死。那种命运的斗转和痛苦的撕裂，在梅珊的嫣然一笑中，成为颂莲一生驱之不散的阴影。正如有评论家所分析的，"作家并没有赋予颂莲这个人物本身任何文本符号的作用，也没有深刻的象征，但苏童明显想以她作为叙述的轴心，小心翼翼地表现她内心世界的资质，并依赖强大的想象功能，沉醉于文字所能呈现的情境，以达到浪漫的、临界的、诗意的话语形态的实现，体现出苏童的欲望美学"④。

不止《妻妾成群》，在小说《米》中，这样一种对比依然存在。小说虽以五龙一生的命运为叙事线索，但其中的米店姐妹织云和绮云则是塑造

---

① 苏童：《妻妾成群》，载《婚姻即景》，江苏文艺出版社 1993 年版，第 147 页。
② 苏童：《妻妾成群》，载《婚姻即景》，江苏文艺出版社 1993 年版，第 135 页。
③ 苏童：《妻妾成群》，载《婚姻即景》，江苏文艺出版社 1993 年版，第 159 页。
④ 张学昕：《南方想象的诗学》，复旦大学出版社 2009 年版，第 85 页。

十分成功的两个女性形象。

> 织云坐在柜台上嗑葵花籽，她斜眼瞟着米店的门外，她穿着一件翠绿色的旗袍，高跟皮鞋拖在脚上，踢跶踢跶敲打柜台，那种声音听来有点烦躁。在不远的米仓前，绮云帮着店员在过秤卖米，绮云的一条长辫子在肩后轻盈地甩来甩去。①

寥寥几句，便生动地刻画出了两个女人不同的性格特征，一个性情随意，一个认真诚恳，一个放浪形骸，一个固执呆板，相同的是两个人都透露着无法抵挡的青春活力。五龙爱米，这种爱高于一切，五龙并不好色，他的对于情欲的追求是性格扭曲畸生的产物。米是食的满足，织云和绮云则是色的需求，所谓"食色性也"在小说《米》中得到了完美的呈现。可以说，如果没有这两个女性形象的塑造，五龙这个人物形象的丰富性要大打折扣，正是围绕着织云和绮云的命运起伏和性格呈现，苏童实现了人性的欲望表达和精神突围。

这种突围到了《碧奴》中体现得更为明显，这一次，苏童以孟姜女这一形象对古代神话进行了一次重塑和重构。苏童在《碧奴》的自序中说："在'孟姜女哭长城'的故事里，一个女子的眼泪最后哭倒了长城，与其说这是一个悲伤的故事，不如说是一个乐观的故事；与其说是一个女子以眼泪结束了她漫长的寻夫之旅，不如说她用眼泪解决了一个巨大的人的困境。……我对孟姜女的认识其实是对一个性别的认识，对一颗纯朴的心的认识，对一种久违的情感的认识，我对孟姜女命运的认识其实是对苦难和生存的认识。"②《碧奴》的写作，显示了苏童创作的野心，也显示了他在女性写作上试图达到的新高度。在碧奴身上，弥漫在苏童写作中的女性争斗、晦涩阴暗统统消失不见，取而代之的是一个时代暗含的多种危机和困境。他表现了这种困境中的人性荒芜，也体现了对于人类美好情感的向往和追求。

苏童善写女性，当然不是只写女性，但最能代表苏童小说风格的还是女性。比如小说《河岸》，苏童通过库文轩和库东亮这对特殊父子，成功地书写了历史浮沉中一个少年成长的经历，展现了他们的荒诞命运和生存困境。但是小说中最为成功的，还是对于女性形象的塑造。且看《河岸》

---

① 苏童：《米》，上海文艺出版社2005年版，第8页。
② 苏童：《碧奴·自序》，重庆出版社2006年版，第1页。

比较精彩的一段描写：

> 慧仙借助一堆乳罩告别了懵懂的少女时代，她自己也不知道，为什么一条康庄大道，被她走成了歪歪扭扭的歧路。她还那么年轻，回想起花车游行的日子却已经恍若隔世。废弃的节日花车堆在农具厂的仓库里，五颜六色的装饰物都发黑了，履带失踪，轮子散落一地，宋老师当年亲手摄影的《红灯记》花车组的宣传照还挂在墙上，照片里的革命家庭隐居墙壁，祖孙三代目睹满地旧物，在一片虚无中缅怀着昔日的风光。照片深锁冷宫，招不来观众了，招来的是霉菌灰尘和蜘蛛网，李玉和和李奶奶的面孔早已被尘埃所遮蔽，只剩下李铁梅双腮绯红，瞪着一双亮晶晶的大眼睛，顽强地高举红灯，与蜘蛛周旋，与灰尘抗争。慧仙路过农具厂的仓库，总是要爬到高高的窗台上，透过玻璃窗朝那宣传照张望一眼，她关注着墙上的李铁梅的命运，就像在对比自己的前途一样。有一次她蹲在窗台上哭了，因为她看见宣传画上的自己变成了阴阳脸，半个面孔蒙了一层黑灰，而她手里的那盏红灯的光芒，最终不敌一只小小的蜘蛛，那蜘蛛正在红灯四周放肆地织网。①

以书写女性形象著称的苏童，对于慧仙的塑造亦有诸多可圈可点之处，在《河岸》的几个主要人物中，她也是较为成功的一个。尽管其亦不免被历史化、工具化的嫌疑，但仍然是最有性情、最率真、最真实的一个。在这段描写中，乳罩、红灯、蜘蛛等有着极为显露的象征意味，作者在极力为那个时代烙上鲜明的特殊印记，并试图把读者带到那个逝去时代的历史场域，而人物内心的苦楚也在这些事物的映衬下、在历史躁动不安的氛围中，被不动声色地描绘出来。那弥漫在心头的悲哀和悲凉，不只是慧仙一个人的，它属于一批人，几代人，它正在慢慢地扩散开来，隐秘地渗透到每一颗不设防的心灵中去。

苏童的女性和叶兆言笔下的女性是不同的，尤其是在"性"的表现上，叶兆言是十分委婉的，甚至于很多时候仅仅限于谈论爱情和婚姻，但苏童往往通过性或者性欲的描写，来探求生命中的惊悸和惶恐，揭露人性的颓废与复杂。比如《妻妾成群》，这篇自始至终散发着堕落和苍凉之气的小说，在性颓废的渲染之下，更加显得凄清而悲苦。但这种颓废感，不

---

① 苏童：《河岸》，人民文学出版社2009年版，第188页。

是粗陋不堪的,而是通过表现性的压抑来实现一种唯美风格的表达。笔者觉得苏童小说的最独特魅力在于,不管是其早期风格鲜明的写作,还是中后期风格转型的困顿前行,始终伴随着一种强烈的女性意识,并由此找到了独属于自我的叙述声调和讲述方式。这种讲述有时候是酣畅淋漓的,有时候是雷霆万钧的,有时候也和风细雨、出奇制胜,但始终情绪饱满、意蕴丰富,葆有一种女性化的天然抒情风格。而"苏童小说的抒情风格,不是实验性技巧或狂乱的语法句式表达的结果,它是故事中呈现的情境。苏童的笔法圆融高妙之处,在于人物性格命运与叙事话语完美和谐交融一体。那些女性天生丽质而柔情似水,佳期如梦却魂断蓝桥;而苏童的叙事始终徐缓从容如行云流水,清词丽句,如歌如诉,幽怨婉转而气韵跌宕"①。

当代江南小说对于女性形象的重视,原因很多。胡河清说:"他何以要把自己假定为一个温柔娴雅的女性形象呢?这就不得不追溯到'小雅之遗意'了——中国士人失意后一贯喜欢把自己打扮成弃妇孤女的。秦少游如此,汪曾祺也是如此。"② 无疑道出了这背后的深厚文化影响。事实上,女性形象在中国文学中一直处于崇高的地位,从最早的初民歌谣,到《诗经》《楚辞》,再到后来的古典诗词、小说等,塑造了大量的女性典型形象,而江南地理和江南文化深厚的人文意蕴,助长了当代江南小说对于女性的偏爱,并最终形成了其独特的女性审美风格。

第四节 江南悲歌:苦难与激情的自传

刘小枫说:"人之为人,并不只是在于它能征服自然,而在于他能在自己的个人或社会生活中,构造出一个符号化的天地,正是这个符号化的世界提供了人所要寻找的意义。"③ 诗意江南,这个历经久远,被无数文人塑造和想象的唯美世界,为我们提供了魂牵梦绕的浪漫和柔情。那些让人流连忘返的日常,那些让人痴迷的小桥流水,那些让人安宁的寻常巷陌,滋养了一代代生于斯、长于斯的文人耽于这个世界的人格品质。

江南文化中的诗性品质作为其十分重要的审美内涵,对于小说风格的

---

① 陈晓明:《无边的挑战——中国先锋文学的后现代性》,广西师范大学出版社2004年版,第142页。
② 胡河清:《汪曾祺论》,载《胡河清文集》上卷,安徽教育出版社2014年版,第55页。
③ 刘小枫:《诗化哲学》,山东文艺出版社1986年版,第33页。

影响是自然而然的，这使得在江南文化熏陶中的小说家们不期然地就具备了一种诗人气质，而其小说中也天然地具有一种诗意品格。可以说，当代江南小说的审美特质最为重要的体现即是唯美风格或曰诗性气质的确立。但如果仅仅把江南文化简化为一种诗性文化，那又难免犯了以偏概全、一叶障目的错误。实际上，江南文化除了这轻盈、轻灵的诗意一面，还有其沉重、沉痛的一面。那江南大地上的悲欢离合，更多地是以一种艰难而残酷的面目呈现在作家的笔下，日常生活的悲喜剧，更多地是以一种含泪的微笑示人，而远不是歌舞升平的独乐乐。美总是稍纵即逝的，只有苦难才是这个世界真正的日常，而摆脱这个苦难世界的唯一路径是对自由的渴望。陆文夫的《小巷深处》，满是对新的时代的期许和热望，但是，裹在这热望之下的，是多少生活的困苦和无奈；汪曾祺的《受戒》，写得美，想得美，却也是对那个被束缚、被框架的世界的一种反抗，美之外，实际上是无尽的凄凉；苏童的《米》，是真正地对苦难世界的直面和抨击，是赤身裸体地与周遭世界的精神碰撞和交锋，那扼杀人性的和被人性扼杀的种种，唯有一死才能获得解脱；余华的《活着》，是这个苦难世界的哲学隐喻，活着便是与苦难为伴，却也与苦难为敌，是苦难让活着变得更有价值和意义，是活着让苦难有了值得经历和体验的人生况味。

江南文人的这种忧世之感和悲伤之情，当然不是空穴来风的自怨自艾。它内在的生发机制源于江南士大夫的道义担当、人生责任，以及世风日下、道德沦丧背景下的可悲可叹，他们倡导个体生命的自由，耽于反抗命运的禁锢，有一种慷当以慨的刚性气质。但与此同时，他们在纵情江南山水的逃逸中，也竭力在寻求个人的生活趣味，于世俗的欢乐中缓解精神的紧张和思想的颓废，并经常以女性自喻，由此作为精神的寄托从而一填内心的空虚。这些对于当代江南小说的写作都产生了十分重要的影响。如果说诗意江南，是对江南世界的一次真心歌颂，那么江南悲歌，则是对江南世界的一次真诚凭吊；如果说诗意江南，是对江南文化的一种诗性概括，那么江南悲歌，则是对江南世界的一种理性凝视。诗意江南与江南悲歌，这一轻一重、一刚一柔，才完整地代表了江南文化影响下的当代江南小说风貌，并完美地诠释了当代江南小说深沉的美学面向和精神层次。

一　苦难世界：另一个江南

一部20世纪中国史，其实就是一部受难史。接连不断的战争，突如其来的自然灾害，以及与之相伴生的贫穷、饥饿、疾病、生老病死，20世纪的中国，可以称得上是"悲惨世界"的冰山一角。一部20世纪中国文学史,其实就是一部苦难表现史。鲁迅的小说,《狂人日记》《阿Q正传》《孔乙己》等,哪一部不是世界苦难和心灵苦难的微缩;沈从文的小说,虽以诗意和唯美而为人称道,但他对于湘西世界的苦难从来都不回避,对于战争中种种人性之恶,也每每不惜笔触大加鞭挞;张爱玲的小说,《金锁记》《倾城之恋》,虽着力于情感世界和内心世界的探究,但那人性与苦难世界的对峙却总能被她传奇、传神地表现出来。其他如路翎的《饥饿的郭素娥》、巴金的《寒夜》、老舍的《骆驼祥子》等,无一不是与苦难的直接对话。苦难,或以物质之重关乎人的生死存亡,或以精神之轻,塑造着人性的坚硬和复杂。

苦难以多种多样的形态被书写、被呈现,尤其在小说中,这种呈现有时候是直接的,有时候是间接的,当代江南小说中的苦难书写亦如此。即便冠以诗意之名,却难掩内在的悲哀。汪曾祺、林斤澜、陆文夫等老一辈作家自不必说,即以新时期来的小说创作来看,范小青的"苏味"小说,关注日常世界的冷暖,关心时代变迁下的人性嬗变,虽不刻意表现悲苦,但字里行间仍能感受到这个世界的压迫和冷漠;叶兆言的小说,倾心民国世象,醉心秦淮风月,但如果你由此以为他的小说格调就是如此,却也是大错特错了,他小说中对苦难世界的荒诞性描述,笔力从容,内藏着一种含泪的诙谐和幽默;苏童的小说,与苦难慢慢相容,他笔下堕落的南方所散发出来的腐烂而濡糯的气味,实是苦难自我发酵的悲痛气息,《妻妾成群》《飞越我的枫杨树故乡》等,是一个又一个由苦难编织而成的艺术世界和精神之网。从这个意义上说,是苦难成就了作家,成就了伟大的作品。对于苦难,叔本华曾说:"若无大气压力,我们的身体就会炸为碎片;同样,我们的生活若无欲求、劳役、灾祸和挫败的压迫,人的自大心理也会膨胀,即便不会爆炸,也会发展为最放肆的愚蠢,乃至疯狂。甚至可以说,我们时刻需要一些烦恼、悲伤或欲求,正如船只需要压舱的货物使之直线前进。"[①] 格非、苏童、余华等人不止一次谈到过苦难对于他们写作的重要影响。这种苦难的意义对中国作家如此,对外国作家亦然,饱受牢狱之灾的陀思妥耶夫斯基将苦难看作是接受"一种严苛的惩罚,作为赎罪并净化良心的方式。此种心境使他对俄罗斯社会的现有秩序抱以崇高的敬意,并更加致力于献身基督的教导……他甚至开始察觉到他的狱友亦即祖国的'普通人'……身上的美好品质。总之,牢狱之灾勾勒并深化了他的

---

① [德]阿图尔·叔本华:《论世间苦难》,刘彤译,中国对外翻译出版公司2010年版,第4—5页。

创造性过程，令他懂得通过苦难而得救的信条，并提供给他取之不尽的材料来继续分析受到侮辱、受到伤害的灵魂"①。其实早在1845年，陀思妥耶夫斯基写出他的处女作——书信体短篇小说《穷人》，就似乎注定了他的创作和苦难结缘。尤其是1854年他被释放，在西伯利亚服役十年，成为他人生的重要转折点。此后的作品，《被侮辱与被损害的》《罪与罚》《白痴》《群魔》《卡拉马佐夫兄弟》等，都是灾难不断的悲惨呈现。这个世界比雨果笔下的悲惨世界还要惨烈，还要复杂，心理的斗争和精神的苦痛更加深邃和虚妄。

在当代江南作家中，对于苦难表现最深沉、最深重的莫过于余华。他的《在细雨中呼喊》《活着》《许三观卖血记》，包括之后饱受争议的《兄弟》，将20世纪中国大地上的苦难进行了一次生命的凝视和精神的锤炼。这是小说家余华的苦难，也是中国人苦难的悲歌。这种苦难几乎无处不在，不仅弥漫在日常生活的鸡零狗碎之中，而且渗透到周遭世界包括万物生长的呼吸吐纳之间。比如在《在细雨中呼喊》中，余华即表现了这种苦难的沉重，"在生命的末日里，孙有元用残缺不全的神智思考着自己为何一直没死。即将收割的稻子在阳光里摇晃时，吹来的东南风里飘拂着植物的气息。我不知道祖父是否问到了，但我祖父古怪的思想断定了自己迟迟未死和那些沉重的稻穗有关"②。这种沉重到了《许三观卖血记》中，则令人见出了一种血淋淋的残酷和悲怆。血液是一个人活着的肉体支撑，但一个人通过卖血维持自己的存在和一生，这实在是一首前无古人后无来者的苦难乐章。深谙音乐魅力的余华，用他附载着苦难的双手，为我们弹奏了一曲"念天地之悠悠，独怆然而涕下"的江南悲歌。

读余华的小说《兄弟》，很容易让人联想到俄国作家陀思妥耶夫斯基的小说《卡拉马佐夫兄弟》，书未读完，苦难的意味早已不期而至。虽然关于此书的争议尚多，但毫无疑问，《兄弟》是认识中国、认识苦难的一个十分重要的文本，也是打开人类共同精神场域的一个有意义的存在。这样的苦难和悲伤，从余华早期的作品开始，一直在他的血液里蔓延，并化作他笔下一个个小人物悲痛而凄凉的泪水：

> 许三观开始哭了，他敞开胸口的衣服走过去，让风呼呼地吹在他

---

① 转引自［美］A-M. 迦蒂里安《苦难的创造性维度》，晏子慧译，上海社会科学院出版社2015年版，第3页。
② 余华：《在细雨中呼喊》，作家出版社2012年版，第179页。

的脸上，吹在他的胸口；让混浊的眼泪涌出眼眶，沿着两侧的脸颊刷刷地流，流到了脖子里，流到了胸口上，他抬起手去擦了擦，眼泪又流到了他的手上，在他的手掌上流，也在他的手背上流。他的脚在往前走，他的眼泪在往下流。他的头抬着。他的胸也挺着，他的腿迈出去时坚强有力，他的胳膊甩动时也是毫不迟疑，可是他脸上充满了悲伤。他的泪水在他脸上纵横交错地流，就像雨水打在窗玻璃上，就像裂缝爬上快要破碎的碗，就像蓬勃生长出去的树枝，就像渠水流进了田地，就像街道布满了城镇，泪水在他脸上织成了一张网。①

这张网，和北岛的那张生活之网一样，像笼罩在苦难的世界之上的灰色命运。只有透过命运，才能更好地凝视苦难，并深沉地思考集聚在苦难周围的一切。"可是，只讲生存条件的深重苦难而排斥其他一切困苦，无异于对很大一部分反映社会秩序的困苦视而不见和不理解。无疑，社会秩序已经使大苦大难有所减轻（不过没有达到人们所说的程度），可是在社会分化的过程中，社会空间大大扩展（特殊领域和次领域），从而制造了助长各种日常困苦空前加强的条件。"② 小说家对于苦难的呈现，不管是间接还是直接，呈现都只是一个载体和形式，他最终是要通过对苦难的注目，探寻苦难之外，以及和苦难发生着丝丝入扣关联的各种可能和条件，并通过自己的艺术提升使得故事具备一个苦难世界的复杂内涵，而不是简单地对这世界进行匆匆的不经意一瞥。"一厢情愿的简单化的形象（例如报刊所传播的形象）应该被一种复杂多样的表现方式所取代，因为同一个现实会有不同的说法，往往难以调和……应当像福克纳、乔伊斯、弗吉尼亚·伍尔夫等小说家那样，放弃单一的、中心的、支配性的、总之近乎神圣的观察角度：观察者通常十分乐于采取这种角度——读者也一样（至少当他觉得与己无关时）——我们应使之让位于多重角度，允许数种观点并存，甚至竞争。"③

二 苦难与激情的自传

忍之一字，众妙之门。中国人面对苦难的处理方式之一，即是忍。这

---

① 余华：《许三观卖血记》，作家出版社2012年版，第249—250页。
② [法]皮埃尔·布尔迪厄：《不同观点的空间》，载《世界的苦难——布尔迪厄的社会调查》上，张祖健译，中国人民大学出版社2017年版，第5页。
③ [法]皮埃尔·布尔迪厄：《不同观点的空间》，载《世界的苦难——布尔迪厄的社会调查》上，张祖健译，中国人民大学出版社2017年版，第3—4页。

种隐忍的结果即是一个"无声的中国"的造就。鲁迅的小说集《呐喊》可以说是"无声的中国"的第一声春雷。从此以后,中国现代小说,以一种激越的姿态追求着一个"有声的中国"。对苦难发声、对人性的弱点发声,成为20世纪中国小说一个十分鲜明的创作主题。这种发声,是对自由的渴望,是对人性回归的期盼。"心智和灵性的进步,与苦难的经历息息相关。它将个人从世界上的琐碎小事和对物质世界的过度迷恋中解放出来。虽然在一个崇尚物质的社会里,苦难被认为是一种疾病、一种创伤,一种避之犹恐不及的东西,但是……从苦难中获得的灵性果实是积极的。"① 对于作家来说,这"灵性果实"便是能够激发起人类共同生命体验的优秀作品,和其中能够深入人心的思想力量。汪曾祺说:"人生多苦难。中国人、中国的知识分子历经忧患,接连不断的运动,真是把人'整惨了'。但是中国的知识分子却能把一切都忍受下来,在说起挨整的经过时并不是捶胸顿足,涕泗横流,倒常用一种调侃诙谐的态度对待之,说得挺'逗',好像这是什么有趣的事。这种幽默出自于痛苦。唯痛苦乃能产生真幽默。唯有幽默,才能对万事平心静气。"② 正是有了这样的心态,他才能创作出《受戒》《大淖记事》这样的另类作品;正是有了这样的幽默,他才"能深刻地看到平淡的,山水一样的生活中的严重的悲剧性,让读者产生更多的痛感,在平静的叙述中也不妨有一两声沉重的喊叫"③。从这个意义上说,如果读汪曾祺的小说,仅仅读出了美,读出了诗意,是远远不够的。汪曾祺在美之外,更多的是对自由的渴望,是以一个人道主义抒情者特有的人文情怀,把种种人生的失败和不堪予以积极的调和,从而实现对苦难的消解,并达至对自由的深度隐藏。

仅从这一点上来看,汪曾祺和陀思妥耶夫斯基有着很相似的地方。虽然二人对于苦难的理解和呈现方式不一样,但是对于生活的热望,异曲同工。舍斯托夫在评价陀思妥耶夫斯基时就说:"不论有多么奇怪,陀思妥耶夫斯基在结束苦役时体验到的只有一种感情,一个愿望。自由的感情和忘掉经受的所有惨祸的愿望。为什么总要想起他曾经待过、而现在别人还待在那儿的地方呢?他摆脱了枷锁,他振奋、快乐,重新投入那个曾经严酷地弃绝了他生活的怀抱。您看到了,'虚构'和'现实'并非同一回事。可以对着虚构的东西流泪并把马卡尔·杰乌什金当作诗的对象;但苦

---

① [美] A-M. 迦蒂里安:《苦难的创造性维度》,晏子慧译,上海社会科学院出版社2015年版,第135页。
② 汪曾祺:《老人情》,中国青年出版社2013年版,第4页。
③ 汪曾祺:《读一本新笔记体小说》,《光明日报》1990年2月13日。

役却应该避开。可以和幻想中的悲惨形象度过一连好几夜,并处于那种美妙的状态,这种状态就是所谓艺术的灵感。"① 这样的灵感每每也能从汪曾祺的笔下感受到。他的作品如《大淖记事》《鸡鸭名家》等,都有着对苦难的独特理解和化解,他是一个生活的乐天派。

人生来就要面对各种苦难,这种苦难最直接的表现形式便是物质的贫穷,比如苏童的小说《米》,以主人公五龙的饥饿感撬开了他苦难而悲惨的一生。

> 五龙穿过月台上杂乱的货包和人群,朝外面房子密集的街区走。多日积聚的饥饿感现在到达了极顶,他觉得腹中空得要流出血来,他已经三天没吃饭了。五龙一边走着一边将手伸到被包卷里掏着,手指触到一些颗粒状的坚硬的东西,他把它们一颗颗掏出来塞进嘴里嚼咽着,发出很脆的声音。
>
> 那是一把米。是五龙的家乡枫杨树出产的糙米。五龙嚼着最后的一把生米,慢慢地进入城市的北端。②

"腹中空得要流出血来",这种体验的深刻和凛冽真是让人惊叹。只凭此一句,苏童也可以称得上是一位杰出的作家。在这种饥饿感的压迫下,五龙开始了对生的追求和对更大欲求的寻找。"人类的受造,其目的就是要认识并崇拜造物者,并向永恒文明前进。从这样一个背景来看,生命就是一次灵性的旅程,为了达到完美和更高的美德,接受考验和苦难是不可避免的。"③ 苦难不可避免,但美德并不是不可或缺,尤其对于一个灵魂遭受挤压并扭曲的人来说,生命的旅程只是求生的本能。"从五龙跨进大鸿记米店的这一刻起,世界对于他再次变得陌生新奇,在长久的沉默中他听见了四肢血液重新流动的声音,他真的听见枯滞的血突然汩汩流动起来,这个有雾的早晨,将留给五龙永久的回忆。"④ 这回忆里,有着生命得到保障的及时满足,但更多的是混杂着被人侮辱和嘲弄的践踏,和寄人篱下的不堪。这是一次悲剧的遭遇,也终将以悲剧收场。那么苏童所注目的这个

---

① [俄]列夫·舍斯托夫:《尼采与陀思妥耶夫斯基》,田全金译,华东师范大学出版社2015年版,第20页。
② 苏童:《米》,上海文艺出版社2005年版,第2页。
③ [美]A-M.迦蒂里安:《苦难的创造性维度》,晏子慧译,上海社会科学院出版社2015年版,第143页。
④ 苏童:《米》,上海文艺出版社2005年版,第16页。

江南世界的一隅,是不是人类生存的真相呢?至少对于五龙来说,这个苦难的世界是真实的。而对抗苦难和绝望的唯一食粮便是米,米是五龙对自由渴望的寄托,就像枫杨树村是他精神最后的栖居地一样。即便已经伤痕累累,气息奄奄,他还是要回去,最终死在了归乡的路上。这是一个普通小人物的隐忍史、发迹史、毁灭史。叔本华在谈到人间的苦难时说:"因为有了思想,人的痛苦程度远大于快乐。人真正懂得死亡是怎么回事,这更极大地加剧了痛苦,而动物不真正懂得死亡的意义,所以死亡从不在其视野之内,而不像人类那样总是想着死,因此只能本能地逃亡。"① 人和动物其实有时也是趋同的,只不过方式不同罢了。就像五龙的逃亡,何尝不是发自本能的逃离黑暗世界的惊梦呢?只不过,面对苦难,有的人选择了沉沦,有的人选择了反抗,有的人选择了死亡,有的人选择了忍耐,哪一种选择更伟大、更值得尊敬呢?很难判断。任何一种苦难只有与它发生的世界切实相连,才能找到对自由寻求的突破口,才能于一切苦痛的闸门中找到那个撬动世界的扳手。

这个扳手在当代江南小说中的重要体现是"死亡叙事"。本雅明说:"死亡赋予讲故事的人所能讲述的任何东西以神圣的特性。讲故事的人的权威来自死亡。"② 在他看来,"小说不是因为为我们展现了别人的命运——而且可能是说教式地展现——而有意义,而是因为这陌生人的命运燃烧的火焰为我们提供了我们从自身的命运所从来汲取不到的热量。小说吸引读者的是借他所读到的一次死亡来温暖他冷得发抖的生活的希望"③。苏童的小说的令人着迷处之一即是他对于死亡的迷恋,不仅小说中经常弥漫着一种死亡的悲伤气息,而且喜欢以人物的死亡作为小说最后的结局。《罂粟之家》的结尾,庐方在罂粟缸里击毙了刘沉草;《1934 年的逃亡》,是以陈宝年的死亡给家族史献上一只硕大的花篮;《外乡人父子》也是在陈三麦的死亡和葬礼中走向了尾声;《米》也一样,在衣锦还乡的幻想中,走向了生命的灭亡。在苏童的笔下,死亡既是一种人生状态的呈现,是揭示生命脆弱和人性摇摆的把手,也是一门叙事的艺术,是对苦难的理性超越和对自由的深度渴望。与死亡相对应的是活着,是遭受各种非人的折磨

---

① [德] 阿图尔·叔本华:《论世间苦难》,刘彤译,中国对外翻译出版公司 2010 年版,第 7 页。
② [德] 瓦尔特·本雅明:《讲故事的人》,载陈永国、马海良编《本雅明文选》,中国社会科学出版社 1999 年版,第 315 页。
③ [德] 瓦尔特·本雅明:《讲故事的人》,载陈永国、马海良编《本雅明文选》,中国社会科学出版社 1999 年版,第 322 页。

和苦痛的经历，依然要对这个世界抱以希望的信念，尤其是对于作家来说，"如果他的心灵在苦役中没有变得冷酷，如果他经受了难以忍受的肉体的和精神的痛苦之后仍能保留着对一切人的同情心，那就是说，他的身上蕴藏着伟大的力量！由此还可以得出一个哲学结论：深刻的、真诚的信念，是任何苦役也不能战胜的！"①江南大地上此时此刻所上演的人生悲痛，以及它的前世今生所蕴藏的深沉苦难，都不曾把这片土地上的诗意和美好摧残得烟消云散，相反，在苦难的挣扎中，在世界的喧嚣中，人们从未舍弃对于诗意江南的想象，也从未放弃对于自由的渴望。这才是江南世界给予人类的最大财富。也正是对苦难的正视，才让中国当代小说没有失去它应有的坚硬品格和人性魅力，它是温柔的，也是刚烈的，它是诗意的，也是惨烈的，它是唯美的，也是粗犷的，它像水一般的女子，也像铁一样的男子，这任何的形容，都是它的风格，一种摇曳多姿的动人美学。

三 苦难中的悲剧精神

俄国著名的思想家别尔嘉耶夫说："人由于无助感和被弃感，会很自然地找寻集体的庇荫。即使放弃自己的个体人格，为了安全地生活和更少的恐惧，人也愿意在人群中找寻伙伴。这或许是人的天性。"②面对意识形态的压力及时代的精神状况，中国当代作家也仿佛放弃了做梦的勇气，逐渐沦落为芸芸众生中或多或少的一员。而在这种日常生活的习惯性思维中，麻木、无助、空虚、无能的感觉慢慢缓和着他们原本紧张的神经，苦难也在这缓和的感觉中仅仅成为往事中的一幕幕悲剧而已。悲惨的场景、凄惨的命运、痛苦的人生在他们的叙述中不无缺乏，然而缺少的却是一种悲剧精神。而"悲剧精神意味着人面对不可能摆脱的客观现实，并不是完全软弱无力，每一个个别的人都能够通过他自己的行为、生活和思维，走向一个较好的世界。人的存在不仅意味着活在世上，还意味着超越存在和自由"③。对此，德国思想家雅思贝尔斯曾谈论说：

> 在人们成功地取得对宇宙协调一致的解释，并在实际生活中与之保持一致的地方，那种悲剧观点就不可能发生。这在很大程度上就是

---

① ［俄］列夫·舍斯托夫：《尼采与陀思妥耶夫斯基》，田全金译，华东师范大学出版社2015年版，第22页。
② ［俄］尼古拉·别尔嘉耶夫：《人的奴役与自由》，徐黎明译，贵州人民出版社1994年版，第176页。
③ 邓晓芒主编：《从寻根到漂泊》，羊城晚报出版社2003年版，第107—108页。

古代中国，特别是佛教之前的中国所出现的情形。在这种文明里，所有的痛苦、不幸和罪恶都只是暂时的、毫无必要出现的扰乱。世界的运行没有恐怖、拒绝或辩护——没有控诉，只有哀叹。人们不会因绝望而精神分裂：他安详宁静地忍受折磨，甚至对死亡也毫无惊惧；没有无望的郁结，没有阴郁的受挫感，一切都基本上是明朗、美好和真实的。在这一文明中，恐惧和战栗固然也是经验的一部分，并且在它就跟在那些已经觉悟到悲剧意识的文明一样地司空见惯。然而安详静谧仍然是占支配地位的生活气氛；没有挣扎，没有挑战。对过去的依恋意识将人与事物的古典原则连结在一起。这里的人们所追求的并非任何历史运动，而是秩序井然、德行美懿的永恒实在的不断更新与重建。①

中国文化中的确缺少一种痛感，它强调秩序，追求和谐、快乐，缺少西方语境下的崇高感和悲剧感。但这并不意味着中国文化中没有悲剧精神，王国维即把《红楼梦》称之为"彻头彻尾的悲剧"，他以《红楼梦》为例，对悲剧进行了解读。《红楼梦》以"通常之人情"写出了平凡世界的沉痛悲剧，它的出现，彻底颠覆了中国古典小说惩恶扬善的陈旧模式，全面开创了后世小说写作的思想空间和美学意境。在中国现代小说写作中，鲁迅很好地承继了这一悲剧精神。他的小说往往有着强烈的批判精神，但同时也含有对这个世界和芸芸众生的大悲悯。鲁迅是深刻的，也是自省的，他在写别人，也是在剖析自我。他在评价陀思妥耶夫斯基的作品时即说道："在甚深的灵魂中，无所谓'残酷'，更无所谓慈悲；但将这灵魂显示于人的，是'在高的意义上的写实主义者'。"② 作为鲁迅的浙江同乡，余华在经历了中国当代小说漫长的叙事困境之后，终于在新时期的写作中，建立起新的苦难关怀和灵魂叙事。他以生命的宽广和心灵的维度来烛照世间的一切痛苦与挣扎，并在这种煎熬的思考中寻求人类生活、生命的丰富和可能。余华说："我一直是以敌对的态度看待现实的。随着时间的推移，我内心的愤怒渐渐平息，我开始意识到一位真正的作家所寻找的是真理，是一种排斥道德判断的真理。作家的使命不是发泄，不是控诉或者揭露，他应该向人们展示高尚。这里所说的高尚不是那种单纯的美好，而是对一切事物理解之后的超然，对善与恶一视同仁，用同情的目光看待

---

① [德] 雅思贝尔斯：《悲剧的超越》，亦春译，工人出版社1988年版，第13—14页。
② 鲁迅：《〈穷人〉小引》，载《鲁迅全集》第七卷，人民文学出版社2005年版，第106页。

世界。"① 尤其是在余华的《活着》《许三观卖血记》等小说中,可以看到这种同情目光对于世界的打量,并在悲剧意识的萌发和痛感体验的升华中走向了新的写作境界。

可以说,苦难本身具有双重性,一方面他给受难者带来肉体和心灵的双重摧残,另一方面它又成为思想得以重生的"热带雨林"。马尔库塞说:"人的历史就是人被压抑的历史,文化不仅压制了人的社会生存,还压制了人的生物生存;不仅压制了人的一般方面,还压制了人的本能结构。但这样的压制恰恰是进步的前提。"② 苦难本身难以以对错来分,毕竟一个时代的状况是由多方面的条件相互制约而成的,很难给予一个确定的目标以指责和迁就,我们的首要任务还是反思,反思自我以及苦难本身。苦难的诉说和宣泄终究会有一个终点,如果自我及其思想在这苦难中难以有所超越,即使是用尽了毕生的经历,苦难终究还是苦难本身。而当自我殚精竭虑的那一天,苦难也终会随着肉体的消亡而烟消云散。然而一种囊括自我和时代的精神是能够得以流传千古的,它永远是人类历史的丰碑。因此,如何在苦难过后依然保持个体性的高昂、保持思想性的悲剧情怀是当代小说写作不可逃避的责任,而如何在诉说苦难的同时把这些精神内涵保留并融入作品中更是中国当代作家不可推脱的重担。

陆文夫说:"文学离不开民族性,可那作家却应该是属于全人类。作家可以在某块土地上成长,但不能成为某块土地上的植物。应该是生长在某块土地之中,飞腾在所有的土地之上,具有世界性的眼光。当他思考着本民族的兴旺与崛起的时候,也看得见世界的灾难;当他听到本民族的笑声时,也听得见世界各地的呻吟。一部伟大作品不仅能使人感到它的民族性,同时也使人感到那深处留着各民族共饮的泉水。"③ 这是不是中国当代小说的出路之一种呢?

---

① 余华:《为内心写作》,载《灵魂饭》,南海出版公司2002年版,第222页。
② [美]马尔库塞:《爱欲与文明》,黄勇等译,上海译文出版社1987年版,第3页。
③ 陆文夫:《文学的民族性》,载《陆文夫文集》第五卷,古吴轩出版社2006年版,第221页。

第六章　诗性的体操：一种审美立场

前面的论述中不止一次提到，江南文化的最主要特点是其诗性特征。江南文化的本质内涵是一种诗性文化，诗性审美是一代代江南作家共同的生命底色和艺术品质。那么，我们该如何理解江南文化与诗性审美之间的相互构建呢？下面将从几个维度来探讨江南文化的独特诗意，以及江南世界的水乡气质所包孕的独特诗学意味，这是一种类似于空间诗学和美学的阐释，而在另一层面上，是把一以贯之的浪漫主义精神从历史的长河中打捞出来，这是江南文化淘洗下的心灵晶体，是"主体诗学"熠熠生辉的思想火焰，是诗意的高蹈，更是诗性的体操。

第一节　含混的诗意

在关于江南以及江南文化的种种论述和想象中，不管其面貌如何复杂，对其诗性精神、诗意内涵的阐释基本上是一致的。江南和江南文化，构筑起的是千古文人的"诗意江南"之梦。那么到底何为诗意？诗意江南又到底包含了哪些为人所青睐的美学特质和人文情怀？这是接下来要探讨的问题。

一　何为诗意？

"诗意"一词简单来说是与诗歌有关的一个美学概念。但在相关的文学艺术研究中，它的应用范围却极为广泛，似乎各个门类都可以和"诗意"发生关系。1999年，导演吕乐拍了一部电影——《小说》[1]，讲述的是一批当代作家（包括阿城、王朔、棉棉、赵玫、陈村、马原、徐星、方方、余华、林白等）开了一次讨论会，会议的主题即"什么是诗意"。电

---

[1] 原名《诗意的年代》，未在中国内地公映，2007年在第31届香港国际电影节首映。

影中间穿插叙述了一个俗套的爱情故事：一对大学时代的恋人分手六年之后重逢以及引发的回忆种种。影片从阿城的"诗意"考古开始讨论"什么是诗意"，作家们对此各抒己见，提出了不尽相同的看法。

阿城："诗靠的是意向，这个意向是无法言表的，歌咏言，诗言志，诗歌承载的诗意，正是这个'志'，可能是胸怀大志的志，也可能是壮志未酬的志，如今的环境，是非常理智的时代，诗意也就无处栖息了。"

林白："诗意是对生活的一种热情。诗意不是存在于某个年代，它存在于某个人身上。"

陈村："诗意是文人酸性的一种表现。"

方方："如今的生活，如果说有什么诗意的话，也是一种打油诗的诗意，诗意是存在于回忆中的。诗意不是在眼前的，失去的东西才最珍贵，失去才觉得诗意。每个人天然需求的就是一种诗意。"

王朔："现在比过去更有诗意，因为它允许诗意的存在，这在过去是不允许的。不管什么样的生活，诗意是肯定存在的。诗意是颓废至极才会产生的东西，被社会拒绝至极，身心全部落到最低点，诗意就产生了。"

马原："一切有用的东西都不能算作有诗意，诗意就等于无用，而诗意生活就是过着的无用生活。诗意是很个人的，和历史和文化无关，一种自由自在的心情和不切实际的愿望都是一种诗意。"

棉棉："只要有人的地方，就有诗意。只要你认为你的生活是诗意的，你就是诗意的。诗意哪里都有，诗意是可以创造的。诗意很干净、很纯洁，每个时代的诗意都是一样的。最关键的是，你对诗意还有所期待。"

……

影片讨论的是"诗意"，但焦点所在依然是现实生活，与"小说"本身并无直接的关系。但若说毫无联系，亦有失偏颇。因为这些当时已负盛名的小说家们即生活在这样一个缺乏"诗意的时代"。这部电影的投资人刘仪伟说，当时选择投拍《小说》的一个动机是觉得世纪末大家都在致敬，我们应该向作家致敬，所以就想了这样一个点子：拍一部完全由作家来主导的电影。这个举动不管在当时还是现在，都可以算是电影史上的一个创举。客观来说，《小说》是一部相当有想法、有新意，甚至有点诗意的电影，但也有明显的缺陷：作家的发言和讨论天马行空，除了阿城一开始真正围绕文学层面上的"诗意"谈起，其他人的发言基本上都已经脱离了文学范畴内的诗意，都是在谈生活、谈现实、谈物质、谈金钱等。当然，这部电影的艺术问题不是本书所要谈论的。笔者想说的是，在20世纪末，在文学日益边缘化和市场化的时代形势下，在"人文精神大讨论"过去多年之后，讨论"什么是诗意"，一方面表现出了社会发展所带来的作家对于"精神退却"和"诗意沦落"的持续紧迫感，一方面体现出了"诗意"在生活和艺术作品中的不可或缺：爱情、生活需要诗意，文学艺术（在此具体指小说）也需要诗意。因此，所谓"向作家致敬"，其实是对既往80年代文学的追忆，是对于那个年代"诗意"的既充满无奈又满心理想的缅怀。

勃兰兑斯在论及十九世纪的德国浪漫派时说："诗与生活之间的关系这个大问题，对于它们深刻的不共戴天的矛盾的绝望，对于一种和解的不间断的追求，这就是从狂飙时期到浪漫主义结束时期的全部德国文学集团的秘密背景。"① 事实上，对于诗意的追寻是文学一个永恒的主题。那么，到底何为诗意？从文学的角度来说，诗意是一种情思，一种意境。据《现代汉语词典》解释："诗意：像诗里表达的那样给人以美感的意境。"顾名思义，诗意是与"美"有关、与"情"有关的一种文学要素。它可能是忧愁，可能是哀怨，可能是颓废堕落，可能是诗情画意，也可能只是一种含混的美学感应，但总能给人一种审美的刺激和享受。诗人何其芳在《〈工人歌谣选〉序》中谈到"诗意"时就认为："总起来说，诗意似乎就是这样的东西：它是从社会生活和自然界直接提供出来的、经过创作者的感动而又能够激动别人的、一种新鲜优美的文学艺术的内容的要素。"② 这里的关键所在仍然是两个：一是"感动"，即诗意是与"情"有关的，一是"优美"，即诗意是与"美"紧密相连的。这种判断同样得到了后代诗人的印证，周伦佑在谈到"诗意"时即认为："所谓的'诗意'便是我们从日常生活或艺术作品中所体验到的某种'只可意会不可言传'的神秘意味，是我们人类所独有的一种审美体验。"③ 而不管是对情的强调还是对于美的突出，都与江南文化的诗性特征和审美品质有着内在的契合。因

---

① ［丹］勃兰兑斯：《十九世纪文学主流·德国的浪漫派》第二分册，刘半九译，人民文学出版社1981年版，第37页。
② 何其芳：《〈工人歌谣选〉序》，载《何其芳全集》第五卷，河北人民出版社2000年版，第317页。
③ 周伦佑：《向诗歌的纯粹理想致敬！》，《当代作家评论》2010年第2期。

此，对于诗意江南的想象也是水到渠成，十分自然的了。

鲁尔·瓦纳格姆在谈论"什么是诗意"时讲道："诗意总是存在于某个地方。倘若它无意中脱离了艺术，我们就可以更清楚地看到，诗意首先存在于行动中，存在于生活的风格和对于这种风格的追寻中。诗意处处受到压制，却又遍地开花。在受到粗暴的压制后，它又在暴力中重新露面。"① 当代江南小说在历史的沉浮和外部世界的合围中，一次次以"诗意"的力量进行艺术和精神的双重突围，从而建立起与其他小说不同的审美品质。

二 诗意的演变

韩进廉在《中国小说美学史》中指出："小说在中国这个'诗的国度'，始终受着'诗骚'传统的影响，使小说思维呈现出诗化的流变态势，以致在唐代出现了刻意追求诗意的传奇小说，在现代文学史上更产生了浪漫抒情小说。"② 他的这一说法，在其他研究者的著述中，同样得到了印证。吴士余在《中国文化与小说思维》中说："中国小说在唐宋时期，就在诗学文化的熏陶下，出现了一种追求诗意的小说思维意向。唐代传奇小说《莺莺传》就是突出的一例。作者显然是有意识地给小说的情节叙述染上一层浓郁的诗意美。"③

可以说，对于"诗意"的追求从唐宋开始已经渐渐成为一股或明或暗的潮流。正如我们前文所论，对于江南这一概念的明确也是从唐代开始的，虽然其时诗词依然是文学的主流，小说难登大雅之堂，而它的通俗性决定了其只能为社会下层的人所青睐。然而到了明代后期，"三言二拍"问世，标志着白话短篇小说的成熟。作者冯梦龙是南直隶苏州府吴县籍长洲（今苏州）人，生于1574年（明万历二年），出身名门世家，他非常重视小说的情感色彩，而对于主观情感和自我情绪的追求，进一步强化了小说写作过程中的"抒情"倾向和"诗意"特征。清初，才子佳人小说兴盛，一直到《红楼梦》问世和流传，"诗意"一词在中国古代小说史上得到了最好的诠释。正如有评论者所说："读《红楼梦》，一定要以诗意的眼光去读，它的基本情景都是一个又一个的诗景，用脂砚斋的话说，是'从

---

① ［法］鲁尔·瓦纳格姆：《日常生活的革命》，张新木等译，南京大学出版社2008年版，第209页。
② 韩进廉：《中国小说美学史·引言》，河北大学出版社、贵州人民出版社2010年版，第6页。
③ 吴士余：《中国文化与小说思维》，上海三联书店2000年版，第121页。

诗中化出'的。"① 小说叙事中夹带大量的诗词歌赋，以补神韵以添意境，这是古典小说十分普遍的叙事手法，并非始自《红楼梦》，但却在《红楼中》得到了最为淋漓尽致的体现，收到了令人拍案赞叹、让人忧伤感慨的艺术效果。当然，这只是其中一个方面。《红楼梦》诗意特征的体现不仅仅局限于此，但可以肯定的是，对于"诗意"之美的追求，是《红楼梦》审美创作中的一个独特之处。它将追求"言外之意""味外之旨"的传统诗歌的艺术精神创造性地融汇于小说写作中，取得了极为强烈的美学效果。而这种含蓄深永的诗意之美不仅成就了《红楼梦》独树一帜的艺术风貌，而且大大提高了小说的审美趣味和品位。

可惜的是，这种"诗意"传统并未得到自然的接续，而是在时断时续的发展中，为时代所摒弃，为世人所忽视。随着梁启超所倡导的"小说界革命"的到来，特别是戊戌变法前后对"新小说"的呼唤，"'新小说'家在驱逐小说中泛滥成灾的诗词的同时，把唐传奇开创的、而后由《儒林外史》《红楼梦》《聊斋志异》等古典名作继承发展的小说的抒情气氛也给放逐了。除了《老残游记》《断鸿零雁记》等寥寥几部文笔轻松流畅、有浓郁的诗情画意外，其他绝大部分'新小说'都忙于讲故事或说道理，难得停下来理会一下人物纷纭的思绪或者大自然明媚的风光，因而也难得找到几段漂亮的描写与抒情"②。而"诗骚"传统对于小说的彻底改造，到了"五四"作家那里，才真正地发扬光大起来。首先，从创作上看，鲁迅、废名、台静农等人的乡土小说都有着十分明显的"诗意"特征，特别是沈从文、张爱玲、郁达夫等人的写作，更是流露出或亮丽、或平淡、或颓废的诗意。对于这种写作倾向，王瑶在《中国现代文学与古典文学的历史联系》一文中指出：

> 鲁迅小说对中国"抒情诗"传统的自觉继承，开辟了中国现代小说与古典文学取得联系，从而获得民族特色的一条重要途径。在鲁迅之后，出现了一大批抒情诗体小说的作者，如郁达夫、废名、艾芜、沈从文、萧红、孙犁等人，他们的作品虽然有着不同的思想倾向，艺术上也各具特点，但在对中国诗歌传统的继承这一方面，又显示出了共同的特色。③

---

① 肖鹰：《〈红楼梦〉的诗意一解》，《贵州社会科学》2007 年第 12 期。
② 陈平原：《中国小说叙事模式的转变》，北京大学出版社 2003 年版，第 225 页。
③ 王瑶：《中国现代文学与古典文学的历史联系》，《北京大学学报》（哲学社会科学版）1986 年第 5 期。

其中鲁迅、郁达夫等人即是具有典型的"江南"特征的小说家。其次，从理论倡导上看，同样是属于江南的作家周作人更是旗帜鲜明地提出"抒情诗的小说"概念，这无疑是把"小说"与"诗意"二者紧密地联系在一起了。另外，从他们对于外国作家的艺术推崇上，也可以看出"五四"作家对于诗意的赞赏。周作人即赞赏科罗连珂"诗与小说几乎合而为一了"①，除此之外，连大名鼎鼎的写实大家茅盾先生也十分在意"诗意"在小说中的地位，例如，他尊屠格涅夫为"诗意的写实家"②。对此，陈平原在《中国小说叙事模式的转变》中分析说，五四作家、批评家喜欢以"诗意"许人，似乎以此为小说的最高评价。"五四"一代作家之所以能够取得如此的小说艺术成绩，与对于"诗意"的推崇应该是有着十分重要的关系吧。

然而，随着革命火焰在燎原大地上的迅疾燃起，由文学革命所引发的对于文学艺术多样化的追求逐渐让位于革命文学的思想雷同和主题单一，"从30年代起，左翼文学统治了中国的新文学"③。这些"严峻的现实使人们不得不很快就舍弃天真的纯朴和自我的悲欢，无论是博爱的幻想、哲理的追求、朦胧的憧憬、狂暴的呼喊……，都被迅速地推下时代的前台而不再吸引和感动人了"④，与之相关的一切诗意都被时代的暴风雨淹没了。"诗意"这个美学概念，到底无法与时代的浪潮抵牾，而最终也被贴上了阶级的标签。1942年，毛泽东发表《在延安文艺座谈会上的讲话》，这份改变了中国文艺命运的讲话，什么时候读来都令人唏嘘感叹。他在讲话中说：

革命了，同工人农民和革命军的战士在一起了，我逐渐熟悉他们，他们也逐渐熟悉了我。这时，只是在这时，我才根本地改变了资产阶级学校所教给我的那种资产阶级的与小资产阶级的感情。这时，拿未曾改造的知识分子和工人农民比较，就觉得知识分子不干净了，最干净的还是工人农民，尽管他们手是黑的，脚上有牛屎，还是比资产阶级和小资产阶级知识分子都干净。这就叫做感情起了变化，由一

---

① 周作人：《〈玛加尔的梦〉后记》，《新青年》1920年8卷2期。
② 冰：《俄国近代文学杂谈》，《小说月报》1920年11卷1号。
③ [美] 周策纵：《五四运动：现代中国的思想革命》，周子平等译，江苏人民出版社1996年版，第393页。
④ 李泽厚：《中国现代思想史论》，生活·读书·新知三联书店2008年版，第241页。

个阶级变到另一个阶级。我们知识分子出身的文艺工作者,要使自己的作品为群众所欢迎,就得把自己的思想感情来一个变化,来一番改造。没有这个变化,没有这个改造,什么事情都是做不好的,都是格格不入的。①

经历过一番"改造"的作家们,再也难以在文学的世界里游刃有余了,他们或者选择融入时代的洪流之中,或者隐居避世不问世事。而在具体的文学创作中,江南文化甚至其他一切有着积极意义的文化都在丧失其基本的美学意义和思想价值,与之相关的"诗意"也一并消失在这莫名的感情变化中了。

在经历了"十七年"及"文化大革命"的压抑和摧残之后,中国当代小说终于在20世纪80年代重新绽开了"诗意"的鲜花。不管是现实主义、浪漫主义或者现代主义,都在自觉地规避红色叙事所带来的压抑,而发展为对主体性的倡扬。有评论者在分析这一时期的小说时即认为:"1980年代小说审美模式转变期,风景描写连缀人、社会文化和自然,给小说诗性中所必然包含的个性和人性提供了生存的土壤。个体审美精神在80年代小说中有两种体现:体现为一种独立的个体意识,因而叙述者能够自立;还体现为一种深刻的忧患意识,因而叙述者能够自审。具有独立品格和自反意识的叙事者在小说中出现以后,小说是对'人'的深入追寻,也是对一种地域文化中'集体无意识'的探究——一种带有个体意味的审美挂靠在地域性的审美观照中,体现为具有集体意味的个体精神。"② 可以说,正是个体精神在20世纪80年代的勃发,才促成了小说家对于小说诗意的迷恋和追求。对此,南帆认为:"中国当代文学中,诗对于小说的大规模入侵出现在20世纪80年代初期,这在很大范围内导致了作家的小说实验兴趣。一时之间,小说的传统叙述方式骤然瓦解了。大量诗的观念与诗的技巧有意介入并且改组了作家熟悉已久的'叙事'。情调、意绪、气韵、意境、瞬间印象,这些诗的臣民大批进驻小说,安营扎寨。"③ 其中,比较突出的,一是汪曾祺、林斤澜等作家所倡导的带有浓厚古典文学色彩的"新笔记小说",特别是汪曾祺的小说,具有强烈的诗化色彩和浓厚的诗意氛围。一是阿城、李杭育、韩少功等的"寻根文学"写作,既表现出

---

① 毛泽东:《在延安文艺座谈会上的讲话》,载《毛泽东选集》第三卷,人民出版社1991年版,第851—852页。
② 傅元峰:《风景与审美——1980年代小说特质再探讨》,《山东社会科学》2007年第2期。
③ 南帆:《冲突的文学》,江苏大学出版社2010年版,第195页。

了浓郁的地域色彩和诗意的美学风貌，又体现了对于传统文化和古典文学的传承和借鉴。一是张承志、史铁生等的宗教性或类宗教性写作，表现出了极为强烈的地域色彩和诗性气质。这其中，汪曾祺、林斤澜、李杭育等作家，都是受着江南文化熏陶和滋润的，因此，其诗意特征的表现也是极其自然的。

其共同点即为取法传统，包括从中国古典文学中吸收创作的灵感和营养。对于这种在小说写作中融入"古典意识"的做法，贺仲明在《新时期小说与中国古典文学传统》一文中认为："中国古典文学的思想内涵很丰富，新时期小说中表现出的古典文学思想影响主要体现在两个方面：一是儒家传统的入世精神，二是士大夫的颓废情怀。"[1] 可以说，正是借助于古典文学的美学传统，新时期的小说家们在对于小说美学的诗意开拓上，才取得了令人欣慰的成就。对此，贺文进一步总结说：

> 新时期小说家在创造古典意境方面有集中追求、并有较大收获的，是江苏作家苏童、叶兆言和东北女作家迟子建。苏童的《妻妾成群》《一九三四年的逃亡》，以及叶兆言的《夜泊秦淮》等作品，运用古典文学的意象，巧妙地将之与江南的地域文化结合起来，创造了神秘瑰丽的意象群落，体现了浓郁传统意味的审美效果；迟子建的《雾月牛栏》《亲亲土豆》等作品，将自然地理的神秘优美与人的美好情感融合为一体，传达出人类与自然之间的内在亲和关系，其对自然美的渲染和人类情感的细腻描摹，不自觉地连通了中国古典诗歌的抒情意境，是对于古典诗歌艺术的再创造和自然借用。[2]

是的，的确如论者所说，新时期小说家对于"诗意"的寻求是和自然紧密联系在一起的。汪曾祺笔下的芦花荡、李杭育描绘中的"葛川江"等，无不在对"自然风景"的描绘中开拓着新时期的诗意美学空间。而这也应该是20世纪80年代小说为人称道的艺术原因之一。

三　诗意何为？

然而，好景不长，这种"诗意"的存在在市场经济的冲击之下，在传统文化日渐衰退的境遇中，已经很难支撑起小说的发展之需。从传统到现

---

[1] 贺仲明：《新时期小说与中国古典文学传统》，《扬子江评论》2009年第1期。
[2] 贺仲明：《新时期小说与中国古典文学传统》，《扬子江评论》2009年第1期。

代的转变似乎刚刚开始,后现代便已经呼之欲出了。文学的市场化、娱乐化、通俗化淹没了小说的诗意内涵,这种在文学写作中追求"诗意"的慢功夫,已经抵挡不了时代的"喧哗与骚动"了。由此,也才引发了笔者一开始所提到的作家们对于"诗意"的探讨。特别是伴随着新媒体的出现,随着"机械复制时代"的来临,传统的小说叙事已经很难满足时代发展的需要,不得不放弃了曾经的优雅,而转向对于大时代种种情状的关注,由此也渐渐失去了曾经的"光晕"和"诗意"。即便是美丽的自然风光,也失去了往昔的色彩。"自然被展开为一个图景,成为物的集合的场所,与此同时,一切自然物被统统'去魅'(disenchanted)。自然界的事物不再与价值、与意义相关,它是纯客观的、独立于人的、非生命的。作为主体的人只是自然界的不相干的旁观者、认识者。人与自然的对立是古典自然观的突出特征,也是认识论上主客二分的自然哲学前提。自然一旦被物化,它在质上就被均一化了,就不再闪烁着诗意的感性光辉。"[①] 至此,传统意义上的"自然",也成为人们竞相逐乐的旅游胜地,而没有了"悠然见南山"的诗意境界。

当然,面对这样的创作潮流,也没有必要过于悲观,正如作家张炜所说,"现实生活的庸碌可以把一些欲望压抑住、覆盖住……但诗意的存在和感知终究是不会彻底消失的"[②]。而如何把这些诗意的存在和感知化入小说之中,可能很多时候首先表现为一门技术——小说叙事层面的问题。

面对"政治规范与市场规则联合绞杀文学的异在性,在这种文化境遇中,小说叙事应该有超前的感知方式,体现其诗性超越价值。它惟有重新汲取自然环境所能给予它的诗性灵光的暗示,和受虐的自然站在一起,对抗物化以及其他形式的人性异化"[③]。只要文学依旧存在,只要人们对于美的内在追求还在,"诗意"是定然不会消亡的,哪怕只是存在于回忆中,沉淀在想象中,它仍旧能够化作一次次切实的对美好世界的追求,进而被确认为一种纯粹的美学理想。正如作家肖复兴所言:"小说中的诗意,是小说美学探求的方向之一。寻求小说的诗意,并不仅仅在于小说的形式、情节、氛围等自身,更在于小说家心灵对世界的感应和发现,在于本身对于阳光的扑捉并用这阳光去透射厚厚的云层。在一个缺少诗意而充满实际实惠和实用的时代,努力去寻求沉埋网封生活中的诗意,本身就是一种理

[①] 吴国盛:《追思自然》,《读书》1997 年第 1 期。
[②] 张炜:《看不见的文学》,《南风窗》2013 年第 13 期。
[③] 傅元峰:《风景之死——1990 年代中国文化语境中的文学与自然》,《扬子江评论》2006 年创刊号。

想,是一种梦境。"① 如此,的确应该向那些在小说写作中追求"诗意"的作家们致敬。

最后,还是要回到对于"什么是诗意"的辩论中来,尽管此时这个问题似乎已经显得不再那么重要,因为任何对于"诗意"的界定都显得十分必要却又无用,它本身即是模糊的、含混的。然而,在中国的小说的写作中,"诗意"其实从未真正得到强调和重视,它作为一种"质"的特征也未曾得到公认和推崇。它是历史的附属品,是情感的附属品,是思想的附属品,唯独不是它自己。"在历史进程中,甚至在局部的反抗中,……真实的诗意应当可以证明,它首先要保护人性中不可减少的部分:创造的自发性。创造人类与社会统一体的意志,它不是建立在集体虚构的基础上,而是从主观性出发。正是这种意志使新的诗意成为一种武器,每个人都应当学会自己使用这种武器。"② 然而,令人感叹的是,在这个年产量日丰的小说时代,在这个"伪诗意"烂漫的年代,真实的"诗意"正渐渐成为作家永别了的武器,即便是在江南历史和文化的双重想象中,也难以挽回这颓败的趋势。江南、江南文化,或者诗意江南,真真成了文化失落时代剩余的想象和孤独的情绪。

第二节 水乡的诗学

江南地处亚热带向暖温带过渡的地区,气候温暖湿润,降水连绵丰沛,为各类生物、作物提供了丰富的水源。除了降水丰富以外,江南地区还拥有长江和钱塘江两大水系,两者通过运河相互连通。江南地区河道棋布、湖泊众多,在长期的开发过程中,又兴修了大量的水利工程使之互相勾连,所以历来就享有"水乡泽国"的美誉。

"水乡的诗学"是当代学者胡晓明提出的理解江南文化的一个概念。在他看来,江南最大的自然民俗特色即是"水乡","无论江苏、浙江、安徽,甚至中国其他地方,只要有'水乡'特色的区域,即是'江南'。因而,'水乡'可以作为我们认识与把握'江南'的一把钥匙"③。在水乡中生活,并在水中浸泡着的当代江南小说家们,自然少不了这水的滋润,从

---

① 肖复兴:《小说的诗意》,《博览群书》1997 年第 8 期。
② [法]鲁尔·瓦纳格姆:《日常生活的革命》,张新木等译,南京大学出版社 2008 年版,第 209 页。
③ 胡晓明:《江南诗学——中国文化想象之江南篇》,上海书店出版社 2017 年版,第 71 页。

而每每在他们的作品中洋溢着或隐逸或浓郁的别样"水彩",并最终构造出一个色彩各异、鲜活生动的"水"世界。

一 水景之美

水是古希腊宇宙四大组成元素之一,是中国五行之一,是人类生存和生命得以延续的中心角色。水是万物的精魂,它养育着一方人,也影响着一个时代。"水与能源、食品、气候变化不可分割地联系在一起,共同影响着人类文明。"① 江南水乡和江南文化,都与水息息相关。

胡晓明说:"水乡的诗学的一个特色,即是水乡与城市的相互映衬,水乡的市镇化,以及市镇的水景化。"② 汪曾祺的小说,就是"水乡"滋养出来的。其中不少篇章单从题目来看,就知道和"水乡"息息相关,《鸡鸭名家》《大淖记事》自不必说,《河上》《看水》等,也都可以察觉到"水乡"的痕迹。而关于"水乡"的描写在小说中更是比比皆是,比如《大淖记事》:

> 淖,是一片大水。说是湖泊,似还不够,比一个池塘可要大得多,春夏水盛时,是颇为浩淼的。这是两条水道的河源。淖中央有一条狭长的沙洲。沙洲上长满茅草和芦荻。春初水暖,沙洲上冒出很多紫红色的芦芽和灰绿色的蒌蒿,很快就是一片翠绿了。夏天,茅草、芦荻都吐出雪白的丝穗,在微风中不住地点头。秋天,全都枯黄了,就被人割去,加到自己的屋顶上去了。冬天,下雪,这里总比别处先白。化雪的时候,也比别处化得慢。河水解冻了,发绿了,沙洲上的残雪还亮晶晶地堆积着。这条沙洲是两条河水的分界处。……③

在汪曾祺的笔下,这些平素不起眼的俗事俗物,在"水"的烘托和映衬中一下子有了不一样的味道。这是一幅绝妙的风情水景画。这幅画不是静止的,在阅读的过程中,你能感觉到那水的清凉在神经末梢轻轻滑过。这是一种实体化的清凉,也是一种审美化的内心愉悦,它标志着一种诗意

---

① [美] 斯蒂芬·所罗门:《水——财富、权力和文明的史诗》,叶齐茂、倪晓晖译,商务印书馆2018年版,第5页。
② 胡晓明:《江南诗学——中国文化想象之江南篇》,上海书店出版社2017年版,第107页。
③ 汪曾祺:《大淖记事》,载《汪曾祺小说全编》中,人民文学出版社2016年版,第468—469页。

的氛围正在外部形成,一种美的轮廓正在内心世界构造。

对于水景的青睐,几乎是江南作家的写作符码。比如在谈到高晓声的小说创作时,有评论者就注意到:"至于说到《青天在上》中的江南水乡景物描写的细节,如河上晨雾、归舟夕照、捉鱼挖鳝、河边芦苇、水草翠鸟,把它们写得如此诱人。即使在天灾人祸的年月,犹显出秀丽、妩媚的风韵,我以为高晓声是第一人。"① 更有学者认为,"对水和鱼的痴迷不仅极大影响了高晓声的散文创作,也对其小说创作产生了明显的影响"②。且看高晓声小说中关于江南水景的描写:

这就是陈文清牵心挂肠的故乡吗?一点不错。仍旧是宽宽朗朗的田野,依旧是弯弯曲曲的河道。在这肃杀的冬天里,呈一片素净苍白。一眼看去,无遮无掩,大自然没有留下一角让恋春者躲闪的地方。陈文清站在路边朝南看:直径不到两里就是柳湾里,那儿住着一个庞大的陈氏家族;陈文清家的老屋,就坐落在村子的最北面,比别的建筑看得更清楚些,连屋面上的龙爪葱,也都历历在目。假使有一条船,划去就很近,如果要从陆路走,那倒要绕半个圈子,因为途中还有一条河浜隔着。

这儿是著名的江南水乡,平原上布满了七岔八弯的河道,犹如人体的血脉,全靠它才活跃。种田、刈草、上街、跑亲戚,都离不开船。陈文清记得,他童年时,村上十有九家都自备一只极轻便灵活的元宝底小船,能载五七担东西,一个人划着,就能哗啦啦航行。……③

水于江南,就如血于人体,是根系所在。陈文清对于故乡的心心念念,就是这眼前的水上风物。作者关于水景的描写,可以看作是他无边的乡愁的审美转化。作为水乡世界的重要交通工具,船在小说中的描写也是不可缺少的。而关于船的故事,在古代小说叙事中,已经十分普遍。据检索,"'三言'、'二拍'以'船'为场景的故事几达110篇"④。张岱的

---

① 钱中文:《〈青天在上〉与高晓声文体》,《文学评论》1989年第4期。
② 王彬彬:《高晓声的鱼水情》,《南方文坛》2018年第4期。
③ 高晓声:《青天在上》,载《高晓声文集·长篇小说卷》,作家出版社2001年版,第40页。
④ 胡晓明:《江南诗学——中国文化想象之江南篇》,上海书店出版社2017年版,第115页。

《夜航船》，更是直接来源于南方水乡苦途长旅中，各色人等在夜行的船上聊以闲谈消遣的讲述和记录。汪曾祺的小说中，写到船的就更多了。比如《受戒》中，小说结尾最耐人寻味的段落就发生在船上。苏童的小说《河岸》，其故事也在船上展开，而其小说《西瓜船》就干脆以船来命名了。船，不仅是水乡世界不可或缺的重要存在，而且是小说世界中重要的叙事空间和象征载体。沈从文虽然不是江南作家，但是他的小说《边城》《长河》都有着十分突出的水乡风格。他在谈及自己的写作时曾说："故事中我所最满意的文章，常用船上水上作为背景，我故事中人物的性格，全为我在水边船上所见到的人物性格。我文字中一点忧郁气氛，便因为被过去十五年前南方的阴雨天气影响而来。我文字风格，假若还有些值得注意处，那只是因为我记得水上人的言语太多了。"①

  船作为江南水乡的重要意象，体现出鲜明的江南物质文化特性。关于船的叙事，其实最终是文化的推动力。说到底，水上景观的呈现，最终是要与人发生关系的。人的形象、性格、命运与水息息相关。水塑造了诗意的水景，但更深刻地改变着人的特殊的宿命：

  大淖指的是这片水，也指水边的陆地。这里是城区和乡下的交界处。从轮船公司往南，穿过一条深巷，就是北门外东大街了。坐在大淖的水边，可以听到远远地一阵一阵朦朦胧胧的市声，但是这里的一切和街里不一样。这里没有一家店铺。这里的颜色、声音、气味和街里不一样。这里的人也不一样。他们的生活，他们的风俗，他们的是非标准、伦理道德观念和街里的穿长衣念过"子曰"的人完全不同。②

  胡晓明说："水乡在中国文学与艺术中，添加了一种轻盈、宛妙、灵动、情趣、妩丽的美。"③ 如果说在汪曾祺的笔下，江南的水景之美体现为一种诗性的优美，那么在李杭育的笔下，江南的水景之美则体现为一种粗犷的壮美。且看李杭育小说中的"葛川江"：

  洪水冲撞着江岸石堤，蹿起一片水墙，眨眼间又倒塌下来，砸开

---

① 沈从文：《我的写作与水的关系》，载《沈从文别集·抽象的抒情》，中信出版社2017年版，第254—255页。
② 汪曾祺：《大淖记事》，载《汪曾祺小说全编》中，人民文学出版社2016年版，第469页。
③ 胡晓明：《江南诗学——中国文化想象之江南篇》，上海书店出版社2017年版，第87页。

浪峰和漩涡，汇起一股股纵横交错的回流，向江心斜涌而去。整条江都在搅动、翻腾、冲撞，滚着一连串漩涡，泛起泥浆般的黄水。江面比平日宽出几倍，却还容不下这浩荡浊流。①

与汪曾祺笔下的水之静美相比，李杭育笔下的水景是动态的，它是暴烈而多变的，是惊心动魄的。但是，这种动态的水景，同样具有一种永恒之美。李杭育同样以自己的深爱来写葛川江，写葛川江上一个个不屈的灵魂的命运。"这条江的命运与人的命运纠结在一起，葛川江的性格培育了她的孩子们——居住在她的江面上与两岸的人们的性格。"② 作为江南人一种生活方式的日常风情和诗意考量，水景之美以江南文化的名义丰富着江南世界。水乡是一方风物的天地，也是人性世界的一面镜子，照映着在江南文化熏染中的江南人精神深处的善恶和迷惘。

二 水性之情

水与忧愁有关，是一种情感的有效载体。不管是《诗经》，还是《离骚》，哪一种文学表达不是和水发生着密切的关联？当然，水之于江南文化的重要性，不仅仅在其物质样态，而是精神意义上的洗涤心灵、获取自由平和的思想属性。水，亦柔亦刚，既可化人郁结，也可游目骋怀。当水的意涵填满了一个作家的生命之时，一切的失意和存在，都能在其写作中得到意义的装饰和艺术的提升。因此，在笔者看来，江南文化凸显下的水乡的诗学，其最为重要的本质就是水性之情——与水相系的抒情特质。以此来看，汪曾祺的新时期小说被称作中国新时期抒情文学的滥觞便也是再自然不过了。

水，味道平淡，观之平常，是一种十分普通的物质。但这种平淡、平凡，就是它最为重要的特性。江南文化中温文尔雅的士人品格，可能就与江南水世界的一方天地有着一种神秘的关系。因此，在当代江南作家群的笔下，你很难发现那种惊天地泣鬼神的英雄人物，多的是普通的人、普通人的悲欢离合和生死离别。比如在谈到叶兆言的小说时，就有评论者分析说："叶兆言小说的氛围，很少激情的爆发，这并非他对笔下人物缺少足够的热情，因为他的绝大多数小说，那些普通的人物故事，在叙述过程中

---

① 李杭育：《葛川江上人家》，载《最后一个渔佬儿》，人民文学出版社1985年版，第2页。
② 王蒙：《葛川江的魅力》，载《最后一个渔佬儿》，人民文学出版社1985年版，第1页。

总能给人一种温暖的感觉,具有一种特殊的亲和力。鲁汉明、马文、小磁人、楼兰,发生在他们身上的故事和他们的命运,都让人有一种特别的亲近感。叶兆言骨子里的平民意识,使他的小说在氛围营造上也有如此特征。"①

不独叶兆言如此,从更早的汪曾祺、林斤澜、陆文夫、高晓声,到后来的余华、苏童、范小青、毕飞宇,再到当下更为年轻的江南作家,几乎都是以写小人物见长,写他们像水一样平淡的日常,写他们似水一样流动的年华,也写他们如水一般不可捉摸的命运。老子云:"上善若水。水善利万物而不争,处众人之所恶,故几于道。"老子用我们常见的"水"来比喻"上善",最好的善就像水一样。善体现了水的包容、利生、调和。万物因水的存在而汇聚融合。譬如石灰石、黏土和铁矿粉是三种不同的事物,因为水的调和而融合为水泥。由于水的存在,它们三种毫不相干的事物才有可能按比例调和而成。但善又总是脆弱的,在人性之中,高尚与深渊往往差之毫厘。江南作家善于写凡人小事,也善于在凡人小事中品味生活的欢乐忧伤、思考生命的悲欢离合。他们写的是凡人之善、凡人之爱和凡人之思,但透过这些凡人小事,能够抵达一种开阔广大的思想境界。伟大的作家都是上善之人,他们不是生活在别处,而是"盯住生活的底层和深处",在现实的世界里写人的灵魂和情感深处,同时,通过人的内心冲突来烛照和反映现实。

善良之人往往多情。江南文化的一个重要特性就是抒情性,而这种抒情的特质与水是不可分割的。水文化也可以看作是一种情文化。"问君能有几多愁,恰似一江春水向东流。""水乡的文字与画面,就是本然的抒情符号。"② "无论水乡是观照的,还是寄托的,都是无言而殊胜,可以兴,可以观,具有浓郁抒情气质。"③ 在水乡世界中踟蹰的江南作家,首先是感性的、感伤的。这种感伤的情绪从古至今,似乎未曾有半点的消减。吴义勤就称毕飞宇是一位"感性的形而上主义者":"毕飞宇有着两副不同的笔墨,一副笔墨致力于呈现感性的小说形态;一副笔墨营构的是文本的哲学形态。他成功的艺术经验在于把自己对于'抽象美的追求'外化在'意象阶段',以'意象'为媒介把两种笔墨艺术地整合在一起,以作家的想象与经验的形而上遇合来完成对于感性和理性相和谐艺术境界的抵达。"④ 而

---

① 阎晶明:《耐得住叙述的寂寞——我看叶兆言小说》,《南方文坛》2003年第2期。
② 胡晓明:《江南诗学——中国文化想象之江南篇》,上海书店出版社2017年版,第85页。
③ 胡晓明:《江南诗学——中国文化想象之江南篇》,上海书店出版社2017年版,第86页。
④ 吴义勤:《感性的形而上主义者——毕飞宇论》,《当代作家评论》2000年第6期。

这种感性和感伤在同时期的另一位作家苏童的写作中，同样体现得十分明显，"而且从作品的美感风格的角度而言，苏童的历史小说所表现的明显的是接近了一个'旧式文人'的情调：怀旧的，唯美的，颓废的和感伤主义的，春花秋月，红颜离愁，人面桃花，豪门落英。它们在神韵上同南朝作家以及江南文人常有的纤巧、精致、抒情和华美气质有着一脉相承的关系，宛如杜牧的诗、李煜的词，充满着哀歌一样的感人魅力"①。

水，遇方则方，遇圆则圆，方圆之中，尽显水的无常。但无论如何，水却不会变成其他的物质存在，水就是水。江南文化如同水一样，具有一种超强的融合、溶解能力，但无论怎样交互交融，水的本质绝不会被改变。这种恒常的性格，同样在当代江南小说中有着明显的体现，具体则表现为人的性情的果敢和透明。汪曾祺《受戒》中的明海、英子，苏童笔下那些棱角分明、性情至真的女性形象，叶兆言"夜泊秦淮"系列小说中那些风流名士，等等，从不同的阶层中，勾勒出了一代代江南人不同的生命群像。

《吕氏春秋·尽数》中说："流水不腐，户枢不蠹，动也。"水的另一个重要特性就是流动性，这种流动性如果反映到文学表达上，可以理解为自由和不安——一种对于自由的渴望，一种对于现实世界的不安的情绪。"江南多水，水是前现代物资与人力流动最为重要的条件，江南社会因流动而聚人气，因流动而活跃趋新，因流动而多元，因流动而自由。"② "水乡与城市的亲近，也暗示着中国文人的一个性格特点，动静不二，寂而常照。一方面卜居求静，闲爱水云；一方面水路求便，交往自由，既可以在独居的日子里涵养身心，又可以在城市的交流中享受人生，表明城市与乡村，并非二元，更是植根于人生命情调的自由转换。"③ 高晓声笔下的陈奂生，虽然是一个农民，但作者通过这个人物形象实现了一种喜剧的自觉，他的荒诞是他的不安，同时，也是他的自由。毕飞宇的小说，不是传统意义上的现实主义，而是在现代主义精神的彰显中，秉持着一种浓郁的自由意志。《青衣》如此，《玉米》如此，《平原》亦如此。

胡晓明说："中国文化的理想性，具有'水乡溯洄'式的特点：主体与客体的关系，是可欲与不可欲的结合；表明了阻隔、召唤、凝聚、孤独

---

① 张清华：《天堂的哀歌——苏童论》，《钟山》2001 年第 1 期。
② 胡晓明：《江南诗学——中国文化想象之江南篇》，上海书店出版社 2017 年版，第 37 页。
③ 胡晓明：《江南诗学——中国文化想象之江南篇》，上海书店出版社 2017 年版，第 109 页。

的非二元化，即张弛有道的空间美学。"① 这种水乡式的空间美学，在具体的小说创作中，则表现为一种综合性和混合性，一种复杂而难言的暧昧诗学。比如在苏童的小说空间中，"雨"的意向就充满着一种蛊惑的激情，不管是《米》中反复出现的雨，还是《城北地带》中迷离的雨巷，都带有一种敏感、恐怖、无名的力量，但这力量并不让人窒息致死，而是持续地进行压迫、再压迫，最终形成情感的另类反弹。

关于水的特性，我们能够谈论的还有很多，比如它的温柔，柔情似水，江南作家擅长书写女性，想必和水的这一特性有关，因为"女人是水做的"。比如它的毅力，水滴石穿，日子就像泡在水里，平淡而悠长但却散发着一种生命的热烈，等等，这在当代江南小说的写作中，都有着不同程度的表现。中国人的多愁善感、坚韧精神、果敢之气，在江南文化中有着淋漓尽致的体现，这些都是江南小说家无法克制也无法隐匿的艺术冲动和创作灵感。

三　水隐之思

赫尔德说："每种文化都会拥有自己的重心。"② 我们往往把江南文化的重心放在其显性特质上，而忽视了其另一脉络的精神延续，那就是一种由来已久的隐逸思想。

我们比较熟知的隐者，当推陶渊明。陶渊明可称之为"千古隐逸诗人"，他写的隐逸诗可谓流传千古。而和"隐逸诗"同时流行起来的，还有山水诗，这也是"隐逸文化"的一个表现，徜徉于山水之间，纵情于山水之乐。尤其是六朝时期的山水诗，更多了一份超然物外的意境和逍遥自适的心情，以至于达到了一种"玄学"的境界。而玄学正是强调超越自然和宇宙本体之上的"道"，是追求和神往一种对于"无"的无限肯定和精神价值。而这些几乎构成了江南文化的重要内涵。

> 江南地区两宋时期形成鱼米之乡的小生境，尽管与唐代相较略为逊色，与宋代的北方战乱环境相比，实为各地人理想的居住所在。……唐宋转型是中国传统社会的一个重要转型，吴淞江流域内的景观变化与其人文感觉的转变对这种转型起到了很大的推动作用。长期以来，学

---

① 胡晓明：《江南诗学——中国文化想象之江南篇》，上海书店出版社2017年版，第111页。
② 转引自〔英〕以赛亚·柏林《浪漫主义的根源》，吕梁等译，译林出版社2011年版，第67页。

术界似乎夸大了这种转型的经济动力。其实，经济推动力可能只会改变部分市场行为，感情因素的变化才真正地推动了文化的转型，改变了的生态环境与人文气氛更有能力改变人的内在世界。多种多样的野生景观无疑有益于心胸开阔，产生豪放的诗风。随着野生景观的减少，小环境的封闭，再加上汉民族与北方少数民族在战争中的被动，士大夫心态消沉，心态变化也推动了文化改变。①

士大夫心态消沉的表现之一种，就是隐逸思想的萌发。当然，从具体的历史来看，其中有以"隐"求显并成功取得富贵者，也有显贵过甚不得已隐姓埋名的隐者。江南文化成熟于魏晋时期，而"隐逸文化"生成于魏晋，因此，它自然地被纳入江南文化的内涵之中也就并不奇怪，它对这一时期乃至以后的世俗文化都有深远影响。当然，如果细细来看，隐逸本身也面貌万千，有学者就注意到了这种不同：

> 在中国文化的象征系统中，"水乡"最大的特征，即昭示一种隐逸的美学，区别于其他隐逸之美，姑且可称之为"水隐"。然而，此种隐逸的美学，不仅区别于"市隐"与"朝隐"，而且也不尽同于"山隐"。其特点正是有更多的感性与音乐、更多的清莹与明朗、更多的缥缈之思，高洁与自由、感性与德性、出世与入世，往往并存其中。而且，往往产生最多的诗画结合作品，以歌颂隐逸。②

这种水隐之思在文学创作中又有着如何的表现呢？比如苏童《河岸》中的这段描写：

> 别人都生活在土地上，生活在房屋里，我和我父亲却生活在船上，这是我父亲十三年前做出的选择，他选择河流，我就只好离开土地，没什么可抱怨的。向阳船队一年四季来往于金雀河上，所以，我和父亲的生活方式更加接近鱼类，时而顺流而下，时而逆流而上，我们的世界是一条奔涌的河流，狭窄而绵长，一滴水机械地孕育另一滴水，一秒钟沉闷地复制另一秒钟。河上十三年，我经常在船队泊岸的

---

① 王建革：《水乡生态与江南社会（9—20世纪）》，北京大学出版社2013年版，第191—192页。
② 胡晓明：《江南诗学——中国文化想象之江南篇》，上海书店出版社2017年版，第89—90页。

时候回到岸上,去做陆地的客人,可是众所周知,我父亲从河岸上消失很久了,他以一种草率而固执的姿态,一步一步地逃离岸上的世界。他的逃逸相当成功,河流隐匿了父亲,也改变了父亲,十三年以后,我从父亲未老先衰的身体上发现了鱼类的某些特征。①

像鱼一样生活在水中,但同时渴望像鱼一样逃离一种既定的命运。因此,对于水上世界的渴望,其实是对岸上世界的拒绝和逃逸。但,生命的悖论同样在于,假如没有了岸的依靠,河流又会奔向何方、又会存于何处呢?张清华在评价苏童时说:"他是一个逝水上的游子,一个漫游在历史与想象之水上的精灵,他那悠远而透着暗淡、迷离、忧愁和古旧气息的叙事风格,他的弥漫和绵延式的想象的动力,似乎都来源于这一点,即使是书写并不很遥远的童年记忆的'香椿树街'系列也是如此。"②

父亲为什么要选择逃到水上世界,可以分析出很多原因,但如果仅仅从水的意象层面来考虑,可能源于水的净化特性。"水可以来使我们的形象自然化,可使我们自傲的心灵深处的静观得以返璞归真。"③ 一切隐逸的终极目的,不过是以简单朴素及内心平和为目标,不寻求认同为"隐",自得其乐为"逸"。而水乡的包容、宁静,无疑为这样一种心态提供了最为美妙的栖息之地。王德威说:"对苏童而言,《河岸》还有一个要角——河流。苏童对河流意象的迷恋其来有自。河是连结作家心目中'南方'的动脉,深沉、混沌、神秘,穿过乡镇,流淌到不可知的远方。河不受拘束,有时泛滥,有时枯竭,莫测高深。相对于河的是岸,那律法与文明的所在,限定河流走向的力量。苏童曾在散文《河流的秘密》中写道,'岸是河流的桎梏。岸对河流的霸权使它不屑于了解或洞悉河流的内心'。然而,'河水的心灵漂浮在水中,无论你编织出什么样的网,也无法打捞河水的心灵,这是关于河水最大的秘密'。"④

生于江南、长于江南的这些江南作家们,每个人的内心深处想必都怀藏着一个可以"隐匿"自我的理想国,并将这种隐逸幻化为一种潜在的美学人格。比如格非《人面桃花》中父亲陆侃对桃花源的迷恋,及其"江南三部曲"的写作,精神的源头就在作者记忆的枢纽和栖息地——江

---

① 苏童:《河岸》,人民文学出版社 2010 年版,第 3 页。
② 张清华:《天堂的哀歌——苏童论》,《钟山》2001 年第 1 期。
③ [法]加斯东·巴什拉:《水与梦——论物质的想象》,顾嘉琛译,河南大学出版社 2017 年版,第 38 页。
④ 王德威:《河与岸——苏童的〈河岸〉》,《当代作家评论》2010 年第 1 期。

南——"生长在这里的人念兹在兹,就是因为他们是水做的骨肉,没有生长在这里的人念兹在兹,也是因为他们是水做的心性,所以经过长年流水文化的淘洗和冲刷,集体无意识作为一种不自觉的记忆,便将流水的灵性积淀在大脑的组织结构之中,江南文化的最终成果,也因此变成了江南的集体人格,江南人的音容笑貌、言谈举止、思想情感、为人处世等独特风格也就瓜熟蒂落"①。对于这些依傍于水之上的作家来说,水就像生命的骨血一样,滋养着他们的成长,也培育着一种无形的写作力量。

第三节 浪漫的诗情

中国浪漫主义文学的思想源头,源于以老庄为代表的崇尚自由的哲学,但在以儒家思想为主导的中国社会,它的发生和发展离不开与强大的传统力量的对抗。较量的方式就是以个性的自觉和人性的自由来反抗制度和礼教的束缚,或狂狷自傲,或寄情山水,都始终沉浸于对理想的追求和生命的弘扬之中。

屈原是中国浪漫主义作家的先驱,他的作品《离骚》《九歌》,堪称中国浪漫主义文学的滥觞。之后的陶渊明、李白、苏东坡、袁枚、曹雪芹等,都或多或少地带有浪漫主义倾向,闪现着浪漫的诗情。浪漫主义从古代向现代的转换,大致形成于"五四"时期,在这一过程中,西方浪漫主义起到了重要的作用。鲁迅在《摩罗诗力说》中就称赞拜伦、雪莱等浪漫主义诗歌对中国的影响,以郁达夫为代表的创造社和同时期浪漫主义文学的兴起,都证明了这一思潮的实际魅力。

事实上,在西方,浪漫主义不仅是指一种创作方法,而且是一种文学思潮。"作为创作方法的浪漫主义的产生要远远早于作为一种流派的浪漫主义,而掌握了浪漫主义创作方法的作家的创作一旦蔚成风气,也就成了一种浪漫主义思潮或流派。"② "浪漫主义在美学上的独特魅力是它能够'不合时宜'地存在于现代中国文学史上的重要原因。这种独特魅力主要是指文学构思上广阔的空间感的开辟,人类'骛远性'思绪的驰骋。作家自身幻想力的自由释放。幻想力的释放能够提炼起或寄托着某种宗教情怀。面对乡野的恬静和现代都市的风景,现代作家有一种心灵寄托的欲

---

① 张永祎:《水做的江南》,江苏人民出版社2019年版,第10页。
② 孙宜学编著:《中外浪漫主义文学导引》,同济大学出版社2002年版,第130页。

望,有一种灵魂畅想的要求,这些都会通过浪漫主义美学途径加以文学的实现。这时的浪漫主义更多地带有'创作方法'的成分,但又并未疏离思潮意义上的文学运作。"① 关于什么是浪漫主义,西方文学界和理论界一直争论不断。"史达尔夫人说,浪漫主义指的是骑士精神,在雨果看来,浪漫主义是文学中的自由主义,海涅指出浪漫主义是对于中世纪的思索,朗松认为它是个性的富有诗意的发展,依默瓦尔认为是一种想象的文学过程,卢卡斯从中看到的是令人如痴如醉的梦幻,费尔普斯强调的是感伤情调,如此等等。"②

对于浪漫主义的认知,事实上一直存在偏差。郁达夫说:"对于过去,取的是遗忘的态度,对于现在,取的是破坏的态度,对于将来,取的是猛进的态度。这一种倾向的内容,大抵是热情的、空想的、传奇的、破坏的。这一种倾向在文学上的表现,就是浪漫主义。"③ 这样的认识毫无疑问是简单而粗暴的,但身处时代的漩涡之中,这样的认识又是激情而有效的。郁达夫对浪漫主义也是持辩证态度的,因此,他又说:"物极必反,浪漫主义的发达到了极点,就不免生出流弊来。就是空想太无羁束,热情太是奔放,只知破坏,而不谋建设,结果弄得脚离大地,空幻绝伦。大家对此,总要感到一种不可名状的空虚,与不能安定的惑乱。"④ 如果说郭沫若是前一种倾向的代表,那么郁达夫的创作则是后一种倾向的典型。毫无羁绊的空想,奔放自如的热情,加之目空一切的破坏,最终导致的是心灵的创伤和精神的分裂,郁达夫的小说就始终笼罩在这种感伤的情调和忧郁的氛围之中。对此,夏志清曾经分析说:

> 中国新文学早期浪漫主义所表现出来的形式和思想,都是极为幼稚和浅薄的,这一点,后来的学者应该不难看出来。在这个文学运动中,没有像山姆·柯尔立基那样的人来指出想象力之重要;没有华茨华斯来向我们证实无所不在的神的存在;没有威廉·布雷克去探测人类心灵为善与为恶的无比能力。早期中国现代文学的浪漫主义作品是非常现世的,很少有在心理上或哲理上对人生作有深度的探讨。事实上,所谓"浪漫主义"者也,不过是社会改革者因着科学实证论之名

---

① 朱寿桐等:《中国现代浪漫主义文学史论》,文化艺术出版社2002年版,第52页。
② 罗成琰:《现代中国的浪漫主义思潮》,湖南教育出版社1992年版,第1—2页。
③ 郁达夫:《文学概说》,载《郁达夫全集》第五卷,浙江文艺出版社1992年版,第363页。
④ 郁达夫:《文学概说》,载《郁达夫文集》第五卷,花城出版社1982年版,第90页。

而发出的一股除旧布新的破坏力量。它的目标倒是非常实际的,它要给中国人民带来幸福的生活,建立一个更完善的社会和一个强大的中国。由于这种浪漫主义所探索的问题,没有深入人类心灵的隐蔽处,没有超越现世的经验,因此,我们只能把它看作一种人道主义——一种既关怀社会疾苦同时又不忘自怜自叹的人道主义。①

这一判断基本上是中肯而准确的。鲁迅早期作品中体现出来的莫名的悲剧感以及隐秘的生命之美,并没有在同时代的浪漫主义作家中得到进一步的深化和延伸,相反,随着20世纪20年代末左翼思潮的兴起,被革命浪漫主义的时代色彩取而代之。这个问题遑且不论。

中国现代文学的兴起与西方浪漫主义思潮关系密切,但并不能因此而忽视中国古代文学中的浪漫主义传统。郁达夫、郭沫若等人对古代历史上的浪漫主义作家如屈原、嵇康都十分推崇,郭沫若还创作了同名话剧《屈原》。"道家思想,主要是庄子的思想,在很大程度上影响了他们的美学追求。创造社反传统、反封建、追求个性解放,虽受拜伦、雪莱、惠特曼等欧美浪漫主义诗人的影响,但也与中国传统文人的'才子气'和'名士气'有血缘关系。他们狂放不羁、惊世骇俗、放浪形骸,与魏晋时嵇康、阮籍'反名教'的率真慷慨无疑是一脉相承的。"② 道家思想、个性解放、才子气、名士气,这些都是江南文化的重要思想构成和审美气质,时代造就了浪漫主义作家,但决定作家生命底色的是一个民族文化深处的自然之美和纯朴之力。

西方文化的外在影响和民族文化的内部渗透,共同促成了中国现代文学的多彩风貌。可以说,正是在这两股力量的思想交织中,中国现代文学既具备了一种青春的活力,又蕴含了一股勃发的力量。

中国现代浪漫主义思潮在中国特殊的文化背景和社会背景下,融合了多种现代派文学的因素,这使它具有了与西方浪漫主义文学不同的"民族化"特点。首先,它与西方的浪漫主义思潮相比,显得不那么"正宗"和纯粹,成了一种开放性的浪漫主义。第二,它比西方浪漫主义的调子低沉,增加了感伤乃至阴冷的成分。第三,它初步触及了人的潜意识领域,涉及到了一些直觉、本能、灵感等方面的内容,

---

① [美]夏志清:《中国现代小说史》,台北:传记文学出版社1985年版,第48页。
② 孙宜学编著《中外浪漫主义文学导引》,同济大学出版社2002年版,第29—30页。

增加了作品表现人的精神世界的深度。第四，它与现代主义的界限有点模糊，这是说不仅现代派文学中常常包含着浪漫的情愫，而且浪漫主义思潮在历史的转折关头每每因为社会环境的压力和它与现代派文学的亲缘关系而向现代主义分流。①

中国浪漫主义调子低沉，一方面源于制度的禁锢和礼教的束缚，另一方面则是因为中国社会新旧之间的不停动荡，在这样的时代氛围中，人的命运和生命的无常便容易滋生一种颓废、感伤的情绪。以赛亚·柏林就说，德国浪漫主义运动的根源所在是"受伤的民族情感和可怕的民族屈辱"②。陈国恩关于浪漫主义与现代主义界限模糊的思考，笔者在阅读汪曾祺 20 世纪 40 年代创作的小说时获得了同感。《钓》《翠子》《悒郁》等，既有着浪漫主义的要素，也体现了现代主义创作手法在小说中的渗透。但汪曾祺的小说的基调是主情的，他所承袭的是中国古代文化中强大的抒情传统，这是一种土生土长的浪漫主义。"虽生活在世俗社会中，他们在人性上的健全与自如浑然一体的天真态度，是一切世俗标准所无法牵制的，正是这些人构成了汪曾祺小说的传奇意味，他们生存观念中所包含的悲悯和诗意正与作者个人的生活观念不谋而合，也正是他们以其神异的禀赋沦落在市井人生为指称的民间后的悲喜哀乐构建了汪曾祺特殊的浪漫主义文本。"③ 这是一种中国式的浪漫主义。

"对于浪漫主义者而言，活着就是要有所为，而有所为就是表达自己的天性。表达人的天性就是表达人与世界的关系。虽然人与世界的关系是不可表达的，但必须尝试着去表达。"④ 从这个意义上说，不管是汪曾祺的小说《受戒》，还是其他江南作家的小说，都共同地实现了对于自然、率真的天性和生命的真诚表现。汪曾祺小说对于中国田园牧歌生活的赞美，对人性美、人情美的讴歌，成为中国新时期文学一时之主潮。《受戒》的重要意义，或许就在于"两种因素——其一是自由无羁的意志及其否认世上存在事物的本性；其二是试图破除事物具有稳固结构这一观念"⑤。

江南文化中自由、诗性的气质，成就了当代江南小说浪漫、唯美的风格，而当代江南作家对于人身自由和思想自由的追求，既源于自我天性中

---

① 陈国恩：《浪漫主义与 20 世纪中国文学》，安徽教育出版社 2000 年版，第 339 页。
② [英] 以赛亚·柏林：《浪漫主义的根源》，吕梁等，译林出版社 2011 年版，第 44 页。
③ 朱寿桐等：《中国现代浪漫主义文学史论》，文化艺术出版社 2002 年版，第 339 页。
④ [英] 以赛亚·柏林：《浪漫主义的根源》，吕梁等译，译林出版社 2011 年版，第 107 页。
⑤ [英] 以赛亚·柏林：《浪漫主义的根源》，吕梁等译，译林出版社 2011 年版，第 118 页。

的浪漫诗情，也起因于他们在任何一种制度的束缚中都会感到的不大自在。这也决定了他们小说中的"形而上"意味。比如在谈到毕飞宇的小说时，吴义勤就分析说："作为一个具有自觉的'形而上'追求的作家，毕飞宇小说的'深度感'几乎是不言自明的，这一方面源于上文我们所说的他对世界、人生、历史的'哲学'理解，另一方面又源于他对人性的深入解剖。……然而对我们来说，毕飞宇小说的艺术力量却并不仅仅根源于他的'深度'，相反，毕飞宇小说最打动我们的还是其'哲学'背后的那些令人怦然心动的美与情感。……《哺乳期的女人》《怀念妹妹小青》等小说的艺术魅力很大程度上就与小说那种古典主义式的感伤气息密切相关。从这个意义上，我们可以说，毕飞宇不仅是一个感性的形而上主义者，而且是一个古典的唯美主义者和主情主义者。"① 感性、唯美、主情，这都是一个浪漫主义作家显在的标识。

除此之外，一个作家的浪漫主义情怀还往往通过自然万物、世间习俗予以寄托和抒发。这一传统的自然审美观念，在当代江南小说中，也是十分普遍的创作倾向。这一倾向的最突出表现，即是对自然和风俗的描摹。汪曾祺小说中对高邮世界的描绘，陆文夫苏州小巷深处的风土人情，林斤澜笔下毫不起眼的乡镇器物，苏童、毕飞宇笔下的故土，等等，都寄托着作家深切的精神关怀和深沉的灵魂呓语。而在当下的写作中，对于这些风俗和风情的描写正在消退，这会不会是中国文学浪漫精神衰退的因素之一呢？"一方面，我们对现实这一特别概念予以极大的关注，同时我们也对风俗失去了兴趣。对于小说而言，这是一个具有决定意义的条件，因为在小说中，风俗造就人，这是绝对正确的。"②

对于自然性的强调，是浪漫主义文学的重要特征。"中国浪漫主义形成了自己的本土文化特性，这就是区别于西方浪漫主义的身形，而具有了东方的诗性。与西方浪漫主义不同，中国浪漫主义缺乏宗教文化的底蕴，也很少彼岸的追求，它受到儒家、道家文化传统的影响，追求乡土田园的诗意和心灵的恬静，以对抗现代城市文明的骚扰和世俗的污染。"③ 比如叶弥的小说，就是一种自我的写作，一种灵魂式的写作，她在历史的激荡中寻求生命的慰藉。她的长篇小说《风流图卷》写的是身体的突围和人性的挣扎，写的是人如何爱自己并完成自我在黑暗中的救赎。

---

① 吴义勤：《感性的形而上主义者——毕飞宇论》，《当代作家评论》2000 年第 6 期。
② [美] 莱昂内尔·特里林：《知性乃道德职责》，亚志军、张沫译，译林出版社 2011 年版，第 115 页。
③ 徐晋莉：《现代性与中国浪漫主义文学思潮》，人民出版社 2014 年版，第 415—416 页。

叶弥的小说，流露出本真的老庄哲学，具有色彩鲜亮的浪漫主义特质。"退回自己，是为找回素朴初心。"叶弥在《风流图卷·后记》中的这段话，既是对自己真实生活的描摹，也体现了她朴素而真诚的写作观。"上善若水，水善利万物而不争。""致虚极，守静笃，万物并作，吾以观其复。""飘风不终朝，骤雨不终日。""见素抱朴，少私寡欲。"老子的这些见解，十分圆满地契合了叶弥当下的创作状态。"古之至人，先存诸己而后存诸人。""轩冕在身，非性命也，物之傥来，寄也。""有生必先无离形，形不离而生亡者有之矣。""朴素而天下莫能与之争美。"庄子的这些警言，则与叶弥小说中诸多人物的生命情状产生了极大的哲理共鸣。

人生有形。因此，人们常常感叹人生百态。我们每一天的存在，不过是努力获得一个被社会、他人认可的"形式"。由此，每一个人的人生都有着不同的形式，这人生的框架之中充溢着不尽的困顿和痛苦，也洋溢着各种片刻的欢愉和幸福，这形式的骨骼之上既附着着自然的人性流露，也攀爬着扭曲的变形人格，软弱或坚强，正直或堕落，既有生的活泼的气息，也有死的颓废的气味。但这绝不是文学要表现的最终旨归，它要获取的是这变异人生形式之外的另一种理想人生。《风流图卷》中一切令人唏嘘感叹的命运起伏，都裹挟着时代的嘈杂和个人的悲楚，清晰如昨、历历在目一般呈现在我们面前。但这显然不是这幅画卷上叶弥最为关心的，她念念不忘的，是"色和食，不仅是人的本性，还关乎人的灵魂"，是那些用来享受的日子，是叫人活得要从容，是人要像潮水一样勇敢，大声喊着："我是自由的！""你是自由的！"这是一种多么勇气可嘉的浪漫主义情怀啊。

小说终究写的是自己，真实的或虚构的自己，因此，一切的写作都可以看作是一种自我写作。小说即人生，人生即小说。叶弥所塑造的这些人物，所设计的这些命运，孰真孰假，既不重要，也重要。说不重要，是因为这样的人生到底与己无关；说重要，是因为她写的那些人物的命运里其实都藏着一个可能的你和我。主体性和个体性，也是浪漫主义的思想本质，"而浪漫主义通常与之关联的理念是独特性意识、深刻的情感内省和事物之间的差异性意识"。①

柔情似水，佳期如梦。在江南的烟水中，叶弥似乎并不打算为我们提供多少温情的自在和爱情的甜蜜，她在创造一个新世界，一个遍地烟火、风流漫漶的人间故地，一个历史无情、人性暧昧的现实渊薮，在这里，有

---

① ［英］以赛亚·柏林：《浪漫主义的根源》，吕梁等译，译林出版社2011年版，第14页。

的灵魂倒下、散去，有的灵魂麻木、呆坐，但总有一些灵魂站立、生长，给人以温暖和希望。这便是浪漫主义心灵的真情流露，也是浪漫主义作家的动人品格。

浪漫主义另外一个重要表现，是对于神话和神秘事物的青睐。格非的《褐色鸟群》《欲望的旗帜》等作品，都体现了这样一种神秘化的写作倾向。而这种特征的一个突出的文学表现是神话写作。苏童的《碧奴》、叶兆言的《后羿》等小说，都体现了作家试图通过神话来实现新的艺术表达和浪漫情感的自然抒发。"哈曼认为，神话既非孟浪之人的邪恶发明，用来迷惑人们的视听；神话也非诗人捏造出来的巧言丽辞，以便粉饰自己的诗作。神话是人类用来表达他们对不可言喻的大自然之神秘的感受的，他们无法用其他方法表达他们的感受。使用词语，总会言不及义。词语把事物分割成太多的碎片。词语把事物分类，词语过于理性了。词语试图根据漂亮的分析模式，把纷繁万物分类包装，纳入一个个整严的范畴，如此一来，词语破坏了对象本身，也就是说，破坏了你所面对的生命和世界的统一性、连续性和生机。神话使用艺术意象和艺术象征而非词语来传达生命和世界的神秘，把人同自然的神秘性联结起来。"① 江南文化本身就具有一定的神秘性特质，尤其是在玄、道、释思想的融合、浸染下，这种神秘总会若隐若现地在作家的小说中出没。

江南文化因其独特的审美特性，成为中国浪漫主义文学生发的重要起源地。虽然，在中国一百多年的新文学发展历程中，现实主义才是大行其道的主导力量。

"浪漫主义"，这是西洋文化的精髓，而中国传统文化所最缺少的部分。

因为中国人的生活态度是过分地现实，平易，而中庸化了的缘故，影响到文学的各方面，包含文学艺术在内，都缺乏一种生动，飞跃，幻想的成分……

中国要复兴，整个民族的生活态度必须要浪漫化，要民族浪漫化，先得从文学艺术上发扬出浪漫的精神。②

---

① ［英］以赛亚·柏林：《浪漫主义的根源》，吕梁等译，译林出版社2011年版，第53—54页。
② 常燕生：《新浪漫主义与中国文学》，《青年生活》1946年创刊号。转引自杨联芬《浪漫的中国》，人民文学出版社2016年版，第4页。

江南文化被界定为一种诗性文化,诗性的一种重要表现就是浪漫主义心灵的飞翔。在历史的长河中,浪漫主义以一己之力支撑着中国文学并不肥沃的精神土壤。这可能也是江南文化得以被世人心心念之的重要原因。好的作家一定是浪漫主义的,即便他写的是无比真实的现实,但其精神深处一定是浪漫的。作家们通过创作来表达个人的情绪、精神的痛苦和思想深处的种种矛盾,需要依托于复杂的现实生活和人生经验。可是,如果这些书写不能从灵魂的层面、从人性的角度,追求一种超越于现实之上的、理想化的思想境界,不去抽象地探索世界万物所包蕴的丰富情感,那么这样的表达就是苍白而无力的,就是虚华而肤浅的。不管是作为一种创作方法,还是作为一种文学思潮,浪漫主义在现实的中国一直尚未赢得作家的真正信任,似乎浪漫就不现实,就不成熟。中国文学缺少一种浪漫的诗情,我们的作家似乎惧怕走进真正的世界内部,走进幽暗的心灵深处,也因此,在追求生命的真谛和艺术的真实之路上,我们的写作进行得无比艰难。

第七章 寻找语言的力量

文学的魅力，或者思想的冲击力，往往取决于语言的力量。一位优异的作家，首要的素质是仔细地、认真地打磨自己的语言。语言是文学的模特，语言还是精神动能的起搏器。不论是形式的变革，还是内容的演变，江南文化在当代江南小说中都有着深刻的"语言"反映。笔者认为，当代江南小说的意义首先在于语言，在于语言的精神复活。

这种语言的复活，具体到小说写作中，则表现为一种摆脱了固有意识形态窠臼的自然、舒展和活力，并由此带来了一种天然的精神性丰富和康健。汪曾祺、陆文夫、高晓声以及后来的一大批江南作家，在小说的艺术世界中，以他们特有的表达形式和语言感觉，或朴素、或华丽地表现着那些数不清的物质因素和精神要素，他们是在寻找一种语言的力量，并以独特的语言风格成就了他们各自错综复杂的时代叙事。

第一节 走出黑暗的语言

苏珊·桑塔格在一次访谈中，谈到小说中一个角色是如何形成时说道："以语言表达开始。"① 在她看来，没有哪个人物不是以声音开始的，"总是一个声音。总是语言表达。前两天，我听到一句话，我写了下来，然后我知道那是一个故事的开头"②。

海德格尔说："语言是存在之家。人居住在语言的寓所中。"③ 对于小

---

① ［美］苏珊·桑塔格：《对语言表达的激情》，载《苏珊·桑塔格谈话录》，姚君伟译，译林出版社2015年版，第145页。
② ［美］苏珊·桑塔格：《对语言表达的激情》，载《苏珊·桑塔格谈话录》，姚君伟译，译林出版社2015年版，第146页。
③ ［德］海德格尔：《关于人道主义的书信》，载《路标》，孙周兴译，商务印书馆2000年版，第366页。

说创作者来说,语言是思想的载体,作者力图通过语言抵达存在之高地。文学作为一门语言的艺术,其审美感受力的获得和思想穿透力的实现最终都必然依赖于"语言"这一有效的载体。在文学世界中,语言是打开心扉、通往精神领地的神秘之钥。我们无法想象,那些干瘪的、枯燥的、乏味的语言,如何能给人带来美学的享受和灵魂的冲击。然而如火如荼的当代小说创作,似乎有"乱花渐欲迷人眼"之势,让作家在醉心于成就和奖项、鲜花和掌声之时,慢慢习惯了自身语言技巧的平庸和疲乏,丝毫没有意识到"温水煮青蛙"的潜在危险。"人类拥有了语言,或者说,语言拥有了人类(语言为了自身必然的生命,找到了粗糙脆弱的人作为载体),人类就挣脱了沉寂。或者,借用易卜生的意象:用锤子一敲,沉默的矿石就开始了唱歌。"① 这个比喻真是恰如其分,精彩至极。因此,如何让沉默的矿石唱歌,就如同怎样借着语言的魅力,真正地进入到小说的广袤天地中一样重要。

一 语言之伤

乔治·斯坦纳说:"语言是有生命的生物体。虽然极为复杂,但仍然是有机体。语言自身就有一种生命力,一种特殊的吸收和生长的力量。但是,语言也会衰败,也会死亡。"② 中国当代小说语言在很长一段时间里,也经历着这种衰败和死亡,造成这种局面的原因,"一方面是来自语言外部的挤压,另一方面是来自语言内部的堕落"③。比如"十七年"时期的小说写作,即有着十分深刻的意识形态烙印。这在当代江南小说中也不例外,且看陆文夫《平原的颂歌》中的一段描写:

> 北上的列车开过去了,章波交给了列车长一封很长的信,看着车后的红灯,心情慢慢地平静下来。他看着车站,又看看北方的星辰:"北京,祖国的心脏,如果您一定需要我,我会马上奔到您的身边,为您而献出我的一切;如果有可能的话,也请让我在这里登下去,在这里度过我的一生,总有一天,我会看见汽车在站上飞奔,林荫大道

---

① [美]乔治·斯坦纳:《语言与沉默——论语言、文学与非人道》,李小均译,上海人民出版社2013年版,第44页。
② [美]乔治·斯坦纳:《语言与沉默——论语言、文学与非人道》,李小均译,上海人民出版社2013年版,第110页。
③ [美]乔治·斯坦纳:《语言与沉默——论语言、文学与非人道》,李小均译,上海人民出版社2013年版,第35页。

通向富裕的农庄。亲爱的北京呀,什么时候,我一定要去看看您,我在这里,保证让通向您的列车一路平安!"①

作为一位文字自然感和分寸感极强的作家,陆文夫的语言十分朴素简洁,却也不失优雅的气韵,既有着小巷的幽深宁静之美,也有着园林的古典精致。即便如此,他的小说依然难以摆脱那个时代的政治影响,不管是一种有意识的或者无意识的存在,它都不可辩驳地印证了汉语本真状态的被侵袭与被损害。"一切都会遗忘。但语言不会。当语言受到谎言的污染,只有赤裸裸的真实才能把谎言清洗。战后德语的历史是消亡的历史,是故意遗忘的历史。对过去恐惧的记忆大多已经连根拔除。但是,代价巨大。德国文学正在付出代价。虽然出现了一些有才华的年轻作家和许多不错的小诗人,但出版的严肃文学作品大多数却很是一般,质量低劣。它们缺少生命的火焰。"② 中国当代小说几乎就是在这伤痕累累的话语体系中,一次次完成了思想"高尚"、艺术"低下"的文学叙事。这当然不是特例,而是那个特定时代十分普遍的现象。如果说这种外部的挤压只是一种精神意义上的损害,那么人的主体性的沦丧则直接导致了语言内部秩序的坍塌,"人的堕落在使语言间接化的过程中,为语言的多重性奠定了基础,此后,语言混乱就会只是咫尺之遥。通常在对事物的观照中将事物的语言传给人,一旦人破坏了名称的纯粹性,那么完全偏离对事物的观照就只是会剥夺人类已然动摇了的语言精神的共同基础。在事物盘根错节的地方,各种符号必然变得混淆不清。空谈中对语言的奴役几乎不可避免地导致对事物错误的奴役。在这个偏离中——亦即束缚——建造巴别尔塔的计划形成了,语言的混乱也随之而产生"③。可以说,这种混乱无序的语言状态对于中国当代小说的发展产生了极大的负面效应,尤其是在"十七年"及"文化大革命"时期,直接导致了作者真声音的消失和小说中真情感的变异。

在中国当代小说史上,鲁迅之所以成为鲁迅,沈从文之所以成为沈从文,孙犁之所以成为孙犁……都是因为他们找到了属于自己的"好声音"。然而在经历了政治的挤压、文化的被摧残等种种磨难之后,随着人们精神

---

① 陆文夫:《平原的颂歌》,载《陆文夫文集》第三卷,古吴轩出版社2006年版,第33—34页。
② [美]乔治·斯坦纳:《语言与沉默——论语言、文学与非人道》,李小均译,上海人民出版社2013年版,第124页。
③ [德]瓦尔特·本雅明:《论语言本身和人的语言》,载陈永国、马海良编《本雅明文选》,中国社会科学出版社1999年版,第288页。

世界的堕落，语言的堕落也是不争的事实。文学语言已渐渐丧失了其活力和新鲜感，而逐渐"堕落成一种毫无诗意的符号或代码，文学的任务就是要重新发掘和揭示语言身上的这种诗性本质，祛除蒙在语言身上的形而上的概念阴影，使诗性的语言复活"。① 张学昕在对苏童小说语言的评价中就指出："苏童彻底挣脱了多年以来沉重的启蒙式话语的羁绊，或者说改造了文学语言的意识形态性质，逼近一种具有浓厚唯美品性的抒情性话语，在为汉语写作提供一种新的可能性方面，表现出巨大的潜力。"② 对苏童的这段评价，也可以看作对当代江南小说语言的重要肯定。在笔者看来，当代江南小说的主要贡献之一即是冲破意识形态的藩篱，为中国当代汉语的思想复活进行了一次诗性的"招魂"。

二 语言的复活

20世纪80年代，当文学界普遍将思想的解放和人性的呼吁作为文学创作主要解决的问题时，汪曾祺却率先提出了小说的语言问题。他说："除了语言，小说就不存在。"③ "写小说，就是写语言。"④ 人类在语言中传达自己的思想存在，如果没有正常的语言表达和准确的语言描述，一切思想内容和社会意义都是不切实际的空谈。汪曾祺对语言的关注切中了文学的本质。

作为中国当代小说的重要一部分，当代江南小说在新时期的创作中十分引人注目。这其中，除了独特的思想意义、丰富的审美意趣、先锋的文体意识之外，语言是一个十分惹人注目的问题。汪曾祺十分重视小说语言问题，他说，"一个作家能不能算是一个作家，能不能在作家之林中立足，首先决定于他有没有自己的语言，能不能找到一种只属于他自己，和别人迥不相同的语言"⑤。他在耶鲁大学和哈佛大学的演讲中，多次提到语言的重要性问题："语言就是内容，语言和内容是同时依存的，不可剥离的，不能把作品的语言和它所要表现的内容撕开，就好像吃橘子，语言是个橘子皮，把皮剥了吃里边的瓤。我认为语言和内容的关系不是橘子皮和橘子

---

① 杨向荣：《陌生化》，《外国文学》2005年第1期。
② 张学昕：《南方想象的诗学——论苏童的当代唯美写作》，复旦大学出版社2009年版，第187页。
③ 汪曾祺：《小说的散文化》，载《汪曾祺全集》第四卷，北京师范大学出版社1998年版，第81页。
④ 汪曾祺：《林斤澜的矮凳桥》，载《汪曾祺全集》第四卷，北京师范大学出版社1998年版，第103页。
⑤ 汪曾祺：《汪曾祺文集·文论卷》，江苏文艺出版社1993年版，第145页。

瓢的关系，它们是密不可分的，是同时存在的。"① 汪曾祺作为新时期中国当代文学的代表性作家，一方面开启了新时期中国当代小说抒情的传统，一方面树立了全新的小说语言典范。他的小说语言，准确、干净、简练，这种准确性不管是在人物对话，还是在景物描写中，抑或在各种叙事中，都体现得淋漓尽致、神态毕现。比如《鸡鸭名家》中的一段描写：

> 拎都不用拎，凭眼睛，说得出这一趟鸭一个一个多重。
> 不过先得大叫一声。鸭身上有毛，毛蓬松着看不出来，得惊它一惊。一惊，鸭毛就紧了，贴在身上了，这就看得哪只肥，哪只瘦。②

像口语但又不完全口语化，很简单却又不显得枯燥乏味，汪曾祺的语言就是能在单一中见出复杂的味道。这样的例子俯拾皆是，汪曾祺于黑暗的语言世界中独闯出一片天地，那清新朴实、自然流畅的语言风格独领一个时代的风骚。这种对于语言准确性的考究对后来的一大批作家产生了较大的影响，比如毕飞宇就说："小说语言第一需要的是准确。美学的常识告诉我们，准确是美的，它可以唤起审美。""准确是一种特殊的美，它能震撼我们的心灵。"③ 从准确中发现语言之美，也是文学表达的重要表现。

那么是什么成就了当代江南小说语言的准确性，从而实现了小说的诗意表达呢？对于毕飞宇来说："第一，诗歌毕竟锻炼了我的小说语言，第二，拥有了哲学的阅读能力，这个对我还是有帮助的。"④ 不仅毕飞宇，在江南文化传统中接受熏染的大部分江南作家，几乎都很好地领悟了传统的意义，并且具备了其他小说家所不具备的传统意识。如果说在汪曾祺、毕飞宇等人的身上，语言的准确性表现为简练、朴素、自然，那么在苏童、余华等人的身上，语言的准确性则表现为复杂、饱满、弹性。苏童曾提及自己对小说语言的看法，他说："语言是一个载体，真正好的语言是别人看不出语言痕迹来的，它完全化掉了，就好像是盐溶解在水中一样。这种最好的小说叙述语言，其实是让读者感觉不出语言本身的铺陈，只是觉得

---

① 汪曾祺：《小说的思想和语言》，载《汪曾祺全集》第五卷，北京师范大学出版社1998年版，第49页。
② 汪曾祺：《鸡鸭名家》，载《汪曾祺小说全编》上，人民文学出版社2016年版，第191页。
③ 毕飞宇：《"走"与"走"——小说内部的逻辑与反逻辑》，《钟山》2015年第4期。
④ 毕飞宇、张莉：《牙齿是检验真理的第二标准》，人民文学出版社2015年版，第56页。

它的质地好,很柔顺或者很毛糙,似乎摸得到它的皱折。"① 苏童的"语言观"在其小说中有着十分鲜明的体现,比如《妻妾成群》中的一段描写:

>　　颂莲朝井边走去,她的身体无比轻盈,好像在梦中行路一般,有一股植物腐烂的气息弥漫井台四周,颂莲从地上拣起一片紫藤叶子细看了看,把它扔进井里。她看见叶子像一片饰物浮在幽蓝的死水之上,把她的浮影遮盖了一块,她竟然看不见自己的眼睛。颂莲绕着井台转了一圈,始终找不到一个角度看见自己,她觉得这很奇怪,一片紫藤叶子,她想,怎么会?正午的阳光在枯井中慢慢地跳跃,幻变成一点点白光,颂莲突然被一个可怕的想象攫住,一只手,有一只手托住紫藤叶遮盖了她的眼睛,这样想着她似乎就真切地看见一只苍白的湿漉漉的手,它从深不可测的井底升起来,遮盖她的眼睛。颂莲惊恐地喊出了声音,手,手。她想返身逃走,但整个身体好像被牢牢地吸附在井台上,欲罢不能,颂莲觉得她像一株被风折断的花,无力地俯下身子,凝视井中。在又一阵的晕眩中她看见井水倏然翻腾喧响,一个模糊的声音自遥远的地方切入耳膜:颂莲,你下来。颂莲,你下来。②

　　在这段叙述中,苏童把景物描写和人物心理水乳交融般结合在了一起,颂莲内心世界的凌乱和情感世界的脆弱在此一览无遗。他通过一系列密集而严整的语言铺排,形成了一种气势压人的紧张感和紧迫感。它是白描的,却比白描浓墨重彩;它是意象化的,却比一般意象更为驳杂深邃,它既柔顺,也粗糙,有着如画的形态,也有着分明的皱褶。王干在谈到苏童的语言艺术时说:"苏童创造了一种小说话语,这就是意象化的白描,或白描的意象化。白描作为中国小说特有技法,可以说在'五四'时期经鲁迅的改造出现了新的气象,但后来被简单化和庸俗化了,一度被人作为细节描写的同义词。一些实验小说者因此而鄙视白描功夫,小说话语基本以引进国外的成品为主。苏童大胆地把意象的审美机制引进白描操作之中,白描艺术便改变了原先较为单调的方式,出现了现代小说具有的弹性和张力。"③ 比如《已婚男人》中开头对杨泊的描写:"到了秋天,杨泊的

---

① 周新民、苏童:《打开人性的皱折——苏童访谈录》,《小说评论》2004 年第 2 期。
② 苏童:《妻妾成群》,载《婚姻即景》,江苏文艺出版社 1993 年版,第 132—133 页。
③ 王干:《苏童意象》,载汪政、何平主编《苏童研究资料》,天津人民出版社 2007 年版,第 318 页。

身上仍然穿着夏天的衣服,一件浅色的衬衫,一条样式已经过时的直筒牛仔裤,杨泊的脚上仍然穿着黑色皮凉鞋,有时候在风中看见杨泊裸露的苍白的脚趾,你会想起某种生存的状态和意义。"① 寥寥数语,就把一个男人的略显沧桑和轻微落寞以一种简单的画面感、线条感勾勒出来,并把作者所要隐晦传达的情感含蓄地表现了出来。对于苏童语言的独特表述方式,葛红兵分析说:"突破了启蒙语式的苏童在这方面获得了自己的活力,形成了突破。他从中国现代作家嗤之以鼻的中国传统文学中汲取了养料。读苏童的小说,我们很容易会联想到唐诗、宋词的意境,苏童的小说是以意境取胜的,苏童的小说,使用的是一种意象性语言,一种在唐诗、宋词、元曲中流传着的具有汉语言特殊情韵的语言方式。"② 当然,不独苏童如此,读格非、叶兆言、余华、叶弥、朱文颖等人的小说,这种感觉都十分强烈,《欲望的旗帜》、"夜泊秦淮"系列、《活着》等,"一种来自语言结构中的颓唐破坏、感伤惆怅的文人怀旧情绪所带来的悲凉婉约的情调,形成别具特色的小说气派,这仿佛是对唐代杜牧似的文人遗风的继承"。③ 这种传统可以追至魏晋南北朝甚至更久远的时代。

从上面的论述中可以看出,不管是汪曾祺等人语言的相对纯粹,还是苏童等人语言的适当饱满,都代表了当代小说语言的生动面向。可以说,在这些作家的艺术自觉和语言追求中,当代江南小说已经确立了自己独特的风格,它既古典又现代,既朴素又抒情,既简约又繁复。而这一语言风格的形成当然与作家自身的艺术秉性有关,但也离不开江南文化的传统魅力和潜在滋养。在汪曾祺看来,语言的文化性是文学语言一个十分重要的特点。他说:"语言是一种文化现象,语言的背景是文化。一个作家对传统文化和某一特定地区的文化了解得愈深切,他的语言便愈有特点。所谓语言有味无味,其实是说这种语言有没有文化。"④ 汪曾祺的小说语言深得传统文化尤其是江南文化的精髓,平淡却有张力,朴素却有诗情,散漫却有神韵,没有雍容的华丽,也没有艰难的晦涩,更没有沉郁的冗杂。汪曾祺喜欢用短句,使得叙述富有韵律感和节奏感;他侧重于对事物的描绘,用朴素的语言进行简单的形象勾勒,使得笔下的事物于不经意间充溢着生

---

① 苏童:《已婚男人》,载《婚姻即景》,江苏文艺出版社1993年版,第165页。
② 葛红兵:《苏童的意象主义写作》,载孔范今、施战军主编《苏童研究资料》,山东文艺出版社2006年版,第375页。
③ 孙津、陈晓明、草原等:《关于江苏作家群的笔谈》,《上海文论》1992年第2期。
④ 汪曾祺:《林斤澜的矮凳桥》,载《汪曾祺全集》第四卷,北京师范大学出版社1998年版,第103页。

命力和意境美,这些无不得益于传统的影响。

英国诗人艾略特曾经特别强调传统意识对文学创作的意义,他说:"不但要理解过去的过去性,而且还要理解过去的现存性,历史的意识不但使人写作时有他自己那一代的背景,而且还要感到从荷马以来欧洲整个的文学及其本国整个的文学有一个同时的存在,组成一个同时的局面。这个历史的意识是对于永久的意识,也是对于暂时的意识,也是对于永久和暂时的合起来的意识。就是这个意识使一个作家成为传统性的,同时也是这个意识使一个作家最敏锐地意识到自己在时间中的地位,自己和当代的关系。"① 英国著名文学批评家利维斯在谈到传统时也讲道:"传统所以能有一点真正的意义,正是就主要的小说家们——那些如我们前面所说那样意义重大的小说家们——而言的。"② 从这个层面上来理解,可以说是江南文化传统成就了当代江南小说语言的准确性,成就了一批批的江南作家,成就了一篇篇如此优雅、如此诗意的好小说。

三 语言的意义

本雅明在《论语言本身和人的语言》一文中曾指出:"对思想内容的所有传达都是语言,语言传达仅仅是人类语言的一种特殊情况。在这种或那种意义上,语言总是内在于人类思想表达的所有领域。然而,语言的存在不仅仅与所有领域的人类思想表达是共存的,而且与整个大千世界也是共存的。在有生命或者无生命的自然界,没有任何事实或者事物不以某种方式参与着语言,因为任何一种事物在本质上就是传达其思想内容。"③ "语言传达什么呢?语言传达符合它的思想存在。这个思想存在基本上是在语言之中而非通过语言传达自身。"④ 当代江南小说与中国语言叙事之间,默契地达成了一致,尤其在 20 世纪八九十年代主体性高昂的时代背景中,这种抒情话语十分契合个体的精神复活和情绪表达,不断地弥合前期意识形态禁锢下的语言与思想的疏离,以至于进一步实现了语言与思想的切近和融合。

---

① [英]艾略特:《传统与个人才能》,载《艾略特诗学文集》,王恩衷编译,国际文化出版公司 1989 年版,第 2 页。
② [英]F. R. 利维斯:《伟大的传统》,袁伟译,生活·读书·新知三联书店 2009 年版,第 4 页。
③ [德]瓦尔特·本雅明:《论语言本身和人的语言》,载陈永国、马海良编《本雅明文选》,中国社会科学出版社 1999 年版,第 275 页。
④ [德]瓦尔特·本雅明:《论语言本身和人的语言》,载陈永国、马海良编《本雅明文选》,中国社会科学出版社 1999 年版,第 276 页。

如果从另一个角度来看,当代江南小说语言风格的确立,源于其陌生化的本质。"陌生化"是由俄国形式主义评论家什克洛夫斯基提出的一个著名的文学理论。他认为,"现在,词语僵死了,语言也宛若一座坟墓。但是,词语刚刚诞生的时候却是生动的、形象的"①。因此,人们就去破坏词语,把词拆散,使它变形,或是造新词,或是用阴性词代替阳性词等,造成语言理解与感受上的陌生感,使那些日常语言中为人们司空见惯的语法规则化为一种具有新的形态、新的审美价值的语言艺术,以期通过这些方法恢复它的生动性、形象性,给人以深刻的印象,并进而给读者带来新奇的阅读体验。从这个意义上说,先锋小说、寻根小说、新历史小说等,都是在以自己独特的语言风貌改变着读者的阅读习惯和审美习性。而建立在这种"陌生化"基础上的感受力、想象力、表现力,都极为诗意地推动了小说叙事的自然和流畅,让人们透过这"陌生化"的窗纱,窥视到小说所表现出来的以及隐藏在文字背后的异样世界和共通人性。当代江南小说有着强烈的历史意味、高昂的诗性诉求和深沉的哲学思考,这一切都是建立在对其独特的语言的感受力上的,没有语言的"种子",一切不过是虚妄的聊以自慰的夸夸其谈。乔治·斯坦纳在论及卡夫卡的写作时谈道:

卡夫卡深知克尔凯郭尔的警告:"个人不能帮助也不能挽救时代,他只能表现它的失落。"他看到非人道时代的来临,而且勾出了他难以忍受的轮廓,但是,沉默的引诱——认为艺术在某些现实情况下微不足道、无济于事——也近在眼前,集中营的世界,是在理性的范畴之外,也是在语言的范围之外,如果要说出这种"不可言说"的东西,会危害到语言的存在,因为语言本是人道和理性之真理的创造者和存载者。②

语言作为一种存在,其所遭受的风险几乎无处不在,走出黑暗的当代小说语言刚刚获得了片刻的欢愉,便陷入了另外一重危险的境地。"今日作家用的语词往往更少、更简单,既是因为大众义化淡化了文学观念,也是因为能够由词语给出必要而充分阐释的现实的数量在锐减。"③ 在这样的

---

① [俄] B. 什克洛夫斯基:《词语的复活》,李辉凡译,《外国文学评论》1993年第2期。
② [美] 乔治·斯坦纳:《语言与沉默——论语言、文学与非人道》,李小均译,上海人民出版社2013年版,第140页。
③ [美] 乔治·斯坦纳:《语言与沉默——论语言、文学与非人道》,李小均译,上海人民出版社2013年版,第33页。

时代境遇中，语言也正在逐渐丧失它清晰表达思想和意义的能力，它在规训与妥协中，与新时代的社会风尚达成了新的"恰当"与"正确"，并以高尚的名义书写着真实的谎言。对于当代江南小说来说，这样的语言困境同样存在。

德国汉学家顾彬曾因炮轰中国当代文学而饱受非议，他曾经犀利地指出了当代作家的语言弊病，"一个中国作家没有去探究语言本身的内部价值，他或她只不过随意取用任何随处看到、读到或听到的语言。这是日常语言、街头语言，当然，也是传媒语言"①。（当然我们并不是否定日常语言，汪曾祺、赵树理、孙犁等人都十分热衷于大众语言。重要的是如何予以提炼，使其成为"美丽"的语言。）这其实是很多中国作家面临的问题，很多作者孜孜以求于自己的创作成就，却对自身语言修养的塑成视而不见，而由此也导致"中国的作家既无法驾驭好自己的语言"，更"难以创作出伟大的作品"。② 因此，他"不完全认同以为中国文学是因政治而出现问题的那些人，因为其实是作家本身引起的。终究，伟大的文学在1989年之前的苏联或民主德意志共和国是可能的！不应该把那么多责任算给政治，毋宁是中国作家他或她自身没有照顾那应该成为他或她最重要关怀的——语言与文学"③。顾彬的判断毫不客气，却合乎逻辑，甚至于只是一点常识，但人们经常在常识面前暴露了自己的幼稚和无知。

第二节　朴素与华丽："确切"的两个面向

当代江南小说的另一个重大贡献，是使中国当代文学的语言获得了巨大的进步，并预报了当代汉语的新春。"语言是人的本质所在，人之成其为人，就因为他有语言。"④ 在当代江南小说中，对日常生活的感觉、对平凡人物的塑造，根本上说都是从语言开始的。这种语言是朴素而宁静的，里面蕴含着中国人深层的道德和温情，透过这朴素的语言，当代江南作家

---

① ［德］顾彬：《从语言角度看中国当代文学》，《南京大学学报》（哲学·人文科学·社会科学版）2009年第2期。
② ［德］顾彬：《我们的声音在哪里？——找寻"自我"的中国作家》，《扬子江评论》2009年第2期。
③ ［德］顾彬：《语言的重要性——本土语言如何涉及世界文学》，《扬子江评论》2009年第2期。
④ ［德］J. G. 赫尔德：《论语言的起源》，商务印书馆2014年版，第26页。

为我们打开了感受新的一切的思想源泉。这种语言也是华丽而绮丽的，承载着作家肆意的才华和天马行空的想象力，而通过这些华丽的语言，我们一次次在文学的世界中接受精神的撞击和灵魂的洗礼。

当代江南小说的语言，既体现出了朴素的面向，也洋溢着华丽的诗意，但毫无疑问的，都与作家个人的性情、才华进行了水乳交融般的糅合，从而焕发出动人的生命意向。而实现这一文学诉求的唯一密钥只有两个字："确切"，用卡尔维诺的话说，即"在造词和表现思想和想象力的微妙时，尽可能使用确切的语言"①。当代江南小说以确切为精神旨归，在朴素和华丽以及两者之间穿梭滑行，为中国当代文学贡献了语言的典范和审美的篇章。朴素的语言，往往来源于最为日常的生活。比如在林斤澜的笔下，那些清汤寡水的日子，就在他看似清淡的语言描写中，呈现出生的气息和活的力气：

> 矮凳桥历代田少人多，老古话说一方土养一方人，矮凳桥这方土，却是养不活矮凳桥人。农田上的"生活"，也用不着这么多人去做。袁相舟家里的几分田，就是承包在丫头她妈一个人身上，她妈说，喂不饱几张嘴，用几个人做什么？顶多插秧时候，儿子去甩甩秧苗。收割时节，丫头去捆捆稻草。挑粪水担化肥凡是肩膀吃力的，她妈决不指使儿女。袁相舟是什么也不插手，哪怕街上没有生意好做，她妈也宁肯叫男人家笼着手坐着。②

说到林斤澜，好像就不能不谈到汪曾祺，但在笔者的阅读理解中，汪曾祺的小说，看似朴素，实际上暗含着一种内嵌的抒情。而林斤澜的小说，看上去朴素，也着实朴素，他叙述中的每一个字、每一个词、每一句话，都是活脱脱地取自于本真的生活，而无一丁点艺术的修饰，但通篇读来，却又觉得这真的就是死水微澜般的真实世界和日常生命。

当代江南小说朴素语言的源头，一方面与作家天然的品性有关，一方面与作品取材于日常生活有关，尤其是在日常化的方言的基础上提炼出来的简洁朴实的文学语言，更使得这种朴素亲切动人。即便是一般的日常的对话，也能在朴实的口语中赋予人物一种深层的心理内涵。"口语永远是

---

① ［意］卡尔维诺：《未来千年文学备忘录》，杨德友译，辽宁教育出版社1997年版，第40页。
② 林斤澜：《丫头她妈——矮凳桥没有名字的人》，载《林斤澜小说选》，人民文学出版社2009年版，第12页。

最活跃的，时时都在发展变化。新的语汇和语法往往最先出现在少数人的口语中，然后才慢慢地为民族语言所吸收。但这种新因素的吸收，只有在民族语言系统的严格监视下，经过检验和筛选，淘汰那些不符合民族语言习惯的因素，保留那些民族语言发展所需要的成分，并赋予规范性，才有可能为大多数人所接受。"① 在高晓声的许多小说中，我们随处都可以看到对于通用语言规范的一种书写变革，他改变了艰涩拗口的方言所带有的粗粝和含混，而创造了一种有着时代特色、符合人物特点的语言风格。钱中文在谈到高晓声的长篇小说《青天在上》时就讲道："高晓声在一般通用语言的基础上，提炼着江南农民（居民）的语言，创造了一种具有江南浓郁的地方色彩的、独特的、幽默生动的、又被普遍接受的文学语言。"② 因此，我们读高晓声的作品，就会发现，他的小说都是十分平凡的话语，用的也是十分朴素的词汇，然而所有的词语似乎都保持着作者的脉动，而一切的情感和思想体验都随着这个律动上下起伏。

高晓声语言的魅力，就在于这一"主体性"的获得。因此，在他的笔下，不管是陈奂生、李顺大这样的农民形象，还是其他不起眼的人物形象，都在民间语言的塑造中，得以展开其干净利落、却也内心丰富的生命面向。比如《李顺大造屋》中，有这样一段关于李顺大的描写：

> 那时候，李顺大二十八岁，粗黑的短发，黑红的脸膛，中长身材，背阔胸宽，俨然一座铁塔。一家四口（自己、妻子、妹妹、儿子）倒有三个劳动力，分到六亩八分好田。他觉得浑身的劲倒比天还大，一铁耙把地球锄一个对穿洞也容易，何愁造不成三间屋！他那镇定而并不机灵的眼睛，刺虎般压在厚嘴唇上的端正阔大的鼻子，都显示出坚强的决心；这决心是牛也拉不动的了。③

高晓声的小说，雕词琢句，有着一种农民深耕细作式的小模小样，但他通过这些语言所呈现出的思想世界和人物形象，则是走向现实、走进内心并向着生活深处奔赴的。他的语言朴素真实，这种朴素在人物的身上体现为一种不均衡、不协调，但这种用心是和缓的，并最终和人物一起，化作了他小说中摇曳着的自然的步伐。他的语言不用力，只是阔步前进，却

---

① 方锡德：《中国现代小说与文学传统》，北京大学出版社1992年版，第381页。
② 钱中文：《〈青天在上〉与高晓声文体》，《文学评论》1989年第4期。
③ 高晓声：《李顺大造屋》，载《高晓声文集·短篇小说卷》，作家出版社2001年版，第29—30页。

自有一种不可多言的气势和力量在。当然，高晓声也善于在朴素的语言之下，捕捉人物精微的内心世界。比如《解约》中写到的青年：

> 陈宝祥活泼的脸上，有一种正经的表情，就像玩笑惯了的孩子，在想着一件重要的事情一样，他脸部的肌肉微微动着，眼睛慢慢地眨着。他从第一眼见到翠兰以后，脑子里想象着那个姑娘的轮廓，立刻就打碎了，现实的比想象的要好得多。现在，他注视着翠兰，骤然产生了一种陌生的心理，兴奋而慌乱，和普通的青年人第一次在心爱的姑娘面前要想表示自己的爱慕一样。他努力着要和翠兰谈些什么，又觉得讲什么都不适当。①

与朴素相反，当代江南小说同样表现出了令人惊艳的华丽之姿。这种绮丽多彩的语言形态，脱离了日常语言的平淡，而好似插上了飞翔的翅膀，在语言的世界中肆意翱翔。在一般的认识中，华丽的语言容易泛滥，容易导致叙述的崩塌和滑坡，但在笔者看来，华丽语言预示了一种强烈的语言意识，这种意识冲破了日常的思维和行为羁绊，向着更为形而上的层面滑行，华丽语言也代表着一种独特的文体风格，彰显了语言在文学层面上的多种可能性。"文学上积极的语言意识，在一切时候一切地方（在我所知历史上的一切文学时代），发现的都是多种'语言'，而不是一种语言。它所面临的，是必须选择语言。在自己每一次的语言文学创作中，这个语言意识都要在杂语中辨别方向，在其中占据一定的立场，选择某种'语言'。"② 而苏童，可以看作是华丽派小说的集大成者。这种华丽具体到语言中，可以有很多体现，比如修饰语言的强化、比喻的过多使用、词语的色彩浓烈等，但无论如何表现，其目的就是要摆脱枯燥乏味的叙述语言，从而实现一种思想意义上的语言革新。比如在《我的帝王生涯》中，苏童写道：

> 在充满纵欲和铜臭空气的香县街头，我把我的一生彻底分割成两个部分，作为帝王的那个部分已经化为落叶在大燮宫宫墙下悄然腐烂，而作为一代绝世艺人的我却在九尺悬索上横空出世。我站在悬索

---

① 高晓声：《解约》，载《高晓声文集·短篇小说卷》，作家出版社2001年版，第6页。
② [苏]巴赫金：《长篇小说的话语》，载《巴赫金全集》第三卷，白春仁、晓河译，河北教育出版社2009年版，第74页。

上听见了什么?我听见北风的啜泣和欢呼,听见我从前的子民在下面狂喜地叫喊,走索王,走啊,跳啊,翻筋斗啊。于是我真的走起来,跳起来,翻滚起来,驻足悬索时却纹丝不动。我站在悬索上看见什么?我看见我真实的影子被香县夕阳急速放大,看见一只美丽的白鸟从我的灵魂深处起飞,自由而傲慢地掠过世人的头顶和苍茫的天空。①

语言的华丽首先表现为用词的繁复和夸张,"铜臭空气""横空出世""苍茫的天空"等,这些词汇的使用带有宏大的语言张力,它的切口是大的,情感是饱胀的,因此,微小而平淡的语言满足不了语言的表达和叙事的爆破。这种华丽,还表现为在宏大的语言之下,思维和情感的巨大跳跃,这种跳跃具有十足的动感,伴随着的是巨大的思想考验,同时,在这种巨大的情感漩涡中,所有的悲欢都携带着亘古的苍凉和内在的戚伤。

苏童的厉害之处,是在华丽之中自辟蹊径,它的华丽带有一种观念的力量。这种强烈的观念,使得他的小说令人信服,从而避免了因华丽带来的空泛和无力。

借着月光走到船尾,我看见铁锚依然垂挂在船壁上,闪着微冷的金属之光,铁锚与船壁轻轻地碰撞着,发出了安宁祥和的声音。我醒了,河流却睡着了,金雀河上夜色正酣。月光下的水面波纹乍起,我能看见风过河面的痕迹,是一条银色的鳞片缀成的小径,在水上时隐时现。我能看见岸边垂柳的倒影,偶尔有夜鸟发现自己栖错了枝头,噗噜噜地惊飞起来,消失在远处的田野上。②

苏童通过语言的操练,实现了超越现实意义的虚构的真实。巴赫金说:"写小说,要在他人的语言里找出自己的语言,在他人的视野里找出自己的视野。小说中,需把他人语言所包含的思想演绎出来,需要克服他人的扞格不入的东西,其实这种扞格不入只是偶然的表面的错觉的现象。"③ 一个作家,如何找到契合自己的语言,实际上,比他找到属于自己的文体更加重要。语言是文学之根。余华的语言,同样是华丽派小说的代表。且看《死亡叙述》中的这段描写:

---

① 苏童:《我的帝王生涯》,载《后宫》,江苏文艺出版社1994年版,第164页。
② 苏童:《河岸》,人民文学出版社2010年版,第163—164页。
③ [苏]巴赫金:《长篇小说的话语》,载《巴赫金全集》第三卷,白春仁、晓河译,河北教育出版社2009年版,第150页。

那女人的锄头还没有拔出时,铁锘的四个齿已经砍入了我的胸膛。中间的两个铁齿分别砍断了肺动脉和主动脉,动脉里的血"哗"地一下涌了出来,像是倒出去一盆洗脚水似的,而两旁的铁齿则插入了左右两叶肺中。左侧的铁齿穿过肺后又插入了心脏。随后那大汉又一用手劲,铁锘被拔了出去,铁锘拔出后我的两个肺也随之荡到胸膛外面去了。然后我才倒在了地上,我仰脸躺在那里,我的鲜血往四周爬去。我的鲜血很像一棵百年老树隆出地面的根须。我死了。①

余华的语言华丽,表现出的是一种病态的暴力美学。可能与余华之前的职业有关,余华对血与死有天生的、本能的偏好。《许三观卖血记》《鲜血梅花》等,不仅从题目上就带有一种"错觉的现象",而且从内容上也表现出了一种类似于华丽诗学的小说美学特质。

小说是一门对话或者杂语艺术。这种"复调性"决定了小说语言的多样性。只不过具体到每个作家来说,有的善于朴素,有的喜欢华丽罢了。但更多的时候,语言的运用呈现出的是复杂的面向,而华丽又不失朴素,朴素之中又有华丽的点缀,可能是一种更为理想的语言状态。在华丽和朴素之间,语言留下的微小缝隙,可以为巨大的思想提供生长的空间。而在语言的拿捏之中,汪曾祺和叶兆言等人的小说表现出了十分独特的文学气象。汪曾祺的小说《受戒》《大淖记事》自然不必再多讲,在其另外的小说中,这种语言的繁复同样令人赞叹,比如《看水》中的一段描写:

走过一棵老葡萄架下,小吕想坐一坐。一坐下,就想躺下。躺下来,看着头顶的浓密的,鲜嫩清新的,半透明的绿叶,绿叶轻轻摇晃,变软,溶成一片,好像把小吕也溶到里面了。他眼皮一麻搭,不知不觉,睡着了。小吕头枕着一根暴出地面的老葡萄蔓上,满身绿影,睡得真沉,十四岁的正在发育的年轻的胸脯均匀地起伏着。葡萄,正在恣酣地,用力地从地里吸着水,经过皮层下的导管,一直输送到梢顶,轮送到每一片伸张着的绿叶,和累累的,已经有指头顶大小的淡绿色的果粒之中。——这时候,不论割破葡萄枝蔓的任何一

---

① 余华:《死亡叙述》,载《世事如烟》,作家出版社2012年版,第24页。

处,都可以看出有清清的白水流出来,嗒嗒地往下滴……①

汪曾祺的小说语言,乍看上去,或者初读下去,给人的第一感觉是朴素感十足。但细心的读者会发现,汪曾祺真是深得语言之道,他的小说语言在朴素之中有一种淡淡的旖旎之感。这些写景又写人的文章,即便是今天看来,也是多么新颖、多么动人。浓密、鲜嫩、绿叶等明亮稠密词汇的不时使用,使得这种朴素已经被华丽浸染,而带有了一种低调的奢华的语言气韵。在这种语言的熏染中,汪曾祺的小说风格自带风华,那种轻灵与纯粹,那种才华风发与精思入微,真的是当下无想象力、无真情感的作家们所不可比拟的,他的小说是中国当代小说中难得的优秀作品。叶兆言的小说语言,也是十分朴素的:

> 状元境这地方脏得很。小小的一条街,鹅卵石铺的路面,黏糊糊的,总透着湿气。天刚破亮,刷马子的声音此起彼伏。挑水的汉子担着水桶,在细长的街上乱晃,极风流地走过,常有风骚的女人追在后面,骂、闹,整桶的水便泼在路上。各式各样的污水随时破门而出。是地方就有人冲墙根撒尿。小孩子在气味最重的地方,画了不少乌龟一般的符号。②

这种朴素要求情感不能越出某些限度,似乎作者只是一个画家,而不能随意地暴露自己的念头和偏激。与汪曾祺的语言比起来,叶兆言的朴素以及华丽是另外一个路径。他的朴素粗粝而原生态,是甩都甩不掉的厚实和平滑,他的华丽是从朴实的语言之中挤压和冲撞出来的,就如同污水破门而出。叶兆言的小说语言呈现的是一种离散状态,而这正符合语言本身的发展特性。"事实上,语言的散布以一种基本的方式相关于我们称之为大写话语之消失的考古学事件。在独特空间中揭示出语言的重大作用,这恰如终止一种在前一个世纪构建起来的知识方式一样,可能都是迈向全新思想形式的决定性飞跃。"③ 叶兆言的小说语言是小写的语言,这种小与雅、俗都有一种美学意义上的契合,正如有评论者指出的:"在语言领域,叶兆言已经成功地把'大雅'与'大俗'、古典与现代、口语与书面语

---

① 汪曾祺:《看水》,载《汪曾祺小说全编》中,人民文学出版社2016年版,第368页。
② 叶兆言:《状元境》,载《夜泊秦淮》,人民文学出版社2012年版,第1页。
③ [法] 米歇尔·福柯:《词与物——人文科学的考古学》,莫伟民译,上海三联书店2016年版,第311页。

'杂糅'、整合为一体，并据此创造出了一种充分个性化的能彰显汉语言美感与力量的语言风格。"① 他在摆脱了宏大语言的羁绊和控制之后，在独特的语言世界中揭示了语言的特殊意义。

很长一段时间以来，中国当代汉语一直在枷锁之中变动扭转，语言似乎成了声音的传声筒，而丧失了它独有的诗学魅力和哲学意味。"专制的话语是得不到描绘的，它只是转达而已。它的惰性、意义上的完满和凝滞、外表上迂腐的独处、对别人随意模仿和发挥的决不妥协——这一切排除了对专制话语进行艺术描绘的可能性。它在小说中的作用是微不足道的。它无法变成重要的双声语而进入混合语句。当它完全丧失自己的权威时，就干脆成了客体对象，成为遗物，成为东西。它是作为异体物进入文学语境的，在它的周围做不出什么文章来，没有种种杂语的感情色彩，没有紧张而又纷繁的对话生活。"② 丧失了语言，就是丧失了生活，而丧失了生活，小说的存在似乎也就变得可疑又不可能。当代小说的式微，从一个侧面来说，也是语言的式微，是在大众媒介喧嚣中，丧失了自身价值的精神衰退。

语言代表的是一种精神、一种气势。"语言要有气势，这是中国特有的。……写小说的语言也要有气势。"③ 不管是朴素的语言，还是华丽的语言，可能正如高晓声所说，重要的都是要表达出一种特有的气势，气势是语言的诗学。我们通过语言刻画一个人，但要认识一个人，要通过他的形态、心理等各种"气势"来实现，有了气势，一个人才能立得起来。"文学的第一要素是语言。要刻画出人物性格，塑造典型形象，必须充分掌握和运用文学语言。"④

当然，关于语言，仁者见仁智者见智。但语言无论是朴素还是华丽，最重要的是确切，或者换个词说，就是准确。汪曾祺说："什么是好的语言，什么是差的语言，只有一个标准，就是准确。无论是中国的作家、外国的作家，包括契诃夫这样的作家都曾经说过，好的语言就是准确的语言。……我觉得从二十世纪以后，文学语言发展的趋势是趋于简单，就是普普通通的语言，简简单单的话。……比如海明威的小说，语言就非常简

---

① 吴义勤：《穿行于大雅与大俗之间——叶兆言论》，《钟山》2000 年第 5 期。
② ［苏］巴赫金：《长篇小说的话语》，载《巴赫金全集》第三卷，白春仁、晓河译，河北教育出版社 2009 年版，第 128 页。
③ 高晓声：《生活、目的和技巧》，《星火》1980 年第 9 期。
④ 高晓声：《读古典文学的一点体会》，载王彬彬编《高晓声研究资料》，人民文学出版社 2016 年版，第 378 页。

单。句子很短，而且每个句子的结构都是属于单句，没有那么复杂的句式结构。"① "我的老师沈从文告诉我，语言只有一个标准，就是准确。一句话要找一个最好的说法，用朴素的语言加以表达。当然也有华丽的语言，但我觉得一般地说，特别是现代小说，语言是越来越朴素，越来越简单。"②

在这个语言晦涩而繁复、枯燥又乏味的时代，朴素的语言不能仅仅是简单，一定要简单之中有深意，华丽的语言不能仅仅是外在的、装饰性的漂亮衣裳，而是与肉体紧贴、保持灵魂的温度的熨帖衣物。我们必须从各个不同的方向进行语言的冒险尝试，从而为当下的生活取得一个合时宜的概念。如果不是这样，在这个精神被时代掣肘的境遇中去安心地读一本小说，也仅仅是想想罢了的事情。毕竟，小说最好的时光已经过去了。

第三节　语言风格与叙事策略

博尔赫斯说，一个作家应当为这个世界提供一种语言。一个作家最终成就的高低取决于他如何将自己对生活、生命、世界的理解浓缩到为数并不多的字句之中。而读者就是通过他们魔幻而动人的文字拼盘和迷宫，见出作家的叙事和描写不是枯燥无味的，它有着迷人的风景。透过这片风景，我们能触摸作家的内心世界和他关于万物的理解。

作家面对语言，和他面对叙事一样，那些艰难的准备和灵魂的考验，从来都不是配合得整整齐齐的。"一种特别的小说语言，总意味着一种特别的观察世界的视角，希冀获得社会意义的视角。"③ 而只有当叙事和语言达成一种内在的契合时，语言才显得真切而平和，并且具有了一种令人神往的精神完美。好的作品都能引起同样的感觉。在这个意义上，语言是精神，不是工具。"对我们来说，语言不只是思想交流的系统而已。它是一件看不见的外衣，披挂在我们的精神上，预先决定了精神的一切符号表达

---

①　汪曾祺：《文学语言杂谈》，载《汪曾祺全集》第四卷，北京师范大学出版社1998年版，第226页。
②　汪曾祺：《小说创作随谈》，载《汪曾祺全集》第三卷，北京师范大学出版社1998年版，第313页。
③　[苏] 巴赫金：《长篇小说的话语》，载《巴赫金全集》第三卷，白春仁、晓河译，河北教育出版社2009年版，第117页。

的形式。"①

笔者在前面的论述中,曾多次谈到汪曾祺小说在中国当代文学尤其是新时期文学中的重要性。汪曾祺的小说,是一次语言和精神双重意义上的革命。而这种革命是通过汪曾祺独特的诗化叙事实现的。正如有研究者指出的:"汪曾祺语言上的一个特点就是他较多地借鉴了文言系统中的写意手法,在创作中他很少追求对对象外部特点的精确再现,而主要依凭自己的感悟,写出对象一些主要特征,其余的则作为空白留给读者去意会。"②这一留白的艺术手法在汪曾祺的小说中大量出现,其中令人印象最深刻的是《受戒》的结尾,它如同一幅未完成的画作,给读者留下了言有尽而意无穷的想象空间。因此,他的小说与当时流行的现实小说不同,也与当下时兴的现代小说不同。"汪曾祺的小说,很像一场不流血的革命。悄悄地来了,悄悄地有些反响。它不像意识流小说那么时髦,那么张扬,那么自以为是。新时期初期小说中的现代派,更多的是外在,表面上做文章,不加标点符号,冒冒失失来上一大段,然后便宣称已把意识像水的那种感觉写出来了。意识流更像是一场矫情做作的形式革命,根本到达不了文学的心灵深处,在一开始就老掉牙,它的特殊意义,不过是往保守的传统叙述方式中,扔了几颗手榴弹。"③ 这也便是汪曾祺小说的意义和贡献。

汪曾祺十分重视语言,他说:"我很重视语言,也许过分重视了。我以为语言具有内容性。语言是小说的本体,不是外部的,不只是形式、技巧。探索一个作者气质、他的思想(他的生活态度,不是理念),必须由语言入手,并始终浸在作者的语言里。语言具有文化性。作品的语言映照出作者全部文化修养。语言的美不在一个一个句子,而在句与句之间的关系。……语言像水,是不能切割的。一篇作品的语言,是一个有机的整体。"④ 语言是有机的,有时生长,有时衰亡。在小说中,语言是作者叙事和思想的投射,一部作品的语言风格与其叙事策略息息相关,并互生互存。"写作品好比写字,你不能一句一句去写,而要通篇想想,找到这篇作品的语言基调。"⑤

---

① [美] 爱德华·萨丕尔:《语言论》,陆卓元译,商务印书馆1985年版,第198页。
② 张卫中:《新时期小说的流变与中国传统文化》,学林出版社2000年版,第253页。
③ 叶兆言:《郴江幸自绕郴江》,《作家》2003年第2期。
④ 汪曾祺:《自报家门》,载《汪曾祺全集》第四卷,北京师范大学出版社1998年版,第292页。
⑤ 汪曾祺:《文学语言杂谈》,载《汪曾祺全集》第四卷,北京师范大学出版社1998年版,第230页。

汪曾祺之外，高晓声也十分注重对语言的提炼和改造，因为一个人的语言基调，不仅影响到小说的叙事，还关涉审美的意境。他说："你是什么样的情绪，你就会用什么样的语言，而一连串的语言就决定一篇作品的意境。"① 这无疑道出了语言与叙事之间奇妙的联系。高晓声对于语言的锤炼，可谓到了"语不惊人死不休"的地步："我对自己的小说是多次地读。写不下去了就读，反复地读，一句句磨。同一个短句中，同音字尽量不用，靠近的语句中尽量避免重复使用相同的词。还要注意音节，使读起来好听。"② 而这种对于语言的历练，与他对于作品的实验以及刻意追求的独特叙事策略是紧密联系在一起的。比如他的《鱼钓》等实验小说，不仅借鉴了中国古典小说的传统，而且深得古典语言之精髓，从而创造出了一种有别于古典、具有现代意味的当代小说文体。有分析者指出："高晓声的实验小说，基本上是淡化背景的。但这是他学习、借鉴我国古代笔记小说传统的结果。中国笔记小说善于截取生活实际发展过程中的片断点滴，无意对背景予以更多的关注。《聊斋》就是如此。高晓声与《聊斋》有特殊的关系。他小时读私塾，学的第一篇古文就是《聊斋》中的《促织》。以后他就爱上了蒲松龄。"③ 对此，另有研究者同样分析说："高晓声的小说正是继承了《聊斋》的从小人物小事件中'显出普遍性和诗意'。这是《聊斋》对高晓声小说影响的重要内容。"④

这是高晓声写作中的"另类"作品，但正是高晓声对这种极端简化语言风格的驾轻就熟，成就了他的小说独特的叙事模式。"它们表现的，是生活中存在的哲理性意蕴，而不是当前人们普遍关心的社会重大问题。作者有意识地淡化作品的背景，回避对特定时期的历史和现实生活作深刻的概括和描述，以突出某种哲理意蕴的普遍性。"⑤ 而在《青天在上》等作品中，因为叙事策略的变化，语言又呈现出新的特质，比如对于双声语的广泛使用等，使得这种风格变得极具活力和穿透力。"在《青天在上》中，这种双声语随处都是，它们充满幽默，富有寓意，极为形象，使叙述充溢着一种审美感受、评价的活力，激发读者的健康的艺术感觉，使之透入生

---

① 高晓声：《生活、目的和技巧》，《星火》1980年第9期。
② 高晓声：《生活、目的和技巧》，《星火》1980年第9期。
③ 周至德：《高晓声的探索和他的实验小说》，《中国文学研究》1989年第2期。
④ 王同书：《小中见大 遗貌取神——谈谈〈聊斋〉对高晓声小说创作的影响》，《明清小说研究》1988年第1期。
⑤ 周至德：《高晓声的探索和他的实验小说》，《中国文学研究》1989年第2期。

活之荒诞,并使阅读成为一种审美享受。"①

小说的整体性往往体现为一种语言的模式,而在这个模式之中,语言的呈现不是单一的,它往往是妥协和交互的结果。余华在谈到自己的创作时就说:"我在中国能够成为一位作家,很大程度上得益于我在语言上妥协的才华。我知道自己已经失去了语言的故乡,幸运的是我并没有失去故乡的形象和成长的经验,汉语自身的灵活性帮助了我,让我将南方的节奏和南方的气氛注入到北方的语言之中,于是异乡的语言开始使故乡的形象栩栩如生了。这正是语言的美妙之处,同时也是生存之道。"② 语言生成了余华的小说叙事,并激发了余华小说的灿烂。当然,一个作家的语言风格也可能会不断变化,这种变化虽然不像一个人的衰老那样显而易见,但只要我们把作者的小说放到他创作的长河之中,差异便会容易辨出。比如就有研究者发现了余华在转向长篇小说写作之后的叙事变化和语言革新:

> 在八十年代中后期余华是以一个先锋作家的姿态出现在文坛上,这个时期他的作品主要是中短篇小说,篇幅都不长,语言基本上是欧化的书面语,因此语言似乎没有成为余华的一个问题。但是到了九十年代,他开始转向长篇创作;这个时候他不再能依靠灵感一蹴而就了——如果说短篇小说是诗性的,那么长篇小说就是散文的,它更多地是检验作家对生活的记忆力、把握能力——在长篇创作中,作家与自己过去生活的联系更加紧密,即便是最有想象力的作家也必须以生活经验为基础;他们用语言呈露生活的能力变得更加重要,对生活的语感也将在创作中受到反复考验。③

这一见解似乎不无道理,余华在谈到《许三观卖血记》的写作时就不无感慨地说道:"记得我写到一万多字时,突然发现人物的对话成了叙述的基调,于是我必须重视对话了,因为这时候的对话承担了双重的责任,一方面是人物的发言,另一方面又是叙述前进时的旋律和节奏。"而作者解决这一难题的办法是用浙江越剧的腔调来写,"让那些标准的汉语词汇在越剧的唱腔里跳跃,于是标准的汉语就会洋溢出我们浙江的气息"④。

余华的这一叙事策略,造成了语言风格的变化,这种变化是有重要的

---

① 钱中文:《〈青天在上〉与高晓声文体》,《文学评论》1989 年第 4 期。
② 余华:《我能否相信自己》,人民日报出版社 1998 年版,第 143 页。
③ 张卫中:《新时期小说的流变与中国传统文化》,学林出版社 2000 年版,第 277 页。
④ 余华:《我能否相信自己》,人民日报出版社 1998 年版,第 242 页。

文学史意义的。一定程度上，中国当代汉语正是在当代江南小说的语言实验和变革中焕发出了新的活力和光彩。在语言的革命上，苏童也是十分突出的一位。苏童一方面深受西方文学的影响，但另一方面又深深浸淫于中国古典文学的伟大传统之中。"尽管苏童深受拉美魔幻现实主义影响，并有意或无意中注意摹仿，但当他用中国语言来写的时候，这种语言本身所'蕴涵'或'携带'的中国传统就被释放了出来，使读者可以感受到中国古典式情景交融、虚实相生或人物交感等意味，甚至也不难发现宋词式婉约、感伤等特色。"① 这样的影响在苏童的作品中比比皆是。比如《黄雀记》中的这段描写：

> 保润依稀发现一道湿润的曲线闪着隐隐的白光，从香椿树街逶迤而过。那是蛇的道路。蛇的道路充满祖先的叹息声，带着另一个时空的积怨，它被一片浅绿色的阴影引导着，消失在街道尽头。保润极目远眺，看清那片阴影其实是一把浅绿色的阳伞，那么晴朗的星期天的早晨，那么温暖的春天，不知是谁打着一把浅绿色的阳伞出门了。②

苏童的小说中，"蛇"的意象十分突出，而这一意象本身就富有传统意味。在此段描写中，苏童使用的依然是西方的现代小说技法，但他的语言中不由自主地带有戏谑的戚伤。这叙事中的忧伤是从语言的缝隙中渗透出来的，让你我都忍不住在这充溢的情感中孤独漫游。

当然，语言与语言之间的差异，既有地域上的，又有经验上的，还有知识谱系上的，实在难以讲清楚。而这种差异，就是语言自身的魔力。语言的基调是由叙事决定的，朴素的语言和华丽的语言，带来的是完全不同的叙事腔调。"叶兆言小说的氛围，很少激情的爆发，这并非他对笔下人物缺少足够的热情，因为他的绝大多数小说，那些普通的人物故事，在叙述过程中总给人一种温暖的感觉，具有一种特殊的亲和力。鲁汉明、马文、小磁人、楼兰，发生在他们身上的故事和他们的命运，都让人有一种特别的亲近感。叶兆言骨子里的平民意识，使他的小说在氛围营造上也有如此特征。"③ 以此来看，叶兆言小说中那种朴素、平淡，也便不是毫无缘由的了。

---

① 王一川：《中国形象诗学》，上海三联书店1998年版，第144页。
② 苏童：《黄雀记》，作家出版社2013年版，第19页。
③ 阎晶明：《耐得住叙述的寂寞——我看叶兆言小说》，《南方文坛》2003年第2期。

毕飞宇也曾在一次对话中谈到了自己的语言观，他说："中篇和短篇，相对说来，我对短篇的兴趣更大一点。主要还是语言。短篇的语言可以呈现出多种多样的风貌，不过有一点应该是共同的，它多多少少应当有那么一点诗性。诗性的语言有它的特征，那就是有一种模糊的精确，开阔的精微，飞动的静穆，斑斓的单纯，一句话，诗性的语言在主流语言的侧面，是似是而非的、似非而是的。当它们组合起来的时候，一加一不是小于二就是大于二，它偏偏就不等于二。这一来它不是多出一点什么就是少了一点什么，有了特殊的氛围，有了独特的笼罩，韵致就有了。"① 由此，我们似乎也可以推断出，为什么当代江南作家对于短篇小说那么由衷偏爱了。而事实上，当代江南小说中，最优异且最具代表性的还是短篇小说。

毕飞宇对于短篇的偏爱，还体现在对于短句的迷恋，这一点在高晓声的小说中已经有着十分明显的体现，而到了毕飞宇的小说中，似乎有了更进一步的提升和再造。例如《哺乳期的女人》的结尾：

> 惠嫂回过头来。她的泪水泛起了一脸青光，像母兽。有些惊人。惠嫂凶悍异常地吼道："你们走！走——！"你们知道什么？②

这个短短的结尾，不过几十个字，却字字千钧，像铅球砸在地上现出一个个大坑，也如同石头砸在胸口，疼痛肆意，波澜无限。这是短句的力量，它有一般语言不可企及的速度，同时也有一般情感不可触摸的深度。在高晓声的小说中，短句的使用基本还停留在对于语言自身的提炼上，但到了毕飞宇的小说中，短句不仅仅是局部起火，而是点燃了整个小说的叙事场域。"他通过对一种悖反式语言结构的控制，达成了特殊的语言弹性与叙事节奏。这种悖反包括两个方面，即及物的诗情与不及物的戏仿。前者从可能的悲剧中捕捉住溢散的诗意，后者则抑制着其政治、道德与人性层次上的悲剧指向。二者相生相制，形成了沉重与轻逸相交叠的风格。"③

一位作家的情感不可谓不饱满而激越，但对于情感的克制，以及对于叙事节奏的控制，最终决定了一个小说家的艺术高度。施战军在谈论毕飞宇的小说时，就称其为"克制着的激情叙事"，他说："难得的简洁有趣和贴切的反讽式的移用，这是毕飞宇语风中一看便知的聪明，每到此处，读者不免

---

① 毕飞宇、汪政：《语言的宿命》，《南方文坛》2002年第4期。
② 毕飞宇：《哺乳期的女人》，载《哺乳期的女人》，人民文学出版社2015年版，第193页。
③ 张均：《"现代"之后 我们往哪里去？》，《小说评论》2006年第2期。

会心一笑,甚至不禁大笑——亏他想得出来。但毕飞宇并不滥用这种聪明,他的小说并不堆积这样的脱口秀,他尽量避免语体狂欢化的危险,因此他的语风机智而不失油滑,它们不是废话,而是有机地调和到作品中作为适度的缓冲因素,以免眉头过紧,该用时肯定有,就那么'一闪','没了'。每到此时,这种露出端倪的语风都是解颐的或者解恨的。"① 正是克制,才让他的语言游刃有余,才使他的叙事风生水起,"他的小说语言始终是那么不紧不慢,表面上看很随意,实际上却很细致,叙述和描写都很准确。这种语言方式有时候似乎显得有些絮叨,但它们又确实给予了作品舒缓自由的特点,人物的行动、思想能够得到更充分自主的展开"②。

每个作家对于生活的理解可能不同,但对于语言的认识想必都是放在首位的,绝不能为了迁就生活而对语言进行削减或者扩充。通过语言的力量,他可以使叙事具体化,可以使叙事诗意化,可以浑然天成地从叙事中攫取无比丰富的思想世界。这是语言开放性的魅力。语言不是孤立的,作家不可能闭门造车,只拘囿在一堆钢筋水泥中打转转,好的小说叙事就是要找到和它对应的语言的参照物。中国当代小说,在经历了语言的黑暗之后,还未能真正实现本体意义上的重返和回归。我们不一定认同作家对生活的具体描绘,可不得不赞赏那些将语言运用于文学,并产生了优秀的时代篇章的探索和追求。语言在小说叙事中的功用,就像空气一样无处不在,它以美妙的此起彼伏令人感叹和惊喜,让人倍感新鲜,也满怀期待。

语言要发展,文学的作用不可替代。"中国的当代文学含蕴着传统的文化,这才成为当代的中国文学。正如现代化的中国里面有古代的中国。如果只有现代化,没有古代中国,那么中国就不成其为中国。"③ 尤其是对于作家来说,语言的重要性不言而喻。"我觉得写文章,最基本的功力就是运用语言文字。思想也好、形象也好、氛围也好,靠语言文字来表达。如果语言文字都不行,哪来思想功力?语言,应当坚定地使用自己国家民族的语言。现代汉语既要发展,也要继承古汉语的好传统,两种语言的语法结构各有长处,合理地糅合在一起,语言就很耐咀嚼,很有味道。"④ 语言的未来在哪里?可能就隐藏在我们源远流长的传统中,可能就隐身于日常生活的烟火中,静默深流,等待着命运的开采。

---

① 施战军:《克制着的激情叙事——毕飞宇论》,《钟山》2001 年第 3 期。
② 贺仲明:《毕飞宇创作论》,《小说评论》2012 年第 1 期。
③ 汪曾祺:《传统文化对中国当代文学创作的影响》,载《汪曾祺全集》第六卷,北京师范大学出版社 1998 年版,第 362 页。
④ 高晓声:《生活、目的和技巧》,《星火》1980 年第 9 期。

第八章　文体自觉与文体形态

　　文体形态最容易反映出文学的真正特质，正如韦勒克、沃伦所说："文体学的纯文学和审美的效用把它限制在一件或一组文学作品之中，对这些文学作品将从其审美的功能与意义方面加以描述。只有当这些审美兴趣成为中心议题时，文体学才能成为文学研究的一部分；而且它将成为文学研究的一个主要部分，因为只有文体学的方法才能界定一件文学作品的特质。"[①]　因此，对于小说文体的考察是在文体学视野下对当代小说进行本质探求的一种方法学。

　　文体形态也反映了作家的思想世界和意义追求，比如陶东风在谈到先锋小说"元小说文体"的文化功能时分析道："文学（包括小说）是虚构这一文体学的命题是与世界是虚构、人生是虚构、意义是虚构等文化哲学命题联系在一起的。它深刻地揭示了人类对于人生与世界之真实意义的怀疑，揭示了小说家对于文学可以提示人生真谛这一传统使命的背弃。"[②]　可以说，文体意识的增强意味着作家对于艺术地表现这个世界的思想自觉。

　　一部当代江南小说史，就是一部小说文体形态的变革史。从早期的"自传体"，到后期的"元小说文体""诗化—散文体"等，体现的都是思想剧烈变动下的文体革命。文体的探索，是当代江南作家进行艺术创新的着力点，也是促成当代江南小说独特叙事风格的艺术追求。余华说："当我发现以往那种就事论事的写作态度职能导致表面的真实以后，我就必须去寻找新的表达方式。寻找的结果使我不再忠诚所描绘事物的形态，我开始使用一种虚伪的形式。这种形式背离了现状世界提供给我的秩序和逻辑，然而却使我自由地接近了真实。"[③]　可以说，文体意义的确立，为先锋小说赢得了自由的叙事空间和无尽的思想可能，它是具有革命意义的一次

---

① ［美］勒内·韦勒克、奥斯汀·沃伦：《文学理论》（修订版），刘象愚等译，江苏教育出版社2005年版，第203页。
② 陶东风：《文体演变及其文化意味》，云南人民出版社1994年版，第197页。
③ 余华：《我能否相信自己》，人民日报出版社1998年版，第160页。

形式创新。正如陈晓明所说:"人们可以对'先锋派'的形式探索提出各种批评,但是,同时无法否认他们使小说的艺术形式变得灵活多样。小说的诗意化、情绪化、散文化、哲理化、寓言化,等等,传统小说的文体规范的完整性被损坏之后,当代小说似乎无所不能而无所不包……"① 没有这种文体自觉,文学如何回到自身,如何在更大的艺术景深中寻求新的思想和美学可能性,都将是新的问题。当然,更多的时候,形式和内容是紧密相连的,形式的变革有着浓郁的文化意味和思想痕迹。具体到当代江南小说来说,江南文化的诗性特征和抒情传统对当代江南小说文体的影响极为深远。苏童就说:"《妻妾成群》是我的一次艺术尝试,我力图在此篇中摆脱以往惯用的形式圈套,而以一种古典精神和生活原貌填塞小说空间,我尝试了细腻的写实手法,写人物、人物关系和与之相应的故事,结果发现这同样是一种令人愉悦的写作过程。我也因此真正发现了小说的另一种可能性。"②

小说是思想艺术,也是形式艺术,文学魅力需要通过各种文学形式得以表现,而对文学形式的探求向来为江南作家所钟情,这在中国新文学发展的初期就已经凸显,比如有研究者就指出:

> 叶绍钧还以他对形式的高度敏感,称许戴望舒的《雨巷》替新诗的音节"开了一个新的纪元",使其获得"雨巷诗人"的称号,朱自清也夸赞此诗"音律整齐",足见江南作家对艺术形式的钟爱。再联系到徐志摩对现代格律诗的贡献,施蛰存对现代心理分析小说的功劳,钱钟书作品的集幽默之大成,汪曾祺的以"文体家"自许……恐怕再没有哪一个区域的作家,能像江南出身的作家这样普遍地把文学形式当作重要目标来追求。③

尤其是在新时期小说文体形态的变革思潮中,自传体小说、诗化—散文体小说、新笔记小说等具有十分强烈的主体性色彩的小说文体逐渐兴起,引一时之创作潮流,并深刻地影响了当代小说的审美风貌。偏主观轻客观,偏抒情轻叙事,偏日常轻想象,偏短篇轻长篇,几乎是这类文体共

---

① 陈晓明:《表意的焦虑:历史祛魅与当代文学变革》,中央编译出版社2002年版,第111页。
② 苏童:《寻找灯绳》,载张学昕编《苏童研究资料》,人民文学出版社2016年版,第335—336页。
③ 熊家良:《现代文学中的江南情怀》,《江海学刊》2006年第1期。

同的特性。它们从形式的变革中寻求文学新的意义，耽于形式的迷宫之中，探求现实、人生、理想之间错综复杂的诗学意义，并努力在价值的平衡中重新思考文学形式与文学内容之间的交融、互渗。

第一节　自传体小说：个人经验与主体自觉

当代小说叙事的一个十分重要的特点是开始大量地以"我"作为叙述者。这一方面显示了主体性的当代自觉，另一方面也是对长期以来同质化写作的艰难破冰。这种以"我"的直接或间接经验为基础的私语化叙事，大大开阔了当代小说的叙事空间，形成了复调而多元的语言风格和个性而另类的文体形态。这其中，自传体小说就是以个人经验作为叙事的核心，展开记忆的重述和自我的想象。

事实上，自传体小说的写作在中国新文学初期已经十分兴盛。鲁迅的《社戏》《故乡》等诸多作品、丁玲的《莎菲女士的日记》、郁达夫的《沉沦》、萧红的《呼兰河传》等，都带有强烈的自叙传色彩。自传体小说指以自叙一生经历为叙述格局写成的小说。新时期以来，随着文学创作中主体性的凸显，这种自传体写作也十分兴盛，其中，尤以林白、陈染等人的私人化写作最为突出，她们以内心世界的独语面对庞大的公共空间，以仿真性的自传体形式来标榜自我的价值理念。与此相比，这一时期当代江南小说中的'自传体'叙事，体现出了不同的主体性色彩和个人化印记。这种不同与作家的个人化经验相关，与作家的主体性自觉相连，同时，也离不开江南文化中抒情传统的深化和再造。

一　童年经验与成长叙事

童年是许多作家无法绕开甚而刻意着力的创作母题。即以近现代中国文学创作和研究来说，不管是鲁迅"救救孩子"的思想诉求，还是周作人"赤子之心"的儿童文学观，都表明了"童年"在文学创作中的重要意义。关于"童年"的创作也大致可分为两类：一是以儿童或童年生活为核心，表现童年世界，这类创作称之为儿童文学，如叶圣陶的《稻草人》、曹文轩的《草房子》、黄蓓佳的《我要做好孩子》等；二是以儿童为视角或叙事人，表现成人世界，这类小说则已经是所谓的成人文学，如鲁迅的《故乡》、方方的《风景》、毕飞宇的《哺乳期的女人》等。

余华说他之所以十分怀念过去的世界，是因为它把他的童年带走了。

在余华看来,"童年的经历决定了人一生的方向。世界最初的图像就是在那时候来到我们的印象里,就像是现在的复印机一样,闪亮一道光线就把世界的基本图像复印在了我们的思想和情感里。当我们长大以后所做的一切,其实不过是对这个童年时就拥有的基本图像做一些局部的修改"①。那被带走的童年去了哪里,成为余华之后一直在追问的创作主题。从《十八岁出门远行》这部小说开始,"童年"就一直萦绕其脑际。在中国,"十八岁"是成年和未成年的法律界限,当一个人年满十八岁,便成为法律规定的中华人民共和国公民,不再享受未成年人保护法的保护,开始享有成年人的权利并承担相应的义务。这一特殊年龄阶段的选定,笔者认为定然不是余华的随意之举。"十八岁"可以看作是个人"基本社会化"的完成:"所谓基本社会化,就是'生物人'通过社会文化教化,获得人的社会性,取得社会生活资格的过程。基本社会化可以简括为两个方面:一是生理性成熟,即通过人化的生理发育过程,形成完善健全的身心基础。二是社会性成年,即通过社会文化的教化与自我内化,成为具有独特个性与行为能力的社会成员。基本社会化的完成并不意味着个人社会化的结束,特别是现代社会,一个人从青年到老年,还要不断地社会化。这是因为,环境在变,个人也在变。"② 但这个"基本社会化"的完成仅仅是一次政治或社会意义上的成年仪式,"继续社会化"才是一直持续下去的人生真实状态。

"是的,你已经十八了,你应该去认识一下外面的世界了。"③ 这是一个自由禁闭期的结束,也是一个噩梦般世界的开始。那个随身携带的"漂亮的红书包"里装满了衣服、钱、食品和书,但它并不能为"我"沮丧的遭遇提供些许的帮助和温暖,相反,它成了"我"被打劫的具象见证,以及"我"变得遍体鳞伤的抽象嘲讽。不过是刚刚出门,"我"就从一匹兴高采烈的马变成了一个一无所有的失败者。青春的乏力和生命的虚妄犹如海涛一样扑面而来,让人觉得恐怖、凄凉。更凄惨的是那种束手无策的茫然之感,因此,远行的代价只能是痛苦的回归,回到内心,回到记忆之中。

作为当年先锋小说的代表作,《十八岁出门远行》意义重大,它无意中开创了新时期小说写作的一种新思路,而笔者所关注的是余华在这

---

① 余华:《生与死,死而复生》,载《我们生活在巨大的差距里》,北京十月文艺出版社2015年版,第76—77页。
② 刘豪兴主编:《社会学概论》,高等教育出版社1999年版,第177—178页。
③ 余华:《十八岁出门远行》,载《世事如烟》,作家出版社2012年版,第9页。

部小说中所开启的"童年"失败者的叙事模式。这一模式在余华的第一部长篇小说《呼喊与细雨》(后更名为《在细雨中呼喊》)中被再度运用并达至了顶峰。小说一开头即写道:"1965 年的时候,一个孩子开始了对黑夜不可名状的恐惧。……一个女人哭泣般的呼喊声从远处传来,嘶哑的声音在当初寂静无比的黑夜里突然响起,使我此刻回想中的童年的我颤抖不已。"① 这种在小说开头萌发的恐惧一直贯穿始终,直到最后主人公响亮地喊出"我要找孙广才"才算得到了一定程度的舒缓。这种持续的阴影给余华的小说蒙上了十分灰暗的色调,但也正是因为这种被压抑的紧迫感和窒息感增加了小说的叙事张力。"童年时我的思维老是难以摆脱这噩梦般的情景,一个人睡着后被野狗一口一口吃了,这是多么令人惊慌的事。"②

余华有关成长叙事的意义,还在于颠覆了传统现实主义创作中所掩盖和规避的真实的儿童世界和成人世界。这个世界可以是恐怖的、阴森的,如小说中所描写的:

> 这个我童年记忆里阴森的老女人,用阴森的语调逐个向我介绍相片上的人以后,才让我离开她那间可怕的屋子。后来我再也不敢去国庆家中,即使有国庆陪伴我也不敢接近那个噩梦般的女人。直到很久以后,我才感到她其实并不可怕,她只是沉浸在我当时年龄还无法理解的自我与孤独之中,她站在生与死的界线上,同时被两者抛弃。③

也因为如此,他才能在小说中与这个世界的真实形态形成一种无意的暗合,甚至于和解。也因为如此,他能把生与死这个人生的敏感命题,通过一种平淡的语调给予哲学般的丰富价值。童年于余华来说,的确意义深远,甚或刻骨铭心。还是在这部小说中,作者写道:"我在两天时间里,经历了童年中两桩突然遭遇来的死亡,先是刘小青的哥哥,紧接着是王立强,使我的童年出现了剧烈的抖动。我无法判断这对我的今后究竟产生了多大的影响,但是王立强的死,确实改变了我的命运。"④《现实一种》的开篇,也写到了童年:"那天早晨和别的早晨没有两样,那天早晨正下着

---

① 余华:《在细雨中呼喊》,作家出版社 2012 年版,第 2 页。
② 余华:《在细雨中呼喊》,作家出版社 2012 年版,第 150 页。
③ 余华:《在细雨中呼喊》,作家出版社 2012 年版,第 200 页。
④ 余华:《在细雨中呼喊》,作家出版社 2012 年版,第 266 页。

小雨。因为这雨断断续续下了一个多星期，所以在山岗和山峰兄弟俩的印象中，晴天十分遥远，仿佛远在他们的童年里。"① 在余华的笔下，童年的生活几乎没有幸福可言，恐惧、残暴、压制、痛楚才是成长的新状态，这在《在细雨中呼喊》中已经表现得最为淋漓尽致。回到童年，是以记忆的方式实现一次文学的虚构。因此，余华也说："我要说明的是，这虽然不是一部自传，里面却是云集了我童年和少年时期的感受和理解，当然这样的感受和理解是以记忆的方式得到了重温。"② 余华以一种决绝的姿态把这种童年的经验进行了夸张式的重构和表现，他笔下的那些童年人物总是被抛弃的、被弃绝的、被孤立的，当然，"余华的特殊之处在于他并没有简单去罗列那些'弃绝'生活的感性事相，而是去刻画孤立无援的儿童生活更为内在的弃绝感"③。虽然后来余华的写作转向了更具有现实感和历史感的写作，如《活着》《许三观卖血记》等，但是他以残酷的"童年"拓展并丰富了文学意义上的"成年"。

除了上述两部作品，《我胆小如鼠》《夏季台风》《四月三日事件》《黄昏里的男孩》都是关于童年写作的重要作品。其中不少可以看到余华的童年轨迹。它们写的都是少年茫然的经历和内心的成长，其中既有欲望、天性的善良表达，也有恐惧、不安的扭曲表现，但毫无疑问都给人以虚构的真实之感。成年世界残酷的人性影像，就这样无情却也无奈地投射到那些纯真少年的心灵深处，让他们颤栗、抖动，甚至于变得残忍和麻木。

马尔克斯把《百年孤独》看作是给童年时期以某种方式触动自己的一切经验以一种完整的文学归宿。从这个意义上说，余华的《在细雨中呼喊》也是以文学的方式对不可能的童年经验的情感拥抱和精神回馈，尽管是以一种不太友好也不够温暖的姿态。不独余华，苏童、毕飞宇、格非等人的小说创作中，也有不少关于童年的叙事，比如苏童的《桑园留念》即写出了少年的种种欲望，《被玷污的草》写了一个患有视网膜疾症的少年的满腹心事，《稻草人》中写了三个少年为争夺一个齿轮，土用树棍砸死了少年荣。当然，在这些故事中，个人经验已经无法承载叙事的重压，只不过是以童年的视角来呈现这个世界残酷而冰冷的一面。

---

① 余华：《现实一种》，作家出版社2012年版，第1页。
② 余华：《在细雨中呼喊·韩文版自序》，作家出版社2012年版，第7页。
③ 陈晓明：《众妙之门——重建文本细读的批评方法》，北京大学出版社2015年版，第70页。

二 主体自觉与第一人称叙事

在当代江南小说的叙事中,第一人称十分多见。第一人称叙事带来的最大好处是真实性的加强,给人以身临其境之感,但更重要的是个人抒情的便利和充分,从而营造出浓郁的情绪氛围。比如苏童的许多小说都是以"我"来开篇,《1934年的逃亡》《飞越我的枫杨树故乡》等都是如此。小说叙事中的"我"肯定不是现实生活中的作者自己,但这个"我"却无所不能地在小说叙事中发挥着重要作用,它赋予这伟大的虚构以真实的感觉,并把作者自己的情绪有效地转化为小说叙事所隐藏的情感内蕴。这种以第一人称结构小说的叙事腔调,奠定了苏童小说不疾不徐的抒情风格。

不仅苏童,余华的小说也十分依赖第一人称叙事。他的成名作《十八岁出门远行》和长篇代表作《在细雨中呼喊》,都是以"我"作为叙事视角,展开他对于人生、世界和命运的体味和观察。《十八岁出门远行》仅开头一段作者便使用了11个"我",可以说作家的主观情绪通过"我"实现了最大的程度的释放和表达。细数余华的小说可以发现,他最为出色的作品几乎全部都是第一人称叙事。《在细雨中呼喊》的开头一段也用了7个"我",代表作《活着》第一段更是使用了11个"我"。这种"我"的意识的凸显,想来不是一种刻意为之,而是作者情感表达的实际需要。这种需要实际上与中国现代小说的抒情传统息息相关。《楚辞·九章·惜诵》中说:"惜诵以致愍兮,发愤以抒情。"① 抒情是情绪的发泄和释放,第一人称的使用正好满足了这种叙事的情感要求。当然,这仅仅是一种浅层次的实现,对于更深刻的抒情表达来说,它旨在达至一种"诗性"或曰"诗学"层面的精神向度。正如张清华在论述余华的小说《活着》时所指出的:"它所揭示的是这样三个层面:作为哲学,人的一生就是'输'的过程;作为历史,它是当代中国农人生存的苦难史;作为美学,它是中国人永恒的诗篇,就像《红楼梦》、《水浒传》的续篇,是'没有不散的筵席'。实际上《活着》所揭示的这一切不但可以构成'历史的文本',而且更构成了中国人特有的'历史诗学',是中国人在历史方面的经验之精髓。"② 余华对于抒情传统的重视是一次审美尝试,也是一种精神突围。

前文的论述中曾提到,江南文化的一个重要内涵是道家、佛教思想的渗透和主导。江南小说深受这些思想的影响,并在创作中有着或隐或显的

---

① 《楚辞新注》,聂石樵注,上海古籍出版社1980年版,第92页。
② 张清华:《文学的减法——论余华》,《南方文坛》2002年第4期。

表现。许多作家虽未曾表达过自己的创作与道家传统的关系,但在其小说中却有着十分明显的表现,尤其是这种表现与"我"有着十分密切的关联。《十八岁出门远行》中的"我",自从离开家门之后,一直在奔波,在寻找象征着某种精神停留的"旅馆",却发现一次次抵达虚无,而最终不得不回归内心。这似乎是一种命中注定的情感结局和思想归宿。稍后的作品如《世事如烟》《难逃劫数》《偶然事件》等,仅从题目也能感受到作者对"生死"不可掌控的无奈和凄凉。一方面展现的是灰暗而黯淡的人生图景,人们不得不听命于生活和欲望的支配,另一方面,却也不得不在无意义中,在绝望中,在徒劳的挣扎和反抗中,一步步走向冥冥中的归宿。即便是其描绘现代生活的小说如《空中爆炸》《我为什么要结婚》等,同样难以摆脱这种宿命观的左右,甚至于说,那种在思想崩塌和精神溃败图景中忙忙碌碌的人物,更加透露出一种难以言说的悲剧性。

这种生死轮回的宿命观在余华的小说《死亡叙述》中达至极致。小说第一句话即写道:"本来我也没准备把卡车往另一个方向开去,所以这一切都是命中注定的。"① 这已经为整篇小说奠定了叙事基调,看似无关痛痒的一句描述似乎已经预示了一种因果报应般的生命轮回。事实也正如此,"我"第一次的肇事逃脱最终没能使我获得一种精神解脱,相反,却使我陷入一种思想的压抑之中,而当这种压抑被激发时,"我"随即陷入精神的崩溃中,直至死亡,这种崩溃才算结束。"我的鲜血很像一棵百年老树隆出地面的树根。我死了。"② 小说当然存在叙事结构上的一种设计和巧合,但这是"我"的命运,也是人类最终的归宿。因此,在余华暴力宣泄下的抒情表达中,隐藏着一颗淡然却也冷酷的灵魂。

这种主体性的自觉极大地渲染了当代江南小说的抒情色彩,尤其是第一人称叙事更加增添了叙事的主观性和情绪化。但是作为一门叙事艺术,作家在讲述故事的过程中,往往更多地呈现一种"复合叙述"状态。"当一个叙事中有着多个叙述,其中的一个会引介出另一个,后者依次又引介出下一个,以此类推;或者其中一个可以引介出其他一连串的多个,以此类推。"③ 而这种复合状态的呈现,最终导致了叙事主体的游移和漂泊。当然,这是另外的话题了。

---

① 余华:《死亡叙述》,载《世事如烟》,作家出版社2012年版,第16页。
② 余华:《死亡叙述》,载《世事如烟》,作家出版社2012年版,第22页。
③ [美]杰拉德·普林斯:《叙事学——叙事的形式与功能》,徐强译,中国人民大学出版社2013年版,第14页。

三　空间的开拓与时间的离散

在苏童、余华等人的自传体小说写作中，可以看到"我"的无所不能。与早期现代小说中第一人称叙事的"中规中矩"相比，他们的自传体小说具备了更加广阔的叙事空间和更为灵活的叙事维度。现代文化批评理论认为："空间并不是人类活动发生于其中的某种固定的背景，因为它并非先于那占据空间的个体及其运动而存在，却实际上为它们所建构。"① 如果说鲁迅、丁玲、萧红等人的自传体小说是建立在自己记忆基础上的叙事，那么苏童、余华等人的自传体小说则是在记忆的基础上重新建构自己的叙事空间。他们更重视虚构，并通过虚构的通道让现实抵达想象的审美领域。

这个空间有时候是一种意象的存在。比如余华笔下的海盐小镇、苏童笔下的枫杨树村，他们在自我构建的艺术空间中进行着思想的搏击和心灵的碰撞，并以此思考生命的意义，寻求生存的价值。《在细雨中呼喊》是通过儿童的视角回忆童年的经历，这是一种杂乱而无序的回忆，它的时间维度是错乱的、离散的，但是余华却把它清晰地安置到一个意味深长的空间之中——在细雨中。这个空间不是固定的，它超越了江南腹地的范围，具有了无比广阔的空间和可能性。这是一片深邃的天空，也是作者肆意驰骋的思想世界，它涵盖了小说中人物可能所处的一切位置。而"在细雨中"这一意象本身又使得这一空间具备了一种时间上的持续性和延续性，在细雨中，这是一种深切的人生体验，它超越了叙事的意义，越过了日常叙事的空间存在。因此，《在细雨中呼喊》所要表现的也不仅仅是一个少年惨痛、悲伤、绝望的成长历程，而是通过少年的体验和命运，来体察人类的普遍生存境遇，并通过在细雨中呼喊，渴求一种心灵的互通和个体存在的明证。

这个空间有时候是一个生存的场域。洪子诚说："对于生活现象，不仅看到它是'现实'的，而且它也存在于'过去'，也有它的未来；不仅从社会的角度去把握，而且从人生的角度去把握。这样，作家就不仅拥有观察生活的政治的、阶级的、经济的传统眼光，并在这方面继续开掘深化，而且获得了过去所缺乏的道德的、历史的和人生的眼光，使创作的主题，出现多元的现象，作品也具有当代文学以前较少出现的强烈的历史感

---

① ［英］丹尼·卡拉瓦罗：《文化理论关键词》，张卫东等译，江苏人民出版社 2006 年版，第 187 页。

和人生感。"① 比如在范小青的《赤脚医生万泉和》中，尽管作者一直在试图隐却时代背景，但是依托于空间不断变化的"后窑大队第二生产队"，依然为我们提供了历史在时间脉络上顺延和前行的全面图景。万泉和，一位极其普通的赤脚医生，却被作者赋予了广阔的现实意义和历史思索，他的种种举止读来令人觉得荒唐、不可思议，读罢却让人生发出无限的苍凉和不尽的感叹。透过这样一个人物，不仅仅让人窥视到了农村医疗状况的历史和现实，而且拨云见日般看见了人性在历史和现实折射下的既单一又复杂的状态。万泉和是愚笨的，但又是可爱的，是乡土的，但也是现代的。在失魂落魄的历史和当下，万泉和却找到了自己的"魂"，这是多么强烈的一种内心诉求，是有着禅一样境界的高蹈，更是一种生命的顽强姿态。

如果说这种个人经验下的主体自觉在自传体小说中对于叙事空间是一种丰富，那么对于叙事时间来说，则是一种打破和离散。这种叙事的离散决定了作品不是传统意义上的线性时间叙事，而是具有一种游移的不确定性。比如阿城在谈到《棋王》的写作时说："《棋王》里其实是两个世界，王一生是一个客观世界……另外一个就是'我'，'我'就是一个主观世界，所以这里面是一个客观世界跟主观世界的参照，小说结尾的时候我想这两个世界完成了。"② 其实，不独阿城如此，余华、苏童等以第一人称构成的作品，几乎都存在这样两个世界，不同的是，这两个世界有时候完成了，有时候则是相互碰撞，最后变得支离破碎了。这种叙事时间的离散在格非的小说《褐色鸟群》中表现得尤其突出。这篇小说也是以第一人称"我"展开叙事。这是一次关于时间消失、失忆的叙述。故事中套着故事，时间之中混杂着时间。时间一会儿是现在，一会儿是过去，一会儿又指向了未来。故事还未读完，人们却已经被他眼花缭乱的叙述折磨得晕头转向。余华、苏童等人的小说虽然没有格非叙事时间上的混杂，但也大多呈现一种离散性。他们一方面沉浸在现实的时间之中，一方面又通过过去为原始的记忆进行历史的召唤；他们一方面敢于嘲弄历史、打碎记忆，一方面又试图通过未来为当下的存在寻求意义的联系。在他们的小说中，"叙述作为独立的一种声音与故事分离，故事不再是自然主义的延续，叙述借助这种语式促使故事转换、中断、随意结合和突然短路"③。陈晓明曾对叶

---

① 洪子诚：《当代中国文学的艺术问题》，北京大学出版社2010年版，第294页。
② 施叔音：《与〈棋王〉阿城的对话》，《文艺理论研究》1987年第2期。
③ 陈晓明：《无边的挑战——中国先锋文学的后现代性》，中国人民大学出版社2015年版，第67—68页。

兆言和苏童小说的叙事时间转化给予了对比："叶兆言的主观叙述获得了超距的客观效果，因为主观叙述的机能隐没到故事客体中，只是借助人物意识才突现出来；苏童的叙述与其说是在追踪故事，不如说是在捕获叙述中闪现的主观感悟，故事借助叙述感觉在瞬间突然敞开。正是在这个敞开的瞬间，故事悄然消逝，诗性的感悟悠远绵延伸越而去。"① "叶兆言借助时间语式促使叙述从故事中分离而突现，故事向着叙述转化；与叶兆言相反，苏童赋予主观叙述以'瞬间'的局面存在情态，叙述向着故事转化。叙述如此紧迫地追踪没有时间的历史之流，唯有在这一时刻，叙述的现实才挽留住历史，抽象的'时间之流'获得'现在'的存在——一个从过去转化而来的暂时性的'此在'。"②

这种叙事时间的离散状态，一方面丰富了小说叙事的时间维度，但另一方面也制造了进一步理解并明确小说意义的障碍，不过这可能正是现代小说所不断实验并旨在实现的一种美学诉求。"特定叙述者的介入性、自我意识的程度、他的可信性、他与被叙或受述者的距离，不仅有助于描绘他本人的特征，也影响我们对于叙事的解释及反应。"③ 这些敢于争先的小说家，在"我"和它、主观和客观的穿越中，正在以个人经验为底色、以主体自觉为引领来慢慢抵达人性更为幽深的内部世界。

第二节　诗化—散文体小说：抒情传统与小说叙事

"抒情传统"一词是 1971 年陈世骧教授率先提出来的。他在《论中国抒情传统》一文中宣称："中国文学传统从整体而言就是一个抒情传统。"④ 此后，关于抒情传统的论述不胫而走，成为 20 世纪中期中国文学研究的一个重要事件。高友工、普实克、唐君毅、徐复观及至后来的蔡英俊、吕正惠、王德威等人都参与并延续了此次论述。可以说，从古典文学研究，到现当代文学研究，"抒情传统"几乎已经成了不证自明的论述前

---

① 陈晓明：《无边的挑战——中国先锋文学的后现代性》，中国人民大学出版社 2015 年版，第 69—70 页。
② 陈晓明：《无边的挑战——中国先锋文学的后现代性》，中国人民大学出版社 2015 年版，第 70—71 页。
③ ［美］杰拉德·普林斯：《叙事学——叙事的形式与功能》，徐强译，中国人民大学出版社 2013 年版，第 14 页。
④ 陈世骧：《论中国抒情传统》，载陈国球、王德威编《抒情之现代性——"抒情传统"论述与中国文学研究》，生活·读书·新知三联书店 2014 年版，第 48 页。

提。当然，其中也有不少质疑的声音，但是，与其说是质疑，不如说是开拓，是转向，是丰富，"聚焦点从'个我'感情倾诉的狭小范围，转入共享'知识结构'的'公共'领域"①。笔者对于"抒情传统"概念的借用，即源于这样的共识之上，并从这个角度出发，来观察这个复杂的传统之下，始终贯穿于小说叙事中的那种绵密而诗意的力量。

陈平原在《中国小说叙事模式的转变》一书中说："中国小说叙事模式的转变，基本上是由以梁启超、林纾、吴趼人为代表的与以鲁迅、郁达夫、叶圣陶为代表的两代作家共同完成的。"②而这种转变的完成，实在离不开"史传"与"诗骚"（抒情传统）两大传统的影响，只是侧重不同，"'新小说'更偏于'史传'而'五四'小说更偏于'诗骚'"。③"引'诗骚'入小说，突出'情调'与'意境'，强调'即兴'与'抒情'，必然大大降低情节在小说布局中的作用和地位，从而突破持续上千年的以情节为结构中心的传统小说模式，为中国小说的多样化发展开辟了光辉的前景。"④事实上，抒情传统对于中国古典小说同样有着深刻的影响，尤其是明清之际，伴随着以个性解放为核心的人文主义思潮的涌动，明清小说在努力冲破以诗为宗的传统偏见的同时，也试图在抒情与叙事之间构建新的小说美学趣味。高友工在《中国叙述传统中的抒情境界》一文中即以那时期的小说为对象分析了这两者之间的矛盾和冲突，他说："《红楼》与《儒林》在许多层次上实为两部充满矛盾之作。但这些矛盾中，最具威胁的莫过于对抒情境界有效性的基本怀疑——无论此抒情境界是就一单独经验或综合一生而言。虽然曹、吴皆判知时间必然的侵蚀与乎对真实的怀疑将严重动摇生命的整个境界，他们仍愿意有保留地依附于此一破损的生命境界；在危难中此境界仍慰他们以抒情的喜乐。"⑤

这种"抒情的喜乐"到"五四"小说家那里得到了很好的承继，并由此产生了许多耐人寻味且诗情浓郁的现代小说。鲁迅自不必说，不仅是思想大家，更是文体大师。不管是日记体《狂人日记》，传记体《阿Q正传》，散文体《故乡》，还是打通古今的《故事新编》，都体现了鲁迅小说

---

① 陈国球：《"抒情"的传统》，载陈国球、王德威编《抒情之现代性——"抒情传统"论述与中国文学研究》，生活·读书·新知三联书店2014年版，第29页。
② 陈平原：《中国小说叙事模式的转变》，北京大学出版社2003年版，第6页。
③ 陈平原：《中国小说叙事模式的转变》，北京大学出版社2003年版，第212页。
④ 陈平原：《中国小说叙事模式的转变》，北京大学出版社2003年版，第236页。
⑤ 高友工：《中国叙述传统中的抒情境界——〈红楼梦〉与〈儒林外史〉读法》，载《美典：中国文学研究论集》，生活·读书·新知三联书店2008年版，第304页。

创作过程中文体意识的自觉和文体形式的成熟，也透露出中国文学抒情传统对于鲁迅小说叙事的深刻影响。郁达夫的自叙传小说，更是把这种抒情传统在小说叙事中发挥到了极致。其他如沈从文、废名、萧红、孙犁等一大批小说家，都深受这一传统的影响，并创作出了许多以个人情感为依托的诗化小说。可以说，在抒情传统影响下建构起来的新文学传统使得中国现代小说表现出了与之前小说传统十分不同的叙事形态，即对于主观和个体的强调和突出。"主观主义、个人主义和悲观主义以及对生活悲剧的感受结合在一起，再加上反抗的要求，甚至自我毁灭的倾向，就是1919年'五四'运动至抗日战争爆发的这一时期中国文学最突出的特点。"[①] 周作人虽然不从事小说创作，但他从中国文学的抒情传统中亦挖掘出了关于小说写作别开生面的新出路，即倡导"抒情诗的小说"。他在《〈晚间的来客〉译后附记》中说：

> 小说不仅是叙事写景，还可以抒情；因为文学的特质，是在感情的传染，便是那纯自然派所描写，如 Zola 说，也仍然是"通过了著者的性情的自然"，所以这抒情诗的小说，虽然形式有点特别，但如果具有了文学的特质，也就是真实的小说。内容上必要有悲欢离合，结构上必要有葛藤、极点与收场，才得谓之小说：这种意见，正如十九世纪的戏剧三一律，已经是过去的东西了。[②]

可以说，"抒情诗小说"概念的提出，不仅是对这一时期小说写作倾向和风貌的一种理论归纳，更标志着中国文学抒情传统与小说叙事之间有机融合的以古开新。

自20世纪40年代至"文化大革命"结束这一时期，现实主义成为中国小说叙事的主导模式，"抒情"尤其是个人的抒情几乎是被压制的，也是不被允许的。这从这一时期相关作品的被批判被否定也可以看出。个人主义的情绪抒发经常被当作对当下现实的映射和不满，浪漫的诗意情趣则往往被看作小资产阶级的狭隘趣味。压制当然不是完全的消灭，不允许也并不意味着彻底的不存在。"抽象的抒情"作为作家主体性的重要构成，是不可能因为外部因素的禁锢而消亡的，相反，它如一粒火种，随时都有

---

① ［捷克］普实克：《中国现代文学中的主观主义和个人主义》，载陈国球、王德威编《抒情之现代性——"抒情传统"论述与中国文学研究》，生活·读书·新知三联书店2014年版，第324页。
② 周作人：《〈晚间的来客〉译后附记》，原载《新青年》1920年4月第7卷第5号。

被点燃，继而形成燎原之势的可能。新时期的到来见证了这种可能。

如果具体来分析抒情传统与小说叙事之间的关系，我们会发现，抒情传统对于小说叙事的影响是多方面的，也是多层次的，有深浅之分，有大小之别。深点来说，是个人或曰"我"这个第一人称在小说叙事中的空前凸显，浅点来说，是诗歌入小说，以营造某种诗境或达至一种哲学思考；大点来说，是小说叙事的散文化，即"诗化—散文体小说"的产生，小点来说，是散文笔法和诗意笔触在小说叙事中的神出鬼没和形影不离。下面笔者将结合具体作品进行相关的论述。

一 个人与抒情

孟繁华在《1978：激情岁月》中写道："1978 年代在 20 世纪后四分之一的历史叙事中，是一个被人们反复谈论的年代，它的重要性，首先是作为开启又一时代的标示，它有了伟大的象征意义并深植于一个民族心灵深处。谈论起它就意味着体验共同的解放、拥抱共同的复活节，它仿佛传达了这个民族共同的情感与幻想，共同的精神向往与内心需求，它是人们激情奔涌的新源头，往日的心灵创痛因它的涤荡抚慰而休止并且康复，因此，这也是又一个'结束或开始'的年代，又一段'激情岁月'。"① 的确，那压抑太久的情绪终于获得了一种政治允许范围内的释放，于那黑暗的时光来说，是多么激动人心的时刻。激情岁月，精神的复活和情感的激发成为其中最为重要的渴望和需求，具体到创作来说，便是个人或者说主观化的抒情传统的接续和使用。不管是伤痕文学对于"个人伤痛"的顾影自怜，"归来者"对于黑暗人生的自述和凭吊，还是知青一代对于乡村生活的重构和迷恋，都表现出了十分浓郁的抒情色彩。虽然伤痕文学中过分感伤的倾向后来被有的学者所批判，但是也的确能看出个人情绪的部分宣泄，以及由此而形成的某种抒情情调。从这个意义上说，其重要性不言而喻。它至少已经开始大胆地涉及人的情感领域，并小心翼翼地揭示出人性的某些黑暗角落。更能展现这种个人情感表达的当然是关于"爱情"的写作，这一时期，爱情题材蔚然成风。张弦的《被爱情遗忘的角落》《挣不断的红丝线》等，都是这一情感危机下的抒情表现。虽然主题还依然限定在意识形态的范围内，但无疑为抒情的回暖带来了新的生机，正如小说《被爱情遗忘的角落》最后所写："三亩塘的水面上，吹来一阵轻柔的暖气。这正是大地回春的第一丝信息吧！它无声地抚慰着塘边的枯草，悄悄

---

① 孟繁华：《1978：激情岁月·绪言》，山东教育出版社 1998 年版，第 1 页。

地拭干了急急走来的姑娘的泪。它终于真的来了吗,来到这被爱情遗忘了的角落?"1979年5月,上海文艺出版社出版了《重放的鲜花》,其中的作者大部分是20世纪50年代以来遭到批判的"归来者"。他们的写作与其说是个人悲惨经历的描述,不如说是知识分子受难史的抒情。《布礼》《大墙下的红玉兰》等这些几乎是以自传形式写出的作品,极大地满足了知识分子个人的精神抚慰。但更重要的是,这是对于长期被忽视的抒情传统的一次有效激活,虽然还是隐隐然并不为人所注目,但事实上已经在小说叙事的结构内部汹涌澎湃。这种抒情传统在"知青一代"作家身上得到了十分明显的体现。多年的内心焦虑和青春的热切冲动,加之青年人无拘无束的想象力,使得这些年轻的小说家在悲壮而痛苦,却也留恋而矫饰的叙事中,构建起个人主义和理想主义的乌托邦愿景。尤其是当痛苦减轻,那微弱的对于生命的崇敬之感便渐渐油然而生,史铁生《遥远的清平湾》中那细腻而深邃的幸福描绘,孔捷生《南方的岸》中对于乡村生活那梦幻而忧伤的想象,都让人看到了抒情传统在小说叙事中的坚强复苏。

吕正惠在《中国文学形式与抒情传统》一文中指出,中国抒情传统的两大特色是"感情本体主义和文字感性的重视"[1]。这两大特色其实在中国现代小说的叙事中已经表现得十分明显,比如鲁迅、沈从文、郁达夫等人的小说,不管是第一人称还是第三人称,这种情感的抒发几乎都是一以贯之的,而他们的文字无不带着一种感性的诗性质地,这在新时期小说叙事中表现得也特别突出。

只不过表现的形态可能是非常多样的。伤痕文学对于"伤痕"的抚慰和顾影自怜,是这种形态十分原始的一种表露,并最终为一种宏大的政治意识所消解。而最大的突破始于先锋小说,虽然先锋小说以形式的变革最为引人注目。实际上,其淡化故事情节、突出人物内心世界、注重心象意象的叙事特点,固然受到了西方现代派叙事的影响,但其内在的创造动力来自于根深蒂固的中国抒情传统。余华、格非、苏童、叶兆言等,其小说的被认可和被推崇,更多地源自于其小说内部所散发出来的强烈的主体精神和浓郁的抒情氛围。寻根文学亦如此。根是什么?是传统。传统是什么?是中国文学的精神内核——抒情传统。寻根文学对"根"的寻找,其实是对抒情传统的精神渴望和灵魂皈依。因此,不管是阿城的《棋王》对于道家文化的追根溯源,还是贾平凹的"商州系列"、李锐的"厚土系

---

[1] 吕正惠:《中国文学形式与抒情传统》,载陈国球、王德威编《抒情之现代性——"抒情传统"论述与中国文学研究》,生活·读书·新知三联书店2014年版,第443页。

列"、莫言的"红高粱系列"、李杭育的"葛川江系列"对地方文化的精神扎根,都体现了寻根文学对民族心理文化结构中人性和抒情世界的开掘。他们的小说,大都具有强烈的主观抒情色彩。尤其是江南地区的作家,加之其天然的感性世界,其叙事往往给人带来一种或浪漫或颓废或伤感的氛围。在关于中国抒情传统的讨论中,李泽厚提出了"情本体","强调人的感性生命、生活、生存,从而人的自然情欲不可毁弃、不应贬低。虽然承认并强调'理性凝聚'的道德伦理,但反对以它和它的圣化形态(宗教)来全面压服或取代人的情欲和感性生命"。① 这样一种戴着镣铐跳舞的"抒情"在 20 世纪 90 年代的小说叙事中达到了极致,甚至已经开始出现自我的迷失。具体来说,陈染、林白、海男等人的私人化写作极具代表性。比如陈染的《私人生活》、林白的《一个人的战争》、海男的《我的情人们》等作品,仅从题目来看,就体现出了程度极深的个人化叙事倾向,他们拒绝与这个世界达成某种共谋和和解,而是试图在世界的边缘独自建造一个属于自我的精神堡垒。

如果说抒情传统在小说叙事中对主体的影响是一种内在的结构性渗透,那么具体到小说叙述来说,则更多地表现为对感性文字的重视。如果以江南文化背景为依托,那么这种感性的重现往往就表现为诗意的呈现。在小说《南方的堕落》中,苏童开篇即把这种感性直接地予以人性的宣泄:"我从来没有如此深情地描摹我出生的香椿树街,歌颂一条苍白的缺乏人情味的石碣路面,歌颂两排无始无终的破旧丑陋的旧式民房,歌颂街上苍蝇飞来飞去带有霉菌味的空气,歌颂出没黑洞洞的窗口里的那些体形矮小面容猥琐的街坊邻居,我生长在南方,这就像一颗被飞雁衔着的草籽一样,不由自己把握,但我厌恶南方的生活由来已久,这是香椿树街留给我的永恒的印记。"② 苏童以他独有的抒情表现和感性文字一下子就把我们带入到了那弥漫着腐烂和堕落气味的南方世界和情感氛围中,这种带着诗意的翅膀飞翔的抒情姿态,为他的小说注入了不同凡响的诗学气质。不独苏童,余华也十分重视这样一种感性表现。在小说《世事如烟》中,作者虽然是以第三人称展开的叙事,但丝毫不影响感性抒情的表达。在看似平淡的话语中,作者竭力在掩藏其隐而未发的情感,但那极富感染力的叙述语调已把读者带到小说所营造的灰暗世界中。这是一种灰暗的诗意,一种颓唐的诗意,是抒情的,一种散状的或诗样的抒情。

---

① 李泽厚:《人类学历史本体论》,青岛出版社 2016 年版,第 78 页。
② 苏童:《南方的堕落》,载《少年血》,江苏文艺出版社 1993 年版,第 168 页。

汪曾祺就把自己定义为散文化的小说作者,在他看来,散文化的小说"一般不写重大题材。在散文化小说作者的眼里,题材无所谓大小,他们所关注的往往是小事,生活的一角落、一片段。即使有重大题材,他们也会把大事化小"①。在当代江南小说中,汪曾祺可以说是把这种散文化的小说写法发挥到了极致。且看下面这段描写:

> 他搬了一把小竹椅,坐着。随身带着一个白泥小炭炉子,一口小锅,提盒里葱姜作料俱全,还有一瓶酒。他钓鱼很有经验。钓竿很短,鱼线也不长,而且不用漂子,就这样把线甩在水里,看到线头动了,提起来就是一条。都是三四寸长的鲫鱼。——这条河里的鱼以白条子和鲫鱼为多。白条子他是不钓的,他的这种钓法,是钓鲫鱼的。钓上来一条,刮刮鳞洗净了,就手就放到锅里。不大一会,鱼就熟了。他就一边吃鱼,一边喝酒,一边甩钩再钓。这种出水就烹制的鱼味美无比,叫做"起水鲜"。到听见女儿在门口喊"爸——!"就知道是有人来看病了,把鱼竿插在岸边湿泥地里,起身往家里走。不一会,就有一只钢蓝色的蜻蜓落在他的鱼竿上了。②

小说融情于景,情景结合,如果撇开文体的束缚,完全可以看作是一篇优美的散文。而其中所表现的那种日常生活的恬静、平淡,又不期然地流露出一种内在于心灵、外在于文本的诗情画意。

二 诗歌与叙事

这种抒情更为直接的表现,则是诗歌入小说,和诗化—散文小说的盛行。诗歌入小说在中国古典小说的叙事中是十分普遍,甚至于说是不可或缺的一种艺术存在。及至《红楼梦》,甚至于整部小说就像一部宏伟的诗卷。在当代江南小说中,诗歌入小说也是经常出现的。比如毕飞宇的《雨天的棉花糖》即以尼基·乔万里的《雨天的棉花糖》和里尔克的《严重的时刻》分别作为小说的开篇和结尾。对于作家来说,这当然不是可有可无的随意之举,抑或为了增加小说的思想含量,抑或为了提升小说的艺术品质。它是开启叙事的一把精神之钥,也是故事结束时的一次哲学升华。诗

---

① 汪曾祺:《作为抒情诗的散文化小说》,载《汪曾祺全集》第八卷,北京师范大学出版社1998年版,第78页。
② 汪曾祺:《故乡人·钓鱼的医生》,载《汪曾祺小说全编》中,人民文学出版社2016年版,第560—561页。

歌入小说,当然不是所有小说叙事的必需,但的确有它自身的特殊意义。格非在写作中,也十分喜欢诗歌入小说,尤其是在长篇小说写作中。《欲望的旗帜》中,张末就是默念着一首不知名的小诗,把自己带到了一种虚无的精神困境中。江南三部曲之一的《春尽江南》也是以一首诗《睡莲》作为结尾,不仅如此,它的主人公本身就是一位诗人,这更为小说的叙事增加了深厚的抒情色彩。

蔡英俊在关于中国抒情传统的论述中说:"中国抒情传统之所以确立,有两个精神上的原型(prototype):《诗》三百篇与《楚辞》,前者以朴素率真的情怀描绘出一幅田园自然的景致,其中所含蕴的圆足与愉悦成为一种精神的向往与指标;后者则以激切奋昂的情绪揭露了个体的有限与世界的无限间的纠结、阻隔,其中所表露的孤绝与哀求赋予抒情传统以文化上的深度与力感。"① 实际上,小说叙事所要达到的思想深度和艺术境界离不开这一抒情传统,不仅如此,它甚至对小说叙事的结构性完整造成了一种无意的消解。抒情传统对于小说叙事的影响最深刻的表现是诗化—散文体小说的产生。丁帆等著的《中国乡土小说史》中认为,废名的《竹林的故事》《桥》等一系列意境悠远、语言典雅的小说"开了中国现代小说'散文化'和'诗化'的先河"。② 朱光潜在关于《桥》的论述中也认为:"《桥》是在许多年内陆续写成的,愈写到后面,人物愈老成,戏剧的成分愈减少,而抒情诗的成分愈增加,理趣也愈浓厚。"③ 而这种抒情性正是中国文学的最高境界。正如吕正惠所说:"西洋人最高的文学境界是'戏剧性'的,中国人的则是'抒情性'的。"④ 这种对于故事情节的淡化和对于抒情成分的青睐,使得废名的小说在文学史中别具一格。废名之后,沈从文的小说把这种诗化—散文体小说的写作推到了高峰。钱理群等人就评价说:"沈从文就是用水一般流动的抒情笔致,通过描摹、暗示、象征甚至穿插议论,来开拓叙事作品的情念、意念,加深小说文化内涵的纵深度,制造现实与梦幻水乳交融的意境的。"⑤ 尤其是其代表作《边城》,可以说把这样一种抒情传统发挥到了极致。整部作品就如一幅画、一首诗,

---

① 蔡英俊:《抒情精神与抒情传统》,载陈国球、王德威编《抒情之现代性——"抒情传统"论述与中国文学研究》,生活·读书·新知三联书店2014年版,第398页。
② 丁帆等:《中国乡土小说史》,北京大学出版社2007年版,第78页。
③ 朱光潜:《桥》,《文学杂志》第1卷第3期,1937年7月。转引自郭宝亮等《新时期小说文体形态研究》,中国社会科学出版社2014年版,第249页。
④ 吕正惠:《中国文学形式与抒情传统》,载陈国球、王德威编《抒情之现代性——"抒情传统"论述与中国文学研究》,生活·读书·新知三联书店2014年版,第414页。
⑤ 钱理群等:《中国现代文学三十年》(修订本),北京大学出版社1998年版,第284页。

洋溢着浓浓的诗情画意，包含着作者深深的情感蕴藉，每每读来，总能如身临其境一般感觉到一种抒情的快乐和神秘之美。

可惜的是，这种抒情性在20世纪40年代以后不是变得愈加强烈，而是越发暗淡，以至于几乎消逝不见。当然，它是不会覆灭的。这一诗化—散文体小说在孙犁的创作中得到了最初的延续。在宏观叙事的大潮汹涌中，孙犁的小说如一股清泉和细流给我们带来了不一样的审美感受。他的《荷花淀》等小说，具有那时期的一般小说所不具备的诗情画意。虽然背景还是宏大的历史事件，但抒情的方式却不同于宏观叙事的模式化，而是具有了一种别样的人性美和人情美。杨联芬在分析孙犁的小说创作时即指出："在解放区乃至新中国成立以后十七年，几乎找不到第二个作家将劳动妇女的劳作场面描绘得像《荷花淀》那样充满诗意与柔情。月下织席的水生嫂，既是质朴可感的普通农家妇女，却又有几分缥缈若仙的轻灵美感。那一派由月光之皎洁，秋水之静穆，苇眉子之柔顺，荷叶荷花之清芬所构成超绝意境，使女性的纯洁、宁静、深沉、温柔、优美尽在不言中。这个意境，明显地有着《诗经》《离骚》以来文人文学香草美人审美情致的痕迹。"[①] 这种审美情致其实就是中国文学的抒情传统。由此，也可以看出这一传统所表现出的顽强生命力。除了孙犁之外，宗璞的《红豆》、陆文夫的《小巷深处》等作品，也是在宏大的背景下展开的个人化抒情，而这种感伤的个人化情绪在那个时代是极易被否定、被批判的。

诗化—散文体小说的复兴和新时期文学的复兴几乎是紧密相连的，其中以汪曾祺的小说写作影响为最。在告别了宏大叙事的空泛和模式化之后，《受戒》《大淖记事》等关注日常生活、描写日常诗情的诗化—散文体小说，以一种久违了的小说面貌出现在文坛，引起强烈的震动，且好评如潮。曾经一度中断的抒情传统在汪曾祺的小说中得到了承续和复苏。对此，黄子平指出："熟悉新文学史的人却注意到了一条中断已久的'史的线索'的接续。这便是从鲁迅的《故乡》《社戏》，废名的《竹林的故事》，沈从文的《边城》，萧红的《呼兰河传》，师陀的《果园城记》等等作品延续下来的'现代抒情小说'的线索。……在'阶级斗争为纲'愈演愈烈的年代里，这一路小说自然趋于式微，销声匿迹。《受戒》《异秉》的发表，犹如地泉之涌出，使鲁迅开辟的现代小说的多种源流（写实、讽刺、抒情）之一脉，得以赓续。"[②] 他的这一观点得到了普遍的认同，如洪

---

① 杨联芬：《孙犁：革命文学中的"多余人"》，《中国现代文学研究丛刊》1998年第4期。
② 黄子平：《汪曾祺的意义》，《作品与争鸣》1989年第5期。

子诚的《中国当代文学史》和丁帆等著的《中国当代文学史新稿》《中国乡土小说史》等,都给予汪曾祺的诗化—散文体小说以极高的肯定和评价。"真正引领中国'新时期'小说进入一个全新历史阶段的,就是汪曾祺和他的具有独特审美风貌的小说《受戒》。"① "他(汪曾祺)在小说文体的创造,影响了当代一些小说和散文作家的创作。"②

汪曾祺之外,陆文夫、林斤澜、邓友梅等人的小说叙事,同样呈现出一种诗化风格,并且增加了十分浓郁的地域风情和地方特色。陆文夫的《美食家》等"苏味小说",林斤澜的"矮凳桥风情小说",邓友梅的《话说陶然情》等京味小说,都透露出传统文化的神韵,尤其是加之他们那抒情的笔触,使得小说往往弥漫着美妙绝伦的诗意气息。

当然,抒情传统对于小说叙事的影响也不是一成不变的,"文体形式在文学史过程中必定有所发展和变化;个别作品挑战规范而作出各种变奏,亦是艺术应有之义"③。正如有研究者所指出的:"20世纪90年代前后,诗化—散文体小说出现了创作上的又一明显转向,在诗意的形式上添加了反诗意的内容,是对传统浪漫诗化小说的反叛,是波德莱尔式的'恶之花'。这类小说是在一种浓重的世纪末的感伤气氛中,讲述着内心的失落、忧郁与焦虑。"④ 其实,如果我们追溯这一感伤的抒情传统,宋玉的悲秋则可以看作是这种颓废情绪的滥觞。而这种小说叙事中的颓废和忧郁气息,在当代江南小说中表现得十分明显。苏童的《妻妾成群》《红粉》《另一种妇女生活》,叶兆言的"夜泊秦淮"系列小说,格非的《敌人》《边缘》等都呈现出一种有别于传统抒情气质的忧郁诗情。可以说,在对自我内心生活的审视中,在个人情感世界和精神状态不断丰富的当下社会,作家们也在竭力寻找与之相匹配的叙事方式和表达形式。

普实克在分析郁达夫的小说创作时总结说,"规模宏大的文学创制不是由叙事来完成,而是通过以统一的情调浸润各个部分的抒情过程来实现的,这是中国文学的典型状况"⑤,尤其是在类似于抒情自传的小说写作中,这种表现极其突出。当然,抒情传统与小说叙事之间的关系不是单向

---

① 丁帆等:《中国乡土小说史》,北京大学出版社2007年版,第301页。
② 洪子诚:《中国当代文学史》,北京大学出版社1999年版,第332页。
③ 陈国球:《"抒情"的传统》,载陈国球、王德威编《抒情之现代性——"抒情传统"论述与中国文学研究》,生活·读书·新知三联书店2014年版,第13页。
④ 郭宝亮等:《新时期小说文体形态研究》,中国社会科学出版社2014年版,第264页。
⑤ [捷克]普实克:《抒情与史诗——中国现代文学论集》,郭建玲译,上海三联书店2010年版,第174—175页。

的，它是一种双向的互渗，抒情传统对于小说叙事的深刻影响，和小说叙事对于抒情传统的内涵丰富，其实同样重要，也都是小说创作中可资借鉴的叙事资源。只是出于研究的需要，突出其中某一个方面罢了。

第三节　新笔记小说：古典与现代的融合

新笔记小说，顾名思义，强调的是"新"的所在，但笔记小说作为文学长河中的一个创作传统，对新笔记小说的传承和创新都有着深刻的影响。因此，在展开对新笔记小说的论述之前，也有必要对笔记小说的大致状况作一简单的梳理。

唐代刘知几《史通·杂述》将正史之外的杂史杂著统称为"偏记小说"，分为十类："是知偏记小说，自成一家，而能与正史参行，其所从来尚矣。爰及近古，斯道渐烦，史氏流别，殊途并鹜，榷而为论，其流有十焉：一曰偏纪，二曰小录，三曰逸事，四曰琐言，五曰郡书，六曰家史，七曰别传，八曰杂记，九曰地理书，十曰都邑薄。"① 其中，"逸事""琐言""杂记"三类实际上即为"笔记体小说"。明代胡应麟《少室山房笔丛·九流绪论》对"小说家"则进行了明确的类型划分："小说家一类，又自分数种：一曰志怪，《搜神》《述异》《宣室》《西阳》之类是也。一曰传奇，《飞燕》《太真》《崔莺》《霍玉》之类是也。一曰杂录，《世说》《语林》《琐言》《因话》之类是也。一曰丛谈，《容斋》《梦溪》《东谷》《道山》之类是也。一曰辩订，《鼠璞》《鸡肋》《资暇》《辨疑》之类是也。一曰箴规，《家训》《世范》《劝善》《省心》之类是也。"② 其中，"志怪""杂录"中的绝大部分及"丛谈"中的部分作品即为"笔记体小说"。而《四库全书总目》中"小说家"序曰："迹其流别，凡有三派：其一叙述杂事；其一记录异闻；其一缀辑琐语也。"③ 三类都可归入"笔记体小说"。

从上面所述可以发现，笔记小说的取材范围和题材类型，大致可分为两类：一种是记录鬼神怪异之事的"杂记""志怪""异闻""语怪"等，另一种为记录历史人物轶闻琐事的"逸事""琐言""杂录""杂事"等。

---

① （唐）刘知几：《史通》，上海古籍出版社2008年版，第193页。
② （明）胡应麟：《少室山房笔丛》，上海书店出版社2001年版，第282页。
③ （清）永瑢、纪昀等：《四库全书总目》，中华书局1997年版，第1834页。

而就其文体性质和文体形式来说，可以概括为：一是"史之流别"，属于正史之外的野史之类，定位极低，属"史官之末事"；二是普遍包含大量的传闻，甚至荒诞不经的街谈巷陌之说，不少内容真假莫测；三是编纂体例驳杂随意，载录内容丰富杂乱。如刘知几《史通·杂述》称之为"言皆琐碎，事必丛残"。这实际上也反映了古人对笔记体小说的普遍认识：随笔杂记、不拘体例、篇幅短小、一事一则。①

中国古典小说的发展，一直保留着笔记小说的审美基因。其中，"唐传奇可说是一种转折性小说，它既保留了笔记小说的某些特点，又获得了后来成为'正规'小说的新特点，如故事完整、情节起伏、人物鲜明等，为宋话本、明清小说的发展开拓了蹊径"②。而在这个过程中，笔记小说也逐渐衰落，趋向边缘，但却意外地迎来了巅峰之作《聊斋志异》。《聊斋志异》简称《聊斋》，俗名《鬼狐传》，是中国清代著名小说家蒲松龄创作的文言短篇小说集。《聊斋志异》对后世的小说写作影响极大，孙犁、汪曾祺、林斤澜等人的小说创作无一不受其滋养。关于这点，后面的论述中还将谈到。

五四以降，中国的小说创作一度转益西方文学，甚至有人提出"全盘西化"的主张，这对中国现代小说的创作产生了利弊共存的不同影响。实际上，传统文学根深蒂固的因子一直存在，也从未和现代小说创作产生根本的断裂，不仅如此，鲁迅、周作人、沈从文、废名等人还主动探索中国古代文学的知识脉络和人文传统。即便是到了三四十年代，赵树理、孙犁等人的小说写作，依然在寻求中国古典小说的文化滋养，赵树理主动借鉴古代话本小说"讲故事"的手法，以新鲜朴素的民族形式、生动活泼的群众语言、清新浓郁的乡土气息，使小说表现出一种"本色美"；孙犁的小说以冀中农村人民抗日斗争为题材，但基本很少直接表现战争的残酷和惨烈，而是用诗一般简练的语言、散文一样优美的意境，来表达人物丰富的内心世界，展现日常生活的淡淡温暖，使得他的小说古典而富有诗情。这在当时千篇一律的文学创作中，是奇葩和异类。而随着1949年之后对于文艺为政治服务、为工农兵服务的突出和加强，连这点仅存的诗情也一并消失了，高昂的革命热情替代了文学的现实创造和诗意境界，自然而然也就产生了与这些要求相适应的规规矩矩的文学典范。而规范恰恰是文学创作的天敌。

---

① 参见王庆华《论"笔记体小说"之基本文体观念》，《浙江学刊》2011年第3期。
② 钟本康选评：《新笔记小说选·导论》，浙江文艺出版社1993年版，第1—2页。

笔记小说的再度兴起是到了新时期之后。这一时期的笔记小说，较之于中国古代的笔记小说，有了新的发展和特点，人们称之为新笔记小说。关于新笔记小说的发展，钟本康将其分为三个阶段：第一个阶段是20世纪80年代初，孙犁、汪曾祺、林斤澜等几位老作家率先揭开了新笔记小说创作的帷幕。其中尤以孙犁和汪曾祺两位有着自觉的笔记体意识，有意识地选取笔记小说形式，以白描的纪实性和散漫的片段性，实现了笔记小说在新时期的美学变迁。孙犁的《芸斋小说》、汪曾祺的《故乡人》《故里杂记》《故里三陈》《晚饭花》《桥边小说三篇》等均是"新笔记小说"之精华。第二个阶段是80年代中期，以寻根派为代表的一批具有民族文化意识和古典文学修养的中青年作家异军突起，别开生面。阿城、韩少功、聂鑫森、李庆西、高晓声等人都有着引人注目的成果。其中尤以李庆西的《人间笔记》和高晓声的《新"世说"》最为突出，其取材和审美追求都深得传统笔记小说的三昧。这一时期的笔记小说，取材更广泛，既有现实的，也有历史的，既有繁华的市井，也有偏僻的乡村，大大开拓了生活领域，风格、体式等也更加趋向多样。第三个阶段是80年代末期，又涌现出了田中禾、张曰凯、高洪波等一批当时还籍籍无名的新人，他们的作品多取材于民间俗事，在表现手法上，比较注重故事性和可读性，不少作品还掺杂着灵鬼怪异的民间传说。① 当然，这样一种简单的概括虽然明了，也难免片面和偏颇，但新笔记小说在新时期的文学园地里，虽然是小花一朵，的确曾经大放异彩，尤其是汪曾祺和林斤澜两位作家的新笔记小说，在中国当代文学发展史上有着十分重要的思想价值和美学意义。

一　古典之情与意境之美

鲁迅曾在20世纪30年代指出："采用外国的良规，加以发挥，使我们的作品更加丰满是一条路；择取中国的遗产，融合新机，使将来的作品别开生面也是一条路。"② 20世纪中国小说的主流，基本是沿着前面的一条路子延续下来的，直至当代，这种影响一直根深蒂固，另一条路子虽然并不为人所重视，但实际上却开拓出了属于自己的文学天地。李庆西先生就认为，中国的小说，其源流有二："一者为笔记体，一者为说话体（包

---

① 参见钟本康选评《新笔记小说选·导论》，浙江文艺出版社1993年版，第3—5页。
② 鲁迅：《且介亭杂文·〈木刻纪程〉小引》，载《鲁迅全集》第六卷，人民文学出版社2005年版，第50页。

括章回体)。从时间上讲,笔记体在前,说话体在后。前者自魏晋笔记、六朝志怪初呈形状,到唐人传奇已臻成熟;延之《醉翁谈录》《剪灯新话》《聊斋志异》《阅微草堂笔记》等等,屡见胜流。"① 新笔记小说,可以说是在笔记小说这笔丰富的遗产基础上,融合了新时期新的审美趣味和美学风尚而形成的一种文体形式。

对于笔记小说,汪曾祺认为:"凡是不以情节胜,比较简短,文字淡雅而有意境的小说,不妨都称之为笔记体小说。"② 他还说,"依我看,小说是一种生活的样式或生命的样式。那么新笔记小说可以说是随笔写下来的一种生活,一种生活或生命的形式"③。所以,在他的笔下,小城的生活,平常的人事,美好的人情,举目都可以见出日常的悲欢和地方风俗。《受戒》中明海和小英子的纯洁爱情,《岁寒三友》中的患难之情,《七里茶坊》中的解囊相助和仁义善良,焦点所在都是生活和生命,却几乎不见情节、悬念、高潮的讲究。而这正是汪曾祺最喜欢的一种写作方法,"随笔记之,不事雕饰"④。对此,庞守英在《新时期小说文体论》一书中指出:"在他的小说中,没有剑拔弩张的紧张场面,也没有大喜大悲的人物情感、生活,就在平平淡淡的叙述中,被审美化,被艺术化,就是风土民俗的描写,也充满着诗情画意,给人一种温馨和谐的感觉。这种叙事风度,并不是每个作家都具备的,当然,也没有必要要求每个作家都具备这种风度,但是,它确实是难以驾驭的。因为它不仅是一种叙述技巧,摹仿一下便能奏效,它凝聚着作者的人格修养与生命体验,意味着作者进入了一种物我同一的境界,取得了艺术的自由。"⑤

汪曾祺小说的笔记体风格是在"文化大革命"结束后开始逐渐显露的,比如《骑兵列传》和《塞上人物记》这两篇小说,单从题目来看明显受到了传统笔记小说的影响。而其后《受戒》和《异秉》的发表,以及《岁寒三友》《大淖记事》《故里杂记》《晚饭花》《钓人的孩子》《鉴赏家》《八千岁》《故里三陈》《故人往事》等一大批作品的接连问世,都能看出这种笔记体风格。纵观汪曾祺的新笔记小说,我们可以发现,他十分喜欢写旧人旧事,从过去与传统中寻求艺术的灵感。汪曾祺自己也说:

---

① 李庆西:《新笔记小说:寻根派,也是先锋派》,《上海文学》1987年第1期。
② 汪曾祺:《捡石子儿(代序)》,载《汪曾祺全集》第五卷,北京师范大学出版社1998年版,第250页。
③ 汪曾祺:《新笔记小说选·序》,作家出版社1992年版,第1页。
④ 汪曾祺:《谈谈风俗画》,《钟山》1984年第3期。
⑤ 庞守英:《新时期小说文体论》,山东大学出版社1997年版,第142页。

"我写旧题材,只是因为我对旧社会的生活比较熟悉,对我的旧时邻里有较真切的了解和较深的感情。我也愿意写写新的生活、新的人物。但我以为小说是回忆。必须把热腾腾的生活熟悉得像童年往事一样,生活和作者的感情都经过反复沉淀,除净火气,特别是除净感伤主义,这样才能形成小说。"① 这种对于"旧"的迷恋,不仅表现在取材上,而且表现在小说的创作手法上。汪曾祺的新笔记小说,一方面继承了中国古代笔记小说的优秀传统,另一方面也借鉴了中国古代散文、诗歌和绘画的创作技法,从而具备了独特的美学趣味和审美意境,是古典传统的现代转换的典范。笔记小说的重要特征之一是记事,重在记,而新笔记小说的面貌一新其中就表现在意境的开阔上。汪曾祺说:"我的小说,不大重视故事情节,我希望在小说里创造一种意境。"② 汪曾祺对于小说意境的营造,给人一种十分和谐的画面感,这在很多小说中都有体现,比如《受戒》结尾的芦花荡。且看《晚饭花》中的一段描写:

> 晚饭花开得很旺盛,它们使劲地往外开,发疯一样,喊叫着,把自己开在傍晚的空气里。浓绿的,多得不得了的绿叶子;殷红的,胭脂一样的,多得不得了的红花;非常热闹,但又很凄清。没有一点声音。在浓浓绿绿的叶子和乱乱纷纷的红花之前,坐着一个王玉英。
> ……
> 红花、绿叶、黑黑的脸、明亮的眼睛、白的牙,这是李小龙天天看的一幅画。③

汪曾祺像一位绘画高手,把情、景、人完美地融合在一起,营造出一种十分和谐的意境。而且这意境又不是静谧而沉默的,透着十分活泛的生机和一股勃勃的生命力,自由而奔放,自然而本真。宗白华在《美学散步》里所说:"中国画的光是动荡着全幅画面的一种形而上的、非写实的宇宙灵气的流行,贯彻周边,往复上下。……西洋传统的油画没画底,不留空白,画面上流荡的光和气氛仍是物理的目睹的实质,而中国画上画家用心所在,正是无笔墨处,无笔墨处却是飘渺天倪,化工的境界。(即其

---

① 汪曾祺:《〈桥边小说三篇〉后记》,载《汪曾祺全集》第三卷,北京师范大学出版社1998年版,第461页。
② 汪曾祺:《美国家书》,载《汪曾祺全集》第八卷,北京师范大学出版社1998年版,第111页。
③ 汪曾祺:《晚饭花》,载《汪曾祺小说全编》中,人民文学出版社2016年版,第568页。

笔墨所未到，亦有灵气空中行）这种画面的构造是根植于中国人心灵里葱茏氤氲、蓬勃生发的宇宙意识。"① 汪曾祺通过对于中国古代绘画的理解，实现了对于中国审美精神的一种直观领悟。他也十分注重这种留白艺术在小说中的使用，从而达到一种天然的艺术效果和诗意的美学境界。

汪曾祺之所以能够取得这种艺术的自由，和其人格修养、生命体验密不可分。但如果追根溯源，则首先是他耳濡目染的江南文化熏陶的结果。汪曾祺说："我们在小说里要表现的文化，首先是现在的，活着的；其次是昨天的，消失不久的。理由很简单，因为我们可以看得见，摸得着，尝得出，想得透。"② 汪曾祺的小说，一方面表现出浓浓的文化气息，比如《大淖记事》中对于挑夫们的生活方式与日常习俗的描写，褪去了浮躁的烟火之气，而多了几分生动和醇美；另一方面也表现出对于文化传统失落的感叹和无奈，比如《晚饭花·三姊妹出嫁》中的秦老吉，他的馄饨担子不仅仅是他谋生的工具，实际上已经是一种文化的象征，隐含着深沉的历史况味。汪曾祺把一种对于日常生活的关照，在随意的勾连中，增添了一种文化的意蕴，从而也显得匠心独运，别开生面。而这种极其简练地勾画人物、叙写事物的手法，是笔记小说惯用的技法。

如果说在写作技法上，新笔记小说和传统笔记小说更多地表现为一种继承和趋同，那么两者的不同则更多地表现为精神取向的不同，和淡淡的抒情传统。庞守英说："古代笔记是以史家的观点写人记事，针砭时弊，因而重记录，轻虚拟，缺乏审美主体情绪的表露。汪曾祺的小说，尽管采用平静淡薄的叙述，但是，生活一旦被艺术化，审美主体的情绪就或隐或现地表露出来，甚至有时显出浓郁的抒情特征。"③ 汪曾祺的《大淖记事》《受戒》等作品，不仅仅被看作是新笔记小说的代表，更被当作诗化小说的典范，这和古代笔记小说是大相异趣的。另外，笔记小说在精神上往往是寻求一种逃避和寄托，而新笔记小说则往往意在实现一种精神的介入，以个人的生命体验来关照整个人生和社会。正如李庆西所说："自我的人生体验沟通了人类生存的普遍境遇，便超越了士大夫文人那种狭隘、封闭的自我意识。在人格意义上，'新笔记小说'与古典笔记小说的差异是值

---

① 宗白华：《中国艺术意境之诞生》，载《宗白华全集》第二卷，安徽教育出版社 2008 年版，第 336 页。
② 汪曾祺：《吃食和文学》，载《汪曾祺全集》第四卷，北京师范大学出版社 1998 年版，第 61—62 页。
③ 庞守英：《新时期小说文体论》，山东大学出版社 1997 年版，第 142 页。

得注意的。"① 《故乡人·钓鱼的医生》中医生的道义担当，《故人往事·如意楼和得意楼》中老板的精气神，都活脱脱展现出汪曾祺对于人情世态的美好诉求。而这也应和了他一贯的人生信念。

如果说汪曾祺的新笔记小说走的是一条诗化的路子，那么林斤澜的小说则是一种哲理化的思路；如果说汪曾祺意在于一种随意中实现人性的和解与和谐，那么林斤澜则是在看似随意却有意的创作中，追求一种冲突下的思想集结和人性释放。林斤澜的小说有一种"怪味"和一种"怪异美"，这种创作表现让人很自然地就想到了中国古典小说的志怪传统。这当然不是毫无根据的胡思乱想，通过林斤澜自己的创作谈和他具体的作品都能看得出来。

二 哲学之思与怪诞之美

与汪曾祺对于语言的重视一样，林斤澜也十分强调语言的作用，他认为："小说的文野之分，我想是分在语言。文体之分，分在结构。作家的面貌之分，我以为分在语言；体格之分，则分在结构上。因此我说小说的门里事也很多，最要紧的是结构与语言两件事。"② 林斤澜的新笔记小说在结构和语言上都体现出了自己的特色。他在结构上，取法笔记小说，并融合了现代小说的新手法；在语言上，经常运用方言，并将其很好地融入日常化的现代汉语中。可以说，正是方言的运用，使得林斤澜的小说语言展现出了自己的独特魅力，并体现出了与同时期其他新笔记小说不同的艺术特色。

在林斤澜看来，中国短篇小说起源于志怪，他说："世界上的小说，都从短篇开始。短篇一统的局面有多长久呢？各处不一样。中国最初是异人、异事、异言、异情的记录文字，叫作笔记体。无异不记，又称志异，这是起源了。记录不免增删，根据个人或众人的趣味，或添枝去叶，或加油减醋，把片断组织成情节，发展成故事。这时也还离不开奇异，又叫作传奇，无奇不传也。后来小说变路子去写人写平凡写实生活，摆脱史传影响，逐步成熟，产生了'纯'小说。"③ 在写人写平凡写实生活方面，林斤澜和大多数作家并没有什么不同，他笔下的故事大多数取材于当代农村

---

① 李庆西：《文学的当代性》，人民文学出版社1988年版，第63页。
② 林斤澜：《短打本领》，载《林斤澜文集》第六卷，北京师范大学出版社2000年版，第11页。
③ 林斤澜：《论短篇小说》，载孔范今、施战军主编《林斤澜研究资料》，山东文艺出版社2009年版，第128页。

和知识分子，但又的确表现出和大多数作家的小说不同的写作手法和美学趣味。在林斤澜的叙事中，人物身处的空间既是实实在在的，又不乏虚拟的想象，那些平凡而普通的人物往往能够穿越时空，进入作者的精神臆想和乌托邦世界中。因此在矮凳桥这个真实又不乏想象的世界里，既有带着神秘色彩的溪鳗，有吃苦耐劳的丫头她妈，也有一生跌宕起伏的袁相舟，有爱撒谎乐知天命的章范父子，更有喜欢作诗的笑杉，有历经风雨宠辱不惊的李地……这一系列小说既写实又写意，有结构的经营却无雕琢的痕迹，既有平实的叙事更有巧妙的留白，实乃"新笔记小说"之佳作。

与汪曾祺惯常的写实与抒情相结合的传统手法不同，林斤澜的小说叙事有着极为强烈的现代色彩，他善于想象，经常运用意象和比喻来增强小说的复杂意味。另外，与汪曾祺淡雅、朴素的叙事风格相比，林斤澜的小说有着一种更加深刻的哲理之思和十分强烈的怪诞之美。对此，林斤澜说："大自然有时候万紫千红，以丰富多彩吸引我们。有时候是清风明月，小桥流水，以素淡优雅渗透人心。但有时候出现奇异，出现神秘的力量，不可理喻，只可心向往之。这才是魅力。"① 这种对于奇异的迷恋，使得林斤澜的小说自始至终透着一股神秘的气氛和冥冥之中的力量。比如在小说《蚱蜢舟》中，这种神秘的色彩就十分饱满。这篇小说讲述的是一个关于老蚱蜢周的传说，让人一下子就产生强烈的奇异感，而神秘气氛的出现使得小说的意蕴变得复杂而幽深。

林斤澜对志怪的继承主要表现在两个方面：一个是中国古典小说悠久的志怪传统及与此相关的文化存在；另一个则是《聊斋志异》的深刻影响。他不只一次对蒲松龄的《聊斋志异》给予充分的评价和肯定，认为其是中国志怪小说集大成的作品。林斤澜说："世界上一提短篇小说，就是契诃夫，莫泊桑啦，他们当然是佼佼者，是灿烂的星座，但是我们的留仙老先生、柳泉居士呢？蒲松龄出生于1640年，1715年回归道山。比那两位还早二百来年呢。"② 又说："蒲老先生生活在三百年前，当时还没有心理学科，还没有精神分析学，更没有意识、下意识这些说法，但在他的笔下，探索了梦境、幻觉、心理活动，恍惚迷离，绝望而又不甘于绝望，通过狐鬼的故事，以极强的艺术魅力，令人信服地表现出来了。"③ 正是因为对于蒲松龄的崇敬之情，林斤澜才孜孜不倦地阅读《聊斋志异》，梦境、

---

① 林斤澜：《谈魅力》，载《林斤澜文集》第六卷，北京师范大学出版社2000年版，第198页。
② 林斤澜：《蒲家庄杂感》，载《小说说小》，春风文艺出版社1985年版，第26页。
③ 林斤澜：《箱底儿及其他》，载《小说说小》，春风文艺出版社1985年版，第166页。

幻觉、臆想等各种心理活动的飞扬肆意其实都得益于《聊斋志异》。在他的创作中，字里行间充满了鬼魅之气和离奇意境，显示出现实生活的虚幻与人性的不可捉摸。

林斤澜的作品中，矮凳桥系列小说和"文化大革命"癔症系列小说都有着鲜明的志怪色彩。矮凳桥系列不仅表现出江南小镇人物和社会变迁的历史画卷，而且于画卷中添加了十分神秘、妖娆的鬼魅之气，颇得《聊斋》神韵；"文化大革命"癔症系列不仅把不同阶段的人物的精神和肉体的摧残有所取舍地展现出来，又把这些癔症患者身上的怪异、荒诞、恶劣移植到民族风情之中，从而加深了对人性和文化的批判意味。刘再复在《近十年的中国文学精神和文学道路》一文中曾指出，"一种情况是林斤澜、汪曾祺这些老作家，他们相信我国传统小说的艺术魅力。因此，他们更多地从我国笔记小说和小品文中吸取营养，使得小说不再那么呆板。他们自由地抒写，加上对现实持一种调侃的态度，因而，小说显得既温柔敦厚，又挥洒自如。汪曾祺大体上是继承和发展沈从文这一现代文学之脉，但又有区别。沈从文通过湘西风土人情的动人描述来反衬都市生活的肮脏，但汪曾祺却把市民社会生活也表现得很美。林斤澜、汪曾祺等作家对传统的某些已经过时的观念采取一种玩赏的态度，而不是采取一种批判的态度，即使有些地方批判了，也是一种淡淡的、玩味式的批判。从思想史的角度来要求，这是令人难以满意的，但从纯文学的角度来说，却表现出一种特别的情趣"①。这个判断大致准确，却也有失公允。如果说这种"淡淡的、玩味式的批判"在汪曾祺作品中多多少少有所呈现，那么在林斤澜的作品中，他对于人性的批判绝不是淡淡的、玩味式的，而是有着深刻的思想内涵，和深沉的警示力量。刘再复显然是被林斤澜多种多样的叙事策略蒙蔽了。林斤澜的小说，如同小口深井，如果不仔细探查，很难分辨其地下水泉的深浅。林斤澜这一独特的写作手法，使得他的这些小说总是笼罩着谜一般的色彩，如不仔细琢磨，很难走进其小说内部，走进作者的情感世界。他的小说始终弥漫着一种扑朔迷离的恍惚感，很容易让读者在他营造的小说世界里迷失。

林斤澜认为，新笔记小说既有浩瀚的传统，又有恣肆的现代观念。这种传统一方面源自笔记小说这一历史的文体，"我们有一种源远流长的文体，叫作'笔记'。那是闲文，或是忙中偷闲记下点闲事，却给我们留下

---

① 刘再复：《近十年的中国文学精神和文学道路——为即将在法国出版的〈中国当代作家作品选〉所作的序言》，《人民文学》1988年第2期。

一些意味深长的文学"①。另一方面源自那种古典的审美传统,林斤澜的矮凳桥系列就是在古典的审美中展现人性的幽秘,寻找文化的根源。由此,新笔记小说在20世纪80年代中后期的"寻根热"中大量出现就显得并不为奇。这种现代观念,则体现为文化批判——对社会历史的审视和对人的存在的哲学探讨。正是基于这种颇具启蒙精神的思想理想,使得新笔记小说与古代笔记小说相比,越发趋于理性、趋于沉重,也趋于深刻。

与汪曾祺一样,林斤澜也十分注重留白手法的运用,这正是新笔记小说的一个显著特征。他说:"小说不论大小,都是留够空白。若讲究中国的气韵、气质、气氛、气派,气,渺茫,请从空白着手,让空白把气落空——其实是落实。请看山水灵秀地方,灵秀是气不可见,若建一空灵亭子,可见空白了,也就可见灵秀的生机,穿插空白而出现生动了。"② 比如在小说《溪鳗》的开篇,作家就写道:"这里只交代一下这个店名的由来,不免牵扯到一些旧人旧事,有些人事还扯不清,只好零零碎碎听凭读者自己处理也罢。"③ 寥寥几句,却留给读者广阔的想象空间。可以说,正是通过对中国古代艺术手法的妙用和化用,新笔记小说在传统和现实之间、在古典与现代之间才开拓出了一条属于自己的艺术道路。

汪曾祺和林斤澜的小说,其实都喜欢避重就轻,这可能和他们对这一文体的选择有关,也和他们所处的江南文化中诗性的一面有关。但这并不意味着人生就是轻盈的,相反,却十分沉重。对于这种于沉重的人生中选取轻盈的态度,卡尔维诺说:"我们在生活中因其轻快而选取、而珍重的一切,于须臾之间都要显示出其令人无法忍受的沉重的本来面目。大概只有凭借智慧的灵活和机动性我们才能够逃避这种判决;而这种品质正是这本小说写作的依据,这种品质属于与我们生活于其中的世界截然不同的世界。"④ 但两人还是有所不同,汪曾祺的轻是一种沉痛失重之后的轻,似乎被作者生生地摁着,那些沉重的存在仿佛都消失在波澜不惊的生活下面。林斤澜的轻则是一种避重就轻,他选取的都是一些沉重题材,比如"文化大革命"中那些血淋淋的现实,但作者是用一种比较轻盈的手法进行处理。而此时新笔记小说这种文体就发挥出了其随意、闲置、自由的特性。

---

① 林斤澜:《论短篇小说》,载孔范今、施战军主编《林斤澜研究资料》,山东文艺出版社2009年版,第128页。
② 林斤澜:《主攻篇》,载《林斤澜文集》第六卷,北京师范大学出版社2000年版,第174页。
③ 林斤澜:《溪鳗》,载《林斤澜小说选》,人民文学出版社2009年版,第1页。
④ [意]卡尔维诺:《未来千年备忘录》,杨德友译,辽宁教育出版社1997年版,第5页。

汪曾祺和林斤澜的新笔记小说，分别代表了不同的精神路向和审美取向：一个趋于轻盈，一个偏于沉重；一个趋于恬静，一个偏于悲愤；前者给人以一种美的遐想和静的享受，后者则给人以一种痛的思索和苦的体验；前者表现的是一种士大夫的雅致，后者则体现出一种民间士人的怪诞。但不管差别多大，他们在新笔记小说上的艺术自觉都是共通的，他们对于中国政治意识形态的解构虽然有限，但对于中国文化传统的承继却使得我们看到了一种艺术创新的思想力量和现实可能。

第九章　共性与差异：江南情结中的多元艺术求索

在中国当代小说发展过程中，思想的高下曾经成为作品艺术质量的主要考察要素。但是在思想渐趋解放、文学思潮涌动的破冰声中，主体性和艺术性的回归成为一股更为重要的时代力量。尤其是新时期以后，这种强烈的审美诉求在小说创作中越发凸显。无论是在小说形式上，还是在叙事风格上，对于"美"的呼唤和"诗"的追求成为当代作家共同的艺术理想。

在某种程度上，每一位作家都有自己的审美倾向和艺术风格。比如谈到莫言、贾平凹、苏童、毕飞宇等，都很容易说出他们各自的文学特质。莫言的魔幻与野性，贾平凹的神秘与淳朴，苏童的唯美与暧昧，毕飞宇的机智与诙谐，都是当代文学写作中独一无二的风格存在。而比确立风格更重要的是什么呢？"重要的是风格要有效力，要与它的任务相适应，这个任务就是给所讲述的故事注入生命的幻想——真实的幻想。"[①] 当然，风格可以是单一的，可以是复杂的，可以是美的，可以是丑的，可以是令人愉悦的，也可以是令人感到不快的，最重要的是保持一种连贯性和统一性，使得这种艺术风格具有一种整体感和独特感。

在当代江南小说中，如果说对于"诗"的想象和"美"的塑造是建立在一种共识基础上的审美期待，那么具体到每位作家的写作中，其审美表现又是完全不同的。比如麦家的写作，其路数显示出了与大部分传统意义上的江南作家的不同。当然，即便是同一位作家，在不同的时期，其创作也是差序有别，这是文学的魅力，同样的，也体现了一种文化的兼容性和多样性。

---

① ［秘鲁］马里奥·巴尔加斯·略萨：《给青年小说家的信》，赵德明译，上海文艺出版社2016年版，第37—38页。

第九章 共性与差异：江南情结中的多元艺术求索

第一节 "南方精神"：共识的想象

江南是一个有着反抗传统的地方，在中国悠久的历史长河中已经有着太多可歌可泣的悲情故事，这种反抗传统也深深地植根于江南的日常生活和文学创作中，作家们不甘于各种束缚和压制，渴望积极的自由，渴望思想的无拘无束，寻求精神的天马行空，在历史和时代的汇流中聚力成熠熠生辉的"南方精神"。这种反抗不是声嘶力竭的，不是荡气回肠的，它呈现的是旋涡中的沉潜，是风暴中的静谧，是时代无言的沉默之歌。

事实上，1949年以来，中国当代小说一直弥漫着一种浓郁的"北方风格"。这种"北方风格"在创作手法上，表现为对宏大叙事的热衷，在审美风格上，则表现为对粗犷、豪放的艺术特质的偏爱。典型如"十七年"时期的"青山保林，三红一创"，新时期的反思文学、改革文学等，都是这种"北方风格"的代表。这样一种风格的形成原因当然很多，地域的、社会的、文化的，相互杂糅、互为交错，但其根深蒂固的影响因素则是以北京为中心的政治格局所带来的意识形态的统一化。在这样的格局下，歌颂与服从才是文学与人生的一种常态，而所谓北方的柔情、现实的批判，虽不乏诗意和深刻，却也显得孱弱而无力，伤痕虽有但并不刻骨铭心，反思也在，但并未深入骨髓。

当然，这只是中国当代小说的一个面向，是最主要的，但并不是唯一的，在这之外，还有一股隐而不发的思想潜流——南方写作（作者注：南方与江南是两个不同的地理空间，但相互之间有交叉和融合，本书中主要讨论的是以当代江南作家为主的写作）。这虽是一尚未定论甚或有些虚幻的概念，但它的存在似乎也是不争的事实。何谓南方写作，好像并不好界定，但它绝不是北方风格的对立面，它并不拒绝求同，但更倾心求异；它是地域观的一种凝练，但更像思想性的一次升华；它也接受世俗的平凡，但更追求内心的不安；它也会热情地歌唱太阳之光，但更看重黑暗中绝望的反抗。因此，笔者理解中的南方写作，它是一种"南方精神"的艺术表达，是在同质化的时代书写不一样的个人体验，就是在孤独的情绪中放逐另类的自我，就是在堕落的世界中寻求对抗黑暗的力量，谱写一曲曲壮丽的沉默之歌。

一　南方的叙事

提到南方，笔者首先想起了两位外国著名作家——奈保尔和博尔赫斯。博尔赫斯写过一个短篇小说《南方》，这个故事为我们提供了想象南方的很多种方式，现实的，寓言的，梦幻的，而每一种想象其实都给这个故事预设了不同的思想内涵和命运走向。可以说，博尔赫斯以《南方》颠覆了小说世界。这是虚拟的南方。奈保尔则写过一本旅行游记《南方的转折》，他以纪实的方式记录了美国南方生活的方方面面，个体与群体，绝望与喧闹，口述与见闻，思考与漫谈。奈保尔以一个"局外人"的身份，向我们描绘出了多元文化碰撞下的奇特南方。这是现实的南方。

这两种关于"南方"的叙事形态，为更好地理解当代江南小说的南方叙事提供了一条清晰的线索。如果说新时期以前，关于南方的叙事更多地是处于一种被压制的潜在状态，那么很显然，新时期之后，南方叙事越来越成为当代江南小说的重要维度。在作家的笔下，南方世界是一个活生生的存在，是可观可感可闻的，是永恒地在记忆中翻滚生长的时代图景。

但小说更大的魅力是什么呢？虚构。一个虚构的南方是什么样子的，实际上更能引起我们的兴趣和好奇。潘军《南方的情绪》、孙甘露的《南方之夜》、苏童《南方的堕落》《舒农或者南方的生活》，虽然都冠以"南方"之名，但正如博尔赫斯的《南方》一样，其实是在搭建一个别样的小说世界或建构一种奇特的叙事模式。《南方的情绪》实际上就很有点博尔赫斯的味道，他设置了圈套，建造了迷宫，让他的小说主人公在踏上南方之旅的同时也选择了一种谜一样的命运。在这部小说里，南方仅仅是一个意义不大的地标，南方的情绪，实际上表现为作家的语言情绪，它以一种情绪化的抒情方式和叙事节奏，不断地开掘人物的心理意识和感觉视域，从而推动小说情节的持续更迭和推移。巧合的是，孙甘露的《南方之夜》同样深受博尔赫斯的影响。他试图写出这位作家对他的吸引到底在什么地方，他用一个又一个的梦境编织着这个世界的乌托邦想象，同时又用一种南方的黑暗来掩盖他内心的秘密。他写的不是南方，不是黑夜，而是心灵的困惑，和对这个世界的迷惘和失望。作为20世纪80年代先锋作家的代表，潘军和孙甘露通过南方叙事，为我们提供的不是个人的经验或者南方的记忆，而更像一个隐喻的存在一样，南方成为小说叙事的一个内部零件。但是到了另一位先锋作家苏童笔下，南方的面貌又有了新的不同。

虽然苏童在几十年的创作生涯中，一直摆脱不掉南方的袭扰，但苏童的南方写作并不纯然是一种地理学意义上的南方叙事，正如他自己所说：

"我同样地表示怀疑。我所寻求的南方也许是一个空洞而幽暗的所在,也许它只是一个文学的主题,多年来南方屹立在南方,南方的居民安居在南方,惟有南方的主题在时间之中漂浮不定,书写南方的努力有时酷似求证虚无,因此一个神秘的传奇的南方更多地是存在于文字之中,它也许不在南方。"① 苏童的南方,有南方真实世界的生活烙印,但那只是一种潜在的记忆在作怪,实际上,很长一段时间里,苏童并没有书写一个真实的南方,而是一个秘密的传奇,在他的笔下,南方永远只存在于记忆中,存在于他扑朔迷离的文字之下。王德威曾评价苏童说:"作为南方子民的后裔,苏童占据了一个暧昧的位置,他是偷窥者,从外乡人的眼光观察、考据'南方'内里的秘密,他也是暴露狂,从当地人的角度渲染、自嘲'南方'所曾拥有的传奇资本。南方的堕落是他叙事的结论,但更奇怪的,也是命题。他既迎合又嘲仿'南方主义'的迷思,从而成为当代大陆文化、文学论述中的迷人声音。"②

在苏童的笔下,南方更多地表现出一种腐烂意味和传奇色彩。这是苏童生活过的南方吗?还是想象中的南方呢?现实与书写之间所造成的强烈反差,使得南方具有了更为内在的意义。它更像一个隐喻,里面暗含着各种不可捉摸的思想碎片和人生断想。与苏童相比,朱文颖笔下的"细小南方"更加具体可微,它虽然也有一种"秘史"的意味,但更多的是深藏在南方这个地理空间下的不易察觉的唯美和苍凉。这个南方不是想象的南方,是大家的南方,是可触摸的南方。正如《收获》主编程永新所说:"这部书关于南方,关于家族,关于几代人的情感。无论是突发奇想跟随评弹团出外漂游的外公,还是一生中和同一个男人数次离结婚的莉莉姨妈,还有秉承家族血液始终不能安稳的'我',都有一个丰富隐秘的情感世界,它们和南方的河流、南方的植物甚至和清丽婉转的南方评弹一样,经过作者摇曳多姿的渲染,变得那样生机勃勃韵味十足,那样哀婉凄美令人神往。"

小说的上半部主要描写的是"我"的过往生活,其中主要是"我"的童年生活和潘家生活,下半部主要写的是当下的生活,其中主要是莉莉姨妈的晚年生活和"我"的现实生活。时间跨度从20世纪的50年代一直到21世纪的前十年,从红色大潮到经济大潮,从政治经验到人生百态,朱文颖以小见大,在大时代的舞台上,展现平凡人物的细小生活和卑微人生。

---

① 苏童:《河流的秘密》,作家出版社2009年版,第139页。
② 王德威:《当代小说二十家》,生活·读书·新知三联书店2006年版,第121—122页。

她所建构的莉莉姨妈的细小南方，也是那个时代所有人的南方，一个活生生的现实世界下，芸芸众生所不能摆脱的琐细虚无，却也有滋有味的南方。细小的南方，实际上包含了一种阔大的情感世界的延伸，它是以细小来体察历史洪流下的南方世界，以莉莉姨妈来窥探人生百态中种种人物心灵的秘密。与苏童腐烂、堕落和诱惑的南方不同，朱文颖笔下的南方更多的是鲜活、精致和孤独的情感投入，她以一个长篇的体量为我们呈现了南方的魅力和柔软，以及这水样的世界下所蕴藏的波澜壮阔。

与苏童、朱文颖小说中南方世界的孤独和柔情相比，艾伟的《南方》呈现了一个更加动荡、堕落和刚烈的南方世界。如果说苏童笔下的南方开始趋向一种颓废，那么在艾伟的笔下，这个南方的堕落更加不可逆转，直至走向毁灭；如果说朱文颖笔下的南方还有这日常生活的诗意和温暖，那么在艾伟的笔下，南方世界的温情正在走向衰弱，一种末世情绪正在蔓延，这个世界惨烈得有点让人窒息。小说围绕一起凶杀案，以一个女人的活泼泼的生命来展开整个故事。在弥漫的南方气息中，世俗人情、社会变迁、坚实的现实，在三十多年的时间跨度中，表现出诸种不可思议却也耐人寻味的善恶、美丑、真诚和忏悔。

在艾伟的笔下，南方像一面镜子，无情地折射出两代人的命运乖张。一个傻子、一对姐妹花、一个从良的妓女、一个生活不幸的寡妇、一个疾恶如仇的公安局领导、一个弃暗投明的前国民党保安局长、几个情窦初开的少年，共同演绎了一场令人唏嘘不已的爱情悲剧。是的，这是悲剧，关乎死亡的悲剧。南方作家善写死亡，艾伟也不例外。尤其是在小说《南方》中，艾伟表现出一种对死亡的痴迷，以至于不断变换的人称叙事中，就有一位亡灵叙事者。除此之外，死亡场景在小说中也经常出现，艾伟定不是单单以此来吸引读者的眼球，而应该是试图通过死亡叙事抵达"罪与罚"的诘问和忏悔。这些人生的无常与不幸，终是令人无可奈何却也深痛不已。

关于南方的叙事其实还有很多，事实上，这也并不是南方作家的专利。在很多北方作家笔下，也有一个南方，一个更加意味深长的南方。前文提到陈忠实的《白鹿原》中就有一段由朱先生引出的对南方的描写。不独陈忠实，贾平凹的写作中也有关于南方的想象和叙事。《废都》的结尾：

  他转过身来就走，在候车室里，却迎面撞着了周敏。两个人就站住。庄之蝶叫了一声："周敏！你好吗？"周敏只叫出个"庄……"字，并没有叫他老师，说："你好！"庄之蝶说："你也来坐火车吗？

你要往哪里去?"周敏说:"我要离开这个城了,去南方。你往哪里去?"庄之蝶说:"咱们又可以一路了嘛!"两个人突然都大笑起来。①

对于这个结尾,王尧曾在《作为问题的八十年代》一书中敏锐地指出,在《废都》之中,真正作为"现代性"概念出现的一个词或许就是"南方","南方"这个词在小说的结尾出现。20世纪90年代,一个与市场经济时代密切相关的现实的南方铺天盖地而来。一个曾经满载着历史和文明的南方,正在现代科技的绞杀和现代文明的侵蚀中,变得面目全非。艾伟的《南方》实际上就是这样一种沉重现实的艰难叙事。除此之外,朱文、韩东等人的小说也对这一时代浪潮中的人性、欲望给予了深刻的描写。汪曾祺、陆文夫等老一辈作家笔下的诗意南方,已然成为过往云烟。不管是汪曾祺笔下那位不惧世人眼光、性格干脆利落的英子,还是林斤澜笔下那位"做人迟早是一倒,愁死愁活是一倒,快快活活也是一倒。反正是个倒,不如倒出名堂来"的供销员憨憨,都曾表现出南方人生命的热情,是南方这一方水土生机勃勃的明证。但这一切都发生了天翻地覆的改变,南方的生机和刚烈正在被一种理性化的"北方风格"消解。

当然,这一现象的发生其实不仅仅在当代,早在新文学初期就已有端倪。葛红兵在对苏童的创作进行分析时就曾指出:"中国文学历来都是处于以北压南的格局之中的,现代文学诞生之后,国语被定位为以北方语词为基础、以北京发音为基准,更是把现代文学书写的重心移植于北方了。而现代文学大师,大多出生于南方,如鲁迅、茅盾、张爱玲莫不如此。但是,这并没有改变现代中国文学不断北方化的书写路线,文学在精神上、气质上不断地北方化,是中国现代文学的又一个症结所在。它渐渐地放弃了《离骚》的传统,南方词曲的传统。尤其是西方启蒙文学语式的移入,更是把'理性'作为新文学的中心引入了中国文学,中国古代南方文学那种倦怠阴柔、幽暗绵密的感性景象在中国现代文学中无从体现了。"② 这种情况在20世纪40年代至"文化大革命"时期的中国文学中表现得尤其突出。但新时期以来,以一大批江南作家为首的中国小说创作正在试图恢复这一感性景象,汪曾祺、林斤澜、叶文玲、苏童、格非、余华、叶兆言、毕飞宇等,共同构建起中国当代小说新的抒情风格。

---

① 贾平凹:《废都》,人民文学出版社2003年版,第532页。
② 葛红兵:《苏童的意象主义写作》,《社会科学》2003年第2期。

关于南方的叙事，当然不仅仅是对南方风物的直接再现，也不仅仅是对南方现实的生动表现。它更像一次扎根于南方土地上的自由想象，携带着南方精神的因子在艺术的天地里翱翔。它更是一次对南方世界的深切抒情，以感性而不失深刻、诗意而不失沉重的方式，表达出对这方土地的热恋和缱绻。

二 南方的意义

从地理层面上说，南方是比江南更阔大的版图所指和精神面向；但从文化层面上看，"江南文化不仅体现了南方文化的魅力，也曾在较长的时期里成为一个民族文明的高度，而其中的文学则真正地表达出了它的个性的、深邃的意味"①。因此，对于南方的意义的分析，实际上就是江南文化在当下命运的一种精神折射。

在20世纪80年代，诗人海子就在诗中写道："到南方去，到南方去，你的血液里没有情人和春天。"这深情的呼吁和贾平凹《废都》中的"去南方"，虽然不是一个层面的文学表达，但明显地体现出对于现代性的共同诉求，只不过一个趋向于理想主义，一个倾心于现代主义。而到了苏童笔下，南方的堕落显然已经预言般地昭示了一种文化的没落和精神的委顿。正如张学昕在《苏童：重构"南方"的意义》中指出的：

> 苏童数十年"沉湎"甚至"沉溺"于中国"南方"，在对于"南方"生活世界的描述中，他不断地引申出当代生活剧烈颤动的形态和人性、灵魂的曲折、精微变异。在"南方"生活的表象背后，苏童并不是仅仅叙述某种"地方志"般的生活样态、负载或格局，而是，以文学的叙述方式和结构，彰显了一个时代的文化、历史记忆。这种记忆，传达着精神、想象、虚构与其共同"发酵"的力量，在"写实"的基础上，让虚构制造出最接近生活、现实的可能性。②

"接近生活、现实的可能性"正应和了本雅明提出的"生活的意义"的小说命题。本雅明说："阅读长篇小说时，读者其实是在寻觅某些人物形象，以期从他们身上读出'生活的意义'。""对于我们这些读者来说，长篇小说之所以富含深意，并非因为它颇有教益地向我们展现了一个陌生

---

① 张学昕：《南方想象的诗学》，复旦大学出版社2009年版，第6—7页。
② 张学昕：《苏童：重构"南方"的意义》，《文学评论》2014年第3期。

人的命运，而是因为我们心中的兴趣之火在这一陌生命运的助燃下熊熊燃烧，从而给了我们一丝温暖，而这是我们自身的命运永远也给不了的。"① 南方的意义，也即生活的意义。不管这生活是过去的、现在的还是未来的，小说总以自己的方式揭示出它所欲呈现的独特意义。因此，不管"南方的写作是伤感的"，还是"女性的"，甚至是"精雅的"，② 它都以自己独一无二的特质向我们昭示了南方作为一种文学写作的精神品质和美学意义的存在。

　　基于这种生活的意义，再来考察朱文颖的小说《莉莉姨妈的细小南方》，会发现它所展现出来的对于生活的锐利识见实在是令人拍案叫绝。小说最后写道："真的，我觉得那三十几个像疯子一样没日没夜、没天没地的日子，它们突然美丽了起来，再次流动了起来，它们改变了模样，那几乎就是我生命里最充满力量、也是最美好的时光。"③ 朱文颖以自己隐忍而节制的抒情风格，表现出了当代江南小说"轻盈又负累"的双重气质，她以自己的文学实践和精致的内心世界为我们打开了理解江南、体味南方的思想之门。南方，回忆悠长，令人神往。所以余华说："我的每一次写作都让我回到南方，无论是《活着》和《许三观卖血记》，还是现在的《兄弟》，都是如此。在经历了最近二十年的天翻地覆以后，我童年的那个小镇已经没有了，我现在叙述里的小镇已经是一个抽象的南方小镇了，是一个心理的暗示，也是一个想象的归宿。"④ 是的，不仅余华童年的小镇已经没有了，中国大地上千千万万的小镇正以风一样的速度在倾倒、在消失，那些日常而诗意的过往只能部分地存在于记忆之中了。

　　诗人于坚说："在每一个国家，南方并不是一个地理上的位置，一般来说，更不是工业发展的条件。它却象征着艺术创作的地方。在那儿，个体的人通过其想象力的表现，在一个封闭的和工匠式的方式中来反抗主流文化。在这个意义上说，南方代表了典型的艺术空间，一个反抗外部环境的个人的想象空间。"⑤ 与生活的意义相比，这显然代表了另一个维度的精神走向。在这里，以鲁迅为代表的反抗绝望的思想决绝正以新的面貌得以

---

① ［德］瓦尔特·本雅明：《无法扼杀的愉悦》，陈敏译，北京师范大学出版社2016年版，第67—68页。
② 汪政、晓华：《南方的写作》，《当代作家评论》1995年第3期。
③ 朱文颖：《莉莉姨妈的细小南方》，作家出版社2011年版，第293页。
④ 余华：《生与死，死而复生》，载《我们生活在巨大的差距里》，北京十月文艺出版社2015年版，第77页。
⑤ 于坚：《拒绝隐喻》，云南人民出版社2004年版，第43页。

在中国当代小说中呈现。在这些小说中，南方以一种令人厌恶的面貌出现。在苏童的笔下，他虽然也深情地歌颂南方，但在他的记忆里南方并不美好，所以他说"但我厌恶南方的生活由来已久，这是香椿树街留给我的永恒的印记"①。苏童小说中所表现出来的南方印记正在以另一种方式对苏童的书写造成影响，这是一种精神轨迹的篡改和再设计。

笔者不知道是一种什么样的情感使得苏童与故乡之间形成这样严重的对立，是天然地对于故乡的反感和厌恶，还是童年创伤在故乡记忆中的不良反应，还是源于文学本质上的边缘化所导致的对主流中心话语的孤立和否定，抑或是苏童本身具有的变革意识所导致的内在的反抗精神，这实在是不好轻易判断。对此，萨义德对现代知识分子的一段忠告似乎可以解释苏童的写作境遇和精神指向："面对阻碍却依然去想象、探索，总是能离开中央集权的权威，走向边缘——在边缘你可以看到一些事物，而这些是足迹从未越过传统与舒适范围的心灵通常所失去的。……要像真正的流亡者那样具有边缘性，不被驯化，就得要有不同于寻常的回应：回应的对象是旅人过客，而不是有权有势者；是暂时的、有风险的事，而不是习以为常的事；是创新、实验，而不是以威权方式所赋予的现状。"② 这令人想起了格非的小说《边缘》。《边缘》讲述了一个即将死去的老人回忆自己一生的故事，它昭示了一种命运的无奈，但更彰显出苦难挣扎中的对抗。在这部小说中，生活的意义无从体现，它让人难以释怀的是对生死爱恨的哀思，以及那四处弥漫的江南水乡的婉转悲凉。

为什么作家如此痴迷于"南方"的叙事和"重构"？原因一定很多。但最为根本的原因应该是基于对现实生活的怀疑态度和反抗精神，以及对虚构生活的内在体验和思想渴望。"当然，反抗精神是相对的。许多写匠根本就没有意识到这一精神的存在，或许还有可能他们弄明白了自己想象才能的颠覆性质之后，会吃惊和害怕，因为他们在公开场合绝对不认为自己是用炸弹破坏这个世界的秘密恐怖分子。另一方面，说到底，这是一种相当和平的反抗，因为用虚构小说中那触摸不到的生活来反抗实在的生活，又能造成什么伤害呢？粗略地看是没有的。这是一种游戏。不是吗？各种游戏只要不企图越过自己的空间、不牵连实在的生活，通常是没有危险的。好了，如果现在有人——比如，堂吉诃德或者包法利夫人——坚持

---

① 苏童：《南方的堕落》，载《少年血》，江苏文艺出版社 1995 年版，第 168 页。
② ［美］爱德华·W. 萨义德：《知识分子论》，单德兴译，生活·读书·新知三联书店 2002 年版，第 57 页。

要把虚构小说与生活混淆起来，非要生活得像小说里那个模样不可，其结果常常是悲惨的。凡是要这么行动的人，那往往要以可怕的失望作代价。"①

南方像一个生死场，集聚了人世的悲欢离合，南方像一个巨大的时代磁场，吸引着无数人投入时间的洪荒，南方更像一个具有寓言意义的巨大存在，折射出那具有普遍性的情感意义和人性光辉。陆文夫说："小说是一种无声的歌，它是以文字作为音符，为人生谱写出欢歌、壮歌、悲歌、挽歌以及各种无以名之的曲调的大汇合。"② 南方多雨，少阳光，因此，它最需要的是那对抗黑暗的希望之光，以及在无言的沉默中那动人的歌声。

第二节 当代江南小说中的"另类美学"

在江南世界的广袤天地中，江南作家为我们呈现了他们作品中创造的五彩缤纷的人生故事。这些人生都不是尽然相同的，但毫无疑问，都多多少少沾染了与江南有关的历史、文化、地理气息，它们是那么细腻、柔软，是那么甜蜜、温馨，让我们每每沉浸于这诗意的光华之中，并升腾起浪漫的怀想和激情的想象。这是人类共同拥有的江南。

但江南的美，江南的丰富，却在于它的个性与独特，在于它融合之下的开放与可能。因此，你在江南的文学版图上，读到了汪曾祺，阅看了陆文夫，赏析了高晓声，倾听了苏童、毕飞宇，等等。他们有共性，但更多的是不同，是差异之中那份独自而另类的美。在这种差异中，笔者遭遇了麦家。下面即以麦家的《暗算》为例，来谈一下其创作之中所体现出的当代江南小说中的差异之美。正如有研究者指出的："对某种文化情结做精神分析始终要求做到所知和所感之间的分离，就如对象征物的分析要求做到所见和所欲之间的分离一样。对于这种处理方式，我们会自问，一种陈旧的象征物是否还会被象征力所激活，我们可能会赞赏一些美学的变动，它们有时会重新赋予旧形象以活力。"③ 笔者对于麦家的认识，也是基于这样一种认可之上。

---

① ［秘鲁］马里奥·巴尔加斯·略萨：《给青年小说家的信》，赵德明译，上海文艺出版社2016年版，第8—9页。
② 陆文夫：《无声的歌》，载《陆文夫文集》第五卷，古吴轩出版社2006年版，第230页。
③ ［法］加斯东·巴什拉：《水与梦——论物质的想象》，顾嘉琛译，河南大学出版社2017年版，第38页。

密码可以被破译，但命运无法破解。这几乎就是麦家《暗算》的小说暗道与暗语。在这个符号化的空间里，麦家通过时间的裁剪，让一个个鲜活的人物重新返回历史的舞台，演绎他们爱与欲、善与恶、情与义的黑暗世界，而在这博弈与较量背后，是"迷宫"里的人性之光在动情摇曳。

笔者对麦家小说的第一印象，是奇。"奇"几乎覆盖和贯穿了整部小说。无奇不有，无所不奇。福斯特说："好奇心是人类最原始的能力。"① 麦家就是抓住了这一密钥，将读者一次次带入他营造的奇异而陌生的"黑暗"空间。

"奇"其实也意味着"怪"，奇怪、怪诞，而小说最早的本质之一就是"怪"。魏晋南北朝时期的志怪小说，就是以叙事为本，追求奇特故事，这也直接导致了唐代传奇小说的演进。可以说，唐传奇小说的出现，宣告了小说作为一个独特文体的诞生。石昌渝在《中国小说源流论》一书中说："欧洲小说起源于神话，它的发展有分明的轨迹：神话—史诗—传奇—小说。中国小说在它与神话之间缺少一个文学的中介，中国没有产生像欧洲那样的史诗和传奇，但中国却有叙事水平很高的史传，史传生育了小说。"② 因此，一定意义上，《春秋》《左传》《史记》《汉书》《三国志》等史传著作，都是可以当作小说来读的。

对于"奇"的青睐，实际上就是对小说初始阶段"娱乐"功能的确定。这也基本划清了史传和小说的界限。史传终究不是小说。小说最早就是以愉悦为目的，就是追求新奇有趣。但这时的小说仍然属于上层文士的雅文学，因此，"它的趣味并不停留在奇异的故事性上，它有更高于故事层面的追求，不管是感情的寄托还是道德的劝惩，不管是哲理的玩味还是毁谤的用心，总之，它在故事中总是有所寄意。"③ 从这个角度看，传奇小说实际上已经初具现代小说的艺术手段。而这一特点，中外小说几乎是一致的。昆德拉说："伟大的欧洲小说从娱乐起家，每一个真正的小说家都怀念它。事实上，那些了不起的娱乐的主题，都非常严肃——想想塞万提斯！"④

不管是在故事中有所寄意，还是娱乐主题的严肃性，表现出的都是对于"正"的思考和探索，而决定小说艺术品质的，是从"奇"到"正"

---

① ［英］福斯特：《小说面面观》，苏炳文译，花城出版社1987年版，第71页。
② 石昌渝：《中国小说源流论》，生活·读书·新知三联书店2015年版，第55页。
③ 石昌渝：《中国小说源流论》，生活·读书·新知三联书店2015年版，第185页。
④ 美国《巴黎评论》编辑部编：《巴黎评论·作家访谈Ⅰ》，黄昱宁等译，上海文艺出版社2015年版，第199页。

的飞跃，以及"奇""正"之间的互补和互生。这种飞跃和互生，扩大了小说世界的空间。张光芒说："阅读麦家需要有一种游戏精神，而理解麦家也许还需要有一种抽象的冲动。游戏精神是说麦家小说的叙事总是善于营造难度系数极高的技术动作，在智性领域、特情场景、神秘地界煞有介事地给你讲着奇妙的故事，这些故事虽然不乏扣人心弦的紧张和刺激，但它既非以感性叙事或欲望叙事来进入，又不能单凭理性的心智就可以解释，非常接近席勒意义上的游戏精神。在这种游戏中，天才的荣光与盲点，命运的离奇和荒诞，心智的强大与脆弱，人性的自由和枷锁，总是如影随形地纠缠在一起，冥冥之中有一种神秘的法则在支配着一切。因此，我们还需要有一种以抽象冲动为经纬的阅读准备，需要有一种形式感。"①在这里，游戏精神就是"奇"，抽象的冲动就是"正"。

中国人好奇，古代志怪小说、唐传奇自不必说，明清时期的《聊斋志异》《西游记》《红楼梦》，哪一部作品不是奇之又奇？可以说，没有奇，小说的生命力就会黯淡；没有奇，小说的存在感就会消亡。但中国人更尚"正"，所谓"文以载道"，道即是正，"正"是教化，也即梁启超所谓"小说有不可思议之力支配人道"。"正道捐弃，而邪事日长。""正"消"奇"长，"正"就显得更重要。"奇正"，是中国古代兵法的一个战术术语。刘勰借用"兵谋无方，而奇正有象"的兵法思想，阐明奇正相生如何体现于文学，他认为"执正以驭奇"才是文学的正路和正道。笔者认为麦家走的就是这样一条道路。

《暗算》是麦家的代表作，曾获茅盾文学奖。这部小说没有一贯到底的人物，叙事也没有前后的必然连贯性，由五个故事组成，每个故事都相对独立，各自成篇，由"暗算"这一主题统摄，构成一个多声调的叙事文本。据说，这部作品在当时有很大的争议。笔者猜测，争议的主要原因一是题材，二是结构，三是写法。但也正是这些争议，让《暗算》具备了意味深长的文学可能性。题材的涉密，决定了小说的"神奇"色彩；结构的松散，可以从更多的视角来透视这一小说叙事背后的多面性；而写法，一种小说通俗化的目标，意味着将获得更多的读者。麦家说："读者越来越不爱看小说，责任该由作家来承担，是我们的小说太无趣、太生硬、太粗糙、太没有教养，连最基本层面的真实性都不能做到。文艺作品本来是要把假的变成真的，你现在反而把真的变成了假的。这不是个别现象，而是

---

① 张光芒：《麦家小说的游戏精神与抽象冲动》，《当代文坛》2007 年第 4 期。

通病。真实感的缺失是我们得小说失去读者的头号毛病。"①

麦家认为:"小说有三种写法:一种用头发写,一种是用心,还有一种是用脑。用头发写的人叫天才,写出来的东西叫天赋之作。"② 按笔者的理解,"奇"要用脑,"正"要用心,所谓奇正互生,就是心脑一致。麦家穿着华丽的貂皮大衣,但内里还保持着一个朴素的自我。麦家小说的本质和目的是对人性的探求,是关于生命的诗学。因此,他的小说都是围绕"人物"展开的,瞎子阿炳、有问题的天使、陈二湖的影子、韦夫的灵魂说、刀尖上的步履,五个故事,五个主要人物,虽然是"小人物",但最终关涉的却是最大的命题:关于人性和命运的展现及探索。

这个世界是神秘的,充斥着各种不可思议。"奇"便应运而生。但人类,终归有可以考量的人性旨归,有社会秩序建构的宏图。"正"也不可或缺。"奇"与"正",既相互压迫,也相互解放。"麦家巧妙地把明与暗之间的裂隙用'解密'来填充。明与暗、真与假、内与外、可言说与不可言说、可以示人与难言之隐,解密的过程成为了窥视和我们世界相连、却孤悬在我们世界之外的那个隐秘世界,成为揭破假面,直抵人心真相的探索之旅。"③ 在"奇正相生"中,麦家将江南世界的神秘和日常进行了水乳交融、提炼加工,并以一种耐人寻味的复杂性直击人性和心灵。

麦家在谈到自己的写作立场时说:"我相信文学的价值最终不是揭露,而是激励、温暖人心。人都是孤独的,需要偶像,需要精神伴侣,我们有欧阳海、黄继光等一大批正面的英雄在陪伴我们成长。现在许多作品是无病呻吟、唉声叹气、全面否定,这肯定有问题,事实上,你要驱散黑暗,引入光明可能有更好的效果,一味地展示黑暗会更黑暗。"④ 孤独是人类共同的命运。黑暗是人生旅途的常态。麦家的笔下,时时透着孤独的体验,透着对黑夜的迷恋,也时时透着他对孤独的怜悯和抚慰。对于从事破译工作的人来说,孤独注定是缠绕一生的。尤其对于习惯了在黑夜中离群索居的人来说,太阳底下的生活已经变得不可捉摸。麦家笔下的主人公,都有着异乎常人的"特异功能",但他们同样也有和常人相同的生命体温。他们也要接受命运的荒诞和无常。自杀是瞎子阿炳的命运,被误杀是黄依依的命运,死亡和破译密码一样,总有点听天由命的无奈。这不确定,也是小说的魅力。而这种"命运观",也是江南文化中玄学思想的重要内涵。

---

① 麦家、季亚娅:《麦家之"密"——自不可言说处聆听》,《芙蓉》2008 年第 5 期。
② 参见麦家《非虚构的我》,花城出版社 2013 年版,第 122 页。
③ 何平:《黑暗传,或者捕风者说》,《当代作家评论》2008 年第 4 期。
④ 麦家、季亚娅:《麦家之"密"——自不可言说处聆听》,《芙蓉》2008 年第 5 期。

只不过,在麦家笔下,这种命运的气息更加神奇而混杂。

麦家十分推崇的外国作家有两位:一位是卡夫卡,一位是博尔赫斯。而这两位,无疑都是"奇""正"博弈的顶尖高手。麦家在《博尔赫斯和我》一文中,曾经十分生动地描述了第一次阅读博尔赫斯时的惊叹和赞叹。这种影响体现到创作上,即是艺术手法的变化。麦家的小说具有很强的实验性。其一,是暴露叙述。即作者部分地充当了叙述者。"暴露叙述的介入是纯粹停留在形式层面的干预,叙述者放弃了相对于受众而言的优越感,把自己还原成一个普通的写作者,这无疑是精神的后撤和隐匿。因此,暴露叙述以其形式的介入衬出道德评价的不介入。"①《暗算》中的故事,都是作者"听"来的,但作者不回避"听"这一事实,因此也同时增强了故事的真实感和可信度。然后重组,再进行艺术的叙事,构建虚构王国。其二,是现代手法的运用。比如意识流、精神分析等技法的使用,有着明显的现代感。麦家是以现实写幻象,以平常写不俗,真可谓是"执正以驭奇"。"伪装褪去,我的秘密得任务成了白纸黑字,醒目而庄严地看着书记同志,看得书记神情陡然变得庄重十分。"在《暗算》中,这样的艺术"变形"几乎能触摸到卡夫卡的小说痕迹。其三,是"迷宫"的建造。"迷宫"是博尔赫斯十分迷恋的意象,比如《交叉小径的花园》基本就是一个关于时间的迷宫的故事。《暗算》中,破译密码其实就是解密、破谜,就是在时间的迷宫中进行突围。在这个意义上,麦家的小说又表现出了隐秘的先锋性。

博尔赫斯的小说以幻想而著称,麦家的小说无疑也有强烈的幻想特质。这也是"奇"的本质所在。但"其实博尔赫斯写的往往不是纯粹的幻想小说,他更擅长于把幻想因素编织在真实的处境之中,从而在小说中致力于营造一种真实的氛围"②。李欧梵也注意到了麦家小说的真实感,他说:"我的经验,写这类小说第一个要求是:它的世界虽然很神秘,但必须可信,怎么把人物、场景和故事写得可信,让读者觉得可信。其次,还有一个难度或者要求就是,作者必须懂得一点基本的数学知识,否则免谈密码。我发现麦家小说中有关西方科学家的资料,基本上是符合真实的,他没有故意乱造假。"③麦家十分注重这种真实感,甚至于为了追求这种真

---

① 黄发有:《准个体时代的写作——20世纪90年代中国小说研究》,上海三联书店2002年版,第357页。
② 吴晓东:《废墟的忧伤——西方现代文学漫读》,北京大学出版社2018年版,第115页。
③ 李欧梵:《中国现代文学的传统和创新——以麦家的间谍小说为例》,《中国现代文学研究丛刊》2017年第2期。

实感，而刻意压制住不羁的幻想，比如对于黄依依这个人物的塑造，作者似乎抱有十分犹疑的态度，尤其是最后对于其死亡真相的揭露，体现出了一种复杂的情感。

昆德拉说，小说的精神是复杂性的精神。麦家小说的"奇"与"正"，十分巧妙地实现了这种复杂性的愿景。也是这种复杂性，使得麦家的小说有了其他同类题材的写作所不具备的生成性和开放性。麦家的小说，写的是历史，最终的指向却是现实，表象是通俗的外衣，写的却是现代的内核。因此，读麦家的小说，你不会仅仅停留在"好看"的层面，也不会仅仅滞留在"愉悦"的体验，而会沿着历史的隧道和人物的命运，去勘探人性的秘密。这秘密是瞎子阿炳的，是黄依依的，是陈二湖的，是韦夫的，是千千万万不知名的凡夫俗子的。

这种复杂性是个人制造的，也是时代赋予的。虽然麦家多次强调写作的内在性，但事实上，任何一个作品都无法摆脱时代的纠缠，尤其是麦家这类题材的写作，更是如此。"麦家的小说是植根在一个具体的时代。只有把麦家的小说放在近现代中国的历史场景中，我们才能理解比悬疑推理更多的东西。"①《暗算》中的人物，只有在那个特殊的年代，才纷纷被涂抹上了一种独特而奇异的色彩。离开了那个时代，他们终将碌碌无为、一事无成。

《暗算》之后，麦家又创作了大量的小说，有新的尝试，当然更多的是自我风格的坚守。但是，毫无疑问，他的小说为中国当代文学开拓了新的艺术空间。我们谈论《暗算》，其实就是谈论一种异质的经验，就是思考写作的开放和可能，就是看到共性之外的"差异之美"。这就是作为当代江南作家的麦家的独特意义和作为中国当代作家的麦家的自我属性。麦家自己曾三谈《暗算》，分别是《失去也是得到——创作谈》《形式也是内容——再版跋》《得奖也是中彩——答谢辞》。对于麦家来说，"奇"意味着失去，"正"代表着得到，"奇"是形式，"正"是内容，"奇"赢得了读者，"正"获得了人心，而"奇正相生"让《暗算》大放异彩，成为当代文学史上不能忽视的重要文本和特别现象。

麦家的写作给予我们的启示当然远远不止如此，尤其是他创作中的差异性存在，让我们对江南文化的理解增添了复杂和矛盾。这种矛盾除却文化影响中的共性要素，更多的是和一个人的童年经验、成长遭际，以及他的思想世界的变化相关，是这些成就了一个作家区别于其他作家的标识，

---

① 何平：《黑暗传，或者捕风者说》，《当代作家评论》2008 年第 4 期。

也成为一个作家最具魅力的个性所在。"文学史的经验告诉我们，任何时代任何作家都有自己特定的审美趣味和价值标准，他们取决于由特定社会思潮和个性特征熔铸成的文化心理结构。每个时代不同阶层的人们接受什么排斥什么，虽然也受传统的约束，但更大程度上是由当时的政治、伦理观念、生活态度和心理状态以及审美趣味等因素决定的。"① 可以说，是这一粒粒金光闪闪的独特个体，丰富并拓展了江南文化这个庞大的容器对于"另类美学"的吸纳和融合。

第三节 "无边"的江南：困境、局限及可能

本雅明在《讲故事的人》一文中说，讲故事的人早已成为某种离我们遥远——而且是越来越远的东西了。在他看来，造成这一现象的原因是经验的贬值，经验从来没有遭遇过如此根本的挑战。② 经验的匮乏和文学表达的千篇一律正日益成为当代小说写作的一种常态。

当然，经验并不是小说创作的全部，尤其是在当下复杂的情感世界和生活图景面前，个人经验往往带有一种公共性的符号化特征，这种公共性带来的是对个体深度的浅尝辄止和对于更广阔的人性境遇的漠视。因此，如何在经验之上获取一条意义的通道，如何摆脱公共性经验的束缚而重构个体经验的精神内核是当代中国小说的时代难题。

"江南好，风景旧曾谙"，但新的时代氛围正在不可避免地形成，并对人们进行合围。"在苏南东部平原上，纵是冬天，也早已丧失了荒凉的感觉。本来已经很稠密的村庄，这几年一直在扩大，扩大……村与村之间，空隙在缩小，距离在拉近。新起的住房都在向高处发展，青的砖，白的墙，一幢又一幢；冒烟的大烟囱，丁字式架起的胖水塔，以及带有长围墙、日夜轰轰响的大厂房，一天天多起来，工业化的味道越来越浓。站在田野里环顾四周，竟疑身居于城围之中，牧歌式的生活早已结束。"③ 高晓声20世纪在小说《水东流》中的这段叙述，可以看作是新的时代到来的序言。在新的现实条件下，在新的精神世界里，当代江南小说同样面临着本雅明所说的故事的消亡和讲故事的人的踪影难觅，如此，在"新的世

---

① 蒋寅：《视角与方法——中国文学史探索》，北京大学出版社2018年版，第240页。
② ［德］瓦尔特·本雅明：《讲故事的人》，载陈永国、马海良编《本雅明文选》，中国社会科学出版社1999年版，第304—305页。
③ 高晓声：《水东流》，载《高晓声文集·短篇小说卷》，作家出版社2001年版，第238页。

纪"和"江南文化"的双重视野中考察当代江南小说的困境、局限及可能，或许能找到一些思考的方向和眉目。

一 新与旧

不同的时代总会带给人们不同的问题和困境，那么在21世纪的时代氛围中，当代江南小说面对着哪些"新"的问题呢？这还要从中国文学所面临的新的时代背景谈起。

新的地理空间。从20世纪80年代开始，对于城市和农村的改造既已开始，但从21世纪开始，这种城市化的速度日趋加快。城市景观的日益雷同和农村景象的面目全非正深刻地改变着作家的人生经验和思想空间，特别是对于以乡土经验为创作源头的小说创作来说，乡土社会的变迁极大地颠覆了作家的创作想象和价值规约。20世纪50年代，陆文夫笔下的苏州还依然沉浸在江南的诗意中，而到了21世纪，这样的诗意在日常生活的图景里定然是荡然无存了，或许只可能在"风景名胜"的雕饰中寻得一丝游移的影子。江南的诗意在作家的现实世界中成了想象的"失意"，那江南自然也是变了味道的失意江南。然而，不可否认的是，新的地理空间的形成，必然会孕育出新的思想和文化，同样的也必然会滋生新的精神。特别是城市空间的扩大，加之城市人群的逐渐壮大，带来的是不可阻挡的新的城市精神的崛起和勃兴。

新的媒介时代。除了新的地理空间的开拓，新媒介的迅疾发展也一定超出了人们的想象。随着新媒介的发展，消费文化勃然兴起，而与之相应的大众文化思想亦迅疾而至。作家在经历了政治、革命的洗礼之后，正经受着新一轮的考验。在新的时代背景中，作家正在从荣耀的时代光环中蜕变出来，走到平凡人中间，精英意识的沦丧使得中国的思想文化面临着前所未有的冲击和考验。新媒介的发展，娱乐精神的张扬，都在试图营造一个全民狂欢的时代盛景。从文学层面来说，新媒介的发展催生了新的文学样式的繁荣，同样的，它对于传统文学的冲击亦不能为人们所忽视。在一个人人都可以成为作家的时代，作家的"身份认同"也似乎越来越成为一个问题。在文学表面的繁荣背后，思想的隐匿似乎正成为作家躲避深刻的不二选择。由此，一个时代的思想寂寞，正与这个时代的狂欢形成巨大的反讽。新媒介不仅没有扩大我们对于这个世界认知的广阔和深刻，相反，它在不停地压制着人类思考的空间，而这最直接的后果即是感性生命机能的退化。"我们收缩到家内，大部分原因在于我们周围环境的变化：当自然世界从我们生活中渐渐消失。我们除了回到室内还有其他选择吗？我们只得不断远离自己曾经熟悉的生活,不断远离支撑着这些生活的现实社会和乡土风景。"① 乔治·桑坦纳也认为小说的危机主要来自两个方面,一个是,"作为小说家主要题材来源的社会和心理现实产生了根本变化,在可利用的想象秩序上产生了根本变化","现代政治经济事件的戏剧化与'总体化'功能,通过及时再生产的方式将它们送进我们神经和大脑的权威画面和速度,以及我们生活中永远消费不完的'新闻',已经大大削弱了我们想象力反应的清新活力和辨别能力","要与其他喧闹的媒介(如电视、电影、影像和录音带)竞争,小说必须寻找情感震荡的新领域,或者,更确切地说,严肃小说必须选择此前垃圾小说写过的题材","小说家变成了焦虑的见证人"。另一个是,"生活气息的变化以及控制传递生活气息的媒介力量影响着小说"。②

新的社会现实。21世纪的来临,没有使得人类的现实问题变得更少,反而越来越多。在新的时代里,为人生、为艺术的现实内涵都要比以往多得多,城市化、农民工、环境污染等都是作家所要面对的新现实和新问题。而如何表现这些现实,同样时时刻刻地萦绕在作家的脑中,成为挥之不去的痛苦煎熬。"一切都还正常,只有车站广场上新落成的世纪钟表现仍然反常,几天来世纪钟总是很性急地在两点五十分提前行动。咣。咣。咣。敲三下,钟声热情而奔放,可惜敲早了一些。"③ 苏童在21世纪的第一部长篇小说《蛇为什么会飞》中,已经表现出了这种时间和现实的焦虑。而这种新的社会现实所带来的精神困境,正成为21世纪以来中国作家写作的噩梦和驱之不散的阴魂。

然而,即便有再多的"新"的出现,"旧"同样是不可能被立即消灭和抹杀的,既不现实,当然也不可能。21世纪的文学创作面临着诸多新的现实和困境,但是传统的"旧"的文化因子依然在生长,并滋润着中国的文学。正如有评论者所认为的:"传统的形成不是偶然,而是有深厚的文化为底蕴,近年来江苏的现实生活和文化状况都有大的发展,但这并不意味着文学传统就失去了意义。在商业化和电子化的时代,时代潮流对人的影响越来越大,个性越来越难以保持,而在这样的境遇中保持自己的个

---

① [美]马克·斯劳卡:《大冲突——赛博空间和高科技对现实的威胁》,黄铭坚译,江西教育出版社1999年版,第105页。
② [美]乔治·斯坦纳:《语言与沉默——论语言、文学与非人道》,李小均译,上海人民出版社2013年版,第95—96页。
③ 苏童:《蛇为什么会飞》,上海文艺出版社2012年版,第1页。

性，或许是最有意义的事情。"① 的确，一个地区的文学需要有自己的特色，同样的，一个地区的不同作家的创作也要有自己的特色，如此，才能真正确立自己的小说美学。2011 年，毕飞宇的《推拿》荣获第八届茅盾文学奖。《推拿》的获奖词为："《推拿》将人们引向都市生活的偏僻角落，一群盲人在摸索世界，勘探自我。毕飞宇直面这个时代复杂风声的经验，举重若轻地克服认识和表现的难度，在日常人伦的基本状态中，呈现人心风俗的经络，诚恳而珍重地照亮人心中的隐疾与善好。他有力地回到小说艺术的根本所在，见微知著，以生动的细节刻画鲜明的性格。在他精悍、体贴、富于诗意的讲述中，寻常的日子机锋深藏，狭小的人生波澜壮阔。"对于《推拿》，杨扬评论道："毕飞宇的创作长处不在于关注人道主义或写人的尊严问题，依我之见，《推拿》的价值在其他地方，尤其对新世纪小说创作而言，它面对的是新世纪当代小说的问题，针对这样的现状，《推拿》显示出一种积极的时代意义。"② 在他看来，"毕飞宇的推拿与汪曾祺的创作有一种呼应，尤其是在对待现实问题上，作者的批判色彩要弱于小说的叙事艺术。《推拿》凸显的是故事，是人物和细节，而不是人道主义尊严底层等社会问题。这是毕飞宇创作与很多同时代作家创作的一个不同。其实这样的写作风格也不是始于《推拿》，早在《地球上的王家庄》和《平原》等作品中，毕飞宇就已经呈现出他自己的写作面目，他是一个愿意让小说写作大放光彩的作家，而不是问题意识鲜明的作家"③。

　　一个作家创作上的引人注目绝对不是无中生有的事情，而是因为他建立了属于自己的美学风格，或者说是形成了自己的小说传统。毕飞宇的小说关注的是新的地理空间下的特殊的一群人，但他的创作思想和表现手法却依然是传统的、现实的。艾略特说："传统是具有广阔意义的东西。传统并不能继承，假若你需要它，你必须通过艰苦劳动来获得它。首先，它包括历史意识。……这种历史意识包括一种感觉。即不仅感觉过去的过去性，而且也感觉到它的现在性。……有了这种历史意识，一个作家自然成为传统的了。这种历史意识同时也使一个作家最强烈地意识到他自己的历

---

① 贺仲明：《传统的出路和去向》，《小说评论》2007 年第 3 期。
② 杨扬：《21 世纪可能会有一些新的文学传统——〈推拿〉引发的一点感想》，《扬子江评论》2011 年第 5 期。
③ 杨扬：《21 世纪可能会有一些新的文学传统——〈推拿〉引发的一点感想》，《扬子江评论》2011 年第 5 期。

史地位和他自己的当代价值。"① 在新的时代境遇中，如何保持"新"与"旧"的平衡，在新中维旧，在旧中求新，似乎成为当代中国作家必然面对的现实难题。对此，耿占春说："对于文学写作来说，在写作者的个人化的话语和个人经验之外，存在着更加丰富复杂的话语谱系和经验空间，尤其是不同地域、不同时代、不同阶层的民间社会里的方言、俚语。其中蕴藏着传统的文化、习俗，传统的观念和智慧。"② 这或许也是一项重要的启示。

二 长与短

当代江南小说，向来是以短篇著称。从早期的汪曾祺、林斤澜、陆文夫、高晓声、方之、张弦，到后来的范小青、黄蓓佳、叶兆言、余华、苏童、毕飞宇等，他们的短篇小说以其匠心独具的艺术构思与创作技巧迅速在文坛引人注目，并引一时之潮流，在全国形成了较强的影响力。

尤其是老一辈的当代江南作家，基本上都是以短篇写作为主，汪曾祺一生全部致力于短篇的写作，为文坛留下了《受戒》《大淖记事》等经典，陆文夫的创作也几乎是《小巷深处》《美食家》等中短篇小说，除了一部并不是特别为人熟知的长篇《人之窝》；在后辈作家中，范小青、苏童、毕飞宇等，也大都是以短篇小说闻名于文坛，他们对于长篇小说的艺术追求是到创作中后期才着力进行的。而这种形势一直处于持续发展的阶段，并在新世纪的中短篇写作中延续下来。苏童、毕飞宇、范小青等作家尽管倾心于长篇小说写作，但其中短篇小说写作依然数量、质量惊人。自新世纪以来，苏童创作了四十多篇中短篇小说，包括《白雪猪头》《另一种妇女生活》《垂杨柳》《桥上的疯妈妈》《二重唱》《茨菰》等，其中《茨菰》获得了鲁迅文学奖。范小青则有近一百篇的创作量，包括《从前以来》《想念菊官》《城市之光》《科长》《城乡简史》《我们的战斗生活像诗篇》《我们都在服务区》等，其中《时间简史》获得鲁迅文学奖。其他如鲁敏、叶弥、朱辉等人的短篇小说写作，亦各有风格，各有突破。即便是近年来倾心于散文写作的叶兆言，也有十几篇短篇小说问世。这些，都足以说明短篇写作的传统在 21 世纪的传承和延续。那么当代江南短篇小说繁荣发展的内在动力是什么呢？有论者指出，"既来自于汪曾祺对沈从文为代表的现代短篇艺术传统的继承，并在此基础上形成新的江苏短篇

---

① ［英］艾略特：《传统与个人才能》，载《艾略特文学论文集》，李赋宁译，百花洲文艺出版社 1994 年版，第 2—3 页。
② 耿占春：《叙事美学》，郑州大学出版社 2002 年版，第 181 页。

创作的艺术旨趣传统,也来自于江苏作家对短篇小说这一文体的自觉追求和艺术探索,更源于江苏作家在短篇小说精致艺术结构编制下所潜隐的深沉人文情怀"①。

苏童对短篇小说的迷恋由来已久,他说:"我想我患有短篇'病',尽管它在我的创作中曾被莫名地抑制了,但我知道它在我内心隐匿着,它会不时地跳出来,像一个神灵操纵我的创作神经,使我陷于类似梦幻的情绪中,红着眼睛营造短篇精品,我把创作短篇小说的时间放在一年中最美好的季节,暮春或深秋,这种作法未免唯心和机械,但我仍迷信于好季节诞生好小说的神话。""有朝一日让我成为一个优秀的短篇大帅吧,我将为此祈祷。"② 可以说,在新世纪以来的小说创作中,中短篇小说依然是江南作家最为得心应手的创作选择,而从中国现当代文学史的发展来看,江南小说能够为人所称道的依然是《潘先生在难中》《受戒》《李顺大造屋》《小巷深处》等精致而巧妙的短篇小说。但不可否认的是,随着长篇热潮的袭来,江南作家对于长篇小说创作的青睐也愈来愈烈。而在谈到长篇写作时,余华说:"相对于短篇小说,我觉得一个作家在写作长篇小说的时候,似乎离写作这种技术性的行为更远,更像是在经历着什么,而不是在写作着什么。换一种说法,就是短篇小说表达时所接近的是结构、语言和某种程度上的理想。短篇小说更为形式化的理由是它可以严格控制,控制在作家完整的意图里。长篇小说就不一样了,人的命运,背景的交换,时代的更替在作家这里会突出起来,对结构和语言的把握往往成为了另外一种标准,也就是衡量一个作家是否训练有素的标准。"③ 21世纪以来,当代江南长篇小说从数量上来说,已经十分可观。赵本夫的《天地月亮地》《无土时代》《天漏邑》等,范小青的《城市片段》《于老师的恋爱时代》《城市之光》《城市表情》《女同志》《赤脚医生万泉和》《香火》《我的名字叫王村》《灭籍记》等,毕飞宇的《平原》《推拿》等,苏童的《蛇为什么会飞》《碧奴》《河岸》《黄雀记》等,储福金的《黑白》等,叶兆言的《别人的爱情》《没有玻璃的花房》《我们的心多么顽固》《后羿》《苏珊的微笑》《一号命令》《刻骨铭心》等,黄蓓佳的《所有的》《家人们》等,鲁敏的《戒指》《爱占无赢》《博情书》《机关》《没有方向的盘》

---

① 端传妹:《论新时期江苏短篇小说传统生成与文化特征》,《南京师范大学文学院学报》2011年第1期。
② 苏童:《寻找灯绳》,江苏文艺出版社1995年版,第134页。
③ 余华:《长篇小说的写作》,载《我能否相信自己》,人民日报出版社1998年版,第181页。

《百恼汇：小人物的市井生活咏叹调》《此情无法投递》《六人晚餐》《奔月》等，叶弥的《风流图卷》等，丁捷的《依偎》，朱文颖的《高跟鞋》《水姻缘》《戴女士与蓝》《莉莉姨妈的细小南方》等，其他如戴来等作家亦有着数量可观的长篇小说。

可以说，从 21 世纪以来，长篇小说写作大有超过中短篇小说创作的趋势。毕飞宇的《推拿》、苏童的《黄雀记》等长篇小说获得茅盾文学奖不仅证实了当代江南作家在长篇小说创作上的艺术开拓，而且为长篇小说的写作起到了推波助澜的作用。布鲁姆说："创造力强的作家不是选择前辈，而是为前辈所选，但他们有才气把先辈转化到自己的写作之中并使他们部分地成为想象性的存在。"① 当代江南作家在继承前辈中短篇小说创作传统的同时，亦义无反顾地投身于长篇小说的探索之中。而在这些作家中，从"40 后"到"90 后"，各个年龄阶段都有着十分可观的成绩。"江山代有才人出"，当代江南小说写作的传统也是在不断的传承中，一路高歌猛进，不断地寻求新变。当然，对于这些新变要保持清醒的认识，因为"如果所谓的'新变'是建立在新一代对上一代的反叛与否定的基础上，历史的链条就呈现出被反复切割的断裂状态，上一代的精神财富总被下一代弃若敝屣。这样，文学的发展就进入了推倒重来、从零开始的恶性循环。在文学的地基上，充斥的是强制拆迁的废墟和烂尾楼，思想、文化、文学的传承就在狗熊掰棒子的轮回中迷失了方向"②。庆幸的是，当代江南小说的写作并没有陷入这样的恶性循环之中，不管是在年龄的更替上，还是在小说体裁的选择上，都表现出了势均力敌的发展态势。

三　变与守

在新的时代背景下，在新思潮的相互激荡中，当代江南小说创作也发生了一些变化，当然，这种变化有时候是个人化的，有时候也带有某种集体性，有时候与文学、文化潮流有关，有时候与这些时尚的潮流似乎也扯不上任何关系。有时候，是变，是守，全凭个人趣味。

在这些作家中，苏童应该是变化较大的一位。笔者在对苏童 21 世纪长篇小说创作的研究中曾经写过，当一个作家业已成名，那荣耀的光环就开始有了暗淡的危机和危险，此时昔日的荣耀仿佛成了作家日后写作的"达摩克利斯之剑"，使其陷入重重困境和不自知的泥淖之中。这困境有时

---

① ［美］哈罗德·布鲁姆：《西方正典》，江宁康译，译林出版社 2011 年版，第 8 页。
② 黄发有：《文学与年龄：从"60"后到"90"后》，《文艺研究》2012 年第 6 期。

候是时代给的,有时候是读者给的,但更多的时候是自己给的(更高的自我期望,抑或自我的怀疑)。成名和成功使得作者没有了往日无所顾忌的天马行空,而时时为各种羁绊裹足不前。为人生?为艺术?都成为创作灵感迸发后作家心头举棋不定的难题。而这种摇摆的心态和情感的不确定,必然会影响到作品最终所确定的情节构架、人物塑造和意义生发。事实也是如此,苏童在新世纪的小说写作中改变了他以往的风格,创作出了诸多更具现实意味的作品,比如《蛇为什么会飞》《人民的鱼》《河岸》等。

与苏童相比,毕飞宇的变化没有那么突然,但也有很大的不同。毕飞宇早期的作品如《哺乳期的女人》《青衣》等走的是传统的路子,但此后他的《玉米》系列和《平原》走向了更宽阔的历史反思,而《推拿》则把目光聚焦在了一群现实中的"盲人"身上,表现出了强烈的现实情怀。作为一名"苏州"经验的传承者,范小青对于苏州的把握和描绘是内在于心的,是细腻贴切的,她在其《裤裆巷风流记》等早期的一系列"苏味小说"中,借着这"艺术的力量"已经把其内心深处那古典的、浪漫的却又十分日常的苏州风情淋漓尽致地表现了出来。这些令人怀念的、带着些许惆怅的经验和回忆,一方面与作者几十年苏州生活的经历有关,但更多的是作者人文、道德情怀的真实、真情、真诚再现。可以说,在范小青的苏州风情、世情小说中,苏州的"小桥、流水、人家"与她内心的美学诉求达成了一种完美的契合,水到渠成,没有任何的矫揉造作之感。如果说,新世纪以前范小青的"苏味小说"(苏州风情、苏州小巷、苏州小人物)让其在文坛成名、出名并知名,那么 21 世纪以来,她的小说写作更是令人刮目相看,不仅在数量上极为可观,而且在质量上亦令人咋舌称赞。其中,短篇小说《城乡简史》获得第四届鲁迅文学奖,证明了她在中短篇小说创作上的艺术追求;而长篇小说《城市片段》《女同志》《香火》《灭籍记》等的问世,则印证了她在小说创作道路上的孜孜不倦和一点"野心"。至此,一个从 20 世纪 80 年代即开始写作的女作家,带着朴素的情怀从"苏州"优雅地出走,进入到更宏大的叙事世界中。而范小青的这种变化,也得到了评论家的关注和认可,比如谈到《香火》这部小说时,汪政、晓华认为:"《香火》是范小青的一部带有标志性的作品。这种标志体现在作品以从容的态度、乐观的谐谑的喜剧精神所显示的作家对自己的小说美学新的自信。"[①]

[①] 汪政、晓华:《范小青的变与不变——漫说〈香火〉及其他》,《扬子江评论》2012 年第 1 期。

这种文学创作的变化一方面显示了作家在艺术追求上的自觉意识和自主意识，另一方面也表明，作家对于文学的认识更加清醒，更加理性，更加深刻，并通过具体的实践来实现艺术价值的提升和精神思想的升华。"文学不仅仅是语言，它还是进行比喻的意志，是对尼采曾经定义为'渴望与众不同'的隐喻的追求，是对流布四方的企望。这多少也意味着与己不同，但我认为主要是与作家继承的前人作品中的形象和隐喻有所不同：渴望写出伟大的作品就是渴望置身他处，置身于自己的时空之中，获得一种必然与历史传承和影响的焦虑相结合的原创性。"①

变化较大的还有余华。笔者记忆中那个在细雨中呼喊的忧愁少年，在经历了活着的肉体与精神阵痛之后，投入了《兄弟》《第七天》这样更具有现实意义甚至于超现实意味的虚构中。在关于《兄弟》的创作日记中，余华写道："为什么作家的想象力在现实面前常常苍白无力？我们所有的人说过的所有的话，都没有我们的历史和现实丰富。《兄弟》仅仅表达了我个人对这两个时代的某些正面的感受，还不是我全部的感受，我相信自己的感受是开放的和未完成的。即便我有能力写出了自己的全部的感受，在这两个时代的丰富现实面前，就是九牛一毛的程度也不会达到。"② 余华试图通过个人的体验，来寻求人类社会具有普遍意义的思想价值。余华正试图通过一种去诗意化的方式，集中地叙述当下时代的各种现实荒诞和精神扭曲。

当然，不管现实如何变化，不管表现内容如何不同，也一定有许多需要守望的精神内涵和文化传统。同样是苏童，在其诸多作品中，依然能寻到那个散发着江南的濡湿气息的我们熟悉的苏童的影子；而在毕飞宇的作品中，亦时时刻刻能感受到他笔下那些男女青年所怀有的朴素情怀；至于在范小青的小说里，那挥之不去的苏州风情，不是也一直在读者的心头萦绕徘徊吗？同样的，在余华的小说中，仍旧时不时地穿越于浙江小镇的别样世界，耳濡目染着那里的乡土乡音乡情。

在21世纪的时代氛围里，中国作家正在寻求新的写作契机，中国文学正在实现自我的突破，"变"必然成为中国文学树立新的美学风格所要经历的"势"的阵痛，而"守"定会为中国文学的枝繁叶茂提供源源不断的文化滋养的"根"的维系。当代江南小说已经产生了诸多"新"的变化，这些变化有的是积极的，是一种艺术的变革和推进，但有的则对小说

---

① ［美］哈罗德·布鲁姆：《西方正典》，江宁康译，译林出版社2011年版，第9页。
② 余华：《我们生活在巨大的差距里》，北京十月文艺出版社2015年版，第210页。

的美学传统形成了强烈的冲击和挑战，特别是网络文学的迅疾发展，已经成为影响当代文学格局的重要一部分。对于身处江南的中国当代作家来说，江南的诗意永远都是文学需要保持的美学情怀。然而，时代变化所带来的"失望"和"失意"已经不可避免，并成为作家艺术追求之路上的精神困扰，也成为中国当代小说写作的忧郁宿命。在艰难的时势和伟大的时代中，在精神沦落和价值崩塌的大地上，我们禁不住要问，作家和文学的出路到底在哪里呢？

结　　语

在全球化进程日渐加快的当下，地域性的标识也变得愈加含混而模糊。但越是如此，地方文化的重要性愈加突出，因为"文化的活力来自本地区对自身文化的忠诚"①。

江南，以及江南文化，似乎已经谈得足够多，也足够深入。但事实上，江南腹地的历史意蕴和江南文化的精神内涵远比我们看到的、认识到的，要复杂得多、广阔得多。江南文化与中国当代小说之间的关系，虽无一清楚的历史脉络，但从具体的分析中，可以发现这一文化影响的源远流长和不可小觑。我们当然不能说，当代江南小说是江南文化直接作用下的结果，但是毫无疑问的是，江南文化丰富并提升了当代江南小说的精神气质和美学品格。

这种丰富和提升是多方面的，比如在先锋小说、寻根小说、新写实小说等文学思潮的兴起过程中，江南文化中的古典趣味、想象传统、诗性特征等起到十分重要的作用；比如在小说风格的表现方面，江南文化中的精致闲适、诗意唯美、孤独体验等，都十分有效地促成了小说叙述的复调与多元；比如在小说文体的拓展方面，江南文化中的抒情传统与古典审美，使得自传体小说、诗化—散文体小说、新笔记小说等在新时期之后迎来了旧的复活和新的复兴。正是受了江南文化丰富内涵和典型特质的浸染，当代江南小说的风貌才显得更加摇曳多姿。

中国当代小说几十年的发展历史中，优秀的作家不断涌现，即以本文选取的江南籍作家来说，汪曾祺、陆文夫、格非、叶兆言、余华、苏童、毕飞宇等，不胜枚举。但限于篇幅，只能选取其中一部分代表，比如在关于当代江南小说的地理特质的论述中，笔者选取了汪曾祺、陆文夫、叶兆言、余华、格非、黄蓓佳、毕飞宇等一些作家，这只是出于论证的需要，当然有失全面。其他如范小青、鲁敏、叶弥、朱文颖等，也是地理辨识度

---

① ［英］特里·伊格尔顿：《论文化》，张舒语译，中信出版集团2018年版，第28页。

极高的作家。这主要是因为笔者阅读所限,难以把很多作家列入研究的范围之内,这是本书以后要继续深入和加强的空间所在。但是,就基本的文本分析来说,他们足够典型,也足具特色。在他们的小说中,既可以看到江南文化影响下那种或隐或显的存在,也能够看到他们对于江南文化的拒绝和对抗,这是自觉的文学反应,这种自觉反过来丰富了江南文化的内涵。

江南,当然是诗意而细腻的,但也是艰难而粗犷的。尤其是在当代社会的喧嚣和嘈杂中,这两种品质都显得难能可贵。它一方面让人们学会直面苦难的策略和方法,教人们用敏锐和短暂的虚构天地通过幻想的方式来代替这个经过生活体验的具体和客观的世界;另一方面,也让人们发现苦难世界背后的日常和愉悦,鼓舞人们用从容的心态,以诗意烛照枯萎的平凡人生,用理想的翅膀贴着大地飞行。当代江南小说,有着坚硬的艺术品质和思想内核,它以自己独特的语言艺术争得了在当代小说史上的一席之地,它丰富并提升了当代小说的知识边界和艺术境界。这种丰富有的是显性的,比如古典和抒情的强化,有的是隐秘的,比如叙事和结构的弱化,但毫无例外的,都为中国当代小说主体性的宣扬和艺术性的飞扬提供了启示性的思考。

行文至此,另一个问题其实已然在心头徘徊,那就是江南文化除了这些有益的影响之外,是不是同样存在负面的效应呢?事实上,这样的忧虑已然存在,比如相关研究中对于江南文化中阴柔特点的批评,比如对于江南文化影响中长篇小说写作羸弱的推断,比如对于江南文化中忧伤情绪漫溢的质疑,等等,都是值得思考和反思的重要问题。这些问题笔者在相关论述中虽然已经涉及,但大多谈得并不深入,仍然有待加强。

笔者当然无意夸大江南文化的影响力,江南文化作为一种伟大的传统,正在走向衰退,但这丝毫不折损它曾经的光芒,而衰弱往往意味着新的生机。在时间的风中,它留给人们的丰沛的诗意财产,它曾经奏响的江南一隅的壮歌,都将为后人所珍藏和记取。这可能也是写作本书的另一些意义吧。

参考文献

理论著作类

中国

陈国恩：《浪漫主义与 20 世纪中国文学》，安徽教育出版社 2000 年版。

陈国球、王德威编：《抒情之现代性——"抒情传统"论述与中国文学研究》，生活·读书·新知三联书店 2014 年版。

陈平原：《中国小说叙事模式的转变》，北京大学出版社 2003 年版。

陈思和：《鸡鸣风雨》，学林出版社 1994 年版。

陈晓明：《表意的焦虑》，中央编译出版社 2003 年版。

陈晓明：《无边的挑战——中国先锋文学的后现代性》，中国人民大学出版社 2015 年版。

陈晓明：《众妙之门——重建文本细读的批评方法》，北京大学出版社 2015 年版。

陈修颖：《江南文化：空间分异及区域特征》，中国社会科学出版社 2014 年版。

程文超：《中国当代小说叙事演变史》，中国社会科学出版社 2011 年版。

丁帆等：《中国乡土小说史》，北京大学出版社 2007 年版。

董健、丁帆、王彬彬主编《中国当代文学史新稿（修订本）》，人民文学出版社 2007 年版。

方锡德：《中国现代小说与文学传统》，北京大学出版社 1992 年版。

费振钟：《江南士风与江苏文学》，湖南教育出版社 1995 年版。

高友工：《美典：中国文学研究论集》，生活·读书·新知三联书店 2008 年版。

耿占春：《叙事美学》，郑州大学出版社 2002 年版。

顾随：《中国古典诗词感发》，北京大学出版社 2012 年版。

韩进廉：《中国小说美学史》，河北大学出版社、贵州人民出版社 2010

年版。

贺麟：《文化与人生》，商务印书馆 2015 年版。

洪焕椿、罗仑主编：《长江三角洲地区社会经济史研究》，南京大学出版社 1989 年版。

洪子诚编：《二十世纪中国小说理论资料》第五卷，北京大学出版社 1997 年版。

洪子诚：《当代中国文学的艺术问题》，北京大学出版社 2010 年版。

胡河清：《胡河清文集》，安徽教育出版社 2014 年版。

胡晓明：《江南诗学——中国文化想象之江南篇》，上海书店出版社 2017 年版。

孔范今、施战军主编：《林斤澜研究资料》，山东文艺出版社 2009 年版。

孔范今、施战军主编：《苏童研究资料》，山东文艺出版社 2006 年版。

李庆西：《文学的当代性》，人民文学出版社 1988 年版。

李泽厚：《人类学历史本体论》，青岛出版社 2016 年版。

李泽厚：《中国现代思想史论》，生活·读书·新知三联书店 2008 年版。

刘豪兴：《社会学概论》，高等教育出版社 1999 年版。

刘师培：《刘师培学术论著》，浙江人民出版社 1998 年版。

刘石吉：《明清时代江南市镇研究》，中国社会科学出版社 1987 年版。

刘小枫：《诗化哲学》，山东文艺出版社 1986 年版。

（南朝梁）刘勰：《文心雕龙》，人民文学出版社 1958 年版。

罗成琰：《现代中国的浪漫主义思潮》，湖南教育出版社 1992 年版。

孟繁华：《1978：激情岁月·绪言》，山东教育出版社 1998 年版。

南帆：《冲突的文学》，江苏大学出版社 2010 年版。

钱理群：《心灵的探寻》，北京大学出版社 1999 年版。

陶东风：《文体演变及其文化意味》，云南人民出版社 1994 年版。

汪政、何平编：《苏童研究资料》，天津人民出版社 2007 年版。

王彬彬编：《高晓声研究资料》，人民文学出版社 2016 年版。

王德威：《当代小说二十家》，生活·读书·新知三联书店 2006 年版。

王干：《边缘与暧昧》，云南人民出版社 2001 年版。

王国维：《王国维集》，中国社会科学出版社 2008 年版。

王建革：《水乡生态与江南社会（9—20 世纪）》，北京大学出版社 2013 年版。

王瑶：《王瑶全集》，河北教育出版社 2000 年版。

王一川：《中国形象诗学》，上海三联书店 1998 年版。

吴福辉编：《二十世纪中国小说理论资料》第三卷，北京大学出版社 1997 年版。

吴海庆：《江南山水与中国审美文化的生成》，中国社会科学出版社 2011 年版。

吴士余：《中国文化与小说思维》，上海三联书店 2000 年版。

吴秀明主编：《江南文化与跨世纪当代文学思潮研究》，浙江大学出版社 2009 年版。

徐茂明：《互动与转型：江南社会文化史论》，上海人民出版社 2012 年版。

叶朗主编：《现代美学体系》，北京大学出版社 1999 年版。

尹昌龙：《1985：延伸与转折》，山东教育出版社 1998 年版。

曾大兴：《文学地理学研究》，商务印书馆 2012 年版。

张新颖、坂井洋史：《现代困境中的文学语言和文化形式》，山东教育出版社 2010 年版。

张学昕：《南方想象的诗学》，复旦大学出版社 2009 年版。

朱光潜：《西方美学史》下卷，人民文学出版社 1979 年版。

朱维铮：《音调未定的传统（增订本）》，中信出版集团 2018 年版。

宗白华：《宗白华全集》，安徽教育出版社 2008 年版。

外国

［英］艾略特：《艾略特文学论文集》，李赋宁译，百花洲文艺出版社 1994 年版。

［美］安敏成：《现实主义的限制——革命时代的中国小说》，姜涛译，江苏人民出版社 2011 年版。

［秘鲁］马里奥·巴尔加斯·略萨：《给青年小说家的信》，赵德明译，上海文艺出版社 2016 年版。

［苏］巴赫金：《巴赫金全集》，白春仁、晓河译，河北教育出版社 2009 年版。

［法］加斯东·巴什拉：《水与梦——论物质的想象》，顾嘉琛译，河南大学出版社 2017 年版。

［英］以赛亚·柏林：《浪漫主义的根源》，吕梁等译，译林出版社 2011 年版。

［俄］尼古拉·别尔嘉耶夫：《人的奴役与自由》，徐黎明译，贵州人民出版社 1994 年版。

［美］马修·波泰格、杰米·普灵顿：《景观叙事——讲故事的设计实践》，张楠等译，中国建筑工业出版社 2015 年版。

［丹］勃兰兑斯：《十九世纪文学主流》，张道真等译，人民文学出版社1981年版。

［法］皮埃尔·布尔迪厄：《世界的苦难——布尔迪厄的社会调查》，张祖健译，中国人民大学出版社2017年版。

［美］哈罗德·布鲁姆：《西方正典》，江宁康译，译林出版社2011年版。

［美］哈罗德·布鲁姆：《影响的剖析》，金雯译，译林出版社2016年版。

［美］陈世骧：《中国文学的抒情传统：陈世骧古典文学论集》，生活·读书·新知三联书店2015年版。

［美］温迪·J.达比：《风景与认同——英国民族与阶级地理》，张箭飞、赵红英译，译林出版社2011年版。

［法］丹纳：《艺术哲学》，傅雷译，安徽文艺出版社1991年版。

［法］米歇尔·福柯：《词与物——人文科学的考古学》，莫伟民译，上海三联书店2016年版。

［法］福柯：《疯癫与文明》，刘北成、杨远婴译，生活·读书·新知三联书店1999年版。

［德］J.G.赫尔德：《论语言的起源》，商务印书馆2014年版。

［德］黑格尔：《美学》第一卷，朱光潜译，商务印书馆1981年版。

［美］A-M.迦蒂里安：《苦难的创造性维度》，晏子慧译，上海社会科学院出版社2015年版。

［意］卡尔维诺：《美国讲稿》，萧天佑译，译林出版社2012年版。

［英］丹尼·卡拉瓦罗：《文化理论关键词》，张卫东等译，江苏人民出版社2006年版。

［美］马泰·卡林内斯库：《现代性的五副面孔》，顾爱彬、李瑞华译，译林出版社2015年版。

［法］皮埃尔·朱代·德·拉孔布、海因茨·维斯曼：《语言的未来》，梁爽译，译林出版社2012年版。

［美］华莱士·马丁：《当代叙事学》，伍晓明译，北京大学出版社1990年版。

［美］马尔库塞：《爱欲与文明》，黄勇等译，上海译文出版社1987年版。

［法］雅克·马利坦：《艺术与诗中的创造性直觉》，刘有元等译，生活·读书·新知三联书店1991年版。

［法］孟德斯鸠：《论法的精神》，许明龙译，商务印书馆2014年版。

［德］尼采：《权力意志》，张念东、凌素心译，商务印书馆1991年版。

［美］杰拉德·普林斯：《叙事学——叙事的形式与功能》，徐强译，中国

人民大学出版社 2013 年版。

［捷克］普实克：《抒情与史诗——现代中国文学论集》，郭建玲译，上海三联书店 2010 年版。

［美］爱德华·萨丕尔：《语言论》，陆卓元译，商务印书馆 1985 年版。

［美］爱德华·萨义德：《知识分子论》，单德兴译，生活·读书·新知三联书店 2004 年版。

［美］苏珊·桑塔格：《同时》，黄灿然译，上海译文出版社 2009 年版。

［美］苏珊·桑塔格：《苏珊·桑塔格谈话录》，姚君伟译，译林出版社 2015 年版。

［俄］列夫·舍斯托夫：《尼采与陀思妥耶夫斯基》，田全金译，华东师范大学出版社 2015 年版。

［法］斯达尔夫人：《论文学》，徐继曾译，人民文学出版社 1986 年版。

［美］马克·斯劳卡：《大冲突——赛博空间和高科技对现实的威胁》，黄铭坚译，江西教育出版社 1999 年版。

［美］乔治·斯坦纳：《语言与沉默——论语言、文学与非人道》，李小均译，上海人民出版社 2013 年版。

［美］斯蒂芬·所罗门：《水——财富、权力和文明的史诗》，叶齐茂、倪晓晖译，商务印书馆 2018 年版。

［英］阿诺尔德·约瑟·汤因比：《历史研究》，曹未风等译，上海人民出版社 1997 年版。

［美］莱昂内尔·特里林：《知性乃道德职责》，亚志军、张沫译，译林出版社 2011 年版。

［法］鲁尔·瓦纳格姆：《日常生活的革命》，张新木等译，南京大学出版社 2008 年版。

［美］勒内·韦勒克、奥斯汀·沃伦：《文学理论（修订版）》，刘象愚等译，江苏教育出版社 2005 年版。

［美］夏志清：《中国现代小说史》，台北：传记文学出版社 1985 年版。

［德］雅思贝尔斯：《悲剧的超越》，亦春译，工人出版社 1988 年版。

［英］特里·伊格尔顿：《文学阅读指南》，范浩译，河南大学出版社 2015 年版。

［英］特里·伊格尔顿：《论文化》，张舒语译，中信出版集团 2018 年版。

期刊论文类

毕飞宇、汪政：《语言的宿命》，《南方文坛》2002 年第 4 期。

陈思和：《杭州会议和寻根文学》，《文艺争鸣》2015年第11期。
陈望衡：《江南文化的审美品格》，《江海学刊》2006年第1期。
丁帆：《〈碧奴〉：一次瑰丽闪光的叙述转换》，《文艺争鸣》2007年第4期。
方维保：《逻辑荒谬的省籍区域文学史》，《扬子江评论》2014年第4期。
傅元峰：《风景与审美——1980年代小说特质再探讨》，《山东社会科学》2007年第2期。
高晓声：《生活、目的和技巧》，《星火》1980年第9期。
葛红兵：《苏童的意象主义写作》，《社会科学》2003年第2期。
何镇邦：《新时期文学形式演变的趋势》，《天津文学》1987年4期。
贺仲明：《新时期小说与中国古典文学传统》，《扬子江评论》2009年第1期。
洪治纲：《1976：特殊历史中的乡村挽歌——论毕飞宇的长篇小说〈平原〉》，《南方文坛》2005年第6期。
黄发有：《文学与年龄：从"60"后到"90"后》，《文艺研究》2012年第6期。
黄健：《江南文化与中国新文学的唯美主义审美理想》，《杭州师范学院学报（社会科学版）》2008年第1期。
黄子平：《汪曾祺的意义》，《作品与争鸣》1989年第5期。
季红真：《寻根文学的历史语境、文化背景与多重意义》，《文艺争鸣》2015年第11期。
贾植芳：《中国现代文学社团流派·序》，《新文学史料》1989年第3期。
李洁非：《实验和先锋小说（1985—1988）》，《当代作家评论》1996年第5期。
刘士林：《江南诗性文化：内涵、方法与话语》，《江海学刊》2006年第1期。
刘再复：《近十年的中国文学精神和文学道路——为即将在法国出版的〈中国当代作家作品选〉所作的序言》，《人民文学》1988年第2期。
钱中文：《〈青天在上〉与高晓声文体》，《文学评论》1989年第4期。
施战军：《克制着的激情叙事——毕飞宇论》，《钟山》2001年第3期。
孙郁：《林斤澜片议》，《当代作家评论》1998年第2期。
汪政、晓华：《南方的写作》，《当代作家评论》1995年第3期。
王彬彬：《高晓声的鱼水情》《南方文坛》2018年第4期。
王德威：《南方的堕落与诱惑》，《读书》1998年第4期。

王家范：《明清江南市镇结构及历史价值初探》，《华东师范大学学报》（哲学社会科学版）1984年第1期。

王侃、余华：《我想写出一个国家的疼痛》，《东吴学术》2010年创刊号。

王瑶：《中国现代文学与古典文学的历史联系》，《北京大学学报》1986年第5期。

吴俊：《关于"寻根文学"的再思考》，《文艺研究》2005年第6期。

吴秀明、田志华：《从梦的追寻到梦的质询——叶文玲创作论》，《浙江大学学报（人文社会科学版）》1997年3月第11卷第1期。

吴义勤：《穿行于大雅与大俗之间——叶兆言论》，《钟山》2000年第5期。

吴义勤：《感性的形而上主义者——毕飞宇论》，《当代作家评论》2000年第6期。

吴义勤：《"在你的世界里，只有灵魂存在"——评叶文玲的长篇小说〈无梦谷〉》，《小说评论》1995年第1期。

吴义勤：《秩序的"他者"——再谈"先锋小说"的发生学意义》，《南方文坛》2005年第6期。

熊家良：《现代文学中的江南情怀》，《江海学刊》2006年第1期。

阎晶明：《耐得住叙述的寂寞——我看叶兆言小说》，《南方文坛》2003年第2期。

杨扬：《21世纪可能会有一些新的文学传统——〈推拿〉引发的一点感想》，《扬子江评论》2011年第5期。

叶兆言：《革命性的灰烬》，《扬子江评论》2010年第4期。

张法：《当前江南美学研究的几个问题》，《中国人民大学学报》2010年第6期。

张鸿声：《"文学中的城市"与"城市想象"研究》，《文学评论》2007年第1期。

张清华：《传统美学、中国经验与当代文学的品质》，《当代作家评论》2012年第1期。

张清华：《春梦，革命，以及永恒的失败与虚无——从精神分析的方向论格非》，《当代作家评论》2012年第2期。

张清华：《天堂的哀歌——苏童论》，《钟山》2001年第1期。

张清华：《文学的减法——论余华》，《南方文坛》2002年第4期。

张学昕：《苏童：重构"南方"的意义》，《文学评论》2014年第3期。

张学昕：《先锋或古典：苏童小说的叙事形态》，《文艺评论》2006年第4期。

周新民、苏童：《打开人性的皱折——苏童访谈录》，《小说评论》2004年第2期。

邹平：《垷实主义精神和多样的创作方法》，《文学评论》1982年第5期。